古典文獻研究輯刊

三　編

曾永義 主編

第 7 冊

韓愈與唐代文化論叢

柯萬成 著

國家圖書館出版品預行編目資料

韓愈與唐代文化論叢／柯萬成 著 — 初版 — 新北市：花木蘭
文化出版社，2011〔民100〕

序 6+ 目 2+272 面；19×26 公分

（古典文學研究輯刊 三編；第 7 冊）

ISBN：978-986-254-549-2（精裝）

1.（唐）韓愈 2.學術思想 3.文學評論 4.中國文化 5.唐代

820.8 100014999

ISBN-978-986-254-549-2

古典文學研究輯刊

三 編 第 七 冊　　　　　　　ISBN：978-986-254-549-2

韓愈與唐代文化論叢

作　　者　柯萬成
主　　編　曾永義
總 編 輯　杜潔祥
出　　版　花木蘭文化出版社
發 行 所　花木蘭文化出版社
發 行 人　高小娟
聯絡地址　新北市永和區中正路五九五號七樓
　　　　　電話：02-2923-1455／傳眞：02-2923-1452
網　　址　http://www.huamulan.tw 信箱 sut81518@ms59.hinet.net
印　　刷　普羅文化出版廣告事業
初　　版　2011 年 9 月
定　　價　三編 30 冊（精裝）新台幣 48,000 元

韓愈與唐代文化論叢

柯萬成　著

作者簡介

柯萬成（1947-）字慕韓。廣東省中山縣人。臺灣師範大學文學士，香港新亞研究所文學碩士、文學博士。曾任台港澳三地中學教員十一年。中年，始奮發攻讀研究所，因親炙大師，得受薰陶，識見遂開，慨然乃知學問之廣大，與師師傳道之恩義。博士畢業後，1989 年後來臺，先後任職於靜宜大學中文系及雲林科技大學漢學資料整理研究所。專長為：文章學、文體學、韓學（愈）、唐詩學、史記學。著作有：《韓愈詩研究》、《韓愈古文新論》、《屏東縣內埔鄉昌黎祠沿革志》、《法門寺佛骨考》等；所發表的學術論文及詩聯文章，凡四百餘篇。

提　　要

　　本書是作者的論文集，大體上呈現了作者 30 年的研究成果。

　　作者以韓愈為研究對象，通過唐代的文化、宗教、律法等面向以見其思想與行跡，以展示研究的新貌。

　　史載：韓愈主持風雅、以道自任。這是韓愈的志節大行。晚年，他參與平淮西、諫佛骨、貶潮州、上謝表，每一事都體現出其忠臣直節。而治潮八月，馨香百世，更贏得了潮人的回報，時至今日，臺灣的韓文公祠香火鼎盛，說明了，韓愈還活在今人的思念裡，這是不朽。

　　本集共收論文 17 篇，討論的多為韓愈晚年的事蹟，影響及於一生的定位的事件。分為五編，佛老文化、忠諫感格、存神過化、師道友情，另附論為史記人物研究，作者不但細筆勾勒，而且大筆淋漓，寫出了高大的韓文公形象，提出了新見，可供學界參酌。

自 序

佛老文化編

忠諫感格編

存神過化編

師道友情編

附編：史記人物研究

自 序

　　韓愈是中唐時代的古文鉅匠。他提倡古文運動，他的文章「文起八代之衰，道濟天下之溺」，他的長篇古詩，「以古文筆法爲之」，詩格豪雄、奇崛，拔奇於李白、杜甫之外，自成一家。近人陳寅恪〈論韓愈〉一文，舉其十端，譽爲唐代文化史裡的「承先啓後」的關鍵性人物。其實，韓愈詩文的成就，何嘗不是「承先啓後」？

　　長慶四年（824）冬，昌黎辭世。翌年三月，張籍以詩代祭，詩中贊譽昌黎的儒道、德義、文章、學問、吏治、志節，他用天上的北斗，朝廷的棟樑，既與聯繫國家，亦聯繫於個人，公義與私誼兼顧，音韻跌蕩而鏗鏘。把昌黎的身教，言教形象地敘寫了出來，是一首好詩。張籍〈祭退之〉詩云：

> 嗚呼吏部公，其道誠巍昂；
> 生爲大賢資，天使光我唐。
> 德義動鬼神，鑒用不可詳。
> 獨爲雄直氣，發爲古文章。
> 學無不該貫，吏治得其方。
> 三次論諍退，其志亦剛彊。
> 再使平山東，不言所謀臧。
> 薦待皆寒羸，但取其才良。
> 親朋有孤稚，婚姻有辦營。
> 譬如天有斗，人可爲信常。
> 如彼歲有春，物宜得華昌。
> 哀哉未申施，中年遽殂喪。
> 朝野良共哀，矧子知舊腸。

這種，由親友學生發自眞心，發自肺腑的贊言，讓我們眞切地瞭解韓文公。

韓愈是一位君子儒，在張籍的筆下，其人格形象高大而雄偉。

昌黎以師道自任，主持風雅，以天下爲己任；「興起名教，弘獎仁義。」他尊崇儒道，事君以忠；主張國家統一，反對藩鎭割據；熱愛子民，注重教育。反對佛老，勸之以口，諍之以詩。言行一致，始終一貫。「立道雄剛，事君孤峭」；這是人格，也是風格。

筆者有幸，從事韓愈及《史記》研究三十年，陸陸續續寫了些心得報告，今天，經過篩選，匯集起來出版；這 17 篇文章，固然揭示了：韓愈的志節，高標的人格，而裡面的論題，與唐代文化，宛然關涉的：有儒佛道的文化、有忠諫的傳統、有朝廷的律法、有封禪的禮法、有祠祀的文化等；如今，試分佛老文化、忠諫感格、存神過化、師道友情四編呈現；附編爲史記人物研究；取名爲《韓愈與唐代文化論叢》，以爲紀念。

這 17 篇文章，略述其寫作的旨趣於下：

佛老文化編

1. 唐代法門寺與佛骨考論
2. 唐憲宗敕迎佛骨始末
3. **韓愈攘斥佛老的弊政**
4. 調和與反響：契嵩批韓愈（論佛骨表）

這裡有四篇論文：第一篇，探討了「佛骨」的本質、「唐帝七開七迎佛骨」、法門寺沿革等三個問題；作於 1982 年 1 月。那時，研究的動機很簡單，研究韓愈，那麼，「諫迎佛骨」的佛骨是甚麼？是不能不搞清楚的。那時，沒有如今的彩圖，「佛骨」還沒開發出來；只有靠死功夫，找文獻資料。

第二篇，是就唐憲宗一朝迎送佛骨的始末，以見其禮敬的程序；筆者順便把唐帝七開七迎作成簡表，以方便學界研究閱覽。

第三篇，目的是探討韓愈反對佛老的背景及其階段性的方法。實在說，韓愈反對的是佛老的弊政而已。

末篇，筆者試圖通過契嵩的批評，聽聽佛教界意見，以見〈論佛骨表〉的缺失。

忠諫感格編

5. **忠諫能量的累積：韓詩「待得功德格皇天」探析**
6. 臣道與君道：韓愈〈潮州刺史謝上表〉發微

7. 韓愈〈潮州謝表〉「封禪」說是「護國祈壽」

8. 褒忠與傳語：韓愈〈送幽州李端公序〉闡微

元和十四年（819），昌黎上〈論佛骨表〉，觸帝之怒，貶謫潮州。

第一篇，目的是探討韓愈「諫迎佛骨」的能量。原來，其根據源處便因韓昌黎助平淮西，有大功德有關。

第二篇，企圖從貶潮事件裡，找到兩人的思想及修養。韓愈上表極諫，正氣凜然，本欲殉節，這是臣道；而皇帝本欲加以極刑，但始終法律不適用，而皇帝也不敢讓他死，以免壞了君道。在大臣提醒下，皇帝憲宗主動地提出赦宥，遠貶為潮州刺史，為自己找到下台階，又表示了皇帝的恩威；這是君道。

第三篇，探討的是：韓愈抵潮後，上〈潮州謝表〉，裡面所提的「帝封禪」說究為何故？筆者認為其目的是消解「不祥」的情緒，史載：〈潮州謝表〉呈獻朝廷後，「憲宗謂宰相曰：『昨得韓愈到潮州表，因思其所諫佛骨事，大是愛我，我豈不知？然愈為人臣不當言人主事佛乃年促也。』」證明筆者所言不虛。

為甚麼憲宗由怒轉喜？因為，憲宗終於明白，韓愈上表的用心是保護皇帝，不被「禍祟」，是捨身救皇帝，是「大是愛我」；看到〈謝表〉裡所提的「封禪」：告功皇天，尊崇祖業，為百姓祈福，祈壽護國，思見神仙的意涵，把心中的「不祥」化掉了；無怪他說韓愈「大是愛我」了。

末篇，我們看到了韓愈對藩鎮的立場，看到了他藉著唱酬之間，感化藩鎮，歸化朝廷的功勞。此文彰顯了韓愈主張統一，藩鎮歸順的一貫立場。文雖小，意義甚大。

存神過化編

9. 韓愈貶潮行跡兼論三詩繫年

10. 屏東內埔昌黎祠二百年滄桑

11. 臺灣的韓文公信仰

12. 論世俗之福與賢者之福——以屏東縣內埔鄉昌黎祠新舊門聯為中心

13. 忠義與報恩：中國祠廟文化的現代教育意義——以臺灣韓文公祠為例

這五篇論文討論了韓愈貶潮的經過及行跡以及韓文公信仰之由來。

第一篇，筆者根據唐代律法的規定，勾劃出貶官韓愈的行跡；並據此為準，去做詩文繫年，是很創新的方法。

　　第二篇，筆者敘述了昌黎治理潮州八月，被潮人譽爲「嶺南導師」，馨香百世，爲之興建「韓文公祠」的經過。而經歷千年，香火不絕，乃至渡臺，呈現爲臺灣內埔昌黎祠綿延的香火。在此，筆者勾劃出昌黎祠的二百年沿革。

　　第三篇，敘記臺灣從祀性質的韓文公祠及其信仰，筆者發現：韓愈並未有死，還活在今天，還庇佑著子民；內心非常震憾，久久不已。

　　第四篇，筆者就內埔昌黎祠，舉出新舊祠的門聯，探討其中的意義。提出了「世俗之福」與「賢者之福」的觀點，勉勵今人學習昌黎的道德文章之意。

　　末篇，筆者藉台灣韓文公祠爲例，探討中國廟祀的教育意義，揭出忠義與報恩兩點，認爲值得吾人學習，裡面有著深邃的人文意涵。

師道友情編

14. 韓門師道：韓愈的詩教與張籍的詩報

15. 韓愈〈柳子厚墓誌銘〉的書法——以「不書妻妾」問題爲例

　　這兩篇文章反映了韓愈與張籍的師生恩義以及韓柳間的友情。

　　韓門弟子中，以張籍爲最密切。生前，昌黎「以詩爲教」，誘掖扶持，而張籍 27 年後「以詩爲報」。〈祭退之〉詩，好像戰詩鬥韻，但卻是侑報。我們看到了昌黎的師教及其弟子的回報。

　　柳宗元逝世，韓愈寫了三篇文章，〈祭柳子厚文〉、〈柳子厚墓誌銘〉、〈柳州羅池廟碑〉，在朋友之中，是罕見的。而韓愈誌〈柳子厚墓誌銘〉時，深知責任重大，關乎好友名節，下筆慎重，替柳宗元洗雪申明，揄揚張譽；是一篇力作。因爲，柳妻早逝，先時已有碑文；妾爲微出，故誌文「不書妻妾」。這篇文章，寫的都是小問題，從小問題發現大問題，這是筆者一向的堅持。

附編　史記人物研究

1. 儒俠之際：侯嬴的立身與自剄的問題

2. 論藺相如的修身——以《史記・本傳》「完璧歸趙」爲例

　　以上兩篇，是筆者教學之餘的成果。裡面討論了侯嬴及藺相如的修身問題；二人固然是儒家，是孔孟的徒子徒孫。兩人至誠剛毅，抱道自任，事實證明了，他們都用智慧，幫國家解決了難題。在崇尚詐力的戰國時代，做出了良好示範。

　　這 17 篇論文，大多發表於知名學報；其餘的，亦先後發表於兩岸三地的

研討會論文。如今都有修訂，也改了題目，以示分別，皆註明於每篇之末。
只因綆短汲深，掛漏未免，博雅方家，祈請　指教爲幸。

柯萬成謹序於民國一〇〇年（2011）立秋

佛老文化編

唐代法門寺與佛骨考論

摘　要

　　本文以唐代的法門寺與佛骨做爲研究對象。研究目的是想弄清楚三個問題：「佛骨」與「舍利」；唐帝七迎佛骨的實況；法門寺和佛骨的形狀。筆者參考了〈隋唐五代佛教大事年表〉，遍查了新、舊《唐書》裡的本紀和列傳、佛教的史籍，和相關的碑銘文字，進行了分析研究。結論是：「佛骨」的本質是「舍利」，是佛陀眞身的指骨；唐帝七次開啓地宮的佛骨，七次迎入禁中禮敬，四次通現道俗以爲瞻禮；所謂三十年一開，實際上並非如此，此與皇帝戰亂求福求壽有關；至於，法門寺骨的形狀，即如道宣律師所說：其舍利形狀如小指，初骨長寸二分，內孔正方，外楞亦爾。下平上圓，內外光淨云云。

關鍵詞：法門寺、佛骨、舍利、求福、道宣

緒　言

　　唐代（618～907）古文家韓愈（768～824）尊儒道排佛老，勇批逆鱗，諫迎佛骨而遭貶謫，氣節可嘉。有唐一代禮迎佛骨入宮供養，士民奔走膜拜，早已蔚成風氣；但時日漸遠，風氣漸薄，對於「佛骨」是怎樣的東西？就漸不清楚。距唐亡不遠的石晉人劉昫（887～946）撰《舊唐書》，就把「佛骨」當為「佛指骨」，觀其所撰〈韓愈列傳〉云：「鳳翔法門寺有護國真身塔，塔內有釋迦文佛（即釋迦牟尼佛）指骨一節」。到後來，宋人邵博著《聞見後錄》進一步衍釋為「佛手指骨」，云：「寺有古塔四層，瘞佛手指骨一節。」對非佛教徒如韓愈言「佛骨」即是「凶穢之餘」的屍骨，一塊屍骨（手指骨）怎會帶來吉祥？對一般佛教徒言，釋迦涅槃後，只留下「舍利」，未知留下「佛骨」，於是武斷地認為「佛骨」就是「舍利」。前者對「佛骨」的認識是誤解的；後者的認識則是不全面。韓愈〈論佛骨表〉一文只就祚短命蹙立論，未及佛理。本文不欲批評韓文，只欲追求佛骨的真相；譬如，甚麼是佛骨？祂的形象？靈蹟如何？為何皇帝要拜祭禮敬？為何須通現道俗，讓百姓瞻仰？佛陀真身舍利，其來源如何？如何從印度來至中國？法門寺的沿革為何？真身寶塔何時興建？唐代皇帝敕發佛骨有幾次？其開發舍利的程序為何？如何入宮供養？如何返塔瘞葬？古老相傳，三十年一開，實際情況是否吻合？筆者參考了近人〈隋唐五代佛教大事年表〉，[註1]藉著史籍紀傳、佛教典籍、石刻碑銘等文獻資料，鉤稽研究，探尋「佛骨」的真相，以及上述相關諸問題，補正新、舊《唐書・韓愈列傳》「佛骨」條的不足；並辯正清人王昶（1725～1807）《金石萃編・無憂王寺塔銘》條的一些誤解。本文分三段：釋佛骨與舍利、唐帝敕啓佛骨、法門寺與佛骨展開論述，以得出結論。

一、釋「佛骨」與「舍利」

　　「佛骨」是釋迦佛之靈骨，亦即佛的舍利。釋迦是早成正覺的佛，祂的法身無處不在，有不可思議的力量。為了救度娑婆眾生而以凡身示現八相成佛，由誕生而出家，由修道而證覺，由說法而涅槃，走的是一條凡夫成道的路，為後世修行人立下一個榜樣，提供「眾生皆有佛性」、「眾生皆可成佛」的啓示。釋迦在世八十年而圓寂，留下許多舍利，有八斛四斗之多，分供於

〔註1〕　張遵騮：《隋唐五代佛教大事年表》，載見范文瀾：《唐代佛教》（北京：人民出版社，1979 年 4 月），頁 94～310。

各地。其舍利即代表著釋迦的法身，與釋迦無異，心誠求之，無不相應。以下分述「舍利」的名稱、由來、種類及供養的功德。

（一）舍利的名稱

舍利，是梵語的譯音，有譯爲「室利羅」、「設利羅」，即是人死後的遺身、遺體。

《法苑珠林》：「舍利者，西域梵語，此云骨身。恐濫凡夫死人之骨故，存梵文之名。」〔註2〕

《元鐲績霏雪錄》：「舍利，按佛書室利羅或設利羅。此云骨身，又名靈骨。」

《法華玄贊二》曰：「梵云設利羅，體也。舍利者，訛也。」

《俱舍光記八》曰：「室利羅，唐言體。佛身體也。舊云舍利，訛也。」

可見舍利就是人死後的遺身、遺體。此通言佛骨。

（二）舍利的由來

舍利是精進的修行人的結晶。顯教修行人重身口意，密宗則重脈氣點，將明點昇華可得舍利。顯教如淨土宗、禪宗在理論上雖然不講脈氣點，但修行人圓寂後獲得舍利的，指不勝屈。

《金光明經・卷四・捨身品》：「是舍利者，即是無量六波羅蜜功德所重。」〔註3〕又曰：「舍利者是戒定慧所薰修，甚難可得，最勝福田。」〔註4〕即是清楚說明舍利的由來在於精進薰修，人人可得，並不出奇。

至於，釋迦佛的舍利是祂自用三昧眞火所燒而成，《大般涅槃經》即云：

（如來）以佛力故，香積自燃，四面火起，經歷七日，寶棺融盡。

於時諸天，雨火令滅。諸力士眾收取舍利。(略) 即以金罍收取舍利，置寶輿上，燒香散華，作諸伎樂，還歸入城。〔註5〕

（三）舍利的種類

舍利是廣義之名，分爲生身舍利與法身舍利，細分爲：

〔註2〕 〔唐〕釋道世：《法苑珠林》卷40，舍利篇第37，引證部第二，頁598。《大正新修大藏經》第53冊，事彙部上（臺北：新文豐出版公司，民國83年5月修訂），下稱《大正藏》。

〔註3〕《大正藏》第16冊，354上。

〔註4〕同上註。

〔註5〕《大正藏》第1冊，阿含部，頁207。

> 生身舍利：全身舍利，如六祖金身。
>
> 　　　　碎身舍利，如釋迦舍利。
>
> 法身舍利：一切大小乘經卷屬之。

至於碎身舍利的顏色，有三種，《法苑珠林》載：

> 舍利有三種，一是骨舍利，其色白也；二是髮舍利，其色黑也；三
> 是肉舍利，其色赤也。〔註6〕

《傳燈錄》：「爾時金棺（佛涅槃後）後座而舉。高七多羅樹，往反空中，化火光三昧，須臾灰生。得舍利八斛四斗。」這便是釋迦舍利的由來。許多佛教徒因此認爲釋迦涅槃後只餘舍利；但據《佛祖統記》卷五十三所載另有「佛牙」、「佛骨」、「佛指」、「佛髮」、「佛髭」。

究竟，佛舍利與其他修行人舍利有何不同？

> 若是佛舍利，椎打不破；若弟子舍利，椎擊便破。〔註7〕

佛舍利，不但椎擊不破，而且入火不變，舉二例：

> 宋太宗，建啟聖禪寺，奉優塡聖瑞像釋迦佛牙。太祖親緘銀塔中。初，
> 太祖疑佛牙非眞，取自洛以火鍛之，色不變，遂製發願文。〔註8〕
>
> 宋仁宗敕迎陳留佛指入內，試以烈火，擊以金鎚，了無所損，俄而
> 舍利流出，乃製發願文，送還本寺。〔註9〕

以上二例，所引雖是「北天佛牙」、「陳留佛指」，〔註10〕究其本質即佛的「舍利」，其殊勝與佛骨無二，可以比觀。

（四）供養舍利的功德

舍利是如來的法身代表，力量不可思議。供養舍利猶如拜佛，只要心誠求之，可減夙業，可長善業。世人知道拜觀音菩薩可以消災解難，拜文殊菩薩可以增長智慧，所拜的是觀音、文殊的圖像，而非其舍利。爲甚麼沒有舍利呢？因爲觀音和文殊兩位菩薩並未曾如釋迦一樣示現於此娑婆世界，展示

〔註6〕 《法苑珠林》卷40，舍利篇第37，引證部第2，《大正藏》第53冊，事彙部上，頁598。

〔註7〕 同上註。

〔註8〕 〔宋〕志磐：《佛祖統紀》卷五十三，《大正藏》第49冊，史傳部一，頁460，下稱《統紀》。

〔註9〕 同上註，頁461。

〔註10〕北天佛牙、鄮山舍利、鳳翔佛骨、陳留佛指，引見《統紀》卷53載。至於「佛髭」，引見《統紀》卷4；至於「佛舍利」、「佛髮」，引見《冊府元龜》卷52。

其一生以至成道的過程，而只是相機以化身示現，為眾生解厄，其法身則如如不動，其法身與釋迦的法身並無差異。故舍利也好、圖像也好，都是佛和菩薩濟世的化身，化身有形，法身無形卻無處不在，只要心誠以求，即在怒濤困厄之中也可脫難。當然，圖像方便，舍利難求；要而言之，供養的福報可無二致。供養舍利可以生福滅罪，如《大悲經》云：

> 爾時世尊告阿難，我滅度後，若有人乃至供養我之舍利如芥子等，
> 恭敬尊重，謙下供養，我說是人以此善報，一切皆得涅槃界盡涅槃
> 際。若有造立形像塔廟乃有信心念佛功德，乃至一華散於空中，我
> 說是人以此善根，一切皆當得涅槃界盡涅槃際。〔註11〕

供養的物質的豐儉，可量力而為的，即使細如芥子，只有一花之微，恭敬尊重，謙下供養，佛陀說此供養功德大無邊際。

二、唐帝敕啟塔寺佛骨

有唐一代，若連武周朝在內，皇帝敕令開發鳳翔法門寺的舍利，禮迎入宮供養，以求國泰民安，凡七次之多，計為：

（一）貞觀五年（631）請出舍利以示道俗

> 岐州刺史張亮素有信向，常至法門寺禮拜。奏請修葺法門寺塔，開
> 啟法門寺塔，供養真身舍利，太宗許之。請出舍利示道俗。于是京
> 邑內外奔赴塔所，日有數萬。或有燒頭煉指，刺血灑地者。〔註12〕
>
> 案：此條資料，新、舊《唐書·太宗本紀》無載。必須指出，太宗朝
> 　　只敕准開發塔寺佛骨，並無入宮瞻禮事。

（二）顯慶五年（660）迎入東都供養

> 春三月，下詔迎岐州法門寺佛骨至東都，入內供養。武后舍所寢衣
> 帳直絹一千匹，為舍利造金棺銀槨，雕鏤窮奇。以龍朔二年（662）
> 送還本塔，京師諸僧及宮人等數千人共下舍利于石室掩之。〔註13〕
>
> 唐高宗，詔迎岐州法門寺護國真身塔釋迦佛指骨至洛陽大內供養，

〔註11〕《法苑珠林》卷40，舍利第37，感福部第五，《大正藏》第53冊，事彙部上，
　　　　頁600。

〔註12〕〔清〕王昶：《金石萃編》卷101，〈無憂王寺寶塔銘〉《石刻史料新編》一輯
　　　　（臺北：新文豐出版公司，民國75年台1版），頁1669～1672。

〔註13〕〔唐〕釋道宣：《集神州三寶感通錄》卷上，五扶風岐山南古塔，下稱《感通
　　　　錄》，《大正藏》第52冊，史傳部四，頁406。

皇后以金函九重，命宣律師，送還岐山。〔註14〕

案：此條資料，新、舊《唐書·高宗本紀》無載。是次迎佛骨的經過
是，顯慶四年（659）重開塔基，得舍利八粒；五年（660），請入
東都大內供養；龍朔二年（662）始歸還寺塔。

（三）武周長安四年（704）請至長安洛陽供奉

遣鳳閣侍郎崔玄暐、沙門法藏、沙門文綱等十人，往岐州無憂王寺
迎舍利至長安洛陽，令王公以降精事供養。〔註15〕

案：此條資料，新、舊《唐書·則天皇后本紀》無載。是次開發及供
養，始於長安四年（704），到中宗景龍二年（708），命文綱等送
舍利回塔。後二年，景龍四年（710）旌為「聖朝無憂王寺」，題
舍利塔為「大聖眞身寶塔」。

（四）肅宗朝迎入禁中，以為祈福靖難

1. 至德二載（757）迎入鳳翔行在內道場

詔迎鳳翔法門寺佛骨入禁中，立內道場。命沙門朝夕讚禮。〔註16〕

肅宗，詔迎法門寺佛骨，至禁中禮敬，傳至諸寺瞻禮。〔註17〕

案：此條資料，新、舊《唐書·肅宗本紀》無載。此前一年，即至德
元載（756）正月安祿山反。五月，玄宗太子百官幸蜀，至馬嵬，
百姓數千人，請太子留東破賊室，沙門道平力勸議兵靈武，以圖
收復。七月，太子即位，是為肅宗。時帝在靈武以軍用不足，宰
相裴冕請鬻僧道度牒，謂之香水錢。時帝難方盛，或勸帝宜憑佛
祐，詔沙門百人，入宮朝夕諷唄。（《佛祖統紀》卷40，《大正藏》
第49冊，頁375）

2. 上元元年（760）詔迎佛骨入長安內道場

（肅宗）五月，敕僧法澄、中使宋合禮、鳳翔府尹崔光遠，啓發迎
赴內道場。聖躬臨筵，晝夜苦行，從正性之路，入甚□之門。〔註18〕

〔註14〕《統紀》卷53，頁460。又見《統紀》卷39，頁367。

〔註15〕《宋高僧傳·卷14·文綱傳》，《大正藏》第50冊，史傳部二，頁792；《金
石萃編·卷101·無憂王寺寶塔銘》，《石刻史料新編》一輯，頁1669～1672。

〔註16〕《統紀》卷40，頁375。

〔註17〕《統紀》卷53，頁461。

〔註18〕〔唐〕張彧：〈無憂王寺寶塔銘〉，《金石萃編》卷101，《石刻史料新編》一輯，
頁1669～1672。

案：至德二載（757）九月，廣平王俶、郭子儀收復西東兩京，迎太上
皇還京。其後三年，即上元元年（760）。此條資料與上段所禮敬
的佛骨是一件事，皆爲肅宗朝事。此言肅宗遣僧使，五月啓發迎
入，從鳳翔行在迎至長安。七月還塔，歷時二月。此條資料，新、
舊《唐書・肅宗本紀》無載。而張彧所撰之〈無憂王寺寶塔銘〉
則建於大曆十三年（778）四月廿五日，已係十七年後。

（五）貞元四年（788）迎入禁中供養，傾都瞻禮

貞元六年二月，岐州無憂王寺有佛指骨寸餘，先是取來禁中供養。
乙亥詔送還本寺。〔註19〕

德宗貞元六年二月乙亥詔葬佛骨於岐陽。〔註20〕

案：德宗貞元四年取佛骨入宮供養，至貞元六年還寺。此條資料，《舊
唐書・德宗本紀》有載，甚略。《新唐書・德宗本紀》無載。

（六）元和十四年（819）正月迎佛骨至京師，歷送十寺。後改塔
名為「護國真身塔」

鳳翔法門寺有護國真身塔，塔內有釋迦文佛指骨一節，其書本傳法，
三十年一開，開則歲豐人泰。十四年正月，上令中使杜英奇押宮人
三十人，持香花赴臨皋驛迎佛骨。自光順門入大內，留禁中三日，
乃送諸寺。王公士庶，奔走捨施，唯恐在後。百姓有廢業破產、燒
頂灼臂而求供養者。愈素不喜佛，上疏諫曰：（略）。乃貶爲潮州刺
史。〔註21〕

十四年春正月，（略）迎鳳翔法門寺佛骨至京師，留禁中三日，乃送
詣寺，王公士庶奔走捨施如不及。刑部侍郎韓愈上疏極陳其弊。癸
巳，貶愈爲潮州刺史。〔註22〕

德宗（案，此爲憲宗之誤），詔迎法門寺佛骨，入禁中禮敬，歷送京城
十寺。世傳三十年當一開，則歲豐人安，韓愈上表，貶潮州。〔註23〕

案：此條資料，《舊唐書・卷 15・憲宗本紀下》、《舊唐書・卷 160・韓

〔註19〕《舊唐書・卷 13・德宗本紀》（北京：中華書局點校本，1998），頁 369。
〔註20〕《冊府元龜・卷五十二・帝王部・崇釋氏》。
〔註21〕《舊唐書・卷 160・韓愈列傳》，頁 4198～4199。
〔註22〕《舊唐書・卷 15・憲宗本紀》，頁 465～466。
〔註23〕《統紀》卷 53，頁 461。

愈列傳》有載。而《新唐書・卷 7・憲宗本紀》則無載，只見於〈韓愈列傳〉。必須指出，此處出現「歷送京城十寺」，可見已經是太宗時所傳下來的舊例。

（七）咸通十四年（873）四月迎佛骨至京，傾都瞻禮

（懿宗）咸通十四年三月庚午詔兩街僧於鳳翔法門寺迎佛骨，四月八日佛骨至京。〔註24〕

懿宗，詔迎佛骨，三百里間，車馬不絕，公私音樂，儀仗之盛，過於南郊，上降禮迎拜。〔註25〕

三月，迎佛骨於鳳翔。癸巳，雨土。〔註26〕

案：此條資料，《舊唐書・憲宗本紀》，有詳載；《新唐書・憲宗本紀》有載，甚略。

上述七次之中，除貞觀外，其餘六次皆迎入宮中供養。留宮的時日有長有短，短者三日（憲宗時、懿宗時）；長者三年（高宗時、肅宗時、德宗時），如高宗顯慶五年（660）詔迎入內供養至龍朔二年（662）送還本塔；德宗貞元四年（788）詔迎入宮至貞元六年（790）二月送還本寺。要論敕迎之禮，隆重莊嚴，要以咸通、顯慶兩朝最為虔誠、尊敬。至說「佛骨」三十年一開，考之上述七次開發的時間，未盡脗合，此與戰亂祈福有關。無論如何，唐代之禮迎「佛骨」，天子供養在上，士民膜拜在下，蔚成風氣。大抵三十年一開，人生苦短，難得再睹，而祥瑞赫赫，又可消災植福，遂使兩京震動，天下靡然。以下先述法門寺的沿革，再述佛骨的開發。

三、法門寺和佛骨

（一）法門寺的沿革

法門寺位於唐代西京鳳翔府，今陝西省扶風城北 10 公里的法門鎮。寺塔在岐山之南，唐代高僧釋道宣律師〔註27〕曾至其處，有這樣記載：

〔註24〕《舊唐書・卷 19・懿宗本紀》，頁 683。
〔註25〕《統紀》卷 53，頁 461。
〔註26〕《新唐書・卷 19 上・懿宗紀》，頁 263。
〔註27〕道宣：是唐代律宗大師。是南山律宗之祖。浙江吳興人。俗姓錢，字法遍。十六歲出家。先後從日嚴寺慧頵、大祥定寺智首學律。後住終南山白雲寺，弘宣四分律，其宗派稱南山律宗。曾參與玄奘之譯場，嚴守戒品，深好禪那。《佛光大辭典》（臺北：佛光出版社，1995 年 5 月初版六刷），頁 5656～5637。

　　扶風岐山南古塔者，在平原上，南下北高。東去武亭川十里，西去
　　岐山縣二十里，南去渭水三十里，北去岐山二十里。〔註28〕

茲據〔唐〕道宣律師《集神州三寶感通錄》、〔註29〕張彧〈大唐聖朝無憂王寺
大聖眞身寶塔碑銘〉、〔註30〕張仲素〈佛骨碑〉〔註31〕及僧澈〈大唐咸通啓送
岐陽眞身志文〉，〔註32〕略述其沿革：

　　岐山西北二十餘里有鳳泉。周文王（約前 1122）時，有鸑鷟鳴於岐山，
即是此地。又因鸑鳳曾飲此泉水，故號鳳泉。漢文帝時（58～75 在位），夜夢
金人，然後白馬馱經，建白馬寺；佛教傳入中國。至於平原上的塔，俗諺稱
爲「阿育王寺」。

　　西魏之時，「阿育王」寺，僧徒有五百人。西魏恭帝二年（555），西魏小
冢宰岐州牧拓跋育曾開啓扶風阿育王寺塔，供養眞身舍利，並充修寺宇。後
遭北周武帝（561～578 在位）滅佛，塔寺一度荒頹，唯有兩廡獨存。

　　隋文帝（581～604 在位）極愛其地山水的靈秀，乃在其山上置塔，俯臨
極目，甚見遼闊。這座塔，後因隋末戰亂，僧徒他往，塔亦頹壞。隋朝皇帝
予以整飭，賜名成實（按：一作誠實）寺。大業五年（609）因爲寺僧不滿五
十人，歸入京師寶昌寺，此寺從廢。其塔故地，仍爲寺莊。

　　唐興，寶昌寺僧普賢慨嘆寺塔荒廢，具狀上請，敕准改名爲「法門寺」。
武德二年（619）太宗率師討平薛舉之亂，初度八十僧，卻未有住寺，於是敕
准僧人惠業所奏，總住法門寺。貞觀五年（631）岐州刺史張亮（一作德亮），
常來寺參拜，但見古基，曾無上覆，於是，奏請崇飭，太宗許以望雲官殿以
蓋塔基。又申請開發舍利，以示道俗，無數千人，一時同觀。顯慶四年（659）
九月，僧智琮、弘靜入宮，語及育王塔事，於是奉敕開發；得舍利後，敕使
送錢五千、絹五十匹，令造「阿育王像」，餘者修補故塔。寺僧以舊物多雜杇
故，遂總換以柏，編石爲基，重新修葺，內外一新，莊嚴雅麗。五年（660）
三月敕取舍利往東都入內供養，至龍朔二年（662）送還寺塔。

　　總上，塔名方面，初名「阿育王塔」，中宗景龍四年（710）旌表寺爲「聖

〔註28〕《三寶感通錄》卷上，《大正藏》第 52 冊，史傳部四，頁 406。
〔註29〕同上註。
〔註30〕《金石萃編》卷 101，《石刻史料新編》一輯，頁 1669～1672。
〔註31〕《全唐文》卷 644（北京：中華書局，1970 年 5 月），頁 6522。
〔註32〕1987 年唐塔地宮出土，碑存法門寺博物館。引自李發良：《法門寺志》（西安：
　　　　陝西人民出版社，2000 年 1 月），頁 248～250。

朝無憂王寺」，同時，復題舍利塔爲「大聖眞身寶塔」。元和十四年（819）詔改塔名爲「護國眞身塔」，並敕學士張仲素撰〈佛骨碑〉。

寺的名稱，由北周時的「阿育王寺」，一變爲隋朝之「成實寺」，再變爲唐高祖的「法門寺」，盛唐的「聖朝無憂王寺」，中唐時的「法雲寺」，凡經五變。而岐州的地名，亦經三變，岐州本北周所置，是舊名。隋改爲扶風郡，唐初復置岐州，至德宗初年，升爲西京鳳翔府。

由上所述，若是瞭解了寺名與地名的沿革，處理資料便不會弄錯。明人王應麟（1223～1296）《困學紀聞》便以「無憂王寺」與鳳翔「法門寺」，名稱不同，疑是二寺。王應麟這樣說：

> 舊史〈德宗紀〉：貞元六年，岐州無憂王寺，有佛指骨寸餘，先是取來禁中供養，乙亥，詔退還本寺。此迎佛骨事也。〈韓愈傳〉云：鳳翔法門寺有護國眞身塔，內有釋迦文佛指骨一節。寺名與前不同。〔註33〕

這點，閻若璩（1223～1296）已經駁正：

> 法門寺即無憂王寺，紀載非一手，故其名互異。説非也。〔註34〕

及後，清人王昶（1725～1807），在《金石萃編》裡，提出兩個疑問：

> 紀所謂先是取來禁中供養者，正指肅宗啟發之事，非憲宗所迎之佛骨也。〔註35〕

又曰：

> 此碑（按，即張彧所撰之〈無憂王寺寶塔銘〉）立於大曆十三年（778），不但在憲宗迎佛骨之前三十餘年，且距德宗貞元六年送還本寺亦有十一年。則是憲宗迎佛骨之事，非此碑所稱之佛骨也。〔註36〕

筆者先釋第一點，關鍵在於「先是」二字，王昶以爲即是肅宗時迎入內道場供養，久假不歸，故而認爲此物與憲宗所迎之佛骨爲二物。按《舊唐書‧德宗本紀》貞元六年（790）二月歸還佛指骨於岐州阿育王寺，文中謂「先是取來禁中供養」，是指貞元四年（788）詔迎佛骨入禁中供養的事，而非推遠至肅宗之時。試想若肅宗之時，留「佛骨」不送還本寺，便居宮禁中，何須德宗下詔迎入？再說，貞元六年二月送歸本寺，三十年後憲宗迎出供養，有何

〔註33〕《金石萃編》卷101，《石刻史料新編》一輯，頁1670～1672。
〔註34〕同上註。
〔註35〕《金石萃編》卷101，《石刻史料新編》一輯，頁1671～1672。
〔註36〕同上註。

不對？這一點，王昶弄錯了。

第二點，疑團在撰者，張彧撰的是〈無憂王寺寶塔銘〉，張仲素撰的是〈法雲寺佛骨碑〉，前者是大曆十三年（778）所立，所敘止於肅宗至德二年（757）迎佛骨入內道場事；後者是元和十四年（819）憲宗所敕撰者，王昶誤以張彧與張仲素為一人，故有此說。所以研究鳳翔法門寺首先明其沿革，掌握其異名，可以減少過失。

復次，塔的型制有異。唐代的塔本是四層木塔，到明代穆宗隆慶年間（1567～1572）崩壞，至神宗萬曆年間（1579～1629），改建為八棱十三級磚塔。在清代，畢沅（1730～1797）曾任職陝西巡撫，所著《關中勝蹟圖志》卷 18，便引宋人邵博《聞見後錄》的記載：

> 法門寺在扶風縣北二十里崇見鎮。《見聞後錄》：「寺有古塔四層，瘞佛手指骨一節。」〔註37〕

而明代磚塔，受不了風雨侵蝕，竟在 1981 年 8 月崩塌了半邊。其後，遂發現了埋藏千年〔註38〕的地宮及四枚佛骨。而寺廟部份，歷朝屢有的修葺，恕不贅述。1988 年，法門寺真身寶塔修復，法門寺博物館建成，堂構巍峨，煥然一新。

（二）佛骨的瑞見和啟發

鳳翔法門寺古塔，始建於何年，恕一時無法考出。大抵是先塔後寺。可注意的是，北周前寺名「阿育王」這一節。根據佛經有如下的記載：

> 阿育王，此云無憂王。昔者如來在世，彼為童子於路戲沙，遇佛，即以沙為飯，用獻如來。佛摩其頂，記曰：「我滅度後，此子作鐵輪王。統瞻部洲萬國之地，大興佛事。」彼後出世，聞如來記，乃開七塔，取舍利使鬼神遍閻浮提，起八萬四千塔，興隆三寶大作佛事。
> 此東震旦有一十九所，寧波現存焉。〔註39〕

阿育王〔註40〕宿世為童子時，以沙為飯，用獻如來，得佛授記（按即預言）。

〔註37〕此塔，畢沅說是四層古塔；《清一統志》則說是古木塔十四層，待考。

〔註38〕唐懿宗咸通十五年（874）正月四日歸安塔下，至 1981 年發現地宮，凡 1107 年。詳參後文〈唐憲宗敕迎佛骨始末〉附錄。

〔註39〕《續藏經，禮舍利塔儀式》注引。

〔註40〕阿育，梵名 Aśoka。為中印度摩揭陀國孔雀王朝第三世王。西元前三世紀左右出世，統一印度，為保護佛教最有力的統治者。據傳王於國內，建八萬四千僧伽藍，造八萬四千佛塔。《佛光大辭典》，頁 3633～3635。

果然佛滅後百年，大興佛事，便有驅使鬼神造八萬四千塔的傳說。〔註41〕中國境內就有十九處，〔註42〕據道宣律師《集神州三寶感通錄》考究所得，岐山南古塔，即鳳翔法門寺古塔，排名第五，史蹟最盛。大抵阿育王驅遣鬼神，分藏各地，出現祥瑞之氣，引起風俗注視，呼爲聖塚，因緣時會，朝廷爲之建塔，故先後有十九座古塔，世俗相傳皆是「阿育王寺」塔，其故因此。

其中，以鳳翔法門寺祥瑞最多。古老相傳，三十年一開。每屆開發時，屢出祥瑞。

> 顯慶四年十月……寺東雲龍坊人，敕使未至前，數日，望寺塔上有赤色光，周照遠近，或見如虹，直上於天，或見光照寺城，丹赤如畫；且具以聞。〔註43〕

於是功德使具奏上聞，皇帝認爲「能得舍利，深是善因」，敕准開發，並賜錢絹，以充供養。茲以顯慶四年（659）十月的開發舍利的經過爲例：

> 琮（僧智琮）與給使王長信等十月五日從京旦發，六日逼夜方到。琮即入塔內專精苦到，行道久之，未有光現。至十日三更，乃臂上安炭就而燒香，懷屬專注，曾無異想。忽聞塔內像下，震裂之聲，往觀，乃見瑞光流溢，霏霏上涌。塔內三像足，各各放光，赤白綠色纏繞而上，至於衡桶，合成帳蓋。琮大喜躍，將欲召僧。乃覩塔內，充塞僧徒合掌而立，謂是同寺。須臾既久，光蓋漸歇，冉冉而下，去地三尺，不見羣僧，方知聖隱。即召來使同覩瑞相。既至像所，餘光薄地，流輝布滿，赫奕潤滂，百千種光，若有旋轉，久方沒盡。及旦看之，獲舍利一枚，殊大於粒，光明鮮潔。更細尋視，又獲七枚。總置盤水。一枚獨轉，遶餘舍利。各放光明炫耀人目。
>
> 琮等以所感瑞，具狀上聞，敕使常侍王君德等送絹三千疋，令造朕

〔註41〕〈阿育王造八萬四千塔記〉第31，《釋迦譜》卷第5，《大正藏》第50冊，史傳二，頁76～78、頁79～82。

〔註42〕神州十九塔爲：西晉會稽鄮塔緣一、東晉金陵長干塔緣二、石趙青州東城塔緣三、姚秦河東蒲坂塔緣四、周岐州歧山南塔緣五、周瓜州城東古塔緣六、周沙州城內大乘寺塔緣七、周洛州故都西塔緣八、周涼州姑藏縣塔緣九、周甘州刪丹縣塔緣十、周晉州霍山南塔緣十一、齊伐州城東古塔緣十二、隋益州晉源縣塔緣十四、隋鄭州起化寺塔緣十五、隋懷州妙樂寺塔緣十六、隋并州淨明寺塔緣十七、隋并州榆社縣塔緣十八、隋魏州臨菑縣塔緣十九。引見《感通錄》卷上，頁404。

〔註43〕《三寶感通錄》卷上，《大正藏》第52冊，史傳四，頁406。

等身阿育王像，餘者修補故塔。仍以像在塔，可即開發出佛舍利，
以開福慧。〔註44〕

那枚「佛骨」究是怎樣子？高宗時奉旨護送還本寺的道宣律師曾親見親觸，
這樣記載：

其舍利形狀如小指。初骨長寸二分，內孔正方，外楞亦爾。下平上
圓，內外光淨，余內小指於孔內恰受，更得勝戴以示大眾。〔註45〕

其後，大曆年間（766～779）張彧撰〈無憂王寺寶塔銘〉，對於「佛骨」，這
樣形容：「觀其鼠氳玉潤，皎潔冰淨，靈不可掩，堅不可磨。寸餘法身，等虛
空而無盡；一分功德，比恒沙而無量。」〔註46〕

至此，對「佛骨」的形相，大體掌握了，就是：「其本質是舍利，其形狀
如小指，長寸二分，下平上圓，中有小孔，可容一小指；其色澤潔潤如玉，
澄淨如冰；其功德殊勝，一瞻一禮，可以消災植福，不可思議。」

「佛骨」是塊寶物，三十年一開，人壽苦短，所以難得一見。故每次開
發，及獲舍利，開放參觀，「通現道俗」，千萬人一時同觀。據載：貞觀時，「有
一盲人積年目冥，急努眼直視，忽然明淨」。而眾生因其福德根器之殊而見不
同的色相，有見如玉色的，有見如綠色的，有的全然看不見的，或經懺悔而
始見的；乃有不惜燒頂灼背，或燒指行供養，以求清夙世惡業，以求暫見：

時有一人，以不見故，感激懊惱。搥胸而哭。眾人愍之。弔問曰：「汝
是宿作，努力懺悔，何用搥胸。」此人見他燒指行供養者，即以麻
纏拇指燒之，遶塔而走，心盛火急，來舍利所，欻然得見。歡喜踊
躍跳擲，不覺指痛，火滅心歇，還復不見。〔註47〕

據《舊唐書》、《通鑑》載：「王公士庶，奔走捨施，唯恐在後。百姓有廢業破
產、燒頂灼臂而求供養者。」大抵就指士庶等人這類的色身供養了。

（三）敕迎佛骨之盛況

因為道俗相傳，功德赫赫，既可消災植福，可使國泰人安：「玉燭調、金
鏡朗、氛祲滅、稼穡豐。」所以有唐一代開發「佛骨」凡七次，迎入大內供
養凡六次，極一時之盛。史載以懿宗十四年（873）最隆重：

〔註44〕《三寶感通錄》卷上。《大正藏》第52冊，史傳四，頁406。
〔註45〕同上註。
〔註46〕《金石萃編》卷101，《石刻史料新編》一輯，頁1668～1669。
〔註47〕《三寶感通錄》卷上。《大正藏》第52冊，史傳四，頁406。

庚午，詔兩街僧於鳳翔法門寺迎佛骨，是日天雨，黃土遍地。四月
八日，佛骨至京，自開遠門達安福門，彩棚夾道，念佛之音震地。
上登安福門迎禮之，迎入內道場三日，出於京城諸寺。士女雲合，
威儀盛飾，古無其比。〔註48〕

咸通十四年春，詔迎佛骨鳳翔，（略）乃以金銀爲刹，珠玉爲帳，孔
鷮周飾之，小者尋丈，高至倍，刻檀爲檐柱，陛城塗黃金，每一刹，
數百人舉之。香輿前後係道，綴珠瑟瑟幡蓋，殘綵以爲幢節，費無
貲限。夏四月，至長安，綵觀夾路，其徒導衛。天子御安福樓迎拜，
至泣下。詔賜兩街僧金幣，京師耆老及見元和事者，悉厚賜之。不
逞小人至斷臂指，流血滿道。所過鄉聚，皆哀土爲刹，相望於塗，
爭以金翠拔飾。傳言刹悉震搖，若有光景云。京師高貲相與集大衢，
作繒台縵闕，注水銀爲池，金玉爲樹木，聚桑門羅像，考鼓鳴螺繼
日夜。錦車繡輿，載歌舞從之。〔註49〕

自京城至寺三百里間，車馬晝夜不絕。飲饌盈溢道路，謂之「無礙檀施」。自
佛骨至京師，導以禁軍兵仗，音樂準天燭地，綿亙數十里，比較元和之時，
還要隆重。所施之物，亦甚珍稀。至於顯慶五年（660）亦很禮敬：

（高宗顯慶五年）詔迎岐州法門寺佛骨至東都，入內供養。武后捨
所寢衣帳直絹一千疋，爲舍利造金棺銀槨，雕鏤窮奇。〔註50〕

總計，唐朝皇帝開塔敕迎佛骨凡七次，莊嚴隆重之禮，不必細表。這裏有一
個問題，就是：何故憲宗、懿宗先後禮迎「佛骨」，理應消災植福，何以其壽
不永？

討論此問題，要先知何謂功德？何謂福德？梁武帝三度捨身同泰寺，又
大興佛寺五百間，達摩說：「無功德」。意思是說，修行施作，自度度他的始
稱功德，依之供養，求諸善報者爲福德。佛教講福德是方便眾生，「黃葉止兒
啼」，因爲執有，故不出六道，終非究竟；超出離迴，往諸刹土，方是正塗。
要往生佛刹，便要累劫多生積福行善，最要緊是修行。依此而觀，梁武帝大
興佛寺，有福德，惜其捨身同泰寺不成功，所以無功德。依此繩之，唐帝之
敕迎「佛骨」，其福報是一定的；功德談不上了。佛教又言三世因果：「要知

〔註48〕《舊唐書‧卷19上‧懿宗紀》，頁683。
〔註49〕《新唐書‧卷181‧李蔚傳》，頁5354。
〔註50〕同註13。

前世果，今生受者是；要知來生果，今生做者是。」唐帝之短祚命蹇，是他前生所積之果報，如憲宗信道教，服丹藥以致壽促，是咎由自取，自作自受。

（四）佛骨的還塔與瘞葬

法門寺佛骨，在唐代是藏於塔寺石室，三十年始一開。高宗時道宣律師曾奉命護送回寺，他說：

> （顯慶五年）二月十五奉敕，令僧智琮、弘靜、京師諸僧，與塔寺僧及宮人等無數千人，共藏舍利于石室掩之。三十年後，非余所知，後有開瑞可續而廣也。〔註51〕

清代，畢沅著《關中勝蹟圖志》卷十八引宋邵博《聞見後錄》說：

> 古塔四層，葬佛手指骨一節。唐憲宗盛儀衛迎入禁中。即韓吏部表諫者。塔下層為大，有石芙渠，工製精妙。每芙渠一葉上刻一施金錢人姓名，殆數千人，宮女名為多。又刻白玉像所葬佛指骨，置金蓮花中，隔琉璃水晶匣可見。〔註52〕

此節資料顯示：唐後，由宋中葉起，法門寺用白玉仿造了一塊「佛骨」，置於金蓮花中，任人參觀；塔下層有工製美妙的芙渠（蓮花），葉上刻上檀施者姓名，以宮女為多，大抵為求福報吧！

佛骨的供置由唐代的三十年一開，士民熱烈的膜拜；宋以後雖無三十年一開的盛況，但是，法門寺的靈蹟仍不斷湧現。如太平興國三年（978）四月所記的〈法門寺浴器靈異記〉、〔註53〕〔宋〕張奭〈法門寺重修九子母記〉〔註54〕都有記載。

結　語

關於法門寺「佛骨」，親覩親觸的人在唐代不多，只有幾個皇帝，而本紀不載，載亦甚略。其中能夠有緣親覩親觸並著有記載的，要算高宗時的道宣律師了。高宗顯慶五年送還「佛骨」就是令道宣律師負責的。所以研究「佛骨」，道宣律師是一個關鍵人物。幸而幾經翻尋，終於在《大藏經》找到他所撰的《集神州三寶感通錄》，故此，我相信對唐帝所迎的「佛骨」的形狀、祥瑞，以至敕迎之盛等等是大體掌握了。《新唐書》未有釋「佛骨」，《舊唐書》

〔註51〕《三寶感通錄》卷上，《大正藏》第52冊，史傳四，頁407。

〔註52〕《金石萃編》卷101，《石刻史料新編》一輯，頁1672。

〔註53〕〔清〕畢沅《關中金石記》卷5，《石刻史料新編》二輯，第14冊，頁10685。

〔註54〕〔清〕畢沅《關中金石記》卷5，《石刻史料新編》二輯，第14冊，頁10689。

釋爲「佛指骨」一節是不全面的，易惹人誤解。試擬「佛骨」的注釋如下，
以供治唐史者的參考，並作本文的結束：

> 「佛骨」是佛之舍利，屬碎身舍利的一種。是佛陀入滅後所燒成的。
> 佛陀色身有盡，而法身無窮，所以佛舍利又可作佛陀法身的代表。
> 瞻禮「佛骨」猶如瞻禮佛陀，功德無二。其形狀如小指，長約一寸
> 二分，下平上圓，内有正方孔可容一小指；其色玉潤光淨，其功德
> 不可思議。有唐一代敕開寺塔、迎佛骨入宮供養凡七次：顯慶五年、
> 長安四年、至德二載、上元元年、貞元五年、元和十四年、咸通十
> 四年。至論開發舍利，歷送諸寺，通現道俗，則計貞觀五年、貞元
> 四年、元和十四年、咸通十四年四次。古老相傳：三十年一開，開
> 則歲豐人泰。又謂是爲百姓求福者；史載一開一迎，極一時之盛云
> 云。

（案：本文作於 1982 年 1 月。筆者當時攻讀碩士班，埋首圖書館裡 30 天寫
　　成。此前半年，即 1981 年 8 月，法門寺明代所修建的眞身寶塔坍塌了
　　半邊。此後三年，1985 年中共批准修復，1986 年成立辦公室，1987 年
　　4 月發現地宮，1988 年眞身寶塔修復，法門寺博物館建成，正式對外
　　開放；佛骨重現於世，已爲本文撰成後八年的事了。）

（本文舊題〈鳳翔法門寺佛骨考〉，曾登載於香港《内明》佛教雜誌，第 130
　期，民國 72 年（1983）9 月刊出。今將此文增訂，加入註釋，易爲今名。
　2011 年 8 月又記）

唐憲宗敕迎佛骨始末

摘　要

　　本文研究唐憲宗一朝迎接佛骨入宮以至還寺的過程，據史籍、金石文獻，分「敕迎」、「開發」、「入宮」、「送寺」、「還寺」、「撰文」幾個程序；以見迎奉「佛骨」的隆重，以備學界參考。結論是，元和十三年十二月初一敕迎；十四年正月初一至京，中使奉迎，迎入禁中供養三日。初四起，歷送十寺，讓士庶瞻拜捨施；十三日韓愈上表極諫，十四日貶爲潮州刺史；二月初八，歸返寺塔，並敕學士張仲素撰〈佛骨碑〉。

關鍵詞：唐憲宗、佛骨、韓愈

一

唐憲宗（778～820）元和十四年詔迎佛骨供養，及後轉送寺廟，王公士庶，奔及施捨；刑部侍郎韓愈（768～824）上表切諫，乃唐史一椿大事；惟新、舊《唐書》所記之各段時間不甚清楚，茲分「敕迎佛骨」、「開發舍利」、「迎入禁中」、「送寺瞻奉」、「還塔瘞藏」、「撰文記事」六部分疏理如次。

二

關於「敕迎佛骨」，《新唐書・憲宗本紀》云：「元和十三年，十二月庚戌（初一），〔註1〕迎佛骨於鳳翔。」〔註2〕《資治通鑑》卷二百四十：「（元和十三年）功德使上言：『鳳翔法門寺塔有佛指骨，相傳三十年一開，開則歲豐人安。來年應開，請迎之。』十二月，庚戌朔，上遣中使帥僧眾迎之。」〔註3〕由此可知兩點：1. 功德使報告：鳳翔法門寺塔有「佛指骨」一節，「三十年一開」，「來年應開，請迎之」；2. 十二月庚戌（初一），皇帝派中使（宦官）率領僧眾至鳳翔開塔迎之。此條資料，顯示這次敕迎佛骨只按三十年一開的時間，並非因見祥瑞而開。

關於「開發舍利」，原來在敕迎之後，有一個程序是「開發舍利」，就是由高僧至塔內行道，祈稟佛陀准予開發的過程，茲以顯慶四年（659）十月的開發舍利的經過為例：

> 琮（僧智琮）與給使王長信等十月五日從京旦發，六日逼夜方到。琮即入塔內專精苦到，行道久之，未有光現。至十日三更，乃臂上安炭就而燒香，懷屬專注，曾無異想。忽聞塔內像下，震裂之聲，往觀，乃見瑞光流溢，霏霏上涌。塔內三像足，各各放光，赤白綠色纏繞而上，至於衡桶，合成帳蓋。琮大喜躍，將欲召僧。乃觀塔內，充塞僧徒合掌而立，謂是同寺。須臾既久，光蓋漸歇，冉冉而下，去地三尺，不見羣僧，方知聖隱。即召來使同觀瑞相。既至像所，餘光薄地，流輝布滿，赫奕潤滂，百千種光，若有旋轉，久方沒盡。及旦看之，獲舍利一枚，殊大於粒，光明鮮潔。更細尋視，

〔註1〕 本文曆日資料，乃參考董作賓《中國年曆簡譜》（臺北：藝文印書館，民國80年），〔日〕平岡武夫編：《唐代的曆》（上海：古籍出版社，1990）。

〔註2〕 《新唐書》（臺北：藝文印書館二十五史第25冊，民國61年），頁118。

〔註3〕 《新校資治通鑑》第13冊（臺北：世界書局，民國76年），頁7756。

又獲七枚。總置盤水。一枚獨轉，遠餘舍利。各放光明炫耀人目。
琮等以所感瑞，具狀上聞，敕使常侍王君德等送絹三千疋，令造朕
等身阿育王像，餘者修補故塔。仍以像在塔，可即開發出佛舍利，
以開福慧。〔註4〕

智琮法師與中使王長信等人，十月五日由長安出發，六日傍晚到達法門寺。
馬上行道，專精一致，虔誠祈禱。到十日三更，共修四天，才有奇聲瑞光。
僧徒充塞，流輝赫奕，到天明，獲得八粒舍利，於是「具狀上聞」，高宗皇帝
送絹布三千匹造像，並敕令開發「佛舍利」。憲宗一朝，也應有此開發程序。

關於「迎入禁中」，《舊唐書・憲宗本紀》云：「元和十四年春正月庚辰朔
（初一）以東師宿野，不受朝賀；壬午（初三），置仗內教坊於延政里；丁亥
（初八），徐州軍破賊二萬於金鄉。迎鳳翔法門寺佛骨至京師，留禁中三日，
乃送詣寺。」〔註5〕甚麼時間迎入「禁中」？《舊唐書》把「迎佛骨」條置於
丁亥之下，顯然是指丁亥（初八）日。再看《舊唐書・韓愈本傳》：「十四年
正月上令中使杜英奇押宮人三十人持香花，赴臨皋驛，迎佛骨，自光順門入
大內，留禁中三日，乃送諸寺。」〔註6〕是說「佛骨」到達京師時，是正月，
但是哪一天？則無說明。當時，皇帝派中使杜英奇和宮人三十人持香花，到
京城外的臨皋驛，以郊迎之禮，迎接「佛骨」，自光順門迎入大內，留「禁中」
三日接受供養。

《通鑑》卷二百四十載云：「（元和十四年正月）壬辰（十三），中使迎佛
骨至京師，上留禁中三日，乃歷送諸寺。（中略）刑部侍郎韓愈上表切諫。」
〔註7〕謹按，正月十三日是韓氏上表日，而非「迎入禁中」之時。

究竟，佛骨「迎入禁中」是正月幾日？《新、舊唐書》和《通鑑》皆未
見說明。據筆者觀察，應是正月初一，茲將理由列下：

（一）從程序言：鳳翔法門寺距長安三百里，〔註8〕因為有敕迎、開發、
　　　瑞現、上聞等程序，由去年十二月初一敕迎，至今年正月初一抵達，

〔註4〕釋道宣：《集神州三寶感通錄》卷上，《大正藏》第52冊，史傳部四（臺北：
　　　新文豐出版公司，民國83年5月修訂），頁406。
〔註5〕《舊唐書》，頁263。
〔註6〕《舊唐書》，頁2095。
〔註7〕《通鑑》第十三冊，頁7758～7759。
〔註8〕京城至寺凡三百里，係根據《通鑑》卷二百五十二所載：「（懿宗咸通）十四
　　　年春，三月，上遣敕使詣法門寺迎佛骨。（中略）。自京城至寺三百里間，道
　　　路車馬，晝夜不絕。」頁8165。

非常合理。試看懿宗（828～874）敕迎佛骨爲例，亦是歷經一個月。《舊唐書・懿宗本紀》載云：「（咸通）十四年三月庚午（初六）詔兩街僧於鳳翔法門寺迎佛骨，是日天雨，黃土遍地。四月八日佛骨至京。」〔註9〕所不同的是：三月初六敕迎，四月初八日至京；用了卅三天。爲甚麼要選在四月初八日至京，因爲該日是釋迦文佛誕辰，宗教的意義大。〔註10〕

（二）從節慶言：正月初一是元日，放假七天，前三天後三天爲假期，留禁中三日，然後轉送諸寺，在這新春時期讓士民瞻拜，大有「與民同慶」的意義！

（三）從時間長度與能量累積言：關於送寺，有「乃送詣寺」與「乃送諸寺」兩說。先以「歷送諸寺」爲例，正月初一入宮，初四起送寺，假令每寺安奉三日，初四、五、六一寺；初七、八、九一寺；初十、十一、十二又一寺。到韓愈上表，眞的是「歷送諸寺」。隨著「王公士庶，奔走施捨不及」，熱度一天一天上升，於是而有「百姓廢業破產」者，於是而有「破頂灼臂而求供養」者，在時間的長度言，初四送寺，到韓愈上表凡九天，剛好提供了「上有好者，民必更甚」的累積能量；若是初八進宮，十一、十二、十三送寺，十三日韓愈上奏，只有三日時間，累積的能量恐怕不如有九天時間的大。再說「乃送詣寺」，即使不是「歷送諸寺」而「乃送諸寺」，其累積之能量，亦同。所以筆者傾向於正月初一迎入。

關於「送寺瞻奉」，大抵是從正月初四日起「歷送諸寺」的，什麼寺？《新、舊唐書・憲宗紀》無說；若依懿宗咸通十四年故事，〔註11〕則是「安國寺」、「崇化寺」等京城十寺了。

至於韓氏上表切諫之時間，《新、舊唐書・憲宗紀》無記；《新、舊唐書・韓愈本傳》無說。惟《通鑑》則說是正月壬辰（十三），癸巳（十四）貶爲潮

〔註9〕《舊唐書》，頁379。又據《通鑑》卷二百五十二：「（懿宗咸通）十四年春，三月，癸巳（廿九）上遣敕使詣法門寺迎佛骨，群臣諫者甚眾，（中略）夏，四月，壬寅（初八）佛骨至京師。」此條很容易誤以爲懿宗敕迎佛骨之時間爲：三月癸巳（廿九）；其實，這是群臣勸諫的時間而已。

〔註10〕關於送寺，有「乃送詣寺」及「乃送諸寺」兩種說法。前者，《舊唐書・憲宗本紀》、《通鑑》卷二百五十二主之；後者《舊唐書・韓愈傳》、《通鑑》卷二百三十三主之。筆者則傾向於「乃送諸寺」的說法。

〔註11〕《通鑑》第13冊，頁8165。

州刺史。〔註12〕

關於「還塔瘞藏」，《新、舊唐書》、《通鑑》無載。惟德宗（742～805）貞元六年，《通鑑》卷二百三十三載云二月初八葬故處條：「（德宗貞元）四年，春，詔出岐州無憂王寺（按：即法門寺）佛指骨迎置禁中，又送諸寺以示眾，傾都瞻禮，施財巨萬。」到六年「二月，乙亥（初八），遣中使復葬故處。」〔註13〕共耗三年。憲宗朝，據〈佛骨碑〉載：「二十四日奉佛骨還於岐陽舊塔。」則是正月初，迎入供養，二月二十四日還塔，只花了五十三日，比較貞元朝短。

關於「撰文紀事」，史載：元和十四年二月，詔改爲「法雲寺」，敕學士張仲素撰〈佛骨碑〉，此碑已佚。《佛祖統記》卷四十及《全唐文》卷六四四有著錄。文爲：「岐陽法門寺：鳴鸞皋有阿育王造塔，藏佛骨指節，太宗特建寺宇，加之重塔。高宗遷之洛邑，天后葬以寶函，中宗紀之國史，肅宗奉之內殿，德宗禮之法宮。據本傳必三十年一開，則玉燭調，金鏡朗，氛祲滅，稼牆豐。」

三

經過疏理，試作總結，憲宗元和十四年敕迎與送還佛骨之時序是：十三年十二月庚戌（初一）下詔敕迎；正月初一至京，皇帝派中使杜英奇率宮人三十人持香花，奉迎於京師外之臨皋驛，然後迎入禁中三日。初四起，歷送十寺，讓士庶瞻拜捨施；十三日韓氏上表極諫，十四日貶爲潮州刺史；二月二十日，遣中使送還鳳翔，「復葬寺塔之內」，並敕學士張仲素撰〈佛骨碑〉紀事。

（原載《文理通識論壇》第二期，民國 88 年 1 月。2011 年 5 月再加修訂。原題爲〈唐憲宗迎佛骨入禁中時間初探〉，易爲今名。）

〔註12〕《通鑑》第 12 冊，頁 7758～7759。
〔註13〕《通鑑》第 12 冊，頁 7520。

附錄　唐代皇帝開塔敕迎佛骨大事時程表

	敕開寺塔	敕迎	恩賜金銀衣物	入宮瞻禮	敕示道俗（送寺）	還塔瘞葬	撰文紀事	附註
貞觀五年（631）	☆二月十五日				☆	☆		
顯慶五年（660）	☆二月某日,獲舍利八顆	☆	送絹3千疋,造金棺銀槨	☆		☆龍朔二年（662）送還		供養三年（660～662）
長安四年（704）	☆行道七日	☆	景龍四年二月十一日中宗旌爲「聖朝無憂王寺」；題塔爲「大聖眞身寶塔」,度僧49人。	☆		☆中宗景龍二年（708）送還。	☆〈中宗下髮入銘〉	供養五年（704～708）
至德二載（757）	☆	☆		☆詔入鳳翔行在,命沙門瞻禮。				供養三年（757～760）
上元元年（760）	☆五月十□日行道啓發。七月一日瑞見。			☆詔入長安內道場。		☆	〈大唐聖朝無憂王大聖眞身寶塔碑銘〉	仝上
貞元四年（788）	☆	☆		☆四年,取來供養	☆	☆六年,二月初八。		供養三年（788～790）
元和十四年（819）	☆十三年十二月敕迎	☆		☆正月初一抵京	☆	☆二月二十四日	☆〈佛骨碑〉	供養53天
咸通十四年（873）	☆十二年八月十九日,得舍利。	☆十四年三月二十二日敕迎。	以金銀爲刹,珠玉爲帳,孔鸞周飾之,小者尋丈,高至倍,刻檀爲檐柱,陸域塗黃金。	☆十四年四月初八抵京。	☆	☆十二月十九日返寺;十五年（僖宗乾符元年）正月四日歸安塔下	☆〈大唐咸通啓送岐陽眞身志文〉、〈監送眞身使隨眞身供養道具及恩賜金銀衣物帳碑〉	供養249天

註：凡文獻可徵者，註入；無文獻可徵，據程序有此，則以☆表示。

韓愈攘斥佛老的弊政

摘　要

　　韓愈一生宗聖尊儒、攘斥佛老，不遺餘力。有其時代性、社會性，本文研究目的，主要探究其「攘斥佛老」的方法與成效，從而彰顯出其時代意義。

　　在當日佛老大行、儒學衰微以及文士出入釋老的背景中，以韓氏特立獨行、骨相稜嶒的精神面貌排斥佛老。韓氏宗聖尊儒以為明道，〈原道〉諸篇乃其「先王之道」理論之建立；「觝排異端、攘斥佛老」乃是其「行道」濟世。其實，韓愈所反對的是佛老的弊政而已。時人早已論及。

關鍵詞：韓愈、佛老、儒學、明道、原道

前　言

　　韓愈（768〜824）是中唐代宗、憲宗時期的詩文巨匠，論古文，「手執文柄，高視寰海。三十餘年，聲名塞天」。〔註1〕論詩，差肩李杜，影響深遠。

　　韓愈一生觝排異端，攘斥佛老不遺餘力。為了皇綱復振，天下一統，面對藩鎮割據，四夷交侵，他力主宗聖尊儒，攘斥佛老。因此，他提出二帝三王之道以抗佛教、道教。藉著酬酢往還贈別，以詩文闡明其儒道，不退縮、不妥協、不謙讓。當有一定的效果。

　　韓愈「以文明道」，談的人多。至於韓愈「以詩明道」，研究的少。本文目的是探討其崇儒排佛老的方法與成效。

　　對此論題，其實可以研究的有下列各項：

一、韓愈「文以明道」，所謂道的問題。這個道，除了韓愈所尊仰的儒道之外，有沒有其他學說成份？若有，則這個成份，是甚麼？

二、韓愈詩文中明道的內容問題。韓愈「文以明道」，其詩亦明道。究竟，其詩文中所明之道，其具體內容是甚麼？

三、韓愈以詩文明道，如何「觝排異端」、「攘斥佛老」的問題。其排斥佛老的理由，方法和態度為何，成效如何？

　　前二個問題，將另行撰文討論。本文想探討的是：韓愈以詩文明道「攘斥佛老」的問題。

　　筆者撰寫本文的方法和步驟，大致上是：

一、我確定以韓愈詩文明道「觝排異端，攘斥佛老」為研究的重心以後，便廣為蒐集相關資料。首先從韓氏詩文著述中抄錄出與僧道往還酬贈及有關的篇章，編列成表，分析其抑揚與用心。從中檢視韓氏之所謂道之內容核心及態度所在。（見附錄一、二、三）

二、將當時的大文學家如李杜、柳劉、元白，以至古文家對佛道兩家的態度，列成一表，以供比較。以見當時文士與儒佛道之關係。（見附錄四）

三、為了更精確掌握中唐時期儒釋道教概況，我參考了一些史籍和論著。如黃懺華《中國佛教史》，任繼愈主編的《中國道教史》及近年出版之孫昌武《佛教與中國文學》，張曼濤主編的《佛教與中國文化》，

〔註1〕劉禹錫：〈祭韓吏部文〉，《全唐文》卷610（北京：中華書局，1983年11月），頁6169。

王友三編的《中國無神論史資料選編》以至《大藏經》中之《弘明集》、《廣弘明集》等。

四、爲了力求論點客觀，也參考了時人相關的論著。比而觀之，然後提出自己的看法。

一、「攘斥佛老」的背景

（一）佛老大行，儒學衰微

自戰國之世起，老莊與儒者爭衡，早已更相是非。至漢武帝表彰六經，儒家爲盛。漢明帝時，白馬馱經，佛教初入中國。魏廢帝時朱士行乃漢人皈依佛門之第一人。其後，天竺僧曇柯（一作摩）迦羅，來至洛陽，眾僧請譯戒律，自此佛法僧始備。及三國兩晉之際，異族憑陵，干戈不已。而漢儒訓詁之學，辭義瑣碎，人心厭倦，乃重虛玄而尚清談，紛研老莊周易，以曠達自任，於是玄學蠭起。而佛學歷晉魏隋之世，名僧輩出，極一時之盛。

至唐代，儒學衰微，佛老大行。

先說儒學衰微，其原因是：（1）唐太宗鑑於南北朝以來經義紛爭，久而莫決，爲欲學說之統一，使顏師古校正五經之脫誤，令孔穎達撰定《五經正義》，成《周易正義》十卷、《尚書正義》二十卷、《毛詩正義》二十卷、《禮記正義》六十三卷、《春秋正義》六十卷。自《五經正義》釐定後，南北學說之紛爭乃息，而學者皆遵《正義》，無復研究新說。儒學思想亦坐是而不進。（2）唐代重文學，重進士科，由是天下人才，多萃其才力於詩文，於是文有韓柳，詩有李杜。詩文之萃力者多，儒術之研究者遂寡，乃爲必然。（3）是時，中土佛教最盛，凡十四宗，〔註2〕其著者十宗。名僧輩出，《大藏經》亦已完成，其時聰明俊彥之士，亦多捨儒歸佛。相形之下，儒門人物亦因而空虛。

而佛老之大行，與唐帝之崇奉與提倡，分不開。

唐代在近三百年的統治中，道教始終得到唐皇帝的扶植和崇奉。當時宮觀遍布全國。道教信徒眾多、道教倫理、道教科儀、道教藝術以及煉養術等各個方面都得到全面的發展。道教進入空前繁盛的時期。地位在儒教、佛教之下，居三教之首。

〔註2〕十四宗爲：毗曇宗、成實宗、三論宗、涅槃宗、律宗、地論宗、淨土宗、禪宗、俱舍宗、攝論宗、天台宗、華嚴宗、法相宗、眞言宗。

　　唐初，皇室崇道有著明顯的政治目的。它利用道教來製造「符命」、「皇權神授」的輿論。崇道的主要特徵是尊崇老子，神化老子，並以老子顯靈等名義來編造政治神話，以適應當時政治與軍事的需要。〔註3〕

　　唐太宗李世民為了爭奪皇位的繼承權，也利用道士製造政治輿論。〔註4〕

　　由於道教為唐皇朝的建立和鞏固有著大貢獻，得到唐皇室的大力扶植。武德初，唐高祖因羊角老子顯靈，詔令於其地建「太上老君廟」；而王遠知預告符命有功，授朝散大夫。唐太宗于老子故里亳州建「太上老君廟」，又授薛頤為中大夫。〔註5〕以後，唐高宗至亳州謁「太上老君廟」，封老子為「太上玄元皇帝」，老子之母為「先天太后」；命王公百僚和舉子皆習《老子》；又敕道士隸宗正寺，道士行立序位在諸王之次；又東封泰山，在洛陽等地修建宮觀。由於唐室對道士一系列的封賜與作為，抬高了道士的社會地位，促進了道教的發展。

　　武則天本是崇奉道教的。高宗死後，她垂簾聽政，獨攬大權，稱帝之心漸顯。她逐漸感到道教成為她篡奪政權的障礙。暗示武承嗣等偽造刻有「聖母臨人，永昌帝業」的所謂瑞石，自封為「聖母神皇」。稍後，又于汜水得刻有〈廣武銘〉的瑞石，銘文暗示武后是「化佛空中來」，應代唐為女主云云。載初元年（690）四月，東魏國寺僧法明等撰《大雲經》四卷，表上之，言太后乃彌勒佛下生，當代唐為閻浮提主，制頒於天下。〔註6〕武后藉此大造輿論，頒《大雲經》於天下，命諸州皆置大雲寺。

　　武后稱帝後，自稱是彌勒佛化生，大力崇奉佛教，執行先佛後道的政策。天授二年（691）下制云：「（爰）開革命之階，（略）自今已後，釋教宜在道法之上，緇服處黃冠之前。」〔註7〕

　　中宗、睿宗皆執行佛道並崇的政策。

〔註3〕任繼愈主編，《中國道教史》（上海：上海人民出版社，1990年6月），頁266～267。

〔註4〕道士王遠知稱李世民：「方作太平天子，願自惜也。」（《舊唐書·隱逸列傳》，頁5115）。道士薛頤密奏秦王說：「德星守秦分，王當有天下。願王自愛。」（《舊唐書·方伎列傳》，頁5089）。

〔註5〕見《舊唐書·方伎列傳》，頁5089。

〔註6〕見《新校資治通鑑》卷204（臺北：世界書局，民國76年1月十版），下稱《通鑑》，頁6466。

〔註7〕《唐大詔令集》卷一百十三，〈釋教在道法之上制〉（臺北：華文書局，民58年6月，頁243）。

　　唐玄宗即位後，一改中宗、睿宗之佛道並崇，改為崇道抑佛。這與他青少年時期目睹武韋專權和利用佛僧稱帝的事不滿有關。

　　玄宗時，《老子》被尊為《道德真經》，其他的道家人物如莊子、列子等均被尊為「真人」，其著作被尊為「真經」，均納入道教範圍。

　　玄宗在開元時期雖然崇奉道教，卻未有大規模的宗教活動。據開元十七年（729）的造籍統計，當時全國在籍的道士女冠僅一千七百多人，比隋末還要少。可見玄宗主要是利用老子的清靜無為思想作為治國之策。

　　玄宗後期之崇道，是企求個人長生不老，祈求「天下太平」、「國祚延長」。晚年沉迷聲色享樂，竟以政事委諸李林甫。政事日壞，遂演成天寶末年安史之亂的悲劇。

　　安史亂後，藩鎮割據，社會動亂，皇朝權力日益縮小，財政更為困難。影響所及，崇道規模不大。

　　唐朝後期，信道最篤者，莫過於唐武宗，好長生神仙之術。即位不久，即「召道士趙歸真等八十一入禁中，修金籙道場，于九天壇親受法籙」，尊趙歸真為「左右街道門教授先生」，奉以為師。又在宮中建望仙觀，在南郊築望仙台。又召衡山道士劉玄靖至京師，授「銀青光祿大夫」，充「崇玄館學士」，賜號「廣成先生」。趙歸真與劉玄靖同受尊寵，不斷排毀佛教，加上武宗欲慕其祖「清淨無為」之政，致有會昌五年之「毀佛之難」。

　　武宗崇道毀佛、拆寺廟、毀佛像、僧尼還俗，寺院財產充公。雖充實了國庫，增加了戶口，減輕了百姓的經濟負擔。有些僧人則逃往藩鎮投軍，增加了藩鎮的實力；有些則聚而為盜，加劇了社會的動亂。武宗於會昌六年（846）服道士的丹藥中毒而死，道士趙歸真等被武宗之叔宣宗杖殺，結果三敗俱傷，各無所獲。

　　有唐一代，佛教雖與道教時有抑揚，時有先後。總體而言，勢力亦大。

　　高宗、武后時，崇奉佛教。武后時，齋僧、建廟、超度、布施無已時；又奉迎禪宗大師神秀入都，特命肩輿入殿，親行跪拜之禮。自此之後，王公貴人都比賽著度牒僧尼，營造佛寺。許多莠民便藉出家逃避賦役。開元二年，玄宗下詔淘汰偽濫僧尼，並下令禁創寺、鑄佛、寫經、官僧往還。但為時不久，又復廢弛。安史亂後，藩鎮割據，為了護國、祈冥福、求福田等等，佛教再盛。中唐之後，諸帝王大多奉佛。如唐代宗親幸西明寺，置高座集百官講《仁王護國經》。大曆二年，魚朝恩為建章敬寺，為太后祈福，致毀曲江池、華清宮館。寺成，代宗親臨，一次度僧千人，若論敕迎佛骨入宮內供養，是

唐代一椿大事。據本人研究，曾有七次之多，計為：

1. 顯慶五年（660）詔迎佛骨入內供養。
2. 長安四年（704）迎舍利。
3. 至德二載（757）詔迎入鳳翔行在，立內道場，讚禮。
4. 上元元年（760）詔迎入禁中，立內道場供養禮拜。
5. 貞元四年（788）詔送佛指骨，入禁中供養。
6. 元和十四年（819）迎入大內，留禁中三日。
7. 咸通十四年（873）迎入禁中三日。

其中，若論隆重和禮敬，咸通為最，元和次之。〔註8〕

史載：此釋迦牟尼佛「指骨舍利」乃藏於鳳翔法門寺護國眞身塔內，三十年一開，開則歲豐人泰。唐帝之所以如此熱切迎奉，入內供養瞻仰，當與求福田、護國有關。

所謂：上有好者，下更甚焉。「天子大聖」，即然如此「一心敬信」，「百姓豈合更惜身命」，自然「焚頂燒指」「解衣敬錢」〔註9〕以為供養了。

（二）唐代文士出入釋道

皇帝崇信佛道，老百姓從風而靡。而公卿大夫、詩人朝士的態度又如何？

唐朝儒釋道三家雖然有過鬥爭，有過先後、抑揚。另一方面漸漸地三教也進一步調和。特別是儒釋思想的調和。唐代皇帝明白「儒以治外，佛以治內」，又尊道教始祖老子為先祖，因此兼容三教，交互為用，朝廷上舉行三教辯論，「初若矛盾相向，後類江海同歸」。〔註10〕中唐時名僧說：「釋宗以因果，老氏以虛無，仲尼以禮樂，沿淺以洎深，藉微而為著，各適當時之器，相資為美」。〔註11〕這可說代表了當時的思想潮流。而初唐興起、中晚唐全盛的禪宗，可視為中國士大夫的佛教。它把佛教的心性論理與中國知識份子的人生理想、處世態度結合起來，把般若空觀向泛神論方面發展，創造出全然不同於印度佛教面貌的理論。〔註12〕

〔註 8〕 參拙著：〈鳳翔法門寺佛骨考〉，《文史研究論集》（台灣學生書局，民國75年12月），頁171～189。
〔註 9〕 〈論佛骨表〉，《舊唐書‧韓愈傳》卷160。
〔註10〕 錢易：《南部新書》卷乙。引見孫昌武：《佛教與中國文學》（上海：人民出版社，1988年8月）引，頁89。
〔註11〕 《北山錄》卷一，〈聖人生第二〉。同注10，頁89。
〔註12〕 孫昌武：《佛教與中國文學》，頁89。

「特別是大乘佛教的居士思想發爲禪宗的通達自由、遊戲三昧的人生態度，調和了世間與出世間的矛盾，給中國文人開創了一個理想的神世界。」〔註13〕「中國文人本是重立德、立功的，『兼濟』和『獨善』在他們身上存在著矛盾，特別是當他們陷身社會糾紛中不能解脫或個人理想不得實現時更爲痛苦。而禪宗把這個問題解決了。」〔註14〕

所以，許多文人習禪，如王維、白居易等都作了居士；劉禹錫信佛，裴度也「執弟子禮於徑山法欽」；柳宗元更是早年奉佛，習天台宗；李白一生好道，但對佛教時有涉及；杜甫雖然欲「致君堯舜上，再使風俗淳」，但也傾心禪宗。爲韓愈所推崇的古文家梁肅也奉佛，爲當時發揚天台宗教義最力的人。再前的張說、顏眞卿、李華、獨孤及、賈至也傾向於佛教。可見，在當時出入儒釋成爲風氣。

（三）佛老大行影響於國家社會

佛道二教，特別是佛教。在唐代影響極大。茲綜述佛道二教於國家社會之影響如下：

1. 僧道仗勢亂政

高宗武后時術士明崇儼以符咒幻術官至正諫大夫，後爲盜所殺。武后疑爲章懷太子所爲，乃廢爲庶人。後令自殺。起因於崇儼與武后爲厭勝之法，私奏太子不堪大位，故太子使人殺之。〔註15〕

武則天稱帝時，僧懷義爲白馬寺寺主。威勢凌人，王公朝貴皆匍匐禮謁，人稱「薛師」，「薛師」因心中怒慍，密燒明堂天堂……則天不之罪。〔註16〕

德宗時鑒虛和尚，有財有勢。「自貞元以來，以財交權倖，受方鎭賂遺，厚自奉養，吏不敢詰。」後因受于頔賄賂事件牽連，被御史中丞薛存誠下獄論罪，當時權倖都爭著爲他求情，由於薛存誠堅持處罪，憲宗才不得不把他杖殺了，「沒其所有之財。」〔註17〕

憲宗時，淄青節度使李師道謀反，謀反者便是一名叫圓淨的和尚。圓淨，

〔註13〕同上註。
〔註14〕同上註。
〔註15〕《通鑒‧卷二〇二》，頁6390，頁6397；《舊唐書》卷一九一，〈明崇儼傳〉。
〔註16〕《通鑒‧卷二五〇‧唐紀二十一》，頁6499。
〔註17〕《通鑒‧卷三三九‧唐紀五十五》，頁7699。

「故嘗爲史思明將，勇悍過人。」「臨刑，歎曰：『誤我事，不得使洛城流血。』」〔註18〕

憲宗時，爲了長生，寵信道士柳泌。柳泌說天台山爲神仙所居，多靈草，要求去那裡作官，爲皇帝合長生之藥。憲宗就讓他「權知台州刺史」，但諫官不同意。憲宗說：「煩一州之力而能爲人主致長生，臣子亦何愛焉。」後來，柳泌做了官，賺飽了錢，合不出長生之藥，逃跑了。〔註19〕

總之，由於皇帝的寵信，當時的僧道都形成了一股勢力，對朝政產生過影響。有些「受賄遺」，有些「威勢凌人」、「不懼台府省縣」，甚至假藉「和尚」之名，與藩鎮謀反，「使洛城流血」。

2. 國家賦稅減少

唐代人民擔負國家賦稅及勞役者爲「課丁」，享有免除此種賦役之特權者爲「不課丁」。在當時，僧尼道士女冠等，乃屬於「不課丁」的特權階級。韓愈所謂「齊民逃祭役，高士著幽禪」（〈送靈師〉）指此。而宗教徒中，以僧尼居多。唐初，傅奕謂：「天下僧尼數盈十萬」。武宗毀佛時，僧尼爲二十六萬五百。這是指官度（有名在案）的，私度的不在內。道士數目比和尚少得多。據唐末道士杜光庭〈歷代崇道記〉稱：唐代以來，道士不過一萬五餘人。

這樣多的僧尼道士不用納稅，對國家財政經濟，當然影響很大。何況僧尼不事生產，得由生產者來供養。彭偃指出：「今天下僧道，不耕而食，不織而衣（略）一僧衣食，多計約三萬有餘。五丁所出，不能致此。」（《舊唐書‧彭偃傳》）

而皇帝廣修寺院，追求奢麗，耗費巨億，不免增加人民負擔。武后時，狄仁傑奏稱：「今之伽藍，制過宮闕，窮奢極壯，雕績盡工，寶珠殫于綴飾，瓌材竭於輪奐。」可說是道出奢華的實情。然後又說：「工不使鬼，止在役人，物不天來，終須地出。不損百姓，將何以求？」（《舊唐書‧狄仁傑傳》）揭出了加擾百姓的情狀。

睿宗時，辛替否上奏云：「造寺不止，枉費財者數百億；度人不休，免租庸者數十萬。是使國家所出者加數倍，所入減數倍。倉不停卒歲之儲，庫不貯一時之帛。（略）奪百姓之食，以養殘凶；剝萬人之衣，以塗土木。」（《舊唐書‧辛替否傳》）以此看來，果眞是佛富民貧了。

〔註18〕《通鑒‧卷三三九‧唐紀五十五》，頁7716。
〔註19〕《通鑒‧卷二四一‧唐紀五十七》，頁7775。

3. 僧道逃避丁役

一旦度為僧道，不但免賦，而且免役。唐高祖藉助符命，得以立國，一方面固然喜歡道士，一方面「亦惡沙門道士苟避征徭，不守戒律。」〔註20〕但觀有唐一代，此弊始終不能除。而且，佛門方便，難免有狄仁傑所說的：「避丁辟罪，並集法門。」（《舊唐書・狄仁傑傳》）發展下去，不只影響財政，還影響了軍事。李嶠便說：「且國計軍防，並仰丁口。今丁皆出家，兵皆入道，征行租賦，何以備之。」（《新唐書・李嶠傳》）

語云：樹大有枯枝，至於說寺觀之中，不守戒律，畜妻養孥之事，不能說沒有了。

4. 倫理思想方面

自魏晉南北朝至隋唐，排佛者，大抵斥其：（1）彼為夷狄之法，非漢土所出。（2）儒家蓄髮加冠，彼乃「髡而緇」；（3）儒家重五倫，彼則出家，不拜父母，不禮君王，「無夫婦夫子」；（4）儒家傳統四民相生養，彼則不事農桑，不納賦稅，「不為耕農蠶桑而活乎人」。

對於佛老，韓愈與柳宗元之態度相異。韓與柳的觀點其實未嘗不可以代表當時人的思想。反佛如韓氏者，批評佛徒大抵指其「以其夷也」、「髡而緇，無夫婦父子，不為耕農蠶桑而活乎人。」依柳氏看法，韓氏所反對者乃是佛徒的外在「跡」，忽視了高深的佛理。柳宗元便指斥韓愈說：「忿其外而遺其中，是知石而不知韞玉也。」（〈送僧浩初序〉）

在唐代出入儒釋的士大夫大抵也是知其「韞玉」而崇佛的吧！

柳氏所以有取於佛教，以其道「與《易》、《論語》合」，又說：「雖聖人復生，不可得而斥也。」柳氏自言所以與浮圖遊，乃因和尚們「不愛官，不爭能，樂山水而嗜閑安者多。吾病世之逐逐然唯印組為務以相軋也。則舍是其焉從？吾之好與浮圖遊以此。」（〈送僧浩初序〉）

柳氏之「好與浮圖遊」，可作為當時士大夫與浮圖交游的心聲寫照。

有唐一代，由國家主持的譯經工作，成績斐然。從太宗貞觀（629）開始，直至憲宗元和六年（811）才終止。前後譯師廿六人。其中玄奘、義淨、不空等是成就凸出的幾位。玄奘所譯的有七十五部，一千三百三十五卷。義淨譯出六十一部，二百六十卷。不空譯出一百零四部，一百三十四卷。可說當時印度大乘佛教的精華，基本上已介紹過來了。

〔註20〕《通鑑・卷一九一・唐紀七》，頁6002。

中國從此便有《大藏經》，大抵這即是柳氏所說的「韞玉」吧！因非本文範圍，從略。

由上所述，佛老大行影響於國家社會的弊政，正是韓愈反對的對象。

二、「攘斥佛老」的階段與策略

韓愈之尊儒排佛老，大抵與其家庭教育與社會背景有關。就家庭教育而言，韓氏三歲喪父，就養於長兄韓會。韓會重視儒學，提倡古文。因而養成「尊皇極，斥異端」的信念。就社會背景言，當「佛老顯行，聖道不斷如帶」。正如他在〈原道〉篇中所說的：「周道衰，孔子沒，火于秦，黃老于漢，佛于晉魏梁隋之間。其言道德仁義者，不入於楊，則入於墨；不足于老，則入于佛，入于彼，必出于此；入者主之，出者奴之；入者附之，出者汙之。」

韓愈一生以拒楊墨的孟軻自比，觝排異端，攘斥佛老。一方面承繼「先王之道」作為他思想上能立的基礎，一方面又以之觝排異端、攘斥佛老作為以破的工夫。他所提倡的「古文運動」其真義在此，有著時代性與思想性。

而韓氏所謂道，其涵義至為廣博，「自一己之修為言之則是仁義道德；自倫常日用言之則忠孝節義。自家國天下言之則凡經世垂教，利國福民。乃至崇善黜邪，觝排佛老，無一而非道，即無一而不可坐言起行。」〔註21〕

昌黎特著其說於〈原道〉、〈答孟尚書書〉、〈送浮屠文暢師序〉、〈送王秀才塤序〉、〈答張籍書〉諸篇之中。表明所繼承者乃「堯舜禹湯文武周公以至孔子、孟軻所傳之道」。必如此，而後其道之體用具備。故知其提倡之「古文運動」實「無愧於古之立言，固不苟為炳炳烺烺，務采色夸聲音而以為能也。」〔註22〕

（一）「攘斥佛老」的階段

在唐代，儒學衰微，佛老大行，其主客觀因素已如上述。近人湯用彤說：「當時佛教，根本不須在上提倡，已經自然風行。」（〈往日雜稿〉）。何況，加上皇帝與公卿大夫的崇信，自然是「風行草偃」了。

佛道二教在施行上難免犯上一些缺失，影響著國家經濟、國防、倫理……，因此，受到一些有識之士如初唐的傅奕、狄仁傑、辛替否等人的反對亦是很自然的事。以此看來，韓愈等人所提倡之「古文運動」以尊儒明道、

〔註21〕蘇師文擢：《韓文四論》（香港：自印本，1978年1月），頁22。
〔註22〕同上註。

扶樹教道、以圖復興儒家，以至「攘斥佛老」，便不應視爲孤軍奮戰，而是一種有代表性的社會政治行動。〔註23〕

復次，韓昌黎等人之「排斥佛老」，也不是採公然排斥的態度。個中原因，韓氏在〈重答張籍書〉中，即已明言：

> 今夫二氏行乎中土也，蓋六百年有餘矣。其植根固，其流波漫，非所以朝令而夕禁也。

又說：

> 今夫二氏之所宗之事之者，下乃公卿輔相，豈敢昌言之哉？擇其所語者誨之，猶時與吾悖，其聲嘵嘵。

韓氏之所以不敢公然「排斥佛老」，其原因，（1）佛老二教行於中土六百餘年，植根深固；（2）今所宗奉佛老者，上至皇帝下至公卿輔相，若公然「昌言排之」，恐非明智之舉。

故韓氏之「攘斥佛老」，是有其階段性的。觀其一生「攘斥佛老」事跡，分三階段：

1. 「著於之口」，擇其可語者誨之

唐人臨別之時，往往詩文贈答，原是古來傳統，贈詩乃原自古人之臨別贈言，贈序乃由贈詩而來，「所以致忠愛陳忠告之誼也」。昌黎之作，最得古人之意。韓愈藉著詩文酬答相機宣揚儒道並勸僧道還俗，所謂「言之者無罪，聞之者足以戒」，是很聰明而美妙的作法。

2. 藉其職權而沙汰僧道

韓氏四十二歲時，元和四年六月，供職都官員外郎兼祠部。當時即據《唐六典》把管理寺廟的權力從宦官手中爭回來，並誅殺不良僧尼道士，使浮屠風氣一時爲之轉變。直至元和五年多「稱病告休」，改河南縣令爲止。

3. 晚年直諫佛骨

元和十四年正月，憲宗遣使者往鳳翔迎佛骨入禁中，留三日，乃令諸寺遞相供養。京都士庶，老少奔波，棄其生業，焚頂燒指，百十爲群，解衣散錢，自朝至暮，轉相仿效。韓愈時爲刑部侍郎，本意爲使皇帝不被禍祟，且自任狹咎，是極度忠君的表現，又以傷風敗俗，以爲「若不即加禁遏，更歷諸寺，必有斷臂臠身以爲供養者，傷風敗俗，傳笑四方，非細事也。」遂上

〔註23〕侯外廬：〈韓愈排斥佛老的理論〉，《中國思想通史》第六章第二節。引自何法周編《韓愈研究教學參考資料》（1986），頁222～227。

〈論佛骨表〉。表上，憲宗不察竟然甚怒，欲加極刑。幸裴度、崔群上奏求情，改貶潮州刺史，此乃韓氏晚年直諫，比之於早年之「宣之於口」與中年「藉職權誅殺不良僧尼」爲更進一步了。

在第二、三時期，韓氏身任官職，正道直行，由於佛老勢力太大了，與宦官、皇帝鬥爭的結果，是不言可喻的。

在第一時期，韓氏與僧徒、道士，往還送別時，一概贈以詩文，或告以先王之道；或賞其才調譽其忠孝，冀其還俗；或直言佛老之失。態度仍是愷悌的。

至於對社會人士如謝自然、誰氏子等則垂憐之而直斥其非，但態度至爲明白。

晚年，上表直諫憲宗皇帝「迎佛骨」之失，本意爲愛護皇帝不被禍祟，皇帝不察，竟然大怒，將加以極刑，幸賴裴度、崔群爲言，始得外貶潮州。由此可見，韓氏行道之篤，忠君誠篤可謂「立道雄剛，事君孤峭」矣。〔註24〕

（二）韓愈「攘斥佛老」的策略

韓氏之「攘斥佛老」策略，大抵爲：

1. 詩文贈答，說以先王之道

韓愈之對僧徒，大抵即用此法。如〈送浮屠文暢師序〉，便大書二帝三王之道以告之。其理由是：「若是浮屠者喜文章，周遊天下向我等求詩贈別，如欲聞浮屠之說，當自就其師而問之，何故謁吾徒而來請也？」，若「徒舉浮屠之說贈焉」而「惜無以聖人之道告之」，於是「大書以二帝三王之道」「而不當又爲浮屠之說而瀆告之也」，何況「知而不以告人者，不仁也；告而不以實者，不信也。」故韓氏爲了仁慈「告之以二帝三信之道」，使「彼見吾君臣父子之懿，文物事爲之盛，其心有慕焉。」其言曰：

> 如吾徒者，宜當告之以二帝三王之道，日月星辰之行，天地之所以著，鬼神之所以幽，人物之所以蕃，江河之所以流而語之。不當又爲浮屠之說而瀆告之也。

〔註24〕〔宋〕王銍：《韓會傳贊》：「觀文衡之作，益知愈本六經，尊皇極，斥異端，節百家之美，而自爲時法，立道雄剛，事君孤峭，甚矣其似會也。孟子學於子思，而道過之，聖人不失其傳者，子思也，會兄弟師授偉矣。」謂愈提倡古文，尊皇極，斥異端，出於其兄之師授，誠是精到之見。引自羅聯添《韓愈研究》（臺北：臺灣學生書局，民國70年11月增訂），頁10。

這「二帝三王之道」是怎樣內容？韓氏說：

> 民之出生，固若禽獸夷狄。然聖人者之，然後知宮居而粒食，親親
> 而尊尊，生者養而死者藏。是故，道莫大乎仁義，教莫正乎禮樂刑
> 政，施之於天下，萬物得其宜，措之於其躬，體安而氣平。

簡言之，這「二帝三王之道」，即是：本乎仁義，維以五倫，教以禮樂刑政，
相生相養的聖人之道。

是誰傳「二帝三王之道」，韓氏說：

> 堯以是傳之舜，舜以是傳之禹，禹以是傳之湯，湯以是傳之文武，
> 文武以是傳之周公孔子。

這樣看來，「二帝三王之道」原是：堯、舜、禹、湯、文、武、周公、孔子相
傳之道。

〈謝自然〉詩中，先敘其白日飛昇表示不信，後則告之以人生常理。這
個常理，也就是簡括的「二帝三王之道」，其詩曰：

> 莫能盡性命，安得更長延。人生處萬類，知識最爲賢。奈何不自信，
> 反從異物遷。往者不可悔，孤魂抱深冤；來者猶可誡，余言豈空文。
> 人生有常理，男女各有倫。寒衣及飢食，在紡織耕耘。下以保子孫，
> 上以奉君親。苟異於此道，皆爲棄其身。噫乎彼寒女，永託異物群。
> 感傷遂成詩，昧者宜書紳。

韓氏對謝自然的白晝飛昇抱否定的態度。不但不承認她幻化成仙，而且懷疑
她「凝心感鬼魅」，「木石生怪變，狐狸騁妖患」。被一些鬼怪、狐狸仙怪等捉
走了。於是韓氏乃認定她爲愚昧者，昧於人生之道，不守倫常之份，「莫能盡
性命」，對此類「愚昧者」，「感傷遂成詩」，告之以「人生之常理」。這反映出
韓氏本慈憫勸善而告之以「先王之道」的態度。

2. 憐其愚昧，直闢佛老之失

韓氏直闢佛老的詩文計有：〈送惠師〉、〈送靈師〉、〈誰氏子〉、〈記夢〉等。

〈送靈師〉直言佛教對國家財政、社會經濟與國家人才之害。詩云：

> 佛法入中國，爾來六百年。齊民逃賦稅，高士著幽禪。官吏不之制，
> 紛紛聽其然。耕桑日失隸，朝署時遺賢。

〈送惠師〉前段敘惠師之雲遊四海，末段則云：

> 吾非西方教，憐子狂且醇。吾嫉惰游者，憐子愚且諄。去矣各異趣，
> 何爲浪霑巾。

詩中所述「吾非西方教」乃因著眼於「吾嫉惰游者」之上，在韓氏眼中，僧徒不耕而食，不蠶而衣，到處雲遊托缽，乃是「不羈人」，乃是「惰游者」。故而非之。

〈謝氏子〉詩乃元和六年，指斥不顧老母妻子而學仙的呂炅而作。知其姓名而題曰「謝氏子」者，蓋「著其無母之罪也」。詩云：

> 非癡非狂誰氏子？去入王屋稱道士。白頭老母遮門啼，挽斷衫袖啼
> 不止。翠眉新婦年二十，載道還家哭穿市。或云欲學吹鳳笙，所慕
> 靈妃媲蕭史。又云時俗輕尋常，力行險怪貴取仕。神仙雖然有傳說，
> 知者盡知其妄矣。

韓氏對「神仙傳說」，「知者盡知其妄矣」，不值得崇信。站在人倫孝道的立場，棄白頭老母不養，把年少的新婦送回家，自己跑去王屋山學仙，不合人情之常，韓氏當然反對。詩中更借傳言，用兩個或云，指出：這種學仙道的風氣，恐怕便學「終南捷徑」，以險怪的行為目的在「取仕」罷了！

又如〈記夢〉詩，關仙意就更明顯了。末句云：

> 乃知仙人未賢聖，護短憑愚邀我敬。我能屈曲自世間，安能從女巢
> 神山。

〈記夢〉詩只是偶爾敘述夢境，抑有托諷？自來即有兩說。〔註25〕若平情而論，以詩論詩，則昌黎之「攘斥佛老」，日夜所思，化而為夢，故而有「夜夢神官與我言」之事，當昌黎詰盤仙人「口前截斷第一句」時，神官即「綽虐顧我神不歡」。於是，昌黎斥說：「乃知仙人未賢聖，護知憑愚邀我敬。我能屈曲自世間，安能從女巢神山。」態度傲兀，一副鄙夷不屑的態度。朱彝尊曰：「收局仍是關仙意。」也是看到這點。

3. 賞其才調，冀還俗求富貴

在韓愈的眼中，這些和他往還的僧徒道士中，都是有才調的，有的「中間不得意，失跡成延遷」（如靈師），有的「為養其親而寄跡老子法中為道士」（如張道士），對這類有才調的出家人，韓愈在贈序詩文中，特別褒賞其才具，目的是希望他還俗，報效國家，以求富貴。如〈送澄觀〉便是褒賞他「公才吏用當今無」、「又言澄觀乃詩人」，結句便是「我欲收斂加冠巾。」〈送靈師〉

〔註25〕宋人韓醇，方世舉，俱謂有所托諷，指鄭絪。王元啟則謂：「此詩特偶爾敘述夢境，並無托諷。」錢仲聯：《韓昌黎詩繫年集釋》（上海：上海古籍出版社，1984 年 3 月），頁 653，下稱《集釋》。

則稱他:「材調眞可惜,朱丹在磨研。」跟著便說出:「方將斂之道,我欲冠其顚。」〈送張道士〉詩序文稱他是:「嵩高之隱者,通古今學,有文武長才,寄跡老子詩中爲道士以養其親。」而詩中更稱許其「胸懷平賦策」、「面有熊豹姿」是一位不世出的人才。雖然「詣闕三上書」,不獲報,「長揖而去」,但韓氏仍望他日再獻「平賊策」,「但當勵前操,富貴非公誰?」仍以富貴相勉皆是。

至於多得縉紳先生歌詠的文暢師,更給他明言:「當今聖政初,恩澤完狨狖。胡爲不自暇,飄戾逐鸒鷽。(略)開張篋中寶,自可得津筏。從茲富裘馬,寧復茹藜蕨。」是則勸其「逃墨來歸,以詩文爲緣,是以自致。且以爲異日相約之約。」〔註26〕

韓氏〈原道〉篇中,揭示了對付佛老的方法是「人其人,火其書,廬其居」,意謂「使其還俗,過正常人的生活;把佛經、道藏一類的書燒了;把寺觀改爲民居」。韓氏之於僧道的態度,勸其還俗,以求富貴,正是他所謂的「人其人」!

4. 自承殃咎,不信罪福因果

佛教講三世因果,種瓜得瓜,種豆得豆。「欲知來世果,今生種者是;欲知前世因,今生受者是。」對排斥佛法的人如傅奕來說,便認爲是:「乃追既往之罪,虛規將來之福。布施一錢,希萬倍之報;持齋一日,冀百日之糧。遂使愚佞妄求功德,不憚科禁,輕犯憲章。其有造作惡逆,身墜刑網,方乃獄中禮佛,口誦佛經,晝夜忘疲,規免其罪。」〔註27〕

佛徒事佛祈福,而排佛者則以爲事佛得禍。唐初傅奕說:「降自犧、農,至於漢魏,皆無佛法。君明臣久,祈長年久。漢明帝假托夢想,始立胡神,西域桑門(沙門),自傳其法。西晉以上,國有嚴科,不許中國之人,輒行髡髮之事。洎于符、石,羌胡亂華。主庸臣佞,政虐祈短,皆由佛教致災也。」〔註28〕

韓氏志切排佛,不信事佛致福,不信闢佛致災,乃爲必然。其晚年所上之〈論佛骨表〉即有類似傅奕之言辭。其言曰:

臣某言:伏以佛者,夷狄之一法耳。自後漢時流入中國,上古未嘗

〔註26〕李光地:《榕村詩選》,《集釋》引,頁593。
〔註27〕傅奕:《請除去釋教疏》,《舊唐書》卷七十九。
〔註28〕傅奕:《請除去釋教疏》,《舊唐書》卷七十九。

有也。昔者黃帝在位百年，年百一十歲；少昊在位八十年，年百歲；
顓頊在位七十九年，年九十八歲；帝嚳在位七十年，年百五歲；帝
堯在位九十八年，年百一十八歲；帝舜及禹年皆百歲。此時天下太
平，百姓安樂壽考，然而中國未有佛也。其後殷湯亦年百歲；湯孫
太戊在位七十五年，武丁在位五十九年，史書不言其年壽所極，推
其年壽，蓋亦俱不減百歲；周文王年九十七歲，武王年九十三歲，
穆王在位百年，此時佛法亦未入中國，非因事佛而致然也。漢明帝
時，始有佛法。明帝在位才十八年耳。其後亂亡相繼，運祚不長。
宋、齊、梁、陳、元魏已下，事佛漸謹，年代尤促。惟梁武帝在位
四十八年，前後三度捨身施佛，宗廟之祭，不用牲牢，晝日一食，
止於菜果。其後竟爲侯景所逼，餓死台城，國亦尋滅。事佛求福，
乃更得禍。由此觀之，佛不足事，亦可知矣。

其意略謂：

（1）佛法，乃夷狄之法。

（2）上古之時未嘗有，自後漢明帝才流入中國。

（3）上古之帝王由黃帝至周穆王，咸皆長壽。

（4）自佛法流入後，漢明帝以後諸帝運祚不長，以迄南北朝，事佛漸謹，
年代尤促。

（5）梁武帝前後三度捨身施佛，最爲虔敬，結果餓死台城，國亦尋滅。
可見事佛求福，乃更得禍。

〈論佛骨表〉文末，韓愈更是慷慨陳言：

乞以此骨付之有司，投諸水火，永絕根本，斷天下之疑，絕後代之
惑。使天下之人，知大聖人之所作爲，出於尋常萬萬也。豈不惑哉！
豈不快哉！佛如有靈，能作禍祟，凡有殃咎，宜加臣身。上天鑒臨，
臣不怨悔。無任感激懇悃之至！

意謂：

（1）請以此佛骨付之有司，投諸水火。

（2）若佛有靈，能作禍祟，凡有殃咎，宜加臣身。

韓氏之慷慨陳言，力言佛骨之不足事。又言「凡有殃咎，宜加臣身」可
見他不信佛教「罪福因果之說」。

有關韓氏不信佛教之「罪福因果」。在他晚年元和十五年自潮州量移袁州

時，致〈孟尚書書〉，就有明白的申述：

> 凡君子行己立身，自有法度，聖賢事業，具在方冊。可效可師。仰
> 不愧天，俯不愧人，內不愧心，積善積惡，殃慶自各以其類至。何
> 有去聖人之道，捨先王之法，而從夷狄之教以求福利也。詩不云乎，
> 愷悌君子，求福不回。傳又曰：不爲威惕，不爲利疚。假如釋氏能
> 與人爲禍祟，非守道君子之所懼也。況萬萬無此理！且彼佛者又何
> 人哉？其行事類君子邪？小人邪？若君子也必不妄加禍於守道之
> 人；如小人也，其身已死，其鬼不靈，天地神祇，昭布森列，非可
> 誣也。又肯令其鬼行胸臆，作威福於其間哉？進退無所據，而信奉
> 之，亦且惑矣。

意謂：

（1）他所崇信者爲：積善致祥，積惡致殃。

（2）君子行己立身，師法聖賢，守道而行，俯仰無愧，無懼釋氏能與人
　　　禍祟。

（3）如果佛是君子，必不妄加禍害於守道之人。

（4）若佛是小人，則其身已死，其鬼不靈，天地神祇也不肯讓其鬼肆作
　　　威福，以加害君子。

（5）所以，韓氏不信佛會加禍於他。

三、評論韓氏之「攘斥佛老」

　　韓氏「攘斥佛老」，係從佛老的人事現象言，從未正面指斥佛、道的教
理。韓氏自言：「非三代兩漢之書不敢觀，非聖人之志不敢存。」可能對
佛老教義未甚瞭解，故未有指斥了。〔註29〕

　　韓氏「攘斥佛老」不外從（1）夷夏之大防言；（2）從維持倫常禮教言；
（3）針砭世人福田利益心理言；（4）從國家財政、社會經濟上言；（5）爲國
家珍惜人才言。凡此五點，韓氏之前輩，初唐之傅奕〔註30〕、姚崇〔註31〕、

〔註29〕蘇師文擢以爲韓公是懂佛理的，見氏〈韓愈對佛徒之接觸與態度〉一文，作
　　　者引唐人童宗說的話以爲結束。「『仕於戰國者尊王道不得不嚴；生暴秦之後，
　　　言仁政不得不切。貞元元和間，此何等時耶？以人主惑於異端，大臣且又和
　　　之，則呂黎之辨不得不已甚也。』才眞正接觸到韓公闢佛教之苦衷。知老子
　　　之深於禮而後能貶禮，知韓子有得於佛後能闢佛。」蘇師文擢：〈韓愈對佛徒
　　　之接觸與態度〉，《邇加室詩文集》（香港，自印本，1978年1月），頁31～50。
〔註30〕傅奕〈請除去釋教疏〉云：「佛在西域、言妖路遠。漢譯胡書，恣其假托。故

狄仁傑〔註32〕、辛替否〔註33〕皆已論及。

使不忠不孝，削髮而揖君親，游乎好食，易服以逃租賦。演其妖書，述其邪法，偽啓三途，謬張六道，恐嚇愚夫，詐欺庸品。凡百黎庶，通識者稀，不察根源，信其矯詐。乃追既往之罪，虛規將來之福。布施一錢，希萬倍之報；持齋一日，冀百日之糧。遂使愚迷妄求功德，不憚科禁，輕犯憲章。其有造作惡逆，身墜刑網，方乃獄中禮佛，口誦佛經，盡夜忘疲，規免其罪。」（《舊唐書·卷七十九·傅奕傳》）

又，傅奕〈上廢省佛僧表〉云：「自漢明夜寢，金人入夢，傅毅對詔，辨曰胡神。後漢中原，未之有信。魏晉夷虜，信者一分。（略）降斯已後，妖胡滋盛，太半雜華。搢紳門里，翻受禿丁邪戒；儒士學中，倒說妖胡浪語。曲類蛙歌，聽之喪本；臭同鮑肆，過者失香。復廣置伽藍，壯麗非一，勞役工匠，獨坐泥胡。撞華夏之鴻鐘，集蕃僧之偏眾。動淳民之耳目，索營私之貨賄。女工羅綺，剪作淫祀之旛，巧匠金銀，教雕舍利之冢。秔梁麵米，橫設僧尼之會，香油蠟燭，枉照胡神之掌。剝削民財，割截國貯，朝廷貴臣，曾不一悟，良可痛哉！（略）且佛之經教，妄說罪禍，軍民逃役，剃髮隱中，不事二親，專行十惡，歲月不除，奸偽逾甚。（略），請胡佛邪教，退還天竺；凡是沙門，放歸桑梓，令逃課之黨，普樂輸租；避役之曹，恒忻效力。勿度小禿，長揖國家；自足忠臣，宿衛宗廟，則大唐底定，作造化之主；百姓無事，爲義皇之民。」（《廣弘明集》卷第十一上，《大正藏》第五十二冊，頁160）。

〔註31〕姚崇闢佛：「先是，中宗時，公主外戚皆奏請度人爲僧尼，亦有出私財造寺者，富戶強丁，皆經營避役，遠近充滿。至是，崇奏曰：『佛不在外，求之於心。佛圖澄最賢，無益於全趙；羅什多藝，不救於亡秦。何充、符融，皆遭敗滅；齊襄、梁武未免災殃。但發心慈悲，行事利益，使蒼生安樂，即是佛身。何用妄度奸人，令壞正法？』上納其言，令有司隱括僧徒，以偽濫還俗者萬二千餘人。」（《舊唐書·卷九十六·姚崇傳》）。

〔註32〕狄仁傑〈諫造大像疏〉云：「臣聞爲政之本，必先人事。（略）今之伽藍，制過宮闕，窮奢極壯，雕績盡工，寶珠璀於綴飾，瓖才竭於輪奐。工不使鬼，止在役人。物不天來，終須地出。不損百姓，將何以求？生之有時，用之無度，編戶所奉，常若不充，痛切肌膚，不辭箠楚。遊僧一說，矯陳禍福，剪髮解衣，仍慚其少。亦有離間骨肉，事均路人；身自納妻，謂無彼我。皆託佛法，詿誤生人。里陌動有經坊，闤闠亦立精舍。化誘倍急，切於官徵；法事所須，嚴於制敕。膏腴美業，倍取其多；水碾莊園，數亦非小。逃丁避罪，並集沙門。無名之僧，凡有幾萬，都下檢括，已得數千。且一夫不耕，猶受其弊；浮食者眾，又劫人財。」（《舊唐書·卷八十九·狄仁傑傳》）。

〔註33〕辛替否〈諫時政疏〉云：「當今出財依勢者，盡度爲沙門；避役奸訛者，盡度爲沙門。其所未度，惟貧窮與善人耳。將何以作範乎？將何以租賦乎？將何以力役乎？臣以爲出家者，捨塵俗，離朋黨，無私愛。今殖貨營生，非舍塵俗；授親樹知，非離朋黨，蓄妻養孥，非無私愛。是致人以毀道，非廣道以人。伏見今日之宮觀台榭，唯京師之與洛陽，不曾修飾，猶恐奢麗。陛下尚欲填池壍，捐范圃，以賑貧人無產業者。今之天下之寺，蓋無其數，一寺當陛下一宮，壯麗甚之矣，用度過之矣，是十分天下財，而佛有其七八。陛下何有之矣？百姓何食之矣？」（《全唐文》卷二百七十二）

　　韓氏之所可貴者就是撰寫〈原道〉諸篇，揭出「二帝三王之道」以資與佛老之道作對抗，然後，體用皆備。由是知老氏之無爲，佛氏之去人倫，皆不足以言生人化成之道。韓氏乃以「不離民生日用而空言仁義」，且能切中要害，振揚「攘斥佛老」的聲勢，而有一定的功效。故韓公生平扶樹教道，崇儒明道的功蹟在此。

　　然而，因他的提倡，遂奠立新儒學的基礎。〔註34〕

　　由上述，韓氏既不敢昌言排之，而只「擇其語者誨之」，在有限度的格局下，韓氏說之先王之道，直闢佛老之失、贊其才調冀其還俗求富貴，以致不信罪福因果，皆有可取之處。利用臨別的時候，贈以詩文藉交際之便而予明道，達到勸善的目的。韓氏以「攘斥佛老」爲主題的詩文中，贈序有三篇、贈詩十二篇。贈序乃由贈詩而來，贈詩乃原自古人之臨別贈言。「所以致忠愛陳忠告之誼也」，而昌黎之作，也最得古人之意。妙的是藉交際之便而即以明道勸善，故是明智而美妙的作法。

　　〈論佛骨表〉一文忠骾有餘，其言「矯激太過」。〔註35〕若與初唐排佛之傅奕、狄仁傑、辛替否之奏疏比而觀之，就知古人說「矯激過當」之意。〔註36〕

　　又，辛替否〈諫造金仙玉眞兩觀疏〉云：「中宗孝和皇帝，陛下之兄，居先人之業，忽先人之化，不取賢良之言，徒恣子女之意。官爵非擇，虛食祿者數千人。封建無功，妄食土者百餘户。造寺不止，枉費財者數百億。度人不休，免租庸者數十萬。是使國家所出加數倍，入減數倍。倉不停辛歲之儲，庫不貯一時之帛。所惡者逐，逐多忠良；所愛者賞，賞多讒慝。（略）奪百姓之食，以養殘凶。剝萬人之衣，以塗土木。于是人怨神怒，眾叛親離，水旱不調，疾疫屢起，遠近殊論，公私罄然，五六年間，至於禍變，享國不永，受終於凶婦人。寺金不能保其身，僧尼不能護妻子，取譏萬代，見笑四夷，此陛下之所眼見也，何不除而改之。」（《全唐文》卷二百七十二）。

〔註34〕唐朝三教講論，匯通三教之學術思想，促進理學之產生。有唐一代由高祖、太宗、高宗、玄宗以至德宗、憲宗、文宗、懿宗，朝中講論三教，逾二百年。近人羅香林氏撰〈唐代三教講論考〉述之。見氏《唐代文化史》（台灣：商務印書館，1968年出版）。又說：「儒者性理之說，早倡於李翱。大學與孟子之重視，爲韓氏所先倡；中庸之重視，爲李氏之先倡，若論宋人之理學，唐人已開其先端。而唐人中，李翱氏之《復性書》爲兩宋新儒學之先河。」羅香林：〈大顛惟儼與韓愈李翱關係考〉，《唐代文化史》（臺北：台灣商務印書館，民國57年3月），頁177～193。

〔註35〕《資治通鑑》卷二百四十，唐紀五十六。韓氏「諫迎佛骨」條後云：「自戰國之世，老莊與儒者爭衡，更相是非。至漢末，益之以佛，然好者尚寡。晉宋以來，日益繁熾，自帝王至于士民，莫不尊信。下者畏慕罪福，高者論難空有。獨愈惡其蠹財惑眾，力排之，其言多矯激太過。惟〈送文暢師序〉最得其要。」

〔註36〕參上註30～33，傅、姚、狄、辛四人之奏疏可知。

　　韓氏晚年因諫佛骨，貶謫潮州，「海上窮處，無與話言」，遂與潮州大顛和尚往來。留下〈與大顛師書〉三通。時人便傳言韓公奉佛。韓公在〈與孟尚書書〉中已有辨明：「有人傳愈近少信奉釋氏，此傳之者矣也。潮州時，有一老僧號大顛，頗聰明，識道理，遠地無可與語者，故自山召州至郭，留十數日，實能外形骸以理自勝，不爲事物侵亂，與之語，雖不盡解。要自胸中無滯礙，以爲難得，因與來往。及祭神至海上，遂造其廬，及來袁州，留衣服爲別。乃人之情，非崇信其法，求福田利益也。」韓氏自言「非崇信佛法」，應爲可信。不過，比起他早年之「排斥佛教」來，起碼，韓公是願意聽聽佛法了，態度不再強烈了。能夠欣賞到大顛和尚「胸中無滯礙」「外形骸以理自勝，不爲事物侵亂」而「以爲難得」了。

　　此外，可議者爲：

　　於澄觀，韓氏贈以詩，賞其「公才吏用當今無」，又說「我欲加斂收冠巾」。要知，澄觀乃當朝大國師，大臣咸皈依之，韓氏贈詩如此，不免給人一種唐突滑稽之感覺！

　　至對張道士，欣賞其獻〈平賊策〉，以爲他是留戀富貴，須知道士不能自外於國家；他獻策是平亂，忠於君王，不必貪求富貴。

　　韓氏「排斥佛老」，「擇其可語誨之」，唯一成功的例子，要算是無本法師了。由於賈島無心於浮圖，學文章於韓氏，因緣任運，始有還俗之事，畢竟是罕有的。

結　論

　　（一）從體用之體言。韓愈〈原道〉等篇推究「二帝三王之道」之原，有理論，有比較，是其「先王之道」理論的建立。

　　（二）從階段性言：韓愈之「攘斥佛老」早年是用「著之於口」，擇其可語者誨之；中年則是藉其職權而沙汰不良僧尼道士；晚年則進一步諫迎佛骨了。

　　（三）從策略上言：韓愈藉著詩文之酬答予以諷斥，以宣達其立場。告以先王之道；直闢佛老之失；賞其才調，冀望他們還俗，以求富貴；以至不信罪福因果了。因憐其愚昧，失於正道，使所迷途知返，其態度仍是懇切的。對「出家還攘攘」的僧約；「雲窗霧閣，翠幔金屏」的華山女；棄老母與妻子不顧，獨自上山修道的誰氏子便予以指斥了。

　　總之，韓氏提出「二帝三王之道」以對抗佛老，立場鮮明。藉著交際酬酢之便，臨別贈以詩文，「所以致忠愛陳忠告之誼」，告之以先王之道或直言

佛老之失。雖然，韓氏不是甚麼僧徒道士都排斥，而是「擇其可語者誨之」，但已經時時遇上阻力，「猶時與吾悖，其聲嘵嘵」，以至於犯笑侮，贏得狂惑之名。四十二歲，韓氏官任都官員外郎兼祠部，當時即據《唐六典》，「沙汰僧尼」，不惜得罪了宦官，可見他的一貫作風。五十四歲晚年他任刑部侍郎時諫迎佛骨，以致遭貶。昌黎自言：「本爲聖朝除敝政，肯將衰朽惜殘年！」可見韓公是一名言行一致，劍及履及的衛道者。

（原載《國立雲林技術學院學術研究會論文集》，民國 82 年 4 月。2011 年 5 月修訂。原題〈韓愈以詩文明道攘斥佛老之探討〉，經過修訂，易爲今名。）

附　錄

附錄一　韓愈與僧徒來往贈以詩文表

篇　　名	僧　人	贊賞處	主題所在
1. 送僧澄觀	澄觀	「公才吏用當今無」「又言澄觀乃詩人」	「我欲收斂加冠巾」
2. 送惠師	惠師（元惠？）	雲遊四海 行腳參禪 「謂是不羈人」	「吾非西方教，憐子狂且淳。」「吾嫉惰遊者，憐子愚且諄。」「去矣各異趣，何爲浪霑巾。」
3. 送靈師	靈澈	「少小涉書史，早能綴文篇。中間不得志，失跡成延遷。」	「材調眞可惜，朱丹在磨研。方將斂之道，且欲冠其顚。」
4. 別盈上人	誠盈		「祝融峰下一迴首，便是此生長別離。」
5. 送文暢師北遊	文暢	取其多得縉紳先生歌詠。	喜其逃墨來師，以詩文爲緣。
6. 送浮屠文暢師序	文暢	謂其「喜文章，其周遊天下，凡有行必請搢紳先生以求詠歌其所志。」	以聖人之道告之，使「彼見吾君臣人子之懿，文物事爲之盛，其心有慕焉。」
7. 廣宣上人頻見過	詩僧廣宣		「久慚朝士無裨補，空愧高僧數往來。學道窮年何所得？吟詩竟日未能迴。」前二句自慚無補於朝，後二句即用自慚意規諷廣宣。宣既爲僧，亦有本分當行之事，奈何持末藝與朝士徵逐，不懼春秋迅速耶？

8. 和歸工部送僧約	文約		「早知皆是自拘囚,不學因循到白頭。汝既出家還攘攘,何人更得死前休。」似諷其與朝士大夫詩文徵逐,膠膠擾擾,何日始得解脫耶?
9. 送無本師歸范陽	無本（賈島）		「無本於為文,身大不及膽。吾嘗示之難,勇往無不敢。」「狂詞肆滂葩,低昂見舒慘。姦窮怪變得,往往造平淡。」乃指點其作詩。
10. 聽穎師彈琴	穎師	贊其琴藝	是詠琴,抑詠琵琶?學界仍在爭論中。
11. 贈譯經僧（疑偽詩。全唐詩一二函韓愈十有此詩）			「萬里休言道路賒, 有誰教汝度流沙? 只今中國方多事, 不用無端更亂華。」
12. 題秀禪師房	秀禪師		「橋夾水松行百步, 竹宋莞席到僧家。 暫拳一手支頭臥, 還把漁竿下釣沙。」
13. 送浮屠令縱西遊序	令縱	賞其文才	「令縱釋氏之秀者,又善為文,浮游徜徉,跡接天下,藩維大臣,文臣武士,令縱未始不褰衣而負業往造其門下。其有尊行美德,建功樹業,令縱從而為之歌頌。典而不諛,麗而不淫,其有中古之遺風歟?」
14. 與大顛師書	大顛和尚	與大顛和尚三書,邀約見面。	其第三通書略云:「所示廣大深迥,非造次可諭。《易大傳》曰:『書不盡言,言不盡意。』然則聖人之意,其終不可得而見邪?如此而論,讀來一百遍,不如親見顏色,隨問而對之易了。此旬來晴朗,旦夕不甚熟。儻能乘閒一訪,幸甚。且夕馳望。」

附錄二　韓愈與道士來往贈以詩文表

篇　名	僧人	讚　賞　處	主　題　所　在
1. 送張道士並序	張道士	通古今學，有文武長才。關心國政「臣有平賦策，狂童不難治。」	「時有利不利，雖賢欲奚為？但當勵前操，富貴非公誰。」張道士聞朝廷將治諸侯之不貢賦者，三上書不報，乃長揖而去。韓愈勉以繼續努力，他日再獻，求取富貴。
2. 送廖道士序	廖道士	「廖師郴民而學於衡山，氣專而容寂，多藝而善遊。」	「衡山之神既靈，而郴之為州，又當中州清淑之氣，其水土所生，神氣之所感，意必有魁奇忠信材德之民生其間。而吾又未見也。其無乃迷惑溺沒老佛之學而不出耶？廖師……豈吾所謂魁奇而迷溺者邪？」
3. 飲城南道邊古墓上逢中丞過贈禮部衛員外少室張道士	張道士		與張道士、衛員外飲酒於城南道邊古墓上。
4. 答道士寄樹雞	道士		答謝道士寄贈木耳。

附錄三　韓愈於佛道現象的指斥

篇　名	事　由	主　意　所　在
1. 論佛骨表	元和十四年帝迎佛骨入內廷供養，留禁中三日，王公士庶奔走贊歎。百姓焚頂燒指，解衣散錢，以為供養。	韓氏此文以佛者夷狄之法與事佛漸謹年代尤促立論，以見佛之不足事。毋以枯朽之骨令入宮禁。並乞以此骨付之有司，投諸水火。佛如有靈，能作福崇。凡有殃咎，宜加臣身。表示不信佛教因果報應之說。
2. 孟簡尚書書	孟簡字幾道。德州平昌人。最嗜佛。韓氏元和十四年以諫佛骨貶潮州。與潮僧大顛遊，人遍云韓奉佛氏。其年冬，移袁州。明年，孟移書言及，韓愈作此書答之。	韓愈辯說，有人傳他近少信奉釋氏，乃傳之妄也。又解釋與大顛來往之理由。「實能外形骸以理自勝，不為事物侵亂。與之語，雖不盡解，要自胸中無滯礙，以為難得，故與來往。」又言：「留衣服為別，乃人之情，非崇信其法，求福田利益也。」其不信福田利益，乃因君子立身行道，積善自至。又云：釋氏若為君子，必不為人禍祟，加禍於君子。

3. 謁衡嶽廟遂宿嶽寺題門樓	韓公自陽山還，北過衡謁衡山宿寺廟而作。時在永貞元年八月，時年卅八。	「我來正逢秋雨節，陰氣晦昧無清風。潛心默禱若有應，豈非正直能感通。須臾靜掃群峰出，仰見突兀撐清空。」
		「森然魄動下馬拜，松柏一逕趨靈宮。粉牆丹柱動光彩，鬼物圖畫填青紅。升階傴僂薦脯酒，欲以菲薄明其衷。廟令老人識神意，睢盱偵伺能鞠躬。手持盃珓導我擲，云此最吉余難同。竄逐蠻荒幸不死，衣食纔足甘長終。侯王將相望久絕，神縱欲福難為功。」
		汪佑南：「明哲保身，是聖賢學問，隱然有敬鬼神而遠之之意。」
		黃震：「惻怛之忱，正直之操，坡老所謂：公之精誠，能開衡山之雲即此。」
4. 題木居士	王元啓以為作於貞元二十一年。木居士即民間的拜木頭公也。	「偶然題作木居士，便有無窮求福人。」
5. 華山女	錢仲聯以為詩作於元和十四年正月憲宗迎佛骨時。 敘寫一名白咽紅頰的華山女昇座講道。雖然觀門不許人出入，不知誰人暗中相報，訇然雷然，車馬雜遝。聽眾無數，供養甚豐。甚至連天子貴人亦傳詔召見。末章則描寫惹得豪家少年，鎮日來繞百匝，而雲窗霧閣，翠幔金屏青鳥叮嚀等語，褻慢之甚。	沈德潛《唐詩別裁》：「〈謝自然詩〉顯斥之，〈華山女〉微刺之，總見神仙之說之惑人也。」
6. 謝自然	方世舉注引《集山錄》：「謝自然居果州南縣（唐屬劍南道）年十四，修道不食，築室於金泉山。貞元十年十一月二十日辰時，白日昇天，士女數千人咸共瞻仰。須臾，五色雲遮互一川，天樂異香散漫。刺史李堅表聞詔衮美之。」	貞元十年時韓在長安。謝女事傳至長安，作此詩以表異議。當日俱奉為神仙，公持異議，謂此人特為妖魅所惑而已。 王元啓曰：「末言人生常理，不但議論奇偉，其一片至誠惻怛之心，尤是令人感悚。」 唐宋詩醇：「前敘後斷，排斥不遺餘力。人詫其白日飛昇，吾獨為狐狸冤痛，警世至深切矣。」

| 7. 誰氏子 | 〈河南少尹李素墓誌〉：「呂氏子炅，棄其妻、著道士衣冠，謝母曰：當學仙王屋山。去數月復出，間謁公。公立之府門外，使吏雜脫道士冠，給冠帶，送付其母。」此詩蓋為韓作於呂炅始入山時。題曰：〈誰氏子〉者，猶《詩》〈何人斯〉，賤而惡之，著其無母之罪也。 | 此詩先敘後論。先敘呂炅棄老母與嬌妻，自入王屋山學道士。後部則指出「神仙雖然有傳說，知者書知其妄矣。」「嗚呼余心誠懇弟，願往教誨究終始。」「誰其友親能哀憐，寫吾此詩徒送似。」 |

附錄四　唐代士人與僧道往還表

士　人	事　　　跡	備　　考
虞世南	世南學書於沙門智永，究其法，為世秘愛。世南卒。太宗念之，命于其家設五百僧齋，並為造天尊像一尊。	《舊唐書‧卷七十二‧虞世南傳》、《新唐書‧卷一○二‧虞世南傳》。
蕭瑀	傾心釋教，為太宗斥責。	《舊唐書‧卷六十三‧蕭瑀傳》。
張九齡	玄宗親注《金剛經》，宰相張九齡等請出注文，天下傳授。	《冊府元龜‧卷五十一》
賀知章	賀入道，玄宗親制詩以贈，遣左右相以下，祖長樂坡下。	《舊唐書‧卷一九○‧賀知章傳》
房琯	宰相房琯處危難時，終日與劉秩、李楫、何忌等高談虛論，說「釋氏因果，老子虛無」而已。	《舊唐書‧卷一一一‧房琯傳》。
元載	宰相元載、王縉、杜鴻漸三人皆好佛。	《舊唐書‧卷一一八‧王縉傳》、《新唐書‧卷一四五‧王縉傳》。
王縉	王縉尤甚、與杜鴻漸造寺無窮，常以果報說代宗。	
王維	王維、王縉俱奉佛。晚年長齋，退朝則焚香禪誦，後請舍莊為寺。臨終作書勸親友奉佛修心。	《舊唐書‧卷一四○‧王維傳》；《王右丞集》卷十七，〈請施莊為寺表〉。
杜鴻漸	酷好浮屠道，自蜀歸，食千僧以為有報。縉紳效之。曾造《起信論疏》。休致後，臥病，令僧剃頭髮，及卒，遺命依佛法塔葬。	《舊唐書‧卷一○八‧杜鴻漸傳》；《新唐書‧卷一二六‧杜鴻漸傳》。

李白	一生好道。詩中也涉及佛教。有〈玉眞仙人祠〉詩。（按，睿宗景雲二年，造金仙玉眞二觀。）	
杜甫	青年時傾心禪宗。〈秋日夔府詠懷〉詩：「身許雙峰寺，門求七祖禪。落帆追宿昔，衣褐向眞詮。」（杜甫晚年入蜀以後，心境受佛教影響不少。）	
宋璟 蘇瓌 陸象先 李邕	張說、宋璟、蘇瓌、陸象先、賀知章、李邕等與越州懸一律師，爲儒釋莫逆之交。	
顏眞卿	宋州刺史徐向等以河南節度田神功病，用俸錢數十萬設八關大會，飯千僧於開元寺，顏眞卿爲作記。 又曾撰〈撫州寶應寺律藏院戒壇記〉述律宗傳授淵源。	《顏魯公文集》卷九，〈八關會報德記〉
	顏常得方士藥，服之如少壯人。顏晚年奉使蔡州遇害。遇害前，自謂：「受籙服藥皆有所得。」又謂：「斷肬道家所忌，願死後，割他支節爲祝血，以遺之，則死無所憾。」	《唐語林》卷六
權德輿	元和八年，禪宗馬祖道一卒，追謚大寂禪師，包佶撰碑，權德輿爲塔銘。 元和十年，懷暉禪師卒。賈島爲文述德，權爲之撰碑銘。	《權載之文集》卷二十八，〈石門道一禪師塔碑銘〉；《權載之文集》卷十八，〈章敬寺百岩禪師碑銘〉
陳子昂	〈感遇〉詩中，有批評佛教的內容。 〈吾觀崑崙化〉一首，攻駁緣業之說。 〈聖人不利己〉一首揭露建築寺院的繁費。早年在蜀中，從暉上人遊，過從甚密。入京後，又寫過〈爲佛謝講表〉等釋教文字。	
李華	傾向佛教。	
獨孤及	李華從湛然游。	
張說	是玄宗朝的文壇領袖。與蘇頲并稱「燕許大手筆」。對禪宗神秀「問法執弟子禮」。神秀死後，親服師喪。爲撰〈唐玉泉寺大通禪師碑〉。文集中還有〈般若心經贊〉、〈唐陳州龍興寺碑〉、〈書香能和尚塔〉等文章。他還參加過義淨、菩提流志的譯經工作。	
梁肅	梁是湛然弟子。修天台《止觀論》著成《止觀統例》推重天台教，極詆禪宗。縉紳中，從湛然學者數十人。以翰林學士梁肅、吏部郎中李華、散騎常侍崔恭、諫議大夫田敦等爲最。 越州懸一律師卒。徐公浩、梁肅各爲碑銘。	《唐文粹》卷六十二、九十二，崔恭〈梁肅文集序〉《宋高僧傳·卷六·湛然傳》；《宋高僧傳·卷十四·懸一傳》

韋皋	在四川二十一年，晚甚奉釋氏，恆持數珠誦佛名。歸心禪道，學心法於淨眾寺神會禪師。	《宋高僧傳·卷十九·西域無名傳》。
孟簡	俗稱最擅佛理，溺於浮屠之教。	
白居易	晚年以風疾，好佛尤甚，常經月不葷。自謂：棲心釋梵，浪跡老莊，因疾觀身，果有所得。	《舊唐書·卷一六六·白居易傳》
柳宗元	自幼好佛。其岳父楊憑也信佛。曾對如海禪師執弟子禮。柳本人與文暢、靈澈等詩僧有密切往還。如海卒。柳爲之撰碑。馬總上疏爲禪宗慧能請諡，敕諡大鑒禪師。柳爲撰碑銘。	《柳宗元集》卷六有：〈龍安海禪師碑〉。卷六有〈大鑒禪師碑〉。
楊憑	如海弟子浩初北遊，柳有序送之。 南嶽雲峰律師法證卒。柳爲作碑銘、塔銘。	文集卷廿五：〈送贈浩初序〉。
劉禹錫	信佛。神會弟子乘廣禪師卒，劉爲撰碑文。 劉有〈澈上人文集序〉稱其：「以文章接才子，以禪理悅高人，風儀甚雅，談笑多味。」	《劉夢得文集》卷三十，〈袁州萍鄉縣楊岐山故廣禪師碑〉。文集卷二十，〈澈上人文集序〉。
裴休	家世奉佛，尤深於釋典，常與義學僧講述佛理，曾問法於黃蘗希運，執弟子禮。	《舊唐書·卷一一七·裴休傳》。
張籍	有〈求仙行〉與〈學仙詩〉，譏求仙之謬。白居易稱：「此詩可上諷人主」。	

調和與反響：
契嵩批韓愈〈論佛骨表〉

摘 要

　　韓愈〈論佛骨表〉表現出忠臣直諫的氣概，所言有理。200 年後，宋僧契嵩是一位全面批韓的人物，他批〈論佛骨表〉的缺失有五，可視爲佛教界的意見，其用心固然是調和儒釋兩家，所作的批評，也不完全對。本文試爲之探討。

關鍵詞：韓愈、佛骨、契嵩、儒家、釋家

一、前　言

史載：「先是，鳳翔法門寺有護國眞身塔，塔內有釋迦文佛指骨一節。其法三十年一開，開則歲稔人泰。至是憲宗遣中使杜英奇押宮人三十，持香花迎入大內，留禁中三日，乃送佛祠，王公士庶，奔走贊歎。公爲刑部侍郎，上表極諫。帝大怒，欲抵死。崔群、裴度戚里諸貴，皆爲公言，乃貶潮州刺史。」〔註1〕

這是韓愈（768～824）元和十四年（819）正月上〈論佛骨表〉的背景和經過。關於〈論佛骨表〉，歷代評論頗多，如宋人司馬光（1019～1086）〔註2〕、黃震（1213～1280）〔註3〕，明人茅坤（1512～1601）〔註4〕，清人王船山（1619～1692）〔註5〕、清人儲欣（1631～1706）〔註6〕、林雲銘〔註7〕、何焯（1661

〔註1〕 文題下注。引見〔清〕馬其昶《韓昌黎文集校注》卷8（香港：中華書局，1984），頁354，下稱《校注》。
〔註2〕 〔宋〕司馬光評爲「矯激太過」，韓氏「諫迎佛骨」條後云：「自戰國之世，老莊與儒者爭衡，更相是非。至漢末，益之以佛，然好者尚寡。晉宋以來，日益繁熾，自帝王至于士民，莫不尊信。下者畏慕罪福，高者論難空有。獨愈惡其蠹財惑眾，力排之，其言多矯激太過。惟〈送文暢師序〉最得其要。（略）」參《新校資治通鑑》卷二百四十，唐紀五十六（臺北：世界書局，民國76），頁7759。
〔註3〕 〔宋〕黃震評爲「禍福之報」，其「論佛骨表」條曰：「〈論佛骨表〉之說正矣。〈潮州謝表〉稱頌功德之不暇，直勸東巡泰山，而自任鋪張，雖古人不多讓。甚矣憲宗之不可與忠言，而公也汲汲乎苟全性命，良可悲矣夫！表多近世引用之句，如『鋪張對天之閎休，揚屬無前之偉績。編之乎詩書之冊而無愧，措之乎天地之間而無虧』。『旋乾轉坤，關機闔開，電屬風飛，日月清照』。公之貶潮，佛者謂此禍福之報，然佛骨一入而憲宗已晏駕，公即移表，福未央也。禍福誰任耶？」《黃氏日鈔》卷五十九（臺北：大化書局，民國73年12月），頁677。
〔註4〕 〔明〕茅坤指韓昌黎以「福田立說」，其「論佛骨表」條云：「韓公以天子迎佛，特以祈壽護國爲心，故其議論亦只以福田上立說，無一字論佛宗旨。」《唐宋八大家文鈔‧卷一‧昌黎文鈔一》（上海：古籍出版社，1993年8月），頁1383-21。
〔註5〕 〔清〕王船山評韓愈〈論佛骨表〉，認爲不足以衛道，他認爲正確的衛道方法，應該是「道立於己，感通如神，俟之從容，不憂暗主庸臣，曲士罷民之不潛消其妄。」其言曰：「韓愈之諫佛骨，古今以爲闢異端之昌言，豈其然哉！衛道者衛道而止，衛道而止者，道之所在，言之所及；道之所否，言之所慎也。道之所在，義而已矣；道之所否，利而已矣。是非者義之衡也，禍福者利之歸也，君子之衛道，莫大乎衛其不謀禍福，以明義之貞也。……愈之言曰，漢明以後，亂亡相繼，運祚不長，梁武捨身，逼賊餓死，若以推究

～1720）〔註8〕、蔡世遠（1681～1732）〔註9〕、愛新覺羅・弘曆（清高宗）（1711

人心貞邪之致，世教隆替之源，固未嘗非無父無君之教，流禍所及，然前有暴秦之速滅，哀平之早折，則盡舉而歸罪於浮屠，又何以服曉曉之口哉。……夫君子之道，所以合天德、順人心，而非畏端之所可與者，森森鼎鼎，卓立於禍福之外。……於是帝王奉之，以敷教於天下，合智愚賢不肖納之於軌物，惟曰義所當然，不得不然也，飢寒可矣，勞役可矣，褫放可矣，囚繫可矣，刀鋸可矣，而食仁義之澤，以莫國裕民於樂利者，一俟其自然而無所期必，若愚者之不悟，亦君子之無可如何，而道立於己，感通自神，俟之從容，不憂暗主庸臣，由士罷民之不潛消其妄，愈奚足以知此哉。《讀通鑑論》卷二十五（臺北：世界書局，民63年7月），頁536。

〔註6〕　〔清〕儲欣評爲「爭光二曜」，其「論佛骨表」條曰：「韓文公以諫佛骨表窮，亦以諫佛骨表爭光二曜。」《昌黎先生全集錄》卷八「表狀」，引見《韓愈資料彙編》，頁930。

〔註7〕　〔清〕林雲銘提出昌黎貶潮「配食於尼山，其子若孫，科名勿替」的觀點，其「諫迎佛骨表」條云：「鳳翔之有佛骨也，不知起自何時？攷《藏經》，釋迦涅槃火化，得舍利八斛，分發諸天、人間、龍宮三處供養。語雖涉於不經，總無死後留下遺骨之理。羣髡最善假托，安知鳳翔之骨，不猶羚羊角可破之佛牙乎？憲宗惑於禍福俗諦，欲崇奉以祈福祥，與服柳泌金丹冀得長生，同一見解。不知佛家禍福之説，即吾儒惠迪從逆，作善降祥，作不善降殃之訓。如五帝三王，年代所以久者，惠迪也，作善也；宋、齊、梁、陳、元、魏以下，年代所以促者，從逆也，作不善也；佛何與焉？且經云，有取有證，總屬妄想。達摩西來，見梁武帝，詆其度僧造寺，並無功德，意可知矣。乃羣髡衣食於經懺，冀得檀施，因有爲惡之人事佛亦得福，爲善之人不事佛亦得禍之言。而庸夫孔壬，一時波馳蟻附於崇奉之文，謂棄善稔惡，有可恃以無恐者，豈方便法門本旨乎？鳳翔佛骨之迎，當時君相，皆以爲此舉功德不可思議，茫不知佛法爲何物，使佛見之亦以爲可憐愍者，不但吾儒訾其狂惑也。昌黎此表，亦不辯佛骨是眞是僞，止把古帝王未事佛與後世人主事佛禍福，較論一番，而以崇奉失當處，層層翻駁，冀其省悟，可謂明切。至「投諸水火」數語，分明是雲門一棒打殺丹霞燒出舍利之意，謂其有功吾道可也，即謂其有功佛法，亦無不可也。若謂不言法言，不服法服，不知君臣父子，則深中佛氏膏肓。然佛不如此，又不能空諸所有，以成其爲佛。治天下者，所謂道不同不相爲謀者矣。厥後憲宗以服金丹，躁怒暴崩，中外咸言內常侍陳弘志弑逆，亦不見有佛護佑。而公以潮州一貶，得配食於尼山，其子若孫，科名勿替。求福者，豈在崇奉虛文哉！」《韓文起》，《彙編》，頁966～967。

〔註8〕　〔清〕何焯分析〈論佛骨表〉的旨趣，其「論佛骨表」條曰：「惑之大者則用借鑒，失之小者則用直陳，極得因事納誨立言之體。憲宗奉佛求壽，故前半只從年壽上立論。『夷狄之一法耳』，見非中國天子所當奉。『惟梁武帝在位四十八年』，又變。『臣常以爲高祖之志』二句，倒跌。『今聞陛下令羣僧迎佛骨於鳳翔』，以下指其失。『臣雖至愚』至『而肯信此等事哉』，此數句是前後關鍵綰結處。祈福無驗，上已開陳，故入迎佛骨本事。後一句撇過，只以國家大體反復言之。『然百姓愚冥』至『非細事也』，就詭異戲玩上，推引其不可。『即加禁遏』，破上『遞迎供養』。『夫佛本夷狄之人』至『豈宜令入宮禁』，

～1739）〔註10〕、林紓（1893～1964）〔註11〕，湯用彤（1893～1964）〔註12〕

破上『昇入大內』。『假如其身至今尚在』至『不令惑眾也』，與前『高祖之志，必行於陛下之手』一樣文法。長史云：『有此推駁，方是論佛骨，不是論佛法。』『使天下之人』至『豈不快哉』，與前『天子大聖』一段相對。『佛如有靈』四句，安溪云：『後段既欲上奮然投之水火，便只言其不足畏，以推廣上心可矣；復欲以身任其禍，是欲使上冥行也。』」《義門讀書記・卷三十三・昌黎集》，頁594～595。

〔註9〕　〔清〕蔡世遠推崇「韓公氣節」。其「論佛骨表」條曰：「無〈原道〉一篇，不見韓公學問；無〈佛骨〉一表，不見韓公氣節。或謂公生平耐不得困苦貶竄，似非樂天知命者。余謂公見義必為，全無戀位素餐之態。公初年在京師，未免有汲汲求進之心，然一為御史，絕不顧惜，則以諫宮市貶陽山矣。既貶之後，量移散秩，如作〈送窮文〉、〈進學解〉等篇，大有牢騷不平之意。然及其從平淮西，作侍郎，優游養望，便可作相，而公則以諫佛骨貶潮州矣。潮州上表，有窮蹙卑屈之意，然及其再登朝，則又身使盧龍，面折廷湊，更無推托畏懦之狀。公之氣節屢挫不折如此，所以為有唐蓋代人物，而配享孔廟不替也。不然，張禹、孔光獨無文學哉！」《古文雅正》卷八，《彙編》，1145。

〔註10〕　〔清〕高宗譽為：「一代儒宗」，其眉批「論佛骨表」條曰：「義正詞直，足以祛世俗之惑，允為有唐一代儒宗。」《唐宋文醇・卷六・昌黎韓愈文》（臺北：臺灣中華書局，民國73年12月）。

〔註11〕　〔清〕林紓評「昌黎〈論佛骨〉一表，為天下至文，直臣之正義」，其〈論佛骨〉條曰：「昌黎〈論佛骨〉一表，為天下之至文，直臣之正氣。入手，以憲宗畏死之故，引上古無數高年之天子，為憲宗指迷，言耄耋之期，初非關於佛力。迨佛法既盛，自漢末迨梁，無永年之天子；梁武高壽，卒被橫禍，則佛之效驗可知。一片皆為流俗說話，力鬭福禍之不關於佛氏，精透極矣。及歸到本朝，引高祖之議汰僧尼道士女冠（見武德九年四月詔）。與憲宗初年，不許度人為僧尼道士及創立寺觀事。上援祖訓，下微詔書，以矛攻盾，幾偪到憲宗無可置對。此處卻用婉轉之筆，言今縱未能即行，豈可恣之轉令盛也。文氣一舒，亦稍為憲宗迴護，此下始激起迎佛骨之非是。然專制之朝，不能直捷指出朝廷弊病，於是復大加迴護，謂聖明若此，斷不肯信。然天子動靜關於百姓瞻視，在皇帝不過「徇人之心」，而百姓則「愚冥易惑」，斥佛骨，卻撇去佛骨，專為政體上追尋利害，語語切摯。篇末斥佛為夷狄，生時不過禮以藩屬，死後尤宜避其凶穢，罵得不值一錢。然後以禍祟之事，極力自任，尤為得體。通篇礙目處，只「事佛漸謹，年代尤促」八字，而憲宗大怒，幾欲抵死。不有崔羣、裴度及戚里諸貴，昌黎危矣。及潮州表上，帝意少迴，猶曰：「韓愈大是愛我，我豈不知。然愈為人臣，不當言人主事佛，乃年促也。」嗚呼！憲宗聰明，尚護前如此，則宜乎闇主之不易事也。」《春覺齋論文》，《彙編》，頁1630。

〔註12〕　湯用彤評韓愈，諫佛骨旗幟鮮明，用力甚勤，其言曰：「元和之迎佛骨，雖不必如咸通之盛，然亦都人若狂，靡費極多。韓昌黎惡之，作〈論佛骨表〉。文公一生，志與佛法為敵，嘗以孟子辟楊墨自比。其諫迎佛骨，尤為後世所稱美。然上表反佛者，唐朝實代有其人。傅奕以後，則天皇后時，有狄仁傑、李嶠、張廷珪、蘇瓖。中宗時，有韋嗣立、桓彥範、李乂、辛替否、宋務光、呂元泰。

等都分別以儒者或古文家的立場提出意見。但於佛教方面的立場則未顧及，如宋僧契嵩（1007～1072）便是一位全面批判韓氏的人物，他的意見相當程度代表佛教，也有一定的價值。從佛教的立場，未嘗不可以看到韓愈〈諫表〉的失言處。契嵩著《鐔津文集》十九卷〔註13〕行世。其中《非韓》三十篇，列於書之十四卷至十六卷。《非韓》的第二十五篇即是批判〈論佛骨表〉的。

二、契嵩的生平及其論點

契嵩，字中靈。藤州鐔津人（今廣西藤縣）。俗姓李。七歲出家，十三歲落髮，十四歲受具足戒，十九歲遊方，受法於洞山曉聰禪師。慶曆年間（1041

睿宗時，有裴漼。玄宗時，有姚崇。肅宗時，有張鎬。代宗時，有高郢、常袞、李叔明。德宗時，有彭偃、裴垍、李岩、舒元褒。昌黎之後有崔蠡、蕭倣、李蔚、孫樵等。又據《新唐書》卷一八一謂懿宗迎佛骨，朝廷如李蔚諫者極多。雖此各朝諸人用功未有昌黎之勤，議論未若昌黎之酷烈，顧其言多與昌黎之表大同。諸人所陳，抉其大旨，蓋不出以下數端。

（甲）君人者旨在政修民安，故排佛者恒以害政為言。

（乙）人主莫不求國祚悠久，故唐朝人士，恒以六朝朝代短促歸罪於佛法。此傅奕所首唱，韓文公〈論佛骨表〉亦言之。

（丙）韓昌黎表中引高祖沙汰佛徒，願憲宗取以為法。而辛替否亦舉貞觀故事，以告睿宗，求其不棄太宗之治本，而棄中宗之亂階。

（丁）僧尼守戒不嚴，佛殿為貿易之場，寺剎作逋逃之藪，亦為被痛斥之一理由。

元和十四年，韓退之〈論佛骨表〉，其理論亦不出上述各點。然其所以震動一時者，其故有數：一則直斥佛法，大異前人之諷諫，致貶潮州，百折不悔。二則退之素惡釋教，其肆攻擊當在上表之前。且退之終身未嘗不毀佛法也。其與大顛交遊，不足為其變更態度之證。故文公反佛致力之勤當不在傅奕下。而上列反佛諸人中，亦有常與僧人交涉，且有為僧寺作碑記者，查《全唐文》可知。而文公自比孟軻，隱然以繼堯、舜、禹、湯、文、武、周公、孔子之道統自任，樹幟鮮明，尤非傅奕所及。三則退之以文雄天下，名重一時，其黨徒眾多，附和者夥。門人李翱稱之謂，六經之學絕而復興。其後皮日休謂其蹴楊、墨於不毛之地，踩釋、老於無人之境，至請以配饗孔廟。此其辟佛所以大著成效也。

然吾人果明於唐朝士大夫對於佛教之態度，則韓氏之功，蓋不如常人所稱之盛。文公之前，反對佛教上疏朝堂者多為進士，特以佛法勢盛，未敢昌言。及至昌黎振臂一呼，天下自多有從之者。然退之急於功名，無甚精造。

故韓文公雖代表一時反佛之潮流，而以其純為文人，率乏理論上之建設，不能推陳出新，取佛教勢力而代之也，此則其不逮宋儒遠矣。」《隋唐及五代佛教史》（臺北：慧炬出版社，民國75年12月），頁37～45。

〔註13〕〔宋〕陳舜俞撰〈鐔津明教大師行業記〉，《大正新修大正藏》第52冊，史傳部四（臺北：新文豐出版公司，民國85年），頁646～750，下稱《大正藏》。

～1048），天下士子學爲古文，受歐陽修影響，景慕韓愈排佛而尊孔子，於是作《原教》篇十餘萬言，以明儒釋一貫之旨。又著《禪宗定祖圖》、《傳法正宗記》，又述《輔教篇》三卷，上進於仁宗，詔入《大藏》使流通於世，賜號明教大師。熙寧五年（1072）六月寂化。世壽六十六。有《鐔津文集》十九卷行世。〔註14〕以下述其批韓〈論佛骨表〉的論點。

（一）立論偏頗，以禍誣佛，其言不公

契嵩《非韓》第二十五〈韓子論佛骨表〉云：

> 以古之帝王運祚興亡其年壽長短校之，謂無佛時其壽祚自長，事佛乃短；指梁武、侯景之事，謂其事佛求福，迺更得禍，以激動其君也。當南北朝時，獨梁居江表，垂五十年，時稍小康，天子壽八十六歲，其爲福亦至矣！春秋時，殺其君者謂爲三十六，彼君豈皆禍生於事佛乎？韓子不顧其福而專以禍以誣佛，何其言之不公也。

未說契嵩的駁論前，先引韓愈〈論佛骨表〉的首段來看：

> 臣某言：伏以佛者夷狄之一法耳！自後漢時流入中國，上古未嘗有也。昔者，黃帝在位百年，年百一十歲；少昊在位八十年，年百歲；顓頊在位七十九年，年九十八歲；帝嚳在位七十年，年百五歲；帝堯在位九十八年，年百一十八歲；帝舜及禹年皆百歲，此時天下太平，百姓安樂壽考，然而中國未有佛也。其後殷湯亦年百歲，湯孫太戊在位七十五年，武丁在位五十九年，書史不言其年壽所極，推其年數，蓋亦俱不減百歲。周文王年九十九歲，武王年九十三歲，穆王在位百年，此時佛法亦未入中國，非因事佛而致然也。漢明帝時，始有佛法，明帝在位纔十八年耳，其後亂亡相繼，運祚不長；宋齊梁陳元魏已下，事佛漸謹，年代尤促，惟梁武帝在位四十八年，前後三度捨身施佛，宗廟之祭，不用牲牢，晝日一食，止於菜果，其後竟爲侯景所逼，餓死臺城，國亦尋滅，事佛求福，乃更得禍，由此觀之，佛不足事，亦可知矣！〔註15〕

文章首段，契嵩指斥：韓愈立論偏頗，言論不公。提兩點：

1. 韓氏以古之帝王的運祚及其年壽長短比較，企圖推論出：佛教未入中國時，帝王壽祚都長，但有了佛教後都短的結論。這種論述方式是有問題的。

〔註14〕《大正藏》第 52 冊（臺北：新文豐出版公司，民國 85 年），頁 648。

〔註15〕《校注》，頁 354～355。

為甚麼？他舉「春秋時，殺君者三十六」為例，質問：當時無佛，君主仍然被弒，「彼君豈皆禍生於事佛乎？」

2. 韓氏又舉梁武帝（464～549）奉佛，被侯景（？～552）所迫，餓死臺城事，藉此彰顯「事佛求福，迺更得禍」的論點，以激動其君「佛不足事」，他認為，這種論述方法是有問題的。他說，梁朝位於江東，立國「垂五十年」，號為「小康」；而梁武帝享壽八十六歲，難道不是福嗎？「其為福亦至矣！」他指斥韓愈抹煞其福而專以餓死事誣佛，「不顧其福而專以禍以誣佛」，是不公允的。

筆者按：〈論佛骨表〉的兩個分論點：「無佛時帝王壽祚自長，有佛則短」以及「事佛求福，迺更得禍」，的確是不周延的。用來證明「佛不足事」的主要論點也顯得說服力不夠。但是，韓愈此文不是討論佛理，全以福田立論的。

（二）佛非害政，教人修善，同於儒家

契嵩又云：

> 自古亂臣竊發，雖天地神祇而無如之何。豈梁必免耶？此韓子未識乎福之所以然也。夫禍福報應，善惡為之根本也。佛之所以教人修福，其正欲天下以心為善，而不欲其為惡也。猶曾子曰：「人之好善，福雖未至，去禍遠矣；人之為惡，凶雖未至，去禍近矣。」佛之意正爾。但以三世而校其報施者，曾氏差不及佛言之遠也。故其禍福之來，自有前有後，未可以一世求。

承上段，契嵩指出：「自古亂臣竊發，雖天地神祇而無如之何！」用佛法說，是各有因緣，各有業力，「豈梁必免耶？」一句即此意。

文章第二段，契嵩指出兩點：

1. 佛說禍福報應，乃以善惡為根本。佛欲人修福正欲天下人為善不為惡，與曾子說的：「心之好善，福雖未至，去禍遠矣；人之為惡，凶雖未至，去禍近矣」的意思是相同的。
2. 所分別者：佛家說三世因果，有前世有來生，相較於只知「一世求」的儒家來說，曾參（前505～？）的說話就「不及佛言之深遠」了。

筆者按：契嵩志在調和儒釋，所以他以曾子的話與佛之善惡禍福說相比看。一方面他為化解排佛論者的種種質疑，一方面又致力於兩者的會通，他將佛法與儒學同歸於善相比，即是此意。他強調的是：佛教非蠹政，而是有益於帝王的治化。

（三）類推無理，不合聖人設教之意

契嵩又云：

> 苟以其壽祚之短謂事佛無效，欲人不必以佛法為則。〈洪範〉以五福
> 皇極教人，合極則福而壽，反極則禍而凶短折。如漢之文景，最為
> 有王之道，何則孝文為天子繼二十三載，年四十七而死。孝景即位
> 方十六載，年四十八而死，其曆數也，皆未及一世；其壽考也，皆
> 未及下壽，豈謂孔子所說無驗而即不從其教耶？嗚呼！聖人為教設
> 法，皆欲世之為善而不為亂，未必在其壽祚之長短也！

文章第三段，契嵩以為，若說今世事佛則壽祚短為無效，令人不必事佛的話，
那麼，以漢朝的有道君主文帝（前202～前157）、景帝（前188～141）來說，
一位在位二十三載，四十七歲而死；一位在位十六載，四十八歲而死，算是
下壽，《尚書‧洪範》篇不是主張「皇極」嗎？不是說合於皇極便「福而壽」
嗎？否則，便「凶短折」嗎？漢文帝、景帝，乃有道之主，身為皇帝，所作
所為，當然合於王法，為何如此短壽而死？他以為，「皇極」是孔子所教的，
合於孔子教而「無驗」，是不是說「孔子所說無驗而不從其教」呢？他認為這
種類推方式不對。他鄭重指出：聖人設教，重點在希望世人為善而不為亂，
不在於世人之壽祚是否長短！

筆者按：「五福」、「皇極」之說，出《尚書‧洪範》，據《書序》，〈洪範〉
乃周武王時箕子所作，[註16] 近人以為成於鄒衍之前，當戰國初年，[註17] 與
孔子無關。再者，「皇極」者乃君主施政以大中至正的法則，聚集五種幸福（壽、
富、康寧、攸好德、考終命），施之於人民，賞罰公正，人民就效法君主的法則
了。民眾沒有邪惡的黨派，官員也無偏袒，以君主作為法則。所謂「王道蕩蕩，
無黨無偏」，如此取法，如此教導民眾，就是順從「上帝」了。[註18] 順從「上

〔註16〕《書序》云：「武王勝殷殺受，立武庚，以箕子歸作《洪範》。」屈萬里《尚
書今註今譯》（臺北：臺灣商務印書館，民國73年），頁74。

〔註17〕同上註，篇題下注，頁74。

〔註18〕據〈洪範〉原文：皇極：「皇建其有極，斂時五福，用敷錫厥庶民。惟時厥庶
民于汝極，錫汝保極。凡厥庶民，無有淫朋；人無有比德，惟皇作極。凡厥
庶民，有猷有為有守，汝則念之。不協于極，不罹於咎；皇則受之，而康而
色，曰：『予攸好德。』汝則錫之福。時人斯其惟皇之極。無虐煢獨，而畏高
明。人之有能有為，使羞其行，而邦其昌。凡厥正人，既富方穀；汝弗能使
有好于而家，時人斯其辜。于其無好德，汝雖錫之福，其作汝用咎。無偏無
陂，遵王之義；無有作好，遵王之道；無有作惡，遵王之路。無偏無黨，王

帝」便是傳統的敬天、祭天，而法天、大公至正以治民的君主能聚集五種幸福施與民眾，卻不能使自己長壽，可見傳統儒家之理論，也是有限制的。

末句，契嵩指出：聖人（佛）為教設法，乃在「欲世為善」乃著眼於國家太平，長治久安，而非著眼於「壽祚之長短」，是高明的說法，因為影響「壽祚長短」的因素很多，以「壽祚長短」為餌，誘人為善也不是徹底的，欲「世之為善」側重道德心性的陶冶，導致國家太平，社會不為亂，這種講法比較平實能站得住腳。再者，此句亦蘊含佛法有益於帝王治國之意，與上文呼應。

（四）蔑佛太過，不知禮儀，待人無品

契嵩又云：

> 韓子謂：假如其身至今尚在，奉國命來朝，陛下接之，不過宣政一見、禮賓一設、賜衣一襲，衛而出境，不令惑眾也。況其身死已久，枯朽之骨，凶穢之餘，豈可直入宮殿云云，此韓子蔑佛太過也。佛雖非出於諸夏，然其神靈叡智，亦真古之聖人也。又安可概論其舍利與凡穢之骨同校也。雖中國之聖人如五帝三皇者，孰有更千歲而其骨不朽，況復其神奇殊異，有以與世為祥為福耶？此韓子亦宜稍思而公論也。昔有函孔子之履與王莽之首骨者，累世傳之，至晉泰熙之五載，因武庫火遂燔之。夫大善者莫若乎孔子之善人也，大惡者莫若乎王莽之不肖者也。前世存其跡而傳之，蓋示不忘其大善也，留誡其大惡也。古今崇佛靈骨者，用意蓋亦慕乎大善也。是乃示其不知禮而待人無品也。借令佛非聖人，固亦異乎異域之眾人者，安可止以一衣一食而禮之也。昔季札、由余入中國，而中國者以賢人之禮禮之，彼季札、由余第世之人耳，未必如佛神靈而不測者也。
>
> 至使其君待佛，而不若乎季札、由余者也。

先是，韓愈〈論佛骨表〉說：佛本夷狄之人，假如其身至今尚在，奉其國君之命來朝京師，陛下款接之禮，不過在宣政殿召見一下、在禮賓院設宴一次、賞賜衣服一套，然後護衛他出境，使他不得惑眾，何況，所謂佛已經死了，只是一塊「枯朽之骨」，一塊「凶穢之餘」的枯骨，未經巫祝以桃茢祓除不祥，

道蕩蕩；無黨無偏，王道平平；無反無側，王道正直。會其有極，歸其有極‧曰：皇極之敷言，是彝是訓，于帝其訓。凡厥庶民，極之敷言，是訓是行，以近天子之光。曰：天子作民父母，以為天下主。」同上註，頁77～79。

便令它直入宮殿，是不妥當的。〔註19〕

這段，契嵩便指斥韓愈如此待客之道是：「蔑佛太過」而且是「待人無品」的。他的論據如下：

1. 佛是佛，不是凡夫。他雖非出於諸夏，「神靈叡聖」相當「古之聖人」。佛有舍利，和凡夫的穢骨是不可同日而語的，「安可概論其舍利與凡穢之骨同校也」。

2. 就拿中國五帝三皇和佛相比，能有「舍利」嗎？能夠歷經「千歲其骨不朽」嗎？能有如此「神奇殊異」嗎？給世人「為祥為福」嗎？

3. 他引孔子履與王莽（前 45～23）首骨為例，說明：「前世存其跡而傳之，蓋示不忘其大善也，留誡其大惡也。」如今「崇佛靈骨」，其意也是「慕乎大善」而已，仰慕佛陀的至善人格及修為而已。

4. 縱令佛非聖人，也是異域的賢人。怎可以「止以一衣一食而禮之也」？難道比當年春秋禮待季札和由余的諸侯也不如嗎？

筆者按：佛是佛，孔子是聖人。儒佛二家，一是學說，一是宗教，是不同的，在修行的境界上是有分別的，但在人生的義蘊是相近的。與韓愈並世比肩的柳宗元便說：「浮圖誠有不可斥者，往往與易、論語合，誠樂之，其於性情奭然，不與孔子異道。」〔註20〕近代佛教大德太虛大師主張「人間佛教」，建設「人間淨土」倡言「人成即佛成」，〔註21〕可見儒佛某些方面是一貫的。

季札，是春秋時吳國的賢公子，歷遊諸侯國（魯、齊、鄭、衛、晉），禮交各國賢大夫，有令名。〔註22〕由余，是晉人，逃亡入戎。後為戎王使秦，秦穆公甚禮之。以計離間戎王，戎王懷疑由余私秦，由余遂歸秦。〔註23〕吳人季札、戎人由余也得上賓招待，如今，韓氏提出：宣政一見、禮賓一設、賜衣一襲，衛而出境，不令惑眾，如此待客之道不合禮的。總之，韓氏視佛為敵國使臣，既不視為佛，也不視為聖賢，顯出韓對佛及佛教的認識不足，而立論也矯激了一些。

〔註19〕《校注》，頁 356。
〔註20〕《柳宗元集》卷二十五（北京：中華書局，1979），頁 673。
〔註21〕太虛法師：《太虛大師全書》（臺北：善導寺佛經流通處·民國 69 年），第 3 冊，頁（一）128～152。
〔註22〕《史記·吳太伯世家》。
〔註23〕《史記·秦本紀》。

（五）暴揚君惡，識智膚淺，播醜後世

契嵩又云：

> 孔子曰：「事君欲諫不欲陳」，謂不可揚君之過於外也。假或唐之天
> 子以佛而為惡也，韓子乃當婉辭而密諫，況其君未果為惡，烏得訐
> 激而暴揚其事手？昔魏徵能諫，不能忘其言，書之以示史官，而識
> 者少之。馬周垂死，令焚其表章，曰：「管晏彰君之過，以求身後之
> 名，吾弗為也。」而君子賢之。若韓子之諫比魏徵，則未必為當留
> 其表，使世得以傳其為謬，固又過於徵也。而全君之美，不及馬周
> 之賢遠矣！又況君之所為未至為惡，而暴表論之，乃見斥流放抑留
> 其說以自影其識智膚淺，播極醜於後世也。嗚呼！

最後一段，契嵩以為，作為一位忠臣，國君有過，可以密諫，不應留下章表，
以張揚國君的過失於外。他說：若是唐天子迎佛骨是一樁惡事，韓子應該「婉
辭而密諫」；何況國君「所為未至為惡」，就更不該了。他舉唐代諫臣魏徵（580
～643）與馬周（601～648）為例。前者能直諫，卻把諫言「書之於史官」，
便讓「識者少之」。後者亦能忠諫，卻是臨死前「焚其表章」，因為不敢「彰
君之過」，結果「君子賢之」。末句直斥韓子不該「訐激而暴揚其事」，「見斥
流放」後又留下表章，「彰君之過」，這樣做，徒然自顯「其識智膚淺，播極
醜於後世」；攻擊甚猛。

筆者按：契嵩引魏徵及馬周事，見《舊唐書》卷七十一、七十四、《新唐
書》卷九七、九八本傳。但忠諫與張揚君過是一體兩面，不必如此說，但也
要注意時機和態度。

馬周臨終，將所奉表草一帙焚燒，不付有司，固然是不彰君過。〔註24〕
魏徵則「自錄前後諫諍言辭往復，以示史官」，〔註25〕這是本傳上四疏之外的
二百餘通的諫言，所以「太宗知之，不悅。」〔註26〕而今韓氏上此表，險遭
不測，如此大事，史官勢必留下奏表，這與故意「書之以付史官」不同。而
《韓集》乃是其弟子李漢所編，新、舊《唐書》作者大抵也是據此入傳。韓
氏「未曾付之史官」，與魏徵是不同的。頂多說他不該留下〈論佛骨表〉而不
把它燒了。

〔註24〕《舊唐書‧馬周傳》，頁1270。
〔註25〕《舊唐書‧魏徵傳》，頁1236。
〔註26〕同上註。

筆者以為，韓氏此表可議者是上表的時機與態度。分兩面談：當時佛骨已迎入大內供奉三日了，京城各寺已經遞相傳送，讓士民參拜供養了，〔註27〕已經成為事實了。這時，最宜「婉辭密諫」，使影響減至最低便是了。但韓氏不這樣，卻當朝上表，「乞以此骨付之有司，投諸水火，永絕根本，斷天下之疑，絕後世之惑，使天下之人知大聖人所作為，出於尋常萬萬也。豈不盛哉！豈不快哉！」〔註28〕形同抗爭，是激烈而不妥當的。為甚麼？縱然「佛不足事」，也不必把牠燒了！假如，韓氏說：「乞以此骨速送本寺，瘞而藏之，無令天下萬民勞苦也。」是否婉轉些？同時，建言作種種補救措施，如請皇帝至曲阜孔廟參拜，加封其子孫，多作尊崇儒學之舉，是不是彼此都好下台一些。再說，韓上表也大觸皇帝的楣頭，去年（元和十三年），剛平定淮西之亂，皇帝心意已侈，煉造仙丹，吃服丹藥，以求長生；〔註29〕而今迎佛骨，也是祈求歲豐人壽和多活幾年命而已；況且，迎佛骨在唐代已是祖宗成法，他是第六次，〔註30〕又幸遇「三十年一開」之期，能夠不開嗎？可以為國家祈歲豐人壽，不求嗎？能祈求個人福壽不要嗎？韓此表以「事佛求福，乃更得禍」論點，怎不被認為「乖剌」、「狂妄」而觸憲宗之怒呢？〔註31〕因為他諷刺皇帝佞佛的愚昧與貪生怕死的忌諱，忘記了還有為國祈福的作用，衝著憲宗而

〔註27〕 事見憲宗元和十三年、十四年。功德使上言：「鳳翔法門寺塔有佛指骨，相傳三十年一開，開則歲豐人安。來年應開，請迎之。」十二月庚戌朔（十二月初一），上遣中使帥僧眾迎之。《通鑑》在正月壬辰條下載云：「中使迎佛骨至京師，上留禁中三日，乃歷送諸寺，王公士民瞻奉捨施，惟恐弗及。」因此猜想佛骨是由正月初一起「留禁中三日」，初四起「乃歷送諸寺」，影響所及，王公士庶「有竭產充施者，有然香臂頂供養者」。韓愈上表是十四年正月壬辰（十三日）。癸巳（十四日）即貶為潮州刺史。據司馬光《資治通鑑》卷二百四十（臺北：世界書局，民國76年），頁7756～7758。曆日部份據平岡武夫《唐代的曆》（上海：古籍出版社，1990），頁249。

〔註28〕 《校注》，頁356。

〔註29〕 事見憲宗元和十三年、十四年。《通鑑》，頁7754、7777。

〔註30〕 唐啓塔迎佛骨凡七次，貞觀五年（631）、顯慶五年（660）、長安四年（704）、上元元年（760）、貞元四年（788）、元和十四年（819）、咸通十四年（873）。憲宗是第六次。參本書第一篇。

〔註31〕 《舊唐書‧韓愈傳》載：「疏奏。憲宗怒甚。間一日，出疏以示宰臣，將加極法。裴度、崔群奏曰：『韓愈上忤尊聽，誠宜得罪。然而非內懷忠懇，不避黜責，豈能至此，伏乞稍賜寬容，以來諫者。』上曰：『愈言我奉佛太過，我猶為容之；至謂東漢奉佛以後，帝王咸致天促，何言之乖剌也。』于是人情驚惋，乃至國戚諸貴，亦以罪愈太重，因事言之，乃貶潮州刺史。」

來，雖然是忠臣雄直之氣，但也不免有被認爲不謹慎的地方。〔註32〕

契嵩批韓留表，彰君之過不對。以封建時代言，也許是正確的觀點。但在今日，筆者則不以爲然。因爲留下此表，編入本傳，讓後人知韓氏的立論和立言，何者爲忠諫之言，何者爲矯激之言；而憲宗沒有置韓於死，也不是一名昏君，如此種種都可讓後人公評，也是不錯的。

三、結　語

經過討論，綜論如下：

1. 韓的論點：「無佛帝王則壽長，有佛則短」與「事佛求福，乃更得禍」，論述的過程是不周延的，說服力不夠，這是「誣佛」，而且立論不公。

2. 韓「蔑佛太過」、「待人無品」，待外國使臣如仇敵，比之春秋列國諸侯待賢的態度相差甚遠。

3. 提出聖人（佛）設教立法，欲世人爲善修福，其意與曾子同的觀點。表白了佛教不是害政而是有助治國的立場，破除一些人的誤解。

4. 佛是聖人，今日瞻仰佛骨，「崇佛靈骨」，有「慕乎大善」的作用，這與參看孔子履與王莽首骨以善惡爲鑑用意相同，並非迷信。

5. 韓上表時機不對，方法可議。態度理宜「婉辭密辭」，也不該留下章表彰君之惡。

契嵩之言，皆有其理。

契嵩一生志在「護法」，與融合儒釋，從本文中可見其端緒。就本文所述（一）（二）兩點，是約「護法」面說；就（三）（四）兩點，是約融合儒釋而說。但他的觀點，若涉及佛教三世因果理論，則不易說服別人。

想當年，韓愈勇諫佛骨，貶於潮州，從契嵩對韓批論，反映了佛教界的意見，可以一睹韓文的問題，也反映了韓愈對佛及佛教的認識和態度的問題。在講求平衡報導的今天，本文之作也許還有其意義！

（原載《文理通識論壇》第一期。民八十八年一月刊，本文經過修訂。）

〔註32〕詳參本書第六篇，〈臣道與君道：韓愈〈潮州謝上表〉發微〉。

忠諫感格編

忠諫能量的累積：
韓詩「待將功德格皇天」探析

摘　要

　　唐憲宗平定淮西是「元和中興」關鍵一役，從正面言，係因帝心英斷，尊信宰相，用賢納諫，在將士用命之下，克敵而致果；從負面言，在勝利中，危機已然隱伏，如皇帝違詔失信，蓄積貨財；在戰役中，任爲度支的皇甫鎛，肆行剝削，幸裴度處置得宜，才免叛亂。在班師回朝之中，韓氏遂以詩寄意，「待將功德格皇天」一句，不止對統帥「大人」裴度功勳巍巍之稱頌，未嘗不是對宰相裴度的期待，敢對「君心之非」有所匡正；韓愈此詩句，反映出韓氏崇法孟子及其憂深思遠的思想；此外，更是韓氏忠諫思想之流露，其後諫迎佛骨與此有關。本文即就與平定淮西之背景，憲宗有無須待匡正之事？「格君心之非」之意涵，裴垍之「正心論」，與此詩句所反映之韓氏思想等等，分別進行論述。

關鍵詞：唐憲宗、平淮西、元和中興、裴度、韓愈

前　言

　　憲宗（778～820）是中唐的英主，在位十五年，討平淮西是「元和中興」大業的關鍵性一役。史稱憲宗「睿謀英斷，近世罕儔」，也許是溢美之辭，但看他平四川、夏州、浙西，討王承宗以至平淮西、淄青，說他在唐代後期的皇帝中，是比較有作爲的，是合乎事實的。

　　可惜在平定淮西之後，終爲宦者陳弘志所弒，而「元和中興」竟是曇花一現，爲什麼？因爲憲宗以爲天下太平，逸樂志移了。

　　元和十二年（817）八月二日，裴度（765～839）以宰相之尊督師，以刑部侍郎馬總爲宣慰副使，右庶子韓愈（768～824）爲彰義行軍司馬，當時，判官、書記皆朝廷之選。〔註1〕由於策略得宜、將士用命，將前後延宕三年之久的淮西叛亂平定。十一月廿八日，自蔡州還朝。歸途中，次襄城、神龜驛、硤石、經桃林、次潼關回京師，沿途上，韓愈與同僚有詩唱酬。〔註2〕

　　經桃林時，十二月壬戌（七）日，裴度詔加金紫光祿大夫、弘文館大學士、賜勳上柱國、封晉國公，食邑三千戶，復知政事。〔註3〕韓愈〈桃林夜賀晉公〉詩：「手把命珪兼相印，一時重疊賞元功」，指此而言。

　　經潼關時，韓愈有〈次潼關上都統相公〉詩獻裴度，云：「暫辭堂印執兵權，盡管諸公破賊年。冠蓋相望催入相，待將功德格皇天。」〔註4〕詩的前二句，述裴度暫辭相堂督師平淮事，第三句「冠蓋相望」句指日前的除命。

　　詩中第四句「待將功德格皇天」，究爲何義？「功德」指什麼？當指平定淮西的大功。「格皇天」何義？格，正也。《書經》：「格其非心」。〔註5〕皇帝古稱天子，皇天即指皇帝。爲何格皇天須有功德？一般說，欲格皇天，御史

〔註1〕《新校資治通鑑注》卷240，唐紀五十六，憲宗元和十二年（臺北：世界書局，民國76年1月），下稱《通鑑》，頁7737。

〔註2〕元和十二年，韓愈從征淮西，來回之間，詩作計有：〈贈刑部馬侍郎〉、〈過鴻溝〉、〈送張侍郎〉、〈奉和裴相公東征途經女几山下作〉、〈晚秋郾城夜會聯句〉、〈郾城晚飲奉贈副使馬侍郎及馮李二員外〉等17首，見錢仲聯《韓昌黎詩繫年集釋》（上海：上海古籍出版社，1984年8月），下稱《集釋》，頁1033～1079。

〔註3〕合看三書：《舊唐書》卷170〈裴度傳〉（北京：中華書局點校本，1991年），頁4419。《通鑑》卷240，唐紀五十六，憲宗元和十二年，頁7746。〔日〕平岡武夫《唐代的曆》（上海：上海古籍出版社，1990年9月），頁247～248。

〔註4〕《集釋》，頁1076。

〔註5〕《孟子·離婁上》，朱注引，《四書集注》（臺北：世界書局，民國78年9月），頁108。

可以，翰林學士可以，有功勳者固佳，採聽與否就聽皇帝自己！有功德者，可留青史，更可藉此格皇天之非，因其功德之盛，始可感格人主，其上諫力量，自非其他臣子可比。就「待將功德格皇天」此句言，韓愈顯然是採取後一義。

據程學恂曰：「待將功德格皇天，此格字即格君心之非之格字，言破賊後尚有許多事須匡正，非僅爲頌詞也。」〔註6〕然則，當時背景中，憲宗有無須待匡正之事？憲宗有無須格君心之非？「格君心之非」意涵爲何？在韓氏前，有誰曾以「正心」論政？此詩句反映了韓愈甚麼思想？本文據此展開考察。

一、平定淮西之背景

淮西之役是「元和中興」大業盛衰之關鍵。此役之中，憲宗表現得積極有爲，但也有些事情，不太正確，必須加以匡正。現就與平定淮西有關而作法不當的事，分述如下：

（一）由不受進獻到蓄聚貨財

憲宗即位初年，勵精圖治，不受進獻。如在永貞元年（805）「昇平公主進女口十五人」，歸還之；〔註7〕同年，「荊南節度使獻龜二」，還之；〔註8〕元和八年（813）九月，「淄青李師道進鵰十二，命還之」，等是。〔註9〕

元和三年（808）正月，羣臣上尊號，赦天下。並詔命拒進奉：「自今長吏詣闕，無得進奉。」二月，山南西道節度使柳晟、前浙東觀察使閻濟美違赦進奉，爲御史中丞盧坦所奏彈，由於「方在道見詔而貢獻，無所還」，憲宗解說已釋其罪，「不可失信」，被盧坦指爲「存小信棄大信」。〔註10〕憲宗乃「命歸所進於有司」。

元和四年（809），閏正月，久旱，翰林學士李絳（764～830）、白居易（772～846）上言，於是「降德音」，「制降天下繫囚、蠲租稅、出宮人、絕進奉、禁掠賣。」〔註11〕四月，山南東道節度使裴均，恃有太監之助，德音後，仍「進銀器千五百餘兩」，李絳、白居易等上言，以爲「（裴）均欲以嘗陛下，

〔註6〕程學恂：《韓詩臆說》（臺北：台灣商務印書館，人人文庫本，民國59年7月），頁49。
〔註7〕《舊唐書・卷14・憲宗紀》，頁411。
〔註8〕同上註，頁411。
〔註9〕同上註，頁447。
〔註10〕《通鑑》卷237，唐紀五十三，憲宗元和三年，頁7649。
〔註11〕同上註，頁7657。

願卻之」，但憲宗並未退還裴均，只是「遽命出銀器付度支」；既而有旨諭進
奏院：「自今諸道進奉，無得申御史臺；有訪問者，輒以名聞。」白居易又再
上言，憲宗不聽。〔註12〕這反映甚麼？《考異》指出：「是則憲宗深惑於左右
之言，外示不受獻，內實欲其來獻也。」〔註13〕

及至淮西用兵，國用不足，於是進用錢穀吏，元和十二年（817）六月，
程异由鹽鐵副使，代替王播，為甚麼？因為他「自江南收拾到供軍錢一百八
十五萬以進，故得代播」，〔註14〕而程异之所以得「專領鹽鐵轉運使，兼御史
大夫」，是由於他「使江表以調征賦，且諷有土者以饒羨入貢，（略）經費以
贏，人頗便之」。〔註15〕至於皇甫鎛「加兼御史大夫」，乃由於「方討淮西，
切於饋運」，而他「勾剝嚴急，儲供辦集」，「益承寵遇」。〔註16〕其他聚斂臣
如王遂、李愬，在此前之元和十一年（816）冬十月亦得以重用，如：王遂便
「以司農卿為宣州刺史，宣歙池觀察使」；李愬「以京兆尹為潤州刺史、浙西
觀察使。」〔註17〕

對於為何聚斂，憲宗自有一套「為欲平定四方」的理由。元和七年（812），
田興以魏博六州之地來歸，李絳認為「不有重賞過其所望，則無以慰士卒之
心。」提議「請發內庫錢百五十萬緡以賜之。」但左右則以為「所與太多，
後有此比，將何以給之？」憲宗以此語告訴李絳，李絳曰：

> 田興不貪專地之利，不顧四鄰之患，歸命聖朝，陛下奈何愛小費而遺
> 大計，不以收一道人心！錢用盡更來，機事一失不可歸追。借使國家
> 發十五萬兵以取六州，期年而克之，其費豈止百五十萬緡而已乎！

聽後，憲宗「大悅」，曰：

> 朕所以惡衣菲食，蓄聚貨財，正為欲平定四方；不然，徒貯之府庫
> 所為。〔註18〕

誠如上述，憲宗為「欲平定四方」，廣用聚斂之臣，「蓄聚貨財」，自己卻「惡
衣菲食」，表示他如何勵精圖治，原是無可評議。只是，聚斂而來之財，適足
供其驕侈之用！

〔註12〕《通鑑》卷237，頁 7658～7659。
〔註13〕《通鑑》卷237，內文註引。頁 7659。
〔註14〕《舊唐書·卷15·憲宗紀》，頁 459。
〔註15〕《舊唐書·卷135·程异傳》，頁 3738。
〔註16〕《舊唐書·卷135·皇甫鎛傳》，頁 3379。
〔註17〕《舊唐書·卷15·憲宗紀》，頁 457。
〔註18〕《通鑑》卷239，唐紀五十五，憲宗元和七年，頁 7696。

憲宗即位之初，曾下詔天下，拒絕進獻，但心志並不堅定，時時有自違其詔的情形；及後為了用兵，蓄聚貨財，程异、皇甫鎛探之其意，因而數進羨餘，而諸藩府更由是希旨，進奉，名目不一。當時，崔羣（772～832）即曾針對眾多的進奉名目上諫：

> 時憲宗集於溫寇，頗獎聚斂之臣，故藩府由是希旨，往往掊拾，目為進奉。處州刺史苗稷進羨餘千貫，羣議以為違詔，受之則失信於天下，請卻賜本州，代貧下租稅。時論美之。〔註19〕

崔羣以為憲宗由當初之拒進奉，如今公開收取羨餘，是「違詔」的行為，若受之則「失信於天下」，指出了癥結！

（二）皇甫鎛剝下媚上

在淮西戰役中，皇甫鎛時任度支，負責供應諸軍糧料，因為剝削，引起士卒怨怒，幾欲離叛，幸賴裴度挽救得宜，才免於潰散，此事甚為嚴重，不見載於《舊唐書》〈憲宗紀〉、〈裴度傳〉，卻記載於《舊唐書》〈皇甫鎛傳〉。裴度在平定淮西勝利回朝後，一直未將此事稟聖，卻遲至程异、皇甫鎛拜相制下，始向憲宗上諫，聲討皇甫鎛之罪，裴度曰：

> 皇甫鎛自掌財政，唯事割剝，以苛為察、以刻為明。自京北、京西城鎮及百司並遠近州府，應是仰給度之處，無不苦口切齒，願食其肉；猶賴臣等每加勸誡，或為奏論，庶事之中，抑令通濟。〔註20〕

皇甫鎛自掌財賦以來，「唯事割剝」，京北、京西百司以至遠州州府，人人「苦口切齒，願食其肉」，這種禍國殃民行徑，事非近日，而且頗為久遠，何不即時上奏，讓聖心知曉？裴度知上意寵信皇甫，不敢貿然上諫，只是對諸州府「每加勸誡」，在「庶事之中，抑令通濟」，〔註21〕即據其職務多寡，隨事增加其賞錢加以彌縫補救而已。裴度又曰：

> 比者淮西諸軍糧料，所破五分錢，其實只與一成、兩成，士卒怨怒，皆欲離叛。臣到行營，方且慰喻，直〔註22〕其遷延不進，供軍漸難，俱〔註23〕能前行。必有優賞，以此約定，然後切勒供軍官，且支九

〔註19〕《舊唐書·卷159·崔羣傳》，頁4189。

〔註20〕《舊唐書·卷135·皇甫鎛傳》，頁3740。

〔註21〕所謂「通濟」，見李吉甫元和六年六月奏。載《通鑑》卷238，唐紀五十四，憲宗元和六年，頁7684～7685。

〔註22〕裴度〈請罷知政事疏〉，「直」字作「慮」。《全唐文》卷537（北京：中華書局，1983年11月），頁5459～5460。

〔註23〕《舊唐書》卷135，〈皇甫鎛傳〉，內文校勘記：「《全唐文》卷537，『俱』字

月一日兩成已上錢，俱容努力，方將小安，不然必有潰散。〔註24〕

皇甫鎛所供淮西諸軍糧料，五分錢中，含銅量只有一成、兩成。士卒怨怒甚欲反叛，是可以理解；奇怪的是，事情發生在用兵淮西，成敗存亡之戰上，可見皇甫鎛剝削作風，由來如此。幸賴裴度慰喻士卒，加以優賞，然後變通處理，「先支九月一日兩成以上錢」，始將局面穩住。回朝後一直沒上諫，直至翌年九月，此兩人拜相時，始將舊事重提，裴度再曰：

> 今舊兵急向淄青討伐，忽聞此人入相，則必相與驚擾，以爲更有前
> 時之事，則無告訴之憂。雖侵刻不少，然漏落亦多，所以罷兵之後，
> 經費錢數一千三十萬貫，此事猶可。直以性惟狡詐，言不誠實，朝
> 三暮四，天下共知，惟能上惑聖聽，足見奸邪之極。程异雖人品凡
> 俗，然心事和平，處之煩劇，或亦得力，但升之相位，便在公卿之
> 上，實亦非宜。如皇甫鎛，天下之人，怨入骨髓，陛下今日收爲股
> 肱，列在台鼎，切恐不可，伏惟圖之。〔註25〕

裴度的反對理由有三：（一）現今討淮西之舊兵正向淄青討伐，忽聞皇甫鎛入相，則更爲驚擾，剝下媚上之前事若再發生，先時還可訴於宰臣；如今，皇甫鎛已爲宰輔，則恐無「告訴」之餘地。（二）程异其人心事和平，處於煩劇之位尚可得力，若「升之相位，在公卿之上」，實亦非宜。（三）皇甫鎛性惟狡詐，「天下之人，怨人骨髓」，若「列在台鼎，切恐不可」。奏上後，憲宗認爲裴度等爲「朋黨」，「竟不省覽」。〔註26〕爲何「不省覽」？爲何重用此奸詐剝削之臣？「時憲宗以世道漸平，欲肆意娛樂，池臺館宇，稍增崇飾，而异鎛探知上旨，數貢羨餘，以備經構，故帝獨排物議相之。」〔註27〕因爲皇帝本心邪逸，皇甫鎛遂得以迎合上意，可謂揭出要旨，亂源就在皇帝身上。

當時，朝廷用兵討伐藩鎮，急需錢財，重用聚斂臣盤剝，於是加重賦斂於百姓，百姓無法應付，只好逃稅；而逃戶之稅卻以未逃的鄰居來分攤，如此行爲，對未逃戶而言，無異於「驅迫俱逃」，誠如李渤（773～831）所言：

作『但』。」頁3744。又見裴度〈請罷知政事疏〉。《全唐文》卷537，頁5459
　　～5460。
〔註24〕《舊唐書‧卷135‧皇甫鎛傳》，頁374。
〔註25〕同上註。
〔註26〕《舊唐書‧卷135‧皇甫鎛傳》，頁3741。
〔註27〕《舊唐書‧卷135‧皇甫鎛傳》，頁3741。

「此皆爲聚斂之臣，剝下媚上，惟思竭澤，不慮無魚。」〔註28〕元和十四年七月，陳許節度使鄔士美逝世，朝廷派庫部員外郎李渤爲弔祭使。李渤路過渭南，聽聞長源鄉舊有四百戶，今才百餘戶；閺鄉縣舊有三千戶，今才有千戶，他又發現「其他州縣大率相似」，推究原因，於是上奏言。由此可見在朝廷盤剝下，民生凋弊之景象。農爲政本，如此不顧民生疾苦，受苦的是百姓，固然取媚了皇帝，而到頭來受害的還是皇帝；但皇帝竟瞢然不知，甚至認爲他們才是忠臣，竟晉升爲宰相，爲甚麼？因爲財迷心竅；爲甚麼不顧民生？因爲君心不正、君心已非。

二、「格君心之非」探源

何謂「格君心之非」？以下分五點討論：何謂正心與不正心？誰能格君心之非？爲何須格君心之非？爲何宰相職責在格君心之非？韓氏效法孟子的心跡爲何？

何謂正心？不正心？《大學》云：

> 所謂修身，在正其心者，身有所忿懥，則不得其正；有所恐懼，則不得其正；有所好樂，則不得其正；有所憂患，則不得其正。心不在焉，視而不見，聽而不聞，食而不知其味。此謂修身，在正其心。
> 〔註29〕

此處之身，「當作心」。〔註30〕朱熹（1130～1200）曰：「心有不存，則無以檢其身，是以君子必察乎此，而敬以直之，然後此心常存而身無不修也。」〔註31〕心本來是光明的，本來就是正的，所謂不正，只是不能操存，而爲忿懥、恐懼、好樂、憂患等激情所牽引，不能作主，由此自然無法照管其身，以至「視而不見，聽而不聞，食而不知其味」；反之，若能存養此心，使此心朗朗通明，得其主宰之正位，則四肢五官莫不聽命；動靜周旋，亦莫不中禮，此謂之修身。〔註32〕

誰能格君心之非？《孟子·離婁上》有一段話，孟子曰：

〔註28〕《通鑑》卷241，唐紀五十七，憲宗元和十四年，頁7771。
〔註29〕《大學》，見《四書集注》，頁7～8。
〔註30〕《大學》，朱注引程子曰，見《四書集注》，頁7。此處「身」字當作心，程子、朱子主此說；另有許多學者卻以爲不必改「身」爲「心」。參岑溢成：《大學義理疏解》（臺北：鵝湖出版社，民國89年9月7版），頁84～85。
〔註31〕《大學》內文註，《四書集注》，頁8。
〔註32〕岑溢成：《大學義理疏解》，頁84～85。

人不足與適也，政不足閒也。惟大人爲能格君心之非。君仁莫不仁，
君義莫不義，君正莫不正，一正君而國定矣！〔註33〕

依孟子之意，「惟大人能格君心之非」。何謂大人？《孟子・盡心》：「有大人
者，正己而物正者也」。〔註34〕誰是大人？如今，如裴度者，以宰相之尊，討
平淮西，功業勳德之崇隆，不就是「大人」了麼？

爲何須格君心之非？因爲君爲一國之主，是全國官民之表率。風行草上
必偃，「君仁莫不仁，君義莫不義，君正莫不正，一正君而國定矣」之故。

爲何宰相職責在格君心之非？朱熹引程子曰：

天下之治亂繫乎人君之仁與不仁耳！心之非即害於政，不待乎發之
於外也。昔者，孟子三見齊王而不言事，門人疑之。孟子曰：「我先
攻其邪心，心既正而後天下之事可從而理也。」夫政事之失，用人
之非，智者能更之，直者能諫之，然非心存焉，則事事而更之，後
復有其事將不勝其更矣。人人而去之，然復用其人，將不勝其去矣。
是以輔相之職，必在乎格君心之非，然後無所不正，而欲格君心之
非者，非有大人之德，則亦莫之能也。〔註35〕

程子謂，宰相輔相之職，「必在乎格君心之非」，因爲君心一正，「然後無所不
正」，此爲第一義；若是只針對於「政事之失、用人之非」，已落第二義，爲
什麼？因爲「政事之失、用人之非」，「智者能更之，直者能諫之」，重點在於：
若此不是人主心之所存，其心若不正，而事事更之，人人去之，「後復有事則
不勝其更，不勝其去矣」，故此，孟子說：「人不足與適也，政不足閒也」。因
爲此非輔政要點，而宰相的職責就在於格君心之非，這才是要點。而欲「格
君心之非」，又非有大人之德不可。由程子之言，正好解釋韓氏此詩句。當時，
以宰相兼統帥討平淮西之裴度正符合此二個條件。

如何見韓氏法孟之心跡？承上段討論之「蓄聚貨財」事、「皇甫鎛剝下媚
上」事，俱爲「政事之失、用人之非」之第二義。是故與其直諫國君政事、
用人之失之非，倒不如正本清源，由皇帝君心之非著手，「一正君而國定」，
韓愈此言，揭出上諫國君之要領，由此可以一窺韓氏法孟之心跡！

〔註33〕《孟子》，見《四書集註》，頁 107～108。
〔註34〕《孟子》，見《四書集註》，頁 193。
〔註35〕《孟子・離婁上》，內文朱注引，見《四書集註》，頁 108。

三、裴垍之正心論

元和三年（808），裴垍以戶部侍郎爲中書侍郎同平章事，君臣之間，有一段對話，裴垍即提到「正心」的問題，可與本文相印證。《通鑑》載：

> 初，德宗不任宰相，天下細務皆自決之，由是裴延齡輩得用事。上在藩邸，心固非之；及即位，選擇宰相，推心委之，嘗謂垍等曰：「以太宗、玄宗之明，猶藉輔佐以成其理，況如朕不及先聖萬倍者乎！」
> 垍亦竭誠輔佐。〔註36〕

憲宗未即位前，看見祖父德宗「不任宰相」，自己親決政事，以此，裴延齡等得被重用，他當時爲廣陵王，就不以爲然。故即位後，要以太宗、玄宗爲法，「選擇宰相，推誠委任」，此爲元和致治的一個重要原因。

當時，憲宗曾問裴垍：「爲理之要，何先？」裴垍對曰：「先正其心。」《通鑑》載：

> 舊制，民輸稅有三：上曰上供；二曰送使；三曰留州。建中初定兩稅，貨重錢輕；是後貨輕錢重，民所出已倍其初，其留州、送使者，所在又降省估，就實估以重斂於民。及垍爲相，奏：「天下留州、送使物，請一切用省估；其觀察使，先稅所理之州以自給，不足，然後許稅於所屬之州。」由是江、淮之民稍蘇息。先是，執政多惡諫官言時政得失，垍獨賞之。垍器局峻整，人不能干以私。嘗有故人自遠詣之，垍資給優厚，從容款狎。其人乘間求京兆判司，垍曰：「公不稱此官，不敢以故人之私傷朝廷至公。他日有盲宰相憐公者，不妨得之，垍則必不可。」〔註37〕

裴垍此處之「正心」，對憲宗言，是「選擇宰相，推誠委之」之意；對於身爲宰相言，則係以公心處事，以下有三例：1. 天下「留州，送使」物，請一切用都省所立之價，不用實估，因爲貨輕錢重，以減輕百姓負擔。此乃愛惜百姓，「毋重斂於民」之意。2. 執政多厭惡諫官言時政得失，他卻能獨加賞識。3. 他人多用親友故舊，他則拒絕故人求官，不以故人之私而傷朝廷之公。以上可視爲憲宗與裴垍君臣「正心」的具體表現。

元和十三年（818），憲宗以程异、皇甫鎛爲相，裴度、崔群極陳其不可，上不聽。元和十四年（819）二月，卒爲皇甫鎛之黨所擠，出爲河東節度使。

〔註36〕《通鑑》卷237，唐紀五十六，憲宗元和三年，頁7654～7655。
〔註37〕同上註。

〔註38〕朝政至此，事態已然轉壞。

由裴度之拜相以至外放，與皇甫鎛之拜相，反映了憲宗用人態度，由初期之用賢到中期賢佞並用以至後期驅逐賢才，反映其人「心正」與「不正」，而元和中興大業亦由興旺轉入衰敗矣！

憲宗何以晚節不保？何以「元和中興」曇花一現？「論者皆謂：憲宗精勤爲治，肇啓中興，英明之主也。觀其即位之初，每有大政，必與諸翰林學士議之，樂與宰相論治道，雖汗透御服，不以爲苦，知柳公綽之可畏，知孔戣之賢而進用，知五坊使楊朝汶之惡也，而有羞恥之心，知過即改，關切民困，可記者，不一而足，豈不信然哉！何期平淮西之後，漸不能守初心，浸驕侈，樂奉獻，土木繁興，喜小人之欺諛，惡君子之正諫，裴度、武儒衡皆爲小人所擠，張奉國、李文悅、韓愈、裴潾，先後因論諫而被逐，裴度等相率求去；至皇甫鎛、程异，因進羨餘而進位宰相，……用知以憲宗晚年之驕滿自逸，不僅促成中和殿之變，則外廷藩鎮之禍再起，亦必不待穆宗繼位而後然矣！」〔註39〕

憲宗在淮西戰前，頗能勵精圖治，用賢納諫，授權宰相理政，知過能改，誠一位英主，因爲「心正」，心有主宰，又能操存，故能成功；但自平淮西前後，操存不切，稍稍逐物志移，最著者如前段所述：由拒進奉變爲蓄聚貨財，由蓄聚貨財而變逸樂，由任聚斂之臣而不察其奸，又不察人民攤稅之苦，更拜之以爲相，此皆爲「心不在焉，心之不正」的具體事例；至其重用皇甫鎛，用柳泌鍊丹，服丹後躁怒而爲宦者所弒，固不待縷言。其他，如：寵信宦官，君子小人雜用，形成朋黨；賞罰不信，又爲藩鎮叛亂之要因，司馬光氏評曰：「惜乎！憲宗削平僭亂，幾致昇平，其美業所以不終，由苟徇近功，不敦大信故也」，〔註40〕另言之，皆因其「不守初心」，「心之不正，放逸邪僻」所致，亦可以其心之端正與否解釋。

四、詩句所反映的韓愈思想

由此句「待得功德格皇天」，可以反映出韓愈兩個思想：

〔註38〕《通鑑》卷 241，唐紀五十七，憲宗元和十四年，頁 7768。又見《舊書》卷 15〈憲宗紀下〉，頁 468。《舊書》卷 170〈裴度傳〉，頁 4421。

〔註39〕余衍福：《唐代藩鎮之亂》（臺中：聯邦書局出版公司，民國 69 年 9 月），頁 633～634。

〔註40〕《通鑑》卷 241，唐紀五十七，元和十四年，頁 7772～7773。

（一）憂深思遠的思想

朝中皇帝的違詔失信，軍中皇甫鏄之剝削，韓愈以右庶子兼彰義行軍司馬，眼見親聞，不能沒有憂慮，在此詩中，雖是「待將功的格皇天」短短一句，誠如程學恂所言：不僅是頌詞，更且是期待。當時朝廷情勢，茲引李翱之言來說明。元和十四年（819）四月，距韓愈諫迎佛骨貶潮後三個月，距裴度外放河東後一個月，史館修撰李翱（772～841）針對朝廷內外情勢，曾懇切上言，反映了當時朝廷的憂患，李翱以為：

> 定禍亂者，武功也；興太平者，文德也。今陛下既以武功定海內，若遂革弊事，復高祖、太宗舊制；用忠臣而不疑，屏邪佞而不邇；改稅法，不督錢而納布帛；絕進獻，寬百姓租賦；厚邊兵，以制戎狄侵盜；數訪問待制官，以通塞蔽；此六者，政之根本，太平之所以興也。陛下既已能行其難，若何不為其易乎！以陛下天資上聖，如不惑近習容悅之辭，任骨鯁正直之士，與之興大化，可不勞而成也。若不以此為事，臣恐大功之後，逸欲易生。進言者必曰：「天下既平矣，陛下可以高枕自安逸。如是，則太平未可期矣！」〔註41〕

李翱「恐大功之後，逸欲易生」，高瞻遠矚地提出為政六點根本：（一）革弊事，復舊制；（二）用忠臣、屏邪佞；（三）改稅法，納布帛；（四）免進獻、免租賦；（五）厚邊兵、制夷狄；（六）數訪問，通塞蔽，皆為「定禍亂」，「興太平」可長可久的大計，更是針砭時症的良藥，可惜君心邪侈的憲宗已不能接納。李翱此番言論，可與韓愈詩「待將功德格皇天」相印證，可作為韓愈此詩句的具體諫諍意涵，所不同者是李翱此諫乃從政事、用人一面入手，韓愈此詩乃從持君心之正、格君心之非著眼而已。

（二）忠勇諫諍之思想

元和十四年（819）正月韓氏諫迎佛骨，其動機，誠如韓氏〈論佛骨表〉自言：「群臣不言其非，御史不舉其失，臣實恥之」，〔註42〕他認為佛骨不祥，「今無故取朽穢之物，親臨觀之，巫祝不先，桃茢不用」，又見朝中無人諫諍，使他引以為恥而冒死上諫；應該指出：他勇批逆鱗的能量，早自元和十二年（817）底時已經蓄積準備。因為他參贊平淮有功，大有功德，準備格正君父

〔註41〕《通鑑》卷241，唐紀五十七，頁7768～7769。
〔註42〕馬其昶：《韓昌黎文集校註》（香港：中華書局，1984年5月），頁355～356。

之非；但經考量，此爲宰相之責，故以「待將功德格皇天」一句，期待於裴度。可惜裴度回朝後，一直並未上諫。十三個月後，諫迎佛骨，本應亦是宰相裴度的職責，此時，他看不見裴度上言，朝臣亦無有表示，他按捺不住，挺身而出。故此，「待將功德格皇天」一語，已經看出，韓氏心中忠諫思想正在躍動、而欲投射。

結 語

經過上文考察，總結如下：

（一）以背景言：誠如程學恂所言，此詩不僅爲頌詞，言尙有許多事須待匡正也。如皇帝之由不受進獻到違詔失信，與重用皇甫鎛肆行盤削等是。

（二）以句義淵源言：此詩句乃韓氏取法《孟子》：「惟大人爲能格君心之非」而來。而「大人」二字，與當時裴度以丞相兼統帥督師平淮之赫赫功業符合。由此反映韓氏效法孟子之心跡。

（三）以正心言：在元和三年，裴垍對憲宗已有「正心」之論；唐憲宗「元和中興」大業之由盛而衰，可由君心之端正與不正來解釋。

（四）、以韓氏思想言：可見其人憂深思遠，誠如李翱所言，「定禍亂」後須有「興太平」之道，而欲「興太平」又必須「格君心之非」；他自己雖有上諫之心，但經考慮，此非自己職責，乃以詩言志，請裴度上言。但裴氏回朝後，卻遲遲不上諫；而韓氏在十三個月後之諫迎佛骨，其勇氣即與此「待將功德格皇天」思想有關。

臣道與君道：
韓愈〈潮州刺史謝上表〉發微

摘　要

　　中唐時，韓愈諫迎佛骨，觸怒憲宗，貶爲潮州刺史。就此事件的經過和結果，筆者發現了：君道和臣道；二人都盡力地扮演自己的角色，在歷史上頗爲稀有，成爲特例，本文即以此作爲研究對象。筆者參考了史籍和唐律，從〈潮州刺史謝上表〉裡發現端倪，於是從四個問題做爲面向切入，以揭出結論。起先，憲宗極怒，欲加極刑；一天後，竟貶潮了事。表文裡，憲宗還主動替韓氏求情，其後乃至說「大是愛我」。這個由進諫─大怒─欲殺─論罪─過失─轉念─恩威─告別─叮嚀─謝表─的過程；反映了憲宗皇帝的心理變化，看他從震怒到霽怒，終而克己復禮，又能施以恩威，這是君道；延英殿上，面辭之際，君主所談的內容，韓愈在〈謝表〉裡都很謹慎地回應，盡到了直臣的本份。

關鍵詞：韓愈、佛骨、憲宗、潮州、謝表

前 言

唐憲宗十四（819）年，韓愈（768～824）諫迎佛骨，觸怒皇帝，以大臣力諫，卒貶潮州。至潮後，即上〈潮州刺史謝上表〉（下稱〈謝表〉）。憲宗得表後，說「大是愛我」。此中過程，甚多簡略，卻很有趣。比如韓愈所犯何罪？若爲死罪，何以得貶於潮州？爲何事件，在一天之中，草草結案？若是原告憲宗所指摘之詞，皇帝不悅，外貶不就了事嗎？〈謝表〉裡，皇帝憲宗還爲罪臣韓愈求情，爲甚麼？爲甚麼赦宥？赦宥些甚麼？是爲自己找臺階下？韓愈〈謝表〉何故戚戚怨嗟？古來諸家，就此史事，各執一端，未免有所毀譽。茲據新、舊《唐書》·〈論佛骨表〉、〈謝表〉，《唐律疏議》及近人解析，就〈謝表〉裡的內容，分「正名定罪」、「特屈刑章」、「陛下爲言」、「戚戚怨嗟」四個問題面向切入論述，提出己見；敬請指教。

一、正名定罪問題

用今天語辭說，在韓愈貶潮案中，憲宗有兩種身分，一是原告，一是皇帝；韓愈也有兩種身分，一是被告，一是罪臣；御史臺、刑部與大理寺扮演了法官的脚色。中書省、門下省則是覆核申駁。爲了論述方便，本文稱前者爲原告憲宗，後者爲皇帝憲宗。

據《舊唐書·卷160·韓愈傳》：

> 十四年正月，上令中使（略）迎佛骨。自光順門入大内，留禁中三日，乃送諸寺。王公士庶，奔走捨施，唯恐在後。百姓有廢業破產、燒頂灼臂而求供養者。愈素不喜佛，上疏諫曰：「伏以佛者，夷狄之一法耳。自後漢時始流入中國，上古未嘗有也。（略）漢明帝時始有佛法，明帝在位，才十八年耳。其後亂亡相繼，運祚不長。宋、齊、梁、陳、元魏已下，事佛漸謹，年代尤促。唯梁武帝在位四十八年，前後三度捨身施佛，宗廟之祭，不用牲牢，畫日一食，止於菜果。其後竟爲侯景所逼，餓死台城，國亦尋滅。事佛求福，乃更得禍。由此觀之，佛不足信，亦可知矣。（略）。」疏奏，憲宗怒甚。間一日，出疏以示宰臣，將加極法。裴度、崔羣奏曰：「韓愈上忤尊聽，誠宜得罪，然而非內懷忠懇，不避黜責，豈能至此？伏乞稍賜寬容，以來諫者。」上曰：「愈言我奉佛太過，我猶爲容之。至謂東漢奉佛之後，帝王咸致天促，何言之乖刺也？愈爲人臣，敢爾狂妄，固不

可赦！」於是人情驚惋，乃至國戚諸貴，亦以罪愈太重，因事言之，乃貶爲潮州刺史。〔註1〕

元和十四年正月十三日，韓愈上表，原告憲宗閱後盛怒。翌日，朝會時，向宰臣提告，證物是〈論佛骨表〉，訴之聲明略爲：被告「大不敬」，應予論罪。於是裴度、崔群以直臣忠懇爲由求情。原告憲宗陳詞：被告「言之乖剌」，狂妄，不可赦。按例，京官犯罪，交由大理寺、刑部、御史臺審理，〔註2〕再由中書、門下覆核。〔註3〕若所犯者爲三司的長官，則由其副手處理。以本案發生於朝堂上，又草草一日結案而論，可能簡化了些程序；實際的情況，不詳。

據唐律，「大不敬」罪，是「十惡」第六條。〔註4〕所謂大不敬罪，《唐律·疏議曰》：「禮者，敬之本；敬者，禮之輿。（略）責其所犯既大，皆無肅敬之心，故曰『大不敬』。」〔註5〕「大不敬」罪，細項有六：「謂盜大祀神御之物、乘輿服御物；盜及僞造御寶；合和御藥；誤不如本方及封題誤；若造御膳，誤犯食禁；御幸舟船，誤不牢固；指斥乘輿，情理切害及對捍制使，而無人臣之禮。」〔註6〕與原告憲宗指斥被告韓愈有關，就是：指斥乘輿及對捍制使二條。指斥乘輿，指謗毀皇帝的行爲；對捍制使，指抗拒詔命的行爲。〔註7〕《唐律卷十·職制》「指斥乘輿及對捍制使」條：「諸指斥乘輿，情理切實者，斬；言議政事乖失，而涉乘輿者，上請。非切實者，徒二年。」〔註8〕原告憲宗指控被告韓愈是「言之乖剌」，屬於指斥乘輿，不屬對捍制使。但指斥乘輿，也要看內容。

〔註1〕〔石晉〕劉昫：《舊唐書》（北京：中華書局點校二十四史，1981 年），頁 4198～4201。《新唐書·卷 176·本傳》略同，不贅引。

〔註2〕唐制，向以刑部、御史臺、大理寺爲三司，見「大曆十四年六月一日」條：「建中二年，罷刪定格式使并三司使。至是中書門下奏請復舊，以刑部，御史臺、大理寺爲之。」《舊唐書·卷 50·刑法志》，頁 2153。

〔註3〕「門下省」條：「凡國之大獄，三司詳決，若刑名不當，輕重或失，則援法例，退而裁之。」《舊唐書·卷 42·職官志》，頁 1843。

〔註4〕「十惡」條：「十惡，一曰謀反，二曰謀大逆，三曰謀叛，四曰惡逆，五曰不道，六曰大不敬，七曰不孝，八曰不睦，九曰不義，十曰內亂。」引見《唐律疏議箋解·卷 1·名例律》，劉俊文：《唐律疏議箋解·解析》（北京：中華書局，1996 年 6 月），頁 56～65。下稱《箋解》。

〔註5〕《箋解》，頁 59。

〔註6〕《箋解》，頁 59。

〔註7〕《箋解》，頁 811。

〔註8〕〔唐〕長孫無忌：《唐律疏議》（臺北：臺灣商務印書館，1996 年 7 月），頁 147。下稱《疏議》。

《疏議・注》云：「言議政事乖失，而干涉乘輿者，上請。謂論國家法式，言議是非，而因涉乘輿者，與『指斥乘輿』情理稍異，故律不定刑名，臨時上請。」〔註9〕近人說：「指斥乘輿之前提條件是直接『言議乘輿』，如果本意在論『國家法式，言議是非』，因而涉及皇帝，則不能依『指斥乘輿』罪科處，而須臨時上請，奏聽敕裁。」〔註10〕

而「指斥乘輿」罪，與「對捍制使」罪，其構成要件是「無人臣之禮」。近人解析：「根據律文，（略）其構成要件是『無人臣之禮』。（略）總而言之，指斥乘輿與對捍制使罪，均以皇帝為直接行為對象，否則即不能成立。」〔註11〕

據上〈韓愈傳〉，原告憲宗的陳詞是：「愈言我奉佛太過，猶可容。」又指控稱：「至謂東漢奉佛以後，天子咸致夭促，言何乖刺耶？」這就是「天子謂其言不祥」（〈女拏壙銘〉）之處，皇帝禮拜佛骨，祈盼的是不外護國長壽而已；被告韓愈故意觸人楣頭嘛，事實上，原告憲宗的疙瘩在此。

惟查〈諫表〉所論，被告韓愈論述的是：東漢明帝始有佛法，（略）宋、齊、梁、陳、元魏已下，事佛漸謹，年代尤促。又舉梁武帝虔誠信佛，餓死台城為例；說明「事佛求福，乃更得禍」論點，因而推論「佛不足事」。而所舉梁武帝之例，不是以原告憲宗做為「直接行為對象」；只以「事佛漸謹，年代尤促」一語，概括古代皇帝的奉佛夭促的現象，引起原告憲宗心裡「不祥」之感，但法律有不適用的問題。

嗣後，雖經宰臣求情，然而原告憲宗，仍執意認為：被告狂妄，不可赦，於是發回重議。又能論議甚麼罪？史籍無載。

這裡，筆者發現，韓愈在〈女拏壙銘〉透露了訊息。〈女拏壙銘〉寫於長慶三年十月，這已是諫迎佛骨四年後事。韓愈說：「愈之為少秋官，言佛夷鬼，其法亂治，梁武帝事之，卒有侯景之敗，可一掃括去，不宜使爛漫。天子謂其言不祥，斥之潮州。」〔註12〕此處，「天子謂其言不祥」，是否就犯「不應得為」罪？

何謂「不應得為」罪？簡言之，就是做了違反封建價值觀念的「情理」「事理」的行為。

〔註9〕《疏議》，頁147。
〔註10〕《箋解》，頁812。
〔註11〕劉俊文：《箋解》，頁812～813。
〔註12〕〔清〕馬其昶：《韓昌黎文集校注》（香港：中華書局，1984年5月），頁323。下稱《校注》。

近人說：「按不應得爲罪，指律令雖無專條禁止，但據『理不可爲』的行爲。此類行爲，包羅萬象，難以概舉，要之皆屬違反封建價值觀念者。也就是說，一切違反封建價值觀念之行爲，皆可歸入不應得爲罪，而援引此律科罰之。」〔註13〕

《太平御覽》卷648引《尚書大傳》：「非事而事之，出入不以道義，而誦不祥之辭者，其刑墨。」鄭玄注：「非事而事之，今所不當得爲也。」〔註14〕「不應得爲」之刑爲：「諸不應得爲而爲之者，笞四十。」〔註15〕

但構成「不應得爲」罪的前提是：「非事而事之，出入不以道義」，而韓愈上〈諫表〉卻是論國家大政，正是出入以道義，雖或有所謂「不祥」之語，法律上仍有不適用的疑慮。

朝臣被貶，有其罪、有其過、或有其不謹慎的行爲。韓愈在〈瀧吏〉中，透過與瀧吏的對話自言：「潮州底處所，有罪乃竄流。（略）官無嫌此州，固罪人所徙。官當明時來，事不待說委。官不自謹慎，宜即引分往。」〔註16〕韓愈貶潮原因是甚麼？「天子謂其言不祥」一句，道出了原委。皇帝憲宗就是執怪，說他「言之乖剌」，硬是說他不該說，硬是要貶官，這就是所謂「官不自謹慎」。

二、特屈刑章問題

刑者，成也；一成而不可變的意思，今日叫罪名法定。否則，就是「深文周納」，枉法裁判。據《唐律疏議》，「斷罪不具引律令格式」條：「諸斷罪皆須具引律令格式正文，違者笞三十。」〔註17〕此即「罪名法定」主義的體現。

韓愈官拜四品的刑部侍郎，當是時，國戚諸貴紛來說情，這裡涉及「八議」。《唐律》：五品以上官犯罪得請八議，「諸八議者，犯死罪，皆條所坐及應議之狀，先奏請議，議定請裁。」〔註18〕《疏議》曰：「八議人犯死罪者，皆條錄所犯應死之坐及錄親、故、賢、能、功、勳、賓、貴等應議之狀，先奏請議。依令都堂集議，議定請裁。」〔註19〕。近人〈解析〉：「關於八議者

〔註13〕《箋解》卷27，頁1946。
〔註14〕《箋解》卷27，頁1946。
〔註15〕《疏議》卷27，頁350。
〔註16〕《新刊經進詳註昌黎先生文》卷6（上海：古籍出版社，頁543～549。
〔註17〕《箋解》卷30，頁2062～2063。
〔註18〕《箋解》卷2，頁113。
〔註19〕《箋解》卷2，頁113。

犯死罪，律外議刑的程序，《律疏》所述，可分爲兩步：第一步是『先奏請議』，即由法司條錄犯罪人之所犯事實及相應罪條，說明其所具有之應議資格，奏請皇帝批准議刑；第二步是：『議定奏裁』，即由尚書省召集在京諸司七品以上官員，於都堂會議，最後，將議的結果報請皇帝裁決。」〔註20〕

本案，匆匆一天內結案，依上揭情況，大抵是走第一步，「先奏請議」，沒有走耗時的「議定奏裁」的第二步。既然原告憲宗提告「言涉不敬」，法律不適用；「不應得爲」罪，也不適用。此時，中書門下，連同三司便條陳所犯、有關罪條，皆無法斷罪以奏聞；以及其他可比照之格式，恩宥的情狀，奏請裁決。

在唐代，皇帝擁有最高權力，超越法律之上，是終極裁判者。顯例就是：唐太宗和唐武宗，各代表了仁恩與殘暴的一面。

前者寬仁縱囚，把京師囚徒縱放回家，約定一年後報到，再行處刑。結果，囚徒依約報到，一個不缺，太宗竟然予以免罪。後者嗜殺，竊盜本非死罪，卻判成死罪。

《舊唐書・卷三・太宗紀》：「（貞觀六年）十二月辛未，親錄囚徒，歸死罪者二百九十人于家，令明年秋末就刑。其後應期畢至，詔悉原之。」〔註21〕

《新唐書・卷56・刑法志》：「武宗用李德裕誅劉稹等，大刑舉矣，而性嚴刻。故時，竊盜無死，所以原民情迫於饑寒也，至是贓滿千錢者死。」〔註22〕

此刻，皇帝憲宗的態度是關鍵。他正心誠意地聽取了兩邊陳辭，形成心證。

一邊，原告憲宗指控：「愈爲人臣，不當言人主事佛乃年促也」、「愈爲人臣，言之乖刺，不可赦」。但「原其本情」，這是無心之失，與「大不敬」罪、「不應得爲」罪，尚有大段距離，法律上難以適用。若執意加罪，恐怕有違「斷罪不具引律令格式」的規定。

一邊，原告憲宗自承：「奉佛太過。」宰臣所言的忠懇，以及國戚諸貴所言的罪重，乃至法司所議的恩宥。這些恩宥之辭，只有皇帝憲宗看到，也相當程度地採用了；反映在〈謝表〉裡，詳見下述。

《周易・解卦・象傳》曰：「天地解，而雷雨作；雷雨作，而百果草木皆甲坼也。」又《周易・解卦・象辭》曰：「雷雨作，解，君子以赦過宥罪。」

〔註20〕《箋解》卷2，頁117。

〔註21〕《舊唐書・卷三・太宗本紀》，頁42。

〔註22〕《新唐書・卷五十六・刑法志》，頁1408。

〔註23〕皇帝盛怒，在古代，比之為雷霆雨電，是一時的，有如「飄風不終朝，驟雨不終夕」，做為統治的君子，從天道變化中，體悟了「赦過宥罪」的德行。

至此地步，做為原告的憲宗可以盛怒提告，但暴怒過後，做為皇帝的憲宗就必須衡平地斷獄了；這就是君道。

憲宗是唐室中興的英主，他效法太宗，委政於宰相，史官早有「睿謀英斷」的贊論。史臣蔣系曰：

> 憲宗嗣位之初，讀列聖實錄，見貞觀、開元故事，竦慕不能釋卷，顧謂丞相曰：「太宗之創業如此，玄宗之致理如此，既覽國史，乃知萬倍不如先聖。當先聖之代，猶須宰執臣僚同心輔助，豈朕今日獨為理哉！」自是延英議政，晝漏率下五六刻方退。（略）及上自藩邸監國，以至臨御，訖於元和，軍國樞機，盡歸之於宰相。由是中外咸理，紀律再張，果能剪削亂階，誅除群盜。睿謀英斷，近古罕儔，唐室中興，章武而已。〔註24〕

唐太宗於魏徵（580～643）亡後，思求直臣，「候忠良之獻替，想英傑之謀猷」，曾頒〈求直言手詔〉：

> 惟昔魏徵，每顯余過。自其逝也，雖有莫彰。豈可獨非於往時，而皆是於茲日。故亦庶僚苟順，難觸逆鱗者歟？所以虛己外求，披衷內省。言而不用，朕所甘心，用而不言，誰之過也。自斯已後，各悉乃誠；若有是非，直言無隱。〔註25〕

皇帝憲宗從被告韓愈身上，看到了魏徵的影子；也回憶了昔日之言：「猶須宰執臣僚同心輔助，豈朕今日獨為理哉？」〔註26〕於是，做出「睿謀英斷」的裁定。

憲宗留心貞觀朝政，固然陰受其教導。韓愈是直臣，助平淮西，有大功德，他知道韓愈上諫是「大是愛我」，於是，皇帝憲宗，迅速明斷。因為，皇帝也要下臺階；赦宥便是下臺階。他採取了「原情議罪」的方法；使用恩威手段，一面赦宥，一面懲治。

〔註23〕《周易正義》卷四（臺北：藝文印書館十三經注疏本，民國71年8月），頁93。
〔註24〕《舊唐書・憲宗本紀》，頁472。
〔註25〕《全唐文》卷8（北京：中華書局，1983年11月），頁98。
〔註26〕憲宗謂宰相之言，引見史臣蔣系的論贊，同註24。

其實，大臣上諫，忤旨皇帝，多數便是外貶，舉憲宗朝事兩例，如諫「服丹藥」而貶為江陵令的裴潾，因請「罷兵」而貶撫州刺史的袁滋：

> （元和十四年十一月）上服方士柳泌金丹藥，起居舍人裴潾上表切諫，以「金石含酷烈之性，加燒鍊則火毒難制。若金丹已成，具令方士服一年，觀其效用，則進御可也。」上怒，己亥，貶裴潾為江陵令。〔註27〕

> （元和十三年二月）甲申，貶唐鄧節度袁滋為撫州刺史，以上疏請罷兵故也。〔註28〕

由上例推之，韓愈上〈論佛骨表〉，忤皇帝意，本來的下場，就是外貶。但因原告憲宗盛怒，欲加極法；卻但無法斷罪，於是出現主動提出赦宥的情況。從〈謝表〉裡，筆者清楚地看到皇帝憲宗所主動提出的赦宥。

赦宥，自古有之。《周官‧秋官司寇第五》記載：「司刺，掌三刺、三宥、三赦之法，以贊司寇，聽獄訟。壹刺曰訊群臣，二刺曰訊羣吏，三曰刺訊萬民。壹宥曰不識、再宥曰過失、三宥曰遺忘。壹赦曰幼弱、再赦曰老旄、三赦曰蠢愚。」〔註29〕這裡，司刺的工作就是觀察被告的犯罪的動機、態度和結果。

〈謝表〉云：「臣以狂妄戇愚，不識禮度，上表陳佛骨事，言涉不敬，正名定罪，萬死猶輕。陛下哀臣愚忠，恕臣狂直，謂臣雖謂可罪，心亦無他。」〔註30〕這就是「原情」而體察的結論。罪臣韓愈這樣敘寫，反映了案件的處理情況。

此處，罪臣韓愈自稱「狂妄戇愚」、「不識禮度」，就是三宥三赦中的戇愚、不識。

〈謝表〉又言：「臣少多病，年才五十，發白齒落，理不久長。」〔註31〕這是說老旄。

有趣的是：以上戇愚、不識、老旄等赦宥的條件，皆非韓愈提出，而是皇帝憲宗顧念而主動提及的。「苟非陛下哀而念之，誰肯為臣言者」句，揭出

〔註27〕《舊唐書‧憲宗紀》卷15，頁471。
〔註28〕同上註，頁458。
〔註29〕《周禮注疏》卷36（臺北：藝文印書館十三經注疏本，民國71年8月），頁539。
〔註30〕《校注》，頁357。
〔註31〕同上註。

了底蘊。

承上所論，無論「大不敬」或「不應得爲」，皆無法成罪。但是，原告憲宗執意指控，卻由皇帝憲宗來「原其本情」，予以貶潮，表示皇恩浩蕩；於「特屈刑章」句，隱隱然揭出了皇帝的威福。

接下來，罪臣韓愈提到「不堪流徒」。史載，憲宗得表，皇甫鎛（760～836）表示可量移一郡，〔註32〕是有法律根據者。

〈謝表〉言：「臣所領州，在廣府極東。去廣府雖云二千里，然來往動皆逾月。過海口，下惡水，濤瀧壯猛，難計期程，颶風鱷魚，患禍不測。州南近界，漲海連天，毒霧瘴氛，日夕發作。（略）加以罪犯至重，所處又極遠惡，憂惶慚悸，死亡無日。單立一身，朝無親黨，居蠻夷之地，與魍魅同群。苟非陛下哀而念之，誰肯爲臣言者。」〔註33〕是說自己不堪流徒了。

據《唐‧刑部式》：「準刑部式：諸準格敕應決杖人，若年七十以上，十五以下及廢疾，並斟量決罰；如不堪者覆奏。不堪流徒者，亦準此」條〔註34〕，載有明文，皇甫鎛不過依法行政而已。

總之，「特屈刑章」一句，實情是說無刑章適用，裡面隱諱了君主的盛怒，是回護原告皇帝過失的辭令。明乎此段，那就瞭解，當〈謝表〉呈上朝廷，原告憲宗得表後，說韓愈：「大是愛我」；因爲罪臣韓愈回護原告皇帝的過失了。

三、陛下爲言問題

在唐代，刺史赴任，有面辭的程序，接受皇帝的告誡。此見於《唐會要》卷69所載玄宗先天二年（712）、憲宗元和三年（808）的詔敕：

> （玄宗）先天二年七月二十四日敕：自今已後，都督刺史，每欲赴任，皆引面辭。朕當親與疇咨，用觀方略。至任之後，宜待四考滿，隨事褒貶，與之改轉。〔註35〕

元和三年正月，許新除官及刺史假內於宣政門外謝迄進辭，便赴任。

〔註32〕《舊唐書‧卷160‧本傳》：「憲宗謂宰臣曰：「昨得韓愈到潮州表，因思其所諫佛骨事，大是愛我，我豈不知！然愈爲人臣，不當言人主事佛乃年促也。我以是惡其容易。」上欲復用愈，故先語及，觀宰臣之奏對。而皇甫鎛惡愈狷直，恐其復用，率先對曰：「愈終大狂疏，且可量移一郡。」乃授袁州刺史。」頁4202。

〔註33〕《校注》，頁357。

〔註34〕據《宋刑統》卷四「老幼疾及婦人犯罪門」，《箋解》卷四引，頁309。

〔註35〕《唐會要》卷69（臺北：世界書局，民國78年4月），頁1213。

> 其日，授官於朝堂禮謝，並不須候假開。〔註36〕

> 國朝舊制，凡命都督刺史，皆臨軒冊命，特示恩禮。近歲，雖無冊拜，而牧守受命之後，便殿召對，仍賜衣服，「蓋以親民之官，恩禮不可廢也。」〔註37〕

可見，唐代的新除官及刺史，授官時，都有於「朝堂禮謝」「辭了出發」的傳統程序，而皇帝在延英殿的「便殿召對」，「仍賜衣服」，為甚麼？這表示了：刺史是朝廷倚重的「親民之官」，表示了朝廷的「恩禮」。

〈謝表〉裡，罪臣韓愈提到兩處皇帝哀念，便反映了「朝堂禮謝」、面辭實況，與及皇帝的赦宥、叮嚀。赦宥部份已如上述，不贅。以下敘述叮嚀部份。

> 臣以正月十四日，蒙恩除潮州刺史，即日奔馳上道。經涉嶺海，水陸萬里。以今月二十五日到州上訖，與官吏百姓等相見，具言朝廷治平，天子神聖，威武慈仁，子養億兆人庶，無有親疏遠邇。雖在萬里之外，嶺海之陬，待之一如畿甸之間，輦轂之下，有善必聞，有惡必見。早朝晚罷，兢兢業業，惟恐四海之內，天地之中，一物不得其所，故遣刺史面問百姓疾苦，苟有不便，得以上陳。國家憲章完具，為治日久，守令承奉詔條，違犯者鮮，雖在蠻荒，無不安泰。聞臣所稱聖德，惟知鼓舞謹呼。不勞施為，坐以無事。臣某誠惶誠恐，頓首頓首。〔註38〕

此段韓愈敘述自己除官上任，到達任所，安撫百姓的情況。「承奉詔條」句，提到自己是受皇帝派遣而問候百姓疾苦的官吏，「苟有不便，得以上陳」句反映了皇帝的叮嚀；此為到任述職，為得體之言。〈謝表〉又言：

> 臣所領州，在廣府極東界上，去廣府雖云纔二千里，然來往動皆經月。過海口，下惡水，濤瀧壯猛，難計程期。颶風鱷魚，患禍不測。州南近界，漲海連天，毒霧瘴氣，日夕發作。臣少多病，年纔五十，髮白齒落，理不久長。加以罪犯至重，所處又極遠惡，憂惶慚悸，死亡無日。單立一身，朝無親黨，居蠻夷之地，與魑魅為群。苟非

〔註36〕《唐會要》卷68，頁1202。
〔註37〕同上註。
〔註38〕《校注》，頁357～358。

陛下哀而念之，誰肯爲臣言者？〔註39〕

此段是回應皇帝憲宗的叮嚀。關鍵句爲：「苟非坐下哀而念之，誰肯爲臣言者？」筆者想像，面辭時，皇帝憲宗告訴韓愈，潮州是遠惡的蠻夷之地，有颶風鱷魚，有毒霧瘴氣，以及魑魅魍魎，你要用心治理，爲朕分憂；「苟有不便，上表以陳」，如果，你的施政有何困難，身體健康有甚麼狀況，要上表讓朕知道等等一類的話。因此，罪臣韓愈便於表裡表述了，回應皇帝憲宗的關心了。

〈謝表〉又言：

而臣負罪嬰釁，自拘海島，戚戚嗟嗟，日與死迫。曾不得奏薄技於從官之內，隸御之間，窮思畢精，以贖罪過。懷痛窮天，死不閉目，瞻望宸極，魂神飛去。伏惟皇帝陛下，天地父母，哀而憐之。無任感恩戀闕，慚惶懇迫之至，謹附表陳謝以聞。〔註40〕

此段表示願意贖過回朝。當然，筆者不難想像：面辭之時，皇帝說，韓愈啊，朕知道你的文章，沒有甚麼過人處；你所寫的〈元和聖德詩〉、〈平淮西碑〉，還可以嘛。你犯的是死罪，朕念你「言雖有罪，心亦無他」，朕「特屈刑章」，不加處分，讓你除官到潮州做刺史，看朕對你多好，「既免刑誅，又獲祿食」，是朕哀憐你，赦宥了你，要報答朕哀憐啊；你要懺罪啊、贖過啊；你要感恩啊、你要戀闕啊，你要寫在〈謝表〉裡等等一類的話。所以，韓愈末段這樣敘寫了。

四、戚戚怨嗟問題

自咎自傷是朝臣戀闕的普通表現，也是〈謝表〉的寫作程式，以下略鈔《全唐文》幾條例子以見一斑。

李吉甫（758～～814）〈柳州刺史謝上表〉：「臣某言：伏奉詔書，授任柳州刺史。以今月二十五日至所部上訖。（略）此臣所以自咎自傷，恨乖志願，猶冀苦心厲節，上奉詔條，惠寡安民，下除民瘼，恭宣教化，少答鴻私。不勝感戴歡欣之至。」〔註41〕

令狐楚（766～837）〈河陽節度使謝上表〉：「臣某言：伏奉前月二十七日詔

〔註39〕同上註。
〔註40〕同上註。
〔註41〕《全唐文》卷512，頁5202。

旨，授臣（略）充河陽三城懷州節度使。（略）既無悔罪，亦望歸還。」〔註42〕

柳宗元（773～819）〈柳州謝上表〉：「臣某言：伏奉詔書，授臣柳州刺史。以今月二月至部上訖，中謝。（略）此臣所以自咎自恨，復乖志願。猶冀苦心厲節，上奉詔條，惠寡恤貧，下除民瘼，恭宣教化，少答鴻私。不勝懂欣之至。」〔註43〕

比對令狐楚〈河陽節度使謝上表〉和柳宗元〈柳州謝上表〉兩文，文字竟然雷同；可知，在唐代，像〈謝表〉一類的表章，當有其參考的範本。

韓愈在〈謝表〉末段說：「而臣負罪嬰釁，自拘海島，戚戚嗟嗟，日與死迫；曾不得奏薄伎於從官之內、隸御之間，窮思畢精，以贖前過。懷痛窮天，死不閉目！瞻望宸極，魂神飛去。伏惟陛下，天地父母，哀而憐之。」〔註44〕

大臣蒙恩授官，到任後，在〈謝表〉寫的，多是自咎、自傷、自恨、盼望歸還一類的套語，如李吉甫、柳宗元；另一類，便如令狐楚的「既無悔罪」了。只是，韓愈不說自咎自傷，而說戚戚嗟嗟罷了。

為什麼罪臣韓愈戚戚怨嗟？

原告憲宗既指摘：「不當言天子事佛乃年促耳」，於是，到任後，便上表自悔自咎了；這是直臣應有的態度。

〈謝表〉說：「臣負罪嬰釁，自拘海島，戚戚嗟嗟，日與死迫；曾不得奏薄伎於從官之內、隸御之間，窮思畢精，以贖前過。」罪臣韓愈戚戚嗟嗟是悔過，期盼回朝以文章報效，就是贖過。這是君主專制時代的禮法。

這些理由，由於朝代之隔，制度有異，也不是後人皆能瞭解。有時，連宋代大文豪歐陽修（1007～1072）也有誤解。歐陽修云：「前世有名人，當論事時，感激不避誅死，真若知義者；及到貶所，則戚戚怨嗟，有不堪之窮愁，形於文字，雖韓公不免此累。」〔註45〕歐陽修誤解甚麼？就是沒注意罪臣韓愈自悔自咎的原因了。

結　論

回顧整個事件，被告韓愈上表極諫，正氣凜然，本欲殉節；而皇帝本欲加以極刑，但始終法律不適用，而皇帝也不敢讓他死，以免壞了君道。值得

〔註42〕《全唐文》卷540，頁5480。
〔註43〕《全唐文》卷571，頁5776。
〔註44〕《校注》，頁357～358。
〔註45〕《校注》卷8題注引，頁356～357。

一提的是：貶謫中，韓公一路顏色如常，有古大臣氣度，還能沿途寫詩抒情！本來，原告憲宗要處極刑，因爲法律不適用，無論不敬或不祥，皆無法定罪。在大臣提醒下，皇帝憲宗主動地提出赦宥，遠貶爲潮州刺史，爲自己找到下台階，又表示了皇帝的恩威；這是君道。若有人認爲：被告韓愈連過失也沒有，這是沒有意義的；但若說被告韓愈有過失，就是原告憲宗所指摘之言。在唐代，君要臣死，臣難得不死；君要赦宥臣，臣不得不謝恩；君有所指摘，臣不得不怨嗟自咎，這是君主專制時代的禮法；也是直臣的應有態度。總括來說，在整個貶潮事件裡，韓愈和憲宗二人，各自努力地展現了臣道和君道。

綜合上述，結論如次：

1. 正名定罪方面，韓愈言涉不敬，語涉不祥，但法律未能適用。韓愈以互見法記於〈女挐壙銘〉，埋於墳墓裡；不言忤怒憲宗，爲國君諱。

2. 特屈刑章方面：經過審議，此非不敬罪，亦非不應得爲罪；只因被皇帝憲宗指摘，貶爲潮州刺史，又享祿食，表示恩威；此句是韓愈維護皇極威權，爲皇朝諱。這是臣道。「特屈刑章」句，暗示了整個過程，是皇帝憲宗不用朝廷成法，完全是憑人主權斷。

3. 陛下爲言方面：皇帝憲宗主動地提出赦宥，讓事情早日落幕，找到了下臺階，仁威並濟，表示了君道。韓愈在〈謝表〉中，也適時地拈出，以顯出事件的脈絡；又維護了皇帝尊嚴，這是臣道。

4. 戚戚怨嗟方面：感恩、戀闕、報效、贖過，是〈謝表〉的程式。韓愈在〈謝表〉裡，戚戚怨嗟，是依原告憲宗所指摘，而悔過自咎之意；是忠臣戀闕的表現。

（本文曾以〈原告與皇帝之間：韓愈〈潮州謝上表〉新論〉刊登於 2010 年 7 月《周口師範學院學報》第 27 卷第 4 期，現經增刪改寫，凸出了主旨，加入了「陛下爲言」一段，補充了律法方面及其註釋，故此，易爲今名。2011 年 8 月 25 日又記）

韓愈〈潮州謝表〉
「封禪」說是「護國祈壽」

摘　要

　　韓愈晚年，上疏〈論佛骨表〉，觸憲宗諱，遠貶潮州。癥結是「愈爲人臣，不該言天子奉佛乃年促也」一句話。剛好，憲宗掃平藩鎮，具備了「封禪」的起碼條件。韓愈至潮，遵照程式，呈上〈潮州謝表〉。他提出「封禪」，固然是欲求回朝效忠的表示，韓愈的深意，即欲解此「不祥」癥結。透過封禪的多重意涵，韓氏婉轉表白「護國祈壽」的眞心，終回皇帝之心結，說是「大是愛我」，此爲禮法。前人指斥韓氏「怕死」、「阿諛」、「獻佞」以求祿位等語，皆爲偏見，未得其實。

關鍵詞：韓愈、佛骨、唐憲宗、潮州、封禪

前　言

　　韓愈（768～824）晚年，因上疏〈論佛骨表〉，觸忤憲宗（778～820），被貶為潮州刺史。到潮之後，即呈〈潮州刺史謝上表〉〔註1〕（下稱〈謝表〉）。此表內容有六部分：一、貶潮原由，謝恩。二、到任後，與官民相見，百姓稱頌聖德。三、自知居蠻夷之地，死亡無日。四、陛下掃平藩鎮，致功巍巍，宜封禪泰山，奏功皇天。五、自承文章，願回朝報效，以贖罪過。六、戚戚嗟嗟，以為自咎。

　　古來諸家，對韓氏此表多注意「勸帝封禪」和「戚戚怨嗟」兩個問題上，而有所毀譽。筆者於 1999 年曾發表〈韓愈〈潮州謝上表〉的「勸帝封禪」問題〉於第三屆潮學國際研討會上，其後結集成書。經過十年，筆者略有領悟，故將前文修訂，草成此篇。2009，筆者撰寫了論文「原告與皇帝之間：韓愈〈潮州謝表〉新論」，就文中「正名定罪」、「特曲刑章」、「戚戚怨嗟」三個問題，提出看法。可以參閱。史載：〈潮州表〉呈獻朝廷後，「憲宗謂宰相曰：『昨得韓愈到潮州表，因思其所諫佛骨事，大是愛我，我豈不知？然愈為人臣不當言人主事佛乃年促也。』」為甚麼憲宗由怒轉喜？因為，憲宗終於明白，韓愈上表的用心是保護皇帝，不被「禍祟」，是捨身救主的忠勇行為；又看到〈謝表〉裡的「封禪」說，有告功皇天，尊崇祖業，為百姓祈福，乃至祈壽護國，思見神仙的意涵，把心中的「不祥」化掉了；終於說出韓愈「大是愛我」的話。今日，筆者試擬從「封禪」說討論，認為韓愈此說是為「護國祈壽」。

一、封禪是為護國祈壽

（一）封禪的意義

　　何謂封禪？根據《史記正義》的解釋：「此泰山上築土為壇以祭天，報天之功故曰封；此泰山下小山上除地，報地之功，故曰禪。」〔註2〕

　　為何封禪？古代帝王，當「易姓而王」，一統天下，到天下太平之際，便需答謝天地的厚德，先功皇天，這就是封禪。《五經通義》云：「易姓而王致太平，必封太山禪梁父，荷天命以為王，使理群生，告太平於天，報群神之

〔註1〕〔清〕馬其昶《韓昌黎文集校注》（香港：中華書局，1984）卷 8，頁 357。
　　　　下稱《校注》

〔註2〕《史記・卷 28・封禪書》文題下注。（北京：中華書局點校本，1997），頁 1355。

功。」〔註3〕《白虎通》云:「封禪,王者易姓而起,必升封太山何?教告之義也。始受命之時,改制應天,天下太平,功成封禪,以告太平也。」〔註4〕便指出個中的含義。

為何祭天必於泰山之頂?泰山,一曰岱宗。《風俗通義》云:「岱,長也;萬物之始,陰陽交代,(略)故為五岳長。王者受命,易姓改制,應天功成,封禪以告天地。」〔註5〕泰山雄踞東方,東方為日出的地方,有無限萌生萬物的力量;其勢「峻極於天」,日光為其所擋,產生陰陽昏曉的現象,因為是「陰陽相代」之處,(代加山為岱)故稱岱。因為是五岳長,加一宗字,表示尊也,長也,故一曰岱宗。

為何祭天必於山頂,祀地必於山下?因為古人以為「天以高為尊,地以厚以德」。如何報「皇天后土」授命之恩,方法是:「增太山之高以報天也,厚梁甫之基以報地也。」是故「封禪」又即「高厚之謂也」。

(二) 封禪的條件

司馬遷(前145~86)在〈封禪書〉中說::「自古受命帝王曷嘗不封禪?蓋有無其應而用事者矣,未有睹符瑞見,而不臻乎泰山者也。雖受命而功不至,至梁父矣而德不洽;洽矣而日有不暇給,是以即事用希。」〔註6〕

封禪者的條件有二:必須是「受命於天」的帝王;必須發現祥瑞。有時,雖具備以上的條件,功不高,德不洽,或無餘暇,(如唐太宗(599~649))也是不得封禪的。〔註7〕

〔註3〕同上注。頁1355。
〔註4〕〔宋〕李昉:《太平御覽》(臺北:台灣商務印書館,民國75年)卷536,頁2562。
〔註5〕〔漢〕應劭:《風俗通義・山澤第十》(臺北:中華書局,民國74年5月)
〔註6〕《史記・封禪書》,頁1355。
〔註7〕唐太宗時,婉拒群臣封禪之議凡七次,理由頗多。1.貞觀三年,正月,朝集使趙郡王孝恭等僉議,以為天下一統四夷來同,詣闕上表,請封禪。帝以流遁未久,凋殘未復,田疇多曠,倉廩猶虛,家戶未是足,謙辭。2.貞觀三年,十二月,朝集使利州都督武士矱等詣朝堂上表請封禪。帝以喪亂之後,民物凋殘,憚於勞費,謙辭。3.貞觀六年,公卿百寮以天下太平,四夷賓服,詣闕請封禪者,首尾相屬,帝不許。以「嬰氣疾但恐登封之後,彌增誠懼,有乖營衛,非所以益朕」為由,推辭。4.貞觀十四年,十月,趙王元景等表請封禪,帝沖讓不許,至再至三。5.貞觀十五年,三月庚辰,蕭州言所部川原遍生芝草。先是百僚及雍州父老詣朝堂上表請封禪,帝沖讓不許。仍命有司往泰山將前代帝王封禪立碑及石函,遭毀壞者,並脩立瘞藏之。6.貞觀二十年,十一月,司徒長孫無忌與百官及方嶽等上表請封禪,不許。7.貞觀二十

（三）封禪目的為護國祈壽

關於封禪，《史記‧封禪書》有古代七十二代帝君封泰山的傳說，而管仲（？～前645）所記者十有二家，因年代久遠，不得而詳。〔註8〕秦始皇（前259～210）是第一位大規模至泰山封禪的皇帝，自此之後，秦二世（前230～207）、漢武帝（前156～87）、後漢光武帝（前6～57）、章帝（56～88）、安帝（94～125）、隋文帝（541～604）、唐高宗（628～683）、武周聖神皇帝（624～705）、唐玄宗（685～762），宋眞宗（968～1022）都先後上泰山封禪，〔註9〕留下紀錄。

中國歷代帝王封禪，是國家的大典，帝王的盛業，「易姓而王，告功皇天」，以表「君權神授」，以保「皇祚永繼」，這是基本的目的；此外，便是尋神覓仙、祈求長生（如秦皇、漢武），〔註10〕也有說是「尊崇祖業」的（如唐高宗、玄宗），〔註11〕也有說是「爲萬姓祈福」的（如唐玄宗）。〔註12〕

年，司徒長孫無忌與百僚又請封禪，以生勞擾，不許。引見《冊府元龜》（臺北：台灣中華書局，民國70年）卷35，頁384～391。詳見附錄一。

〔註8〕《史記‧封禪書》，頁1361。

〔註9〕〔宋〕司馬光：《新校資治通鑑注》（臺北：世界書局，民國76年）卷7、20、21、22、47、50、198、201、205，頁238、678、692、697、703、719、724、738、1424、1502、1628、5548、6248、6346、6503。詳見附錄二。

〔註10〕秦始皇、漢武帝，多次遣使東巡海上，考神仙之屬，以取不死之藥。《史記‧封禪書》，頁1369、1403。

〔註11〕（封禪既畢）帝（唐高宗）謂群官曰：「升中大禮，不行來數千載，近代帝王雖稱封禪，其間，事有不同，或爲求仙克禋，或以巡遊望拜，皆非尊崇祖業。（略）朕丕承寶曆，十有七年，終日孜孜，夙夜無怠，屬國家無事，天下太平，華夷乂安，遠近輯睦，所以躬親典禮，褒贊先勳，情在歸功，固非爲己，遂得上應天心，下允人望。今大禮既畢，深以爲慰。」《冊府元龜》卷36。頁394。
又：唐玄宗開元十三年，源乾曜、張說等上言封禪，具言四大理由：「昭報天地，至敬也；嚴配祖宗，大孝也；厚福蒼生，博惠也；祭榮紀號，丕業也。」故推想玄宗即以此四大理由封禪的。其言曰：「臣聞自古受命而封禪者七十二君，安有殊風絕業，足以方今也。然猶躐梁父、登泰山、飛樂聲、騰茂實，而陛下功德之美，符瑞之富，固以孕虞夏、含殷周矣！爲何退讓逡巡於大禮哉？夫昭報天地，至敬也。嚴配祖宗，大孝也；厚福蒼生，博惠也；祭榮紀號，丕業也，陛下安可以闕哉？況天地之符彰矣！祖考之靈著矣！蒼生之望勤矣！禮樂之文備矣！陛下安可以辭哉？」《冊府元龜》卷36，頁397。

〔註12〕帝（唐玄宗）因問（賀知章）玉牒之文，「前代帝王何故秘之？」，知章對曰：「玉牒本是通於明神之意，前代帝王所求各異，或禱年筭，或思神仙，其事微密，是故外人莫知之。」帝曰：「朕今此行，皆爲蒼生祈福，更無私請。宜將玉牒出示百僚，使知朕意。」《冊府元龜》卷36，頁401。

二、韓愈「封禪」說的背景

韓愈「封禪」說，是有其背景的，請敘論如次：

藩鎮割據是安史之亂的餘波，由肅宗（711～762）至憲宗，緜延了六七十年（1093～1156）。在此期間，藩侯自成一國，不受朝廷節制，父死子代，賦稅自私，經常叛亂。歷經四朝及至憲宗始予以討平。〔註13〕元和十四年（819），李師道（？～819）父子被殺，平盧將劉悟（？～825）反正，淄青十二州皆平，藩鎮跋扈六十餘年至是全定。詔令諸道節度使所統之郡兵馬皆交刺史統一。〔註14〕史稱「元和中興」。

其間，皇帝兩次蒙塵〔天寶十四年（755）玄宗幸蜀，太子即位寧武；〔註15〕建中四年（783），德宗（742～805）出亡奉天〕，〔註16〕賊黨竊據大位，〔安祿山（？～757）自稱大燕皇帝於洛陽；〔註17〕史思明（？～761）自稱大燕皇帝；〔註18〕涇原兵變，朱泚（742～784）自稱大秦皇帝於長安〕，〔註19〕此時，唐室命脈不絕如縷，現在，藩鎮底平，歸順朝廷，韓愈提出封禪是有其背景的。〈謝表〉說：

> 伏以大唐受命有天下，四海之內，莫不臣妾。南北東西，地各萬里。自天寶之後，政治少懈，文致未優。武魁不剛，孽臣姦隸，蠹居棋處，搖毒自防，外順內悖，父死子代，以祖以孫，如古諸侯，自擅其地，不貢不朝，六七十年。四聖傳序，以至陛下。陛下即位以來，躬親聽斷，旋乾轉坤，關機闔開，雷屬風飛，日月清照。天戈所麾，莫不寧順。大宇之下，生息理極。高祖創制天下，其功大矣，而治未太平也。太宗太平矣，而大功所立，咸在高祖之代。非如陛下承天寶之後，接因循之餘，六七十年之外，赫然興起，南面指麾，而致此巍巍之治功也。宜定樂章，以告神明。東巡泰山，奏功皇天。具著顯庸，明示得意。使永永年代，服我成烈。當此之際，所謂千載一時不可逢之嘉會。

〔註13〕〈潮州刺史謝上表〉，《校注》，頁356～358。
〔註14〕「己巳，李師道首函至，自廣德以來垂六十年，藩鎮跋扈，河南北三十餘州，自除官吏，不供貢獻，至是盡遵朝廷約束。」《通鑑》卷241，頁7765。
〔註15〕同上註。
〔註16〕同上註。
〔註17〕同上註。
〔註18〕同上註。
〔註19〕同上註。

韓氏此段「封禪」說，有四層意思：

1. 天寶之後，藩鎮割據，「外順內悖，父死子代，以祖以孫，如古諸侯」。
2. 贊美憲宗，「旋乾轉坤，關機闔開」，掃平藩鎮。其大功堪與創制大唐天下之高祖媲美。
3. 致此巍巍之功，理宜封禪「東巡泰山，奏功皇天」。
4. 借此巍巍之功，鎮壓餘亂。「具著顯庸，明示得意，使永永年代，服我成烈」，向萬民宣示：「君權神授」的意旨，使那不軌的藩侯聽命，服我君命，不敢叛亂。（按：當年秦皇漢武封禪泰山，即有此鎮壓齊魯地方殘餘叛亂勢力之意。）

三、「封禪」說目的在「祈求護國」

（一）祈壽護國，服藥求仙，不若封禪

封禪是歷來帝王大典，有告天成功，祈壽護國，為蒼生祈福的諸多意義，論意涵當是較迎佛骨為多。

韓愈知道憲宗迎佛，是以「祈壽護國」為心。故〈佛骨表〉的議論亦從福田上立說。〔註20〕不意，措辭間「事佛漸謹，年代尤促」一句，惹了皇帝生氣。

憲宗晚年好神仙，求方士，服丹藥，希慕長生，韓氏當然知道。他之提出封禪，也有勸帝東封泰山，巡行海上，效秦皇漢武故事的用意在。〔清〕林雲銘說：「憲宗當諸道削平之後，志已驕侈，希慕長生，而皇甫鎛（760～836）在左右，薦方士柳泌（？～820）合長生藥，現授台州刺史以求靈草，勢必蹈其覆轍，反不如封禪，猶有故事可循。」〔註21〕正是揭出此意，可與本文相呼應。林氏又言：「神仙渺茫，久當自廢，或不至餌金丹而暴崩，即謂以將順為匡救可也。」〔註22〕林氏見解超卓，頗能揭出韓氏的深意。

（二）自承文章，紀功泰山，以贖罪過

韓氏上〈論佛骨表〉，觸忤帝怒：關鍵是：「愈為人臣，不當言人主事佛乃年促也。」的一句話。〔註23〕故自貶潮，深自怨嗟，自悔自疚，期盼贖罪。

〔註20〕茅坤「論佛骨表」條。吳文治：《韓愈資料彙編》（臺北：學海出版社，民國83年4月），頁767，下稱《彙編》。

〔註21〕《彙編》，頁968。

〔註22〕同上註。

〔註23〕引見文題下注。《校注》，頁356。

他之「封禪」說，自承文章曾作〈平淮西碑〉、〈元和聖德詩〉等等，「論述陛下功德，與詩書相表裡，作爲歌詩，薦之郊廟」，若皇帝封禪而能效勞，正爲贖罪。他說：「自拘海島，戚戚嗟嗟，日與死迫，曾不得奏薄伎於從官之中，隸御之間，窮思畢精，以贖罪過」，即是此意。

唐玄宗開元十三年（725）封禪於泰山。〔註24〕當時中書令張說（667～730）撰〈封祀壇頌〉，〔註25〕侍中源乾曜撰〈社首壇頌〉，〔註26〕禮部尚書蘇頲（670～727）撰〈觀朝壇頌〉，〔註27〕以紀聖德。而玄宗皇帝亦御製〈紀泰山銘〉，〔註28〕並「親禮勒於山頂之右壁」。〔註29〕韓氏自承文章，「紀泰山之封，鏤白玉之牒」，是欲效張說、源乾曜、蘇頲故事而已。

此外，依故例，封禪也有兩個附帶作用。就是因著封禪，朝孔尊聖，振起儒家。

唐代封禪大典之後，皇帝回鑾之時，有致祭孔子的傳統。如乾封元年（666），高宗「至曲阜，贈孔子太師，以少牢致祭。」〔註30〕玄宗於開元二十七年（739）八月，追諡孔子爲文宣王。正孔子像爲南面坐，被王者之服，追贈其弟子皆爲公、侯、伯。〔註31〕假若憲宗封禪，想必依循舊例，朝孔尊聖，有所封贈。依此來看，韓愈「封禪」說不無藉此振起儒家之意。

總之，韓氏「封禪」說，是有其背景及理由的。前番上〈論佛骨表〉「天子謂其言不祥」，於是，韓愈借「封禪」說表示「祈求護國」之心，以爲回復，盼望消解此「不祥」情緒。

封禪的條件，頗不容易。

封禪固然是「易姓而起，告功皇天」，但也要天下太平才可。當年，漢武帝是「振兵釋旅」之後封禪。〔註32〕唐高宗、玄宗也是天下太平無外患入侵時才封禪的。〔註33〕現在，憲宗封禪雖說符合掃平藩鎮使大唐一統的「易姓

〔註24〕《冊府元龜》卷26，頁402～403。
〔註25〕同上註。
〔註26〕同上註。
〔註27〕同上註。
〔註28〕同上註。
〔註29〕同上註。
〔註30〕《通鑑》卷201，頁6346。
〔註31〕《冊府元龜》卷36，頁403。
〔註32〕《史記・卷28・封禪書》，「（元封）其年來冬，上議曰：『古者先振兵釋旅，然後封禪。』乃遂北巡朔方，勒兵十餘萬。」頁1396。
〔註33〕唐高宗有三次停封，《冊府》卷36載：「上元三年（676）閏三月以吐蕃犯塞，

而王」的條件，但當時天下未全平，尚有外患入侵，認眞來說，封禪條件是頗勉強的。文中，韓推崇憲宗「功媲高祖」，卻不談有封禪的高宗、玄宗，是否藏有深意？因爲唐高祖初定天下並無封禪！爲什麼？因爲天下仍未完全穩固，民生凋弊，社會殘破，瘡痍未復！韓愈的重點就在此處，他表中提出封禪表示「護國祈壽」之心意而已。

況且，勸帝封禪也得詣闕上表。以唐太宗爲例，大臣勸帝封禪，皇帝多次（七次）沖讓；待得議定封禪，〔註34〕也得經長時間籌備成行。這時，若有水災或外患，便停止封禪。〔註35〕退萬步說，即使不上泰山封禪，也可以遣使臣赴泰山修整石碑。〔註36〕在當時，勸封的大臣如長孫無忌（？～659）、武士彠等人難不成就是「阿諛」了嗎？所以說，韓愈「封禪」說是另有理由的。

四、「封禪」說消解皇帝的「不祥」

〈潮州刺史謝上表〉呈獻上去之後，據《舊書・本傳》記載：「憲宗謂宰相曰：『昨得韓愈到潮州表，因思其所諫佛骨事，大是愛我，我豈不知？然愈爲人臣不當言人主事佛乃年促也。』」〔註37〕

憲宗知韓上〈佛骨表〉的用心是自任殃咎，不使皇帝受穢害；是「大是愛我」，而非詛咒帝壽國祚；也知〈謝表〉「勸帝封禪」：告功皇天，尊崇祖業，爲百姓祈福，乃至祈壽護國，思見神仙的意涵，也知韓氏有勉爲「堯舜」之意。無怪他說韓「大是愛我」了。心中已對韓「乖刺之」的失言有所諒解，甚至欲起用之；終而量移袁州，這是後話。筆者必須指出，韓氏「封禪」說主要是彌補前番「不祥」之言，此文目的已經達到。此與後人訾議的「怕死」、

停封嶽。」「調露元年（679）十月詔以突厥背誕，其冬至於嵩封禪，宜權停。」「永淳二年（682）以寇盜侵邊，數郡不寧，停封來年正月中嶽。」頁395。玄宗也有一次停封，據《冊府》卷36載：「天寶九載（750）正月，文武百寮禮部尚書崔翹等累上表，請封西嶽，刻石紀榮號。帝固拒不許。翹又奉表懇請。凡三上表乃許之，詔以今載十一月，有事華山。」後以是年三月「西嶽廟災，關中久旱，遂停封。」頁404～405。

〔註34〕參見附錄一。

〔註35〕《通鑑》卷198載：「以薛延陀新降，土木屢興，加以河北水災，停封。」頁6248。

〔註36〕貞觀十五年（641），三月庚辰，肅州言所部川原遍生芝草。先是百僚及雍州父老詣朝堂上表，請封禪。帝沖讓不許。仍命有司往泰山將前代帝王封禪立碑及石函遭毀壞者並修立瘞藏之。《冊府》卷35，頁387。

〔註37〕《舊唐書・卷160・韓愈列傳》，頁4202。

「阿諛」、「獻佞」無關。

韓愈〈謝表〉，內容龐雜，一般而言，朝廷不予回應，之後，亦無召韓赴闕正式上表。而朝臣亦無類此之建言，故「封禪」說便不了了之，但韓愈的心迹已經表白了，就夠了。

五、平議諸家之說

〔宋〕范祖禹（1041～1098）《唐鑑》云：「終唐之世，惟柳宗元（773～819）以封禪為非；以韓愈之賢，則其餘無足怪也。」〔註38〕范祖禹此言似對封禪的意涵不太了解，而且站在反對的立場，這是宋人的觀點，無足深怪。這裡反映了唐人不以封禪為非的事實。現在問題是：唐人對韓愈「勸帝封禪」不以為非，但宋人則頗以為非了，甚至詈言詬責，這又是甚麼緣由？

宋真宗封禪的影響宋高宗「封禪」活動是中國皇帝的第十一次。也是最後一次。為甚麼宋人對「封禪」頗以為非？因為宋真宗封禪的背景和手段的問題。譬如宋真宗在位時，強鄰壓境，國弱民貧，他聽信王欽若（962～1025）「唯封禪可以震服四海，誇示外國」的話，偽造「天書」，動用全國的財力，數路的人力以作登封祀典，這是在「主侈臣諛」的情況下進行的：這些都切實地影響了宋人對前朝「封禪」的印象。〔註39〕

韓愈「封禪」說，遭宋後人詬病，平心而論，就是沒有扣合〈論佛骨表〉來討論，又因對「封禪」的意義目的條件不了解，加上韓氏在貶謫中，以罪臣的身分，「戚戚嗟嗟」，遂被指為「阿諛」「怕死」等等。

韓氏〈佛骨表〉自知失言，被君王誤會為詛咒「帝壽國祚」之詞，這不是韓氏的本意，卻被誤會了，險些喪命了。他於是在〈謝表〉上言封禪是欲解「不祥」之結，至「戚戚嗟嗟」，乃自怨其前表之「切直」得罪了君父，而非為己之名位。他只希望能夠有贖罪的機會，取得諒解而已。何焯云：「篇中並無乞憐，衹自傷耳。……亦使之得奏薄伎以贖罪，並非為祿位計也。」〔註40〕正是此意。

封禪是國家盛事，帝王的鴻業，有一定的條件，易姓而王，告功皇天，尊崇祖業，為萬民祈福，也有一定的目的。憲宗掃平藩鎮，中興唐室，是當

〔註38〕內文注引，《校注》，頁358。
〔註39〕《宋史‧卷7‧真宗本紀》（北京：中華書局點校本廿四史，1997年11月），頁135～136。
〔註40〕《彙編》，頁1108。

時一件盛事。司馬遷云：「主上明聖而德不布聞，有司之過也。」〔註41〕韓愈「封禪」說，乃忠臣表現，怎能說是阿諛！

以下平議諸家之說：

〔宋〕洪邁（1123～1202）說：「憲宗雖有武功，亦未至編之詩書而無愧」，似未明瞭當時有「元和中興」、「掃平藩鎮」的背景。韓之「論述陛下功德，與詩書相表作為歌詩薦之郊廟」乃指所撰之「元和聖德詩」而言。他批評韓氏「摧挫獻佞」〔註42〕，似有誤會。

張舜民「畏死」〔註43〕之說，黃震「汲汲乎苟全性命」〔註44〕之說，不得其實。

王若虛（1171～1243）指韓氏「封禪」，為「罪之大者……封禪，忠臣之所諱也，此為諛悅之計。冀幸上之一動，可憐之態，不得不至於此。」〔註45〕無乃大誤會。

曾國藩指為「阿世取悅」、「信道不篤」〔註46〕云云，似非如是。

〔註41〕 《史記‧卷130‧太史公自序》，頁3299。

〔註42〕 〔宋〕洪邁（1123～1201）指為「摧挫獻佞」。其言曰：「韓文公〈諫佛骨表〉其詞切直，而〈謝表〉……其意乃望召還。憲宗雖有武功，亦未至編之詩書而無愧。至於『紀泰山之封，鏤白玉之牒』、『東巡奏功，明示得意』等語，摧挫獻佞大與〈諫表〉不侔。」（《容齋五筆》卷第九）上海：古籍出版社，1998年3月），頁915～916。

〔註43〕 〔宋〕張舜民指為「畏死」，其言曰：「韓退之潮陽之行，齒髮衰矣，不若少時之志壯也，故以封禪之說迎憲宗。又曰：『自今請改事陛下。』觀此言，傷哉！丈夫之操非不堅，誓於金石，凌於雪霜，既而怵於死生，顧於妻孥，罕不回心低首，求免一時之難者，退之是也。……退之非求富貴者也，畏死爾。」（《史說》節錄，《宋文鑑》卷一○八）《彙編》，頁152。

〔註44〕 〔宋〕黃震（1213～1280）指「公也汲汲乎苟全性命」，其言曰：「〈論佛骨表〉之說正矣。〈潮州謝表〉稱頌功德之不暇，直勸東巡泰山，而自任鋪張，雖古人不多讓。甚矣憲宗之不可與忠言，而公也汲汲乎苟全性命，良可悲矣夫！」（《黃氏日鈔》卷五十九）（臺北：大化書局，民國73年12月再版），頁677。

〔註45〕 〔金〕王若虛（1174～1243）指為「諛悅之計」，其言曰：「韓退之不善處窮，哀號之語，見於文字，世多譏之；然此亦人之至情，未足深怪。至〈潮州謝表〉以東封之事迎憲宗，是則罪之大者矣！封禪，忠臣之所諱也。退之不思須臾之窮，遂為此諛悅之計，高自稱譽。其鋪張歌頌之能，而不少讓，蓋冀幸上之一動，則可憐之態，不得不至於此，其不及歐蘇遠矣！」《滹南遺老集》卷二十九（臺北：新文豐出版公司，民73年6月），頁183。

〔註46〕 〔清〕曾國藩（1811～1872）指為「阿世取悅」，其言曰：東巡泰山「此則阿世取悅，韓公於此等處多信道不篤。」（《求闕齋讀書錄‧卷八‧昌黎集》）（臺北：廣文書局，民國68年4月）

何焯（1661～1722）云：「封禪之事，自宋以後，始同辭非之，前此儒者，多以爲盛事，未可守一師之學，疑其導人主以侈也。」〔註47〕此說持平。至於韓氏「戚戚嗟嗟」之負面評議，如歐陽修（1007～1072）「不堪窮愁」〔註48〕說，俞文豹「悽慘可憐」說〔註49〕，袁桷（1266～1327）「哀矜悔艾」說〔註50〕，王若虛「不善處窮」說〔註51〕，侯方域「不能自持」說〔註52〕，全祖望的「白圭之玷」說〔註53〕，全然誤會！

茅坤指韓氏此時因失言被貶，爲結「主知」以求原諒，的確是「遭患憂讒，情哀詞迫。」〔註54〕儲欣指韓「得罪君父」後，必然告罪，以求諒解，「思慫戀

〔註47〕〔清〕何焯（1661～1722）謂「封禪未以爲非」，韓意「無乞憐，祇自傷耳」，只願「得奏薄伎以贖罪過，非爲祿位計」。其言曰：「篇中並無乞憐，祇自傷耳。若以文章自任，非惟時輩見推，即憲宗亦深知之也。……封禪之事，自宋以後始同辭非之，前此儒者，多以爲盛事，未可守一師之學，疑其導人主以侈心也。……『天地父母哀而憐之』，只一語見意，亦使之得奏薄伎以贖罪過，非爲祿位計也。」（《義門讀書記．第三十三卷．昌黎集》）（北京：中華書局，1987年5月），頁595～596。

〔註48〕〔宋〕歐陽修（1007～172）指韓「有不堪之窮愁」，其言曰：「每見前世有名人，當議事時，感激不避誅死，眞若知義者；及到貶所，則戚戚嗟嗟，有不堪之窮愁，形於文字。其心歡戚，無異庸人。雖韓文公不免此累。」《歐陽文忠公文集》卷六十七、外集十七，《彙編》，頁108。

〔註49〕〔宋〕俞文豹指韓「眞有悽慘可憐之狀」，其言曰：「韓文公〈佛骨表〉慷慨激烈，不以死生禍福動其心。及潮陽之行，漲海冥濛，炎風摎擾，向來豪勇之氣，銷鑠殆盡。其〈謝表〉中誇述聖德，披訴艱辛，眞有悽慘可憐之狀。至於佛法，亦復屑意。」《吹劍錄》，《彙編》，頁482。

〔註50〕〔元〕袁桷（1266～1327）指韓「哀矜悔艾」，其言曰：「昌黎公〈潮州謝表〉，識者謂不免有驕矜悔艾之意。坡翁〈黃州謝表〉悔而不屈，哀而不怨，過於昌黎多矣。」《清容居士集》，卷46，《彙編》，頁647。

〔註51〕同註45。

〔註52〕〔清〕侯方域（1618～1654）譏韓「不安於潮州」，「落莫悲涼之際，反不能自持」，其言曰：「昌黎一代人傑。其〈諫佛骨〉幾致殺身，尤挺立不撓。然貶潮州，而其〈謝上表〉，亦何哀也。昔人論其欲以詞賦述封禪，幾於相如逢君，此誠太苛。使昌黎而自此貶道以趨時，豈遂安坐不至卿相？乃官侍郎日，明知王廷湊不可犯，而必銜命宣諭，叱馭不回，何哉？蓋士君子之自處，固有生死不難決絕，而落莫悲涼之際，反惝然不能自持者。如蘇子卿娶胡婦，寇萊公陳天書，與昌黎不安於潮陽，其病一也。」《壯悔堂文集》卷九，《彙編》，頁888。

〔註53〕〔清〕全祖望（1705～1755）指爲「白圭之玷」，其〈文說〉二首言曰：「揚子雲之〈美新〉貽笑千古，固文人之最甚者，餘如退之〈上宰相書〉、〈潮州謝上表〉……，皆爲白圭之玷。然不如不作之爲愈也。」《鮚埼亭集》外集卷四十八，《彙編》，頁1210。

〔註54〕〔明〕茅坤（1512～1601）指爲「遭患憂讒，情哀詞迫」，其〈潮州刺史謝上

關」，否則，非「純臣也」〔註55〕。曾國藩說「求哀君父」是節概人〔註56〕。略爲持平近實。

諸說之中，以〔清〕林雲銘的「將順匡救」說，最有卓識。〔註57〕其說法與筆者觀點可作呼應，可惜，他文末「不必曲爲之說」，未能堅持。

茅坤又評〈論佛骨表〉說：「韓公以天子迎佛，特以祈壽護國爲心，故其議論亦只以福田上立說，無一字論佛宗旨。」〔註58〕筆者以爲可移論此文，韓愈的「封禪」說也是以「祈壽護國爲心」，恰與本文觀點相應。

結　論

韓愈上疏〈論佛骨表〉，隱然以道統對抗政統，固然是韓公持志養氣的充極表現；但他以大臣的身分提出，而「事佛漸謹，年代尤促」的論點，被皇帝指摘爲「不祥」，究竟有詛咒帝壽與國祚之嫌，涉嫌犯了「大不敬」罪，對這些「不祥」的話他要彌補。

他的「封禪」說，是欲表揚皇帝掃平藩鎮的巍巍功業，報功皇天，昭告天下；此外，還有爲百姓祈福、尊崇祖業，祈壽護國，思見神仙的諸多意涵。是向皇帝表示他「祈壽護國」之眞心，以作前番「不祥」之言的彌補，以平撫皇帝的疙瘩。

表〉條言曰：「昌黎遭患憂讒，情哀詞迫。」《唐宋八大家文鈔・韓文》評語卷一，《彙編》，頁767。

〔註55〕〔清〕儲欣（1631～1706）則指爲「思怨戀闕」，是「純臣」忠悃的表現。其〈潮州刺史謝上表〉條言曰：「臣子得罪君父，悻悻自以爲是，不復思怨戀闕，非純臣也。看韓，蘇貶謫後，是何等忠悃？」《唐宋八大家全集鈔》卷八，《彙編》，頁930。

〔註56〕〔清〕曾國藩指此爲「求哀君父」，是有節概的行爲。其〈潮州刺史謝上表〉條言曰：「『苟非坐下哀而念之』節，求哀君父，不乞援奧竈，有節概人，固應如此。」《求闕齋讀書錄》卷八，《彙編》，頁1505。

〔註57〕〔清〕林雲銘指韓勸帝封禪爲「以將順爲匡救」，其言曰：「若夫封禪一事，非盛德者所宜行，秦皇漢武欲借此以致仙人求長生之藥，公豈有不知其妄者？奈當時服食之說大行，殺人可以勝計，而慕尚不已。如尚書歸登、李遜，侍郎李建，御史李虛中，金吾將軍李道古，節度孟簡、盧坦，皆一時卓卓有名位者，亦先後爲藥所誤而殞。則舉國若狂，至死不悟可知。憲宗當諸道削平之後，志已驕侈，希慕長生，而皇甫鎛在左右，薦方士柳泌合長生藥，現授台州刺史以求靈草，勢必蹈其覆轍；反不如封禪猶有故事可，神仙渺茫，久當自廢。或不至餌金丹而暴崩，即謂以將順爲匡救可也。然此亦不必曲爲之說矣。」《韓文起》卷二，《彙編》，頁968。

〔註58〕《彙編》，頁767。

　　總言之，韓氏「戚戚嗟嗟」是自責，韓氏「封禪」說是藉此表示他「祈壽護國」的眞心，表現了韓氏作爲人臣的自省與眞誠。

（本文曾於以〈韓愈〈潮州謝上表〉的「勸帝封禪」問題〉，1999 年 10 月 29日發表於「潮學國際研討會」，會中論文曾結集出版《第三屆潮學國際研討會論文集》（廣州：花城出版社，2000 年 8 月）。過了十二年，多了些體悟，修正了觀點，於是改寫，凸出了主題，使文意更明確，易爲今名。2011 年 6月端午又記）

附錄一　歷代帝王封禪大事紀（婉拒不行部份）（春秋至宋）

帝王及年號／西元	背　景	婉拒的理由	出　處
周襄王二年、魯釐公九年（前651）	葵丘之會後，齊桓公九合諸侯一匡天下，欲封禪泰山。管仲婉拒之。	不見符瑞，不能封禪，必須有「鄗上之黍，北里之禾，江淮之三脊茅，東海之比目魚，西海之比翼鳥」，還需「物不召而自至者，十有五焉。」	《史記·封禪書》卷28
漢光武帝三十年（54）	春二月，車駕東巡。群臣上言：「即位三十年，宜封禪泰山。」	詔曰：「即位三十年，百姓怨氣滿腹，『吾誰欺，欺天乎？』（略）若郡縣遠遣吏上壽，盛稱虛美，必髡令屯田。」於是群臣不敢進言。	《通鑑》卷44，頁1422。
隋文帝開皇九年（589）	朝野皆稱封禪。秋七月，詔曰：「豈可命一將軍除一小國，遐邇注意便謂太平。以薄德而封名山，用虛言而干上帝，非朕攸聞。而今而後，言及封禪，宜即禁絕。」	以自謙德薄，不敢封禪。	《通鑑》卷177，頁5522。
開皇十四年（594）	冬，閏十月，陳叔寶從帝登邙山，侍飲，賦詩曰：「日月光天德，山河壯帝居；太平無以報，願上東封書。」并表請封禪。	帝優詔答之。	《通鑑》卷178，頁5546。

	晉王廣帥百官抗表，固請封禪。帝令牛弘創定儀注，既成，帝視之，曰：「茲事體大，朕何德以堪之！但當東巡，因致祭泰山耳。」二十月，乙未，車駕東巡。春，行幸兗州，遂次岱嶽，爲壇如南郊。	翌年春，爲壇於泰山柴燎祀天，以歲旱，謝衍咎，禮如南郊。	《通鑑》卷178，頁5548。
開皇十五年（595）	春，行幸兗州，遂次岱嶽，爲壇如南郊。		《冊府》卷35，頁384。
唐太宗貞觀三年（631）	正月，朝集使趙郡王孝恭等僉議，以爲天下一統四夷來同，詣闕上表，請封禪。	帝以流遁未久，凋殘未復，田疇多曠，倉廩猶虛，家戶未是足，謙辭。	《冊府》卷35，頁384。
	十二月，朝集使利州都督武士彠等詣朝堂上表請封禪。	帝以喪亂之後，民物凋殘，憚於勞費，謙辭。	《冊府》卷35，頁385。
貞觀六年（632）	公卿百寮以天下太平，四夷賓服，詣闕請封禪者，首尾相屬。	帝不許。以「嬰氣疾但恐登封之後，彌增誠懼，有乖營衛，非所以益朕」爲由，推辭。	《冊府》卷35，頁385。
貞觀十一年（637）	帝將有事於封禪，四方名儒博物之士及顏師古，朱子奢等參議得失，博採眾議，以爲永式。		《冊府》卷35，頁385。
貞觀十四年（650）	十月，趙王元景等表請封禪。	帝沖讓不許，至再至三。	《冊府》卷35，頁388。
貞觀十五年（641）	三月庚辰，肅州言所部川原遍生芝草。先是百僚及雍州父老詣朝堂上表，請封禪。	帝沖讓不許。仍命有司往泰山，將前代帝王封禪立碑及石函，遭毀壞者，並脩立瘞藏之。	《冊府》卷35，頁388。
貞觀二十年（646）	十一月，司徒長孫無忌與百官及方嶽等上表，請封禪。	不許。	同上·頁389
	司徒長孫無忌與百僚，又請封禪。	以生勞擾，不許。	同上·389
	十二月，司徒長孫無忌等又詣順天門，抗表，請封禪。	乃詔有司，廣召縉紳先生，議方石圓壇之制，草封禪射牛之禮，脩造羽儀輦輅，並送之洛陽宮，詔以貞觀二十二年仲春之月，式遵故實，有事於太山。	《冊府》卷35，頁391。

貞觀二十二年（648）	停封泰山。	以薛延陀新降，土功屢興，加以河北水災，停封。	《通鑑》卷198，頁6248。
高宗顯慶四年（659）	許敬宗議封禪儀，奏：「請以高祖、太宗俱配昊天上帝，太穆文德二皇后俱配皇地祇。」許之。		《通鑑》卷200，頁6316。
唐高宗龍朔二年（662）	即位後，公卿數請封禪。十月，詔以四年正月有事泰山。		《通鑑》卷201，頁6331。《冊府》卷36，頁393。
麟德元年（664）	上月朔詔，宣以三年正月，式遵故實，有事岱宗。		《通鑑》201，頁6340《冊府》卷36，頁393。
乾封元年（666）	正月，有事於泰山，親祠昊天上帝於封祀之壇，封泰山禪社首。		《通鑑》卷201，頁6346。《冊府》卷36，頁393。
儀鳳元年（676）	二月，詔以今多有事嵩嶽，令所司草儀注，務從典故。	閏三月，以吐蕃犯塞停封嶽（《冊府》作二月）。	《通鑑》202，頁6378。《冊府》卷36，頁395。
調露元年（679）	七月，詔以今年多至有事嵩嶽，宜令禮官學士等詳定議注。	十月，詔以突厥背叛，其多至於嵩山封禪宜權停。	《冊府》卷36，頁395。
永淳二年（682）	七月，詔以今年十月有事嵩嶽。	尋以帝不豫，改用來年正月行封禪之禮；後又以寇盜侵邊，數郡不寧為由，停封來年正月中嶽。	同上，頁395。
玄宗開元十二年（724）	閏十二月，文武百官吏部尚書裴漼等上請封東嶽：……詔以十三年十一月十日式遵故實，有事泰山。		同上，頁396、398。
十三年（725）		十一月封泰山。	同上，頁403。
二十三年（735）	九月，文武百官尚書左丞相蕭嵩累表，請封嵩華。	以既東封泰山，豈可更議嵩華，沖讓不許。	同上，頁404。

二十八年（740）	九月，邠王守禮率宗子左丞相裴耀卿，率百官僧道父老，皆於朝堂抗表，以時和年豐請封嵩華二山。	帝抑而不許。	同上，頁404。
天寶九載（750）	正月，文武百寮禮部尚書崔翹等，累上表請封西嶽，刻石紀榮號，翹又奉表懇請。凡三上表，上乃許之，詔以今載十一月有事華山。	是載，三月西嶽廟災，時關中久旱，遂停封。	同上，頁405。
太平興國九年（983）	四月八日，宰臣宋琪率文武百官諸軍將校蕃酋長僧道耆壽，詣東上閣門拜表，請東封，詔答不允。自是繼上三表。終許之。	後以五月，乾元、文明二殿災，恐「未符天意」和「慮于勞人」，「且令停罷，以俟後期。」仍以「柴燎」之禮代替，「以當年十一月廿一日有事於南郊。」	《宋會要輯本》第廿一冊，頁883。
政和三年（1113）	十一月十一日河南府言，節次據營內屬縣命官學生，道釋，耆老等，六十六狀咸言封禪。 十二月十八日詣宣德門拜表。	二十四日於崇政殿引見，賜束帛緡錢有差，所請不允。	《宋會要輯本》第廿一冊，頁892。
政和四年（1114）	正月十七日兗州命官學生，道釋、耆老，及至聖文宣王四十七代孫孔若谷等詣闕進表，請行登封之禮。	二月七日拜表，八日引見，並如河南府，已得旨揮，賜皁緡錢各省差。內高年人成倩授承事俞，賜緋衣銀魚，張春授將壁郎並致仕，所請不允。	同上
	二月六日，鄆濮二州命官學生、道釋、耆老等並詣闕進表，請車駕登泰山。（小字注：二州合八千六百餘人）	三月四日引見，賜錢帛如兗州例，所請不允。	同上
	四月二十五日，河南府命官學生耆老、道釋等再詣闕拜表，請中封。	二十六日引見，賜束帛緡錢各有差，內高年人張成特授將壁郎致仕，詔不允。	同上

附錄二　歷代帝王封禪大事紀（春秋至宋）

皇帝年號／西元	大事紀	出　處	從祀／背景
秦始皇帝二十八年（前219）	封泰山禪梁父。	《通鑑》卷7，頁238	
漢武帝元封元年（前110）	十月，上泰山至于梁父。	《通鑑》卷20，頁678	初，司馬相如病且死，有遺書，頌功德，言符瑞，勸上封泰山。上感其言。會得寶鼎，上乃與公卿諸生議封禪。封禪用希曠絕，莫知其儀。（略）上於是乃令諸儒采尚書、周官、王制之文，草封禪儀，數年不成。上以問左內史兒寬，寬曰：「（略）。」上乃自制儀，頗采儒術以文之。（《通鑑》卷20，頁676）相如既卒五歲，上始祭后土。八年而遂禮中嶽，封于泰山，至梁甫，禪肅然。（《漢書》卷57，頁2608）
元封五年（前106）	春，還至泰山增封。	《通鑑》卷21，頁692	始祀上帝於明堂，配以高祖。
太初元年（前104）	十月，幸泰山，十二月禪高里	《通鑑》卷21，頁697	冬至，祠上帝於明堂。
太初三年（前102）	四月，還，脩封泰山，禮石閭。	《通鑑》卷21，頁703	
天漢三年（前98）	四月，行幸泰山，修封，祀明堂，因受計。	《通鑑》卷22，頁719	
太始四年（前93）	三月，行幸泰山，禪石閭。	《通鑑》卷22，頁724	壬午，祀高祖於明堂以配上帝；癸未，祀孝景皇帝于明堂。
征和四年（前89）	三月，幸泰山修封，禪石閭	《通鑑》卷22，738頁	
後漢，光武帝中元元年（56）	二月，幸岱宗，禪梁陰。	《通鑑》卷47，頁1424	以高后配，山川群神從祀。

後漢‧章帝元和三年（85）	二月，幸泰山。	《通鑑》卷47，頁1502	帝祀五帝于汶上明堂。丙子，赦天下，三月，幸魯，祠孔子於闕里，及七十二弟子，作六代之樂，大會孔氏男子二十以上者六十二人。帝謂孔僖曰：「今日之會，寧於卿宗有光榮乎？」對曰：「臣聞明王聖主，莫不尊師貴道。今陛下親屈萬乘，辱臨敝里，此乃崇禮先師，增輝聖德；至於光榮，非所敢承！」帝大笑曰：「非聖者子孫焉有斯言乎！拜僖郎中。（略）夏四月還宮，庚申，假于祖禰。
後漢‧安帝延光三年（124）	二月，幸太山。	《通鑑》卷50，頁1628	
隋文帝開皇十五年（595）	行幸兗州，次岱宗。	《通鑑》卷178，頁5548	
唐太宗貞觀二十二年（648）	春，停封（以薛延陀新降，土功屢興，加以河北水災停封）。	《通鑑》卷198，頁6248	
高宗乾封元年（666）	正月，有事岱宗，禪社首。	《通鑑》卷201，頁6346	丙戌，車駕發泰山；辛卯，至曲阜，贈孔子太師，以少牢致祭。癸未，至亳州，謁老君廟，上尊號曰：「太上玄元皇帝」。夏四月，甲辰，至京師，謁太廟。
武后萬歲登封元年（696）	封於嵩嶽，禪少室山。	《通鑑》卷205，頁6503	癸巳，還宮；甲午，謁太廟。
唐玄宗開元十三年（725）	十一月，封泰山。初，帝登山至齋宮，其夕陰雲慘列，勁風四起，裂幕折柱，寒氣切骨，帝露立祈請，仰天自誓，應時風止，天地清晏，日氣和煦。	《冊府》卷26，頁403	以高祖神堯皇帝配享昊天，以睿宗大聖眞皇帝配京皇地祇。玄宗開元十三年封岱山。於是中書令張說撰〈封祀壇頌〉，侍中源乾曜撰〈社首壇頌〉，禮部尚書蘇頲撰〈觀朝壇頌〉，以紀聖德。七月，帝製〈紀泰山銘〉，親禮勒於山頂之右壁。（《冊府》，卷36，頁402、403）。玄宗開元二十七年（739），八月，進諡孔子爲文宣王。正孔子像爲南坐，被王者之服，追贈弟子皆爲公、侯、伯。（《通鑑》卷214，頁6838）

宋眞宗大中祥符元年（1008）	十月二十三日，泰山封禪。	《宋會要輯本》第廿一冊，禮22之18，頁891。	二十三日未明五刻，扶侍使奉天書、升玉輅，至山下，改輿升山。帝服通天冠、絳紗袍、乘金輅、備法駕，至山門徑次，改服袍、乘步輦以登。

褒忠與傳語：
韓愈〈送幽州李端公序〉闡微

摘　要

　　唐憲宗元和四、五年間，李益回洛陽老家向父母祝壽。離別時，洛陽士大夫皆有拜送，韓愈送之以序，藉著他與幽州劉濟的舊情，期望李益回朝後，將韓愈與宰相李藩的對話轉告，期盼劉濟效忠王室，率藩將入覲述職。而李益大抵曾傳韓愈此語於劉濟，時間不晚於元和五年七月劉濟死前。筆者提出「繫年」、「幽州端公」、「使歸」與傳語等幾個問題，經過考辨，認爲以繫元和四年二月至五年三月前爲宜；《舊注》以爲當時李益在幽州幕，實誤；李益其後大抵以書函傳語與劉濟，並無出使之事。

關鍵詞：唐憲宗、李益、韓愈、李藩、劉濟

緒　言

　　筆者近八年來，從事韓愈（768～824）詩文的繫年工作。先後發表過〈韓愈文三家繫年異同比較〉〔註1〕、〈韓愈文三家繫年考辨61則〉〔註2〕。本文未算在其中。本文以韓愈〈送幽州李端公序〉爲研究對象。爲甚麼要研究呢？因爲文題所說「幽州端公」是很奇異的稱謂，「幽州」是指「幽州節度使」，「端公」則是朝廷的御史，兩者矛盾，非常奇特，韓公故意這樣寫當者其用意，用意何在？本篇提出繫年、幽州端公、使歸與傳語等問題討論，提出一些新的見解，辨正一些錯誤，字數倍增於前兩篇；文末並附韓愈、李藩、李益（748～829）、劉濟、王承宗諸人之仕宦年表，以就正於方家。

一、「幽州端公」問題

　　爲何仍稱爲「幽州」？李益時在幽州幕嗎？元和四年至元和五年間，他已進位「中書舍人」、「河南少府」，是朝廷命官，爲何仍稱爲「端公」？究竟他是否眞御史？此序之李端公是李益否？文中稱「幽州端公」何解？以下分四點討論釐清：

　　李益時在幽州幕否？歷來諸家皆言李益時在幽州幕。先臚列諸說如次。

　　《魏本》題注引韓醇曰：「端公名益，……大曆四年登第。貞元中，幽州盧龍節度使劉濟辟爲府從事。公因益來東都，序以送之。」〔註3〕《東雅堂本》題注云：「李益時佐幽州劉濟幕。」〔註4〕《校注》引同。〔註5〕

　　《魏本》，文末，「其爲人佐忠」句下引孫汝聽云「佐謂爲幽州從事。」〔註6〕《東雅堂本》〔註7〕、《校注》說同。〔註8〕

　　宋人方崧卿（1135～1194）、朱熹（1130～1200）、清人陳景雲（1670～1747）、林雲銘、沈闇、吳闓生亦有此說。

〔註1〕刊《文理通識論壇》第四期（斗六：雲林科技大學文理通識學科出版，民國89年8月），頁77～78。

〔註2〕拙著，《韓愈古文新論》（臺北：文史哲出版社，民國90年2月），頁199～202。

〔註3〕《五百家注昌黎文集》（臺北：臺灣商務印書館景印文淵閣四庫全書，第1074冊，民國75年7月），下稱《魏本》，頁1074～349。

〔註4〕《東雅堂昌黎集註》（臺北：臺灣商務印書館景印文淵閣四庫全書第1075冊，民國75年7月），下稱《東雅堂本》，頁1075～303。

〔註5〕《韓昌黎文集校注》（香港：中華書局，1984年）下稱《校注》，頁154。

〔註6〕《魏本》，頁1074～349。

〔註7〕《東雅堂本》，頁1075～304。

〔註8〕《校注》，頁154。

方崧卿云：「李端公，李益也，時爲幽州劉濟幕屬。」〔註9〕

朱熹云：「李益時佐幽州劉濟幕。」〔註10〕

陳景雲曰：「貞元間，劉禹錫在杜佑淮南幕府，……李端公益爲座客之首。……後佑入朝府罷。端公宦久不調，因游河朔，入幽州劉濟幕。……及至東都，而韓子送之歸府。（下略）」〔註11〕

林雲銘云：「李端公，名益時，東都人，爲幽州節度使劉濟從事。此番奉使，且歸壽其親，欲歸而報命也。」〔註12〕

沈闇云：「李益時爲幽州劉濟從事，壽親至洛，復往幽州，公作此送之。」〔註13〕

吳闓生云：「端公，李益也。時爲劉濟從事。」〔註14〕

據〈李益傳〉及有關資料（詳見下段），元和元年前後，他已在朝爲官，不在幽州幕，諸家依《舊注》，說其仍爲幽州劉濟從事，實誤。

李益是否眞御史？文讜云：「案端公者，御史之號。唐時方鎮得自置其官，以寵幕府之賢者，如張徹累官至范陽府監察御史是也。益常居此職，而史逸其事。故序以端公稱之。」〔註15〕

陳景雲亦云：「貞元間，劉禹錫在杜佑淮南幕府，……李端公益爲座客之首。唐人稱御史爲端公，蓋是時已爲使府御史矣！」〔註16〕

杜佑自貞元五年（789）節度淮南，至十一年（800）兼領徐泗，至十九年入朝。〔註17〕劉禹錫，貞元九年（793）擢進士第。貞元十年（794）登博學宏辭科，授太子校書。貞元十年（795）丁父憂。貞元十三年（798），因

〔註9〕《韓集舉正》卷20（臺北：藝文印書館景印文淵閣本，民國48年）。

〔註10〕〔宋〕朱熹：《昌黎先生集考異》卷20（上海：上海古籍出版社，1985年2月）。

〔註11〕〔清〕陳景雲：《韓集點勘》卷三（臺北：臺灣商務印書館，影印文淵閣四庫全書，第1075冊，民國75年），頁1075～561。

〔註12〕《韓文起》卷五評語，吳文治：《韓愈資料彙編》（香港：中華書局，1981），頁995。下稱《彙編》。

〔註13〕《韓文論述》卷五，《彙編》，頁1225。

〔註14〕《古文範》卷三評語，《彙編》頁1634。

〔註15〕〔唐〕韓愈撰，〔宋〕文讜註、王儔補註，《新刊經進詳註昌黎先生文》卷20（上海：上海古籍出版社，1994年9月），頁1190。

〔註16〕《韓集點勘》卷三，頁1075～561。

〔註17〕鄭鶴聲，《唐杜君卿先生佑年譜》（臺北：臺灣商務印書館，民國69年5月），頁75～83。

與揚州節度使杜佑相知，入掌書記。杜佑入朝，罷府。隨調京兆渭南主簿。
〔註18〕

杜佑幕府中，自副使王鍔外，最著者八人：1. 書記：劉禹錫、段平仲；2. 判官：劉伯芻：3. 部將：張伾、杜兼；4. 薦拔者：李藩、薛戎、權德輿。人才之盛，冠絕一時。〔註19〕

據近人傅璇琮《唐才子傳校箋》，李益四次從軍，無入杜佑幕。再查《杜佑年譜》，杜佑幕府中亦無其名。故知，陳景雲是說：李益貞元時南遊，過揚州節度使府一聚，與幕友飲酒聯句，李益爲座客之首而已。

王元啓（1714～1786）云：「益佐劉濟幕，蓋爲府御史，非眞御史也。」〔註20〕

由文讜、陳景雲至王元啓，一直認爲李益是使府御史。關於此點，誠如上述，李益於建中四年（783）曾「中拔萃科」，已授侍御史，乃爲眞御史。《唐才子傳校箋》亦有此說。〔註21〕《登科記考》該年條下，「拔萃科」列李益、韋綬、路泌。註引《舊唐書》卷159〈路隨傳〉：「父泌，字安期，建中末，以長安尉從調，與李益、韋綬等書判同居高等。」〔註22〕故此，文讜、王元啓、陳景雲所說「府御史」，非是。

文中李端公是否李益？屈守元據《舊唐書·韋貫之傳》：「元和三年（803），復策賢良方正之士，又命貫之與戶部侍郎楊於陵、左司郎中鄭敬、都官郎中李益同爲考策官。」及權德輿〈幽州節度使劉濟墓誌銘〉：「隴西李益、樂安任公叔，皆以賓介薦延，至郎吏二千石，爲近臣良守。」認爲：「是李益佐幽州劉濟幕在元和三年前，則此序之李端公非李益甚明。」〔註23〕

理由爲何？作者未明說。筆者試作推測，既稱李益爲端公，因爲他是使府御史；元和五年，他已入朝，爲何仍稱端公？故有此疑！若是，則筆者試解答如下。

〔註18〕張達人：《唐劉夢得先生禹錫年譜》（臺北：臺灣商務印書館，民國71年10月），頁4～14。

〔註19〕同註17，頁83～87。

〔註20〕〔清〕王元啓：《讀韓記疑》卷六（嘉慶二十二年秋刊本）。

〔註21〕傅璇琮：《唐才子傳校箋》第二冊（北京：中華書局，1989年3月），頁102。

〔註22〕〔清〕徐松撰、羅繼祖補遺、〔日〕那須和子索引，《登科記考》卷十一（日本東京：中文出版社，1982年5月），頁191。

〔註23〕屈守元、常思春主編：《韓愈全集校注》（成都：四川大學出版社，1996年7月），頁1790～1791。

　　因李益曾「中拔萃科，授侍御史」，故稱他「端公」，王元啓云：「其稱李益爲端公者，唐制，臺院侍御史，久次者一人知雜事，謂之雜端；殿中監察顓決臺內事，亦號臺端。故《國史補》言：侍御史相呼爲端公。」〔註24〕

　　「端公者，御史之號」，雖然，以後他已不任「御史」，但時人仍以「端公」稱他。甚至，元和四年至元和六年間，李益進位「中書舍人」、又任「河南少府」，是朝廷命官，韓仍稱他「李端公」。這是唐人的習慣。〔註25〕由此，則可解釋，有人對「此序之端公非李益」之質疑。是故，文中之李端公應爲李益。

　　何故稱「幽州端公」？關於此點，這是韓愈寫此文特別之處。因爲他要凸出李益與幽州節度使劉濟之關係，以與全文主旨相應。筆者以爲仍可一論。以劉濟言，在藩鎮中以他最爲恭順，如《舊書‧劉濟傳》云：「貞元中，朝廷優容藩鎮方甚，兩河擅自繼襲者，尤驕蹇不奉法，惟濟最務恭順，朝獻相繼，德宗亦以恩禮接之。尋加同中書門下平章事。順宗即位，再遷檢校司徒。元和初，加兼侍中。……濟在鎮二十餘年，雖輸忠款，竟不入覲。」〔註26〕忠款於朝廷是他的優點；不入覲奉職是他的缺點。以李益言，他游幽州獲知於劉濟，有「感恩知有地，不上望江樓」句。爲幽州從事凡九年之久。後得憲宗邀請，重回朝廷。他之侍御史一職早年即授自朝廷，並非辟自劉濟。韓愈提出「端公」一辭，即有表彰他繫心朝廷之意。由文題「幽州端公」一句，非指其仍任「幽州節度使劉濟之府御史」；實爲象徵了他對朝廷由離心而向心之過程，符合韓愈一貫主張統一的意旨，頗有深意，故爲揭出。

二、繫年問題

　　宋人方崧卿云：「李端公，李益也，時爲幽州劉濟幕屬。司徒公，濟也。今相國，李藩也。藩以元和四年（809）拜相，此序五年（810）東都作也。」〔註27〕

　　朱熹云：「李益時佐幽州劉濟幕。今相國，李藩也。」

〔註24〕《讀韓記疑》卷六。
〔註25〕趙璘：《因話錄》卷五：「御史臺三院，一曰臺院，其僚曰侍御史，眾呼爲端公。……雖他官高秩兼之，其侍御號不改。」胡滄澤：《唐代御史制度研究》（臺北：文津出版社，民國82年5月），頁34。
〔註26〕《舊唐書》卷143（北京：中華書局點校二十四史本，1997年），頁3900。
〔註27〕《韓集舉正》卷20。

《五百家注昌黎文集》題注引韓醇：「端公名益，宰相揆族子。大曆四年（769）登第。貞元中，幽州盧龍節度使劉濟辟爲府從事。因益來東都，序以送之。勉其歸，使爲濟言帥先來觀奉職如開元時也。」

宋人文讜云：「案端公者，御史之號。唐時方鎮得自置其官，以寵幕府之賢者，……。益常居此職，而史逸其事。故序以端公稱之。」

清人陳景雲曰：「貞元間，劉禹錫在杜佑淮南幕府，與幕友會飲聯句，李端公益爲座客之首。……後佑入朝府罷。端公宦久不調，因游河朔，入幽州劉濟幕。……及至東都，而韓子送之歸府。……。」

於是，近人據方崧卿、朱熹、韓醇、文讜、陳景雲諸說，〔註 28〕繫於元和五年（810）。

《魏本》引樊汝霖《譜注》：「按天寶十四（755）載，范陽節度使安祿山反，范陽，幽州也。其年歲在乙未，至元和九年（814）甲午，數窮六十，一甲子終矣。公此序元和四年（809）二月以後爲之，故云。」

張清華辯稱：「序寫李藩子李益，來東都給其父祝壽（案：據新、舊《唐書》本傳，〔註 29〕李益係肅宗朝宰相李揆之族子；非李藩子。張誤記。）時在東都，當繫此。」〔註 30〕以此繫於元和四年（809）。

王元啓繫元和五年（810）冬，云：「案藩以元和四年（809）由給事中拜相，六年（811）罷。序稱今宰相，是藩未罷時作。」又云：「端公來壽其親東都，意公元和五年爲河南令作。」〔註 31〕

方成珪（1785～1850）據方崧卿說，繫於元和五年（810），論云：「案李藩以元和四年（809）二月拜相，六年（811）二月罷爲太子詹事。序稱今相國李公，是藩正當軸時，公作此序也。故《舉正》以此序爲東都作。」〔註 32〕

陳克明（1918～1999）據方崧卿《舉正》及《魏本》題注引韓醇之言，亦繫元和五年（810）。〔註 33〕

〔註 28〕 《韓愈全集校注》，頁 1790～1791。
〔註 29〕 〈李益傳〉，《舊唐書》卷 137，頁 3771～3772；〔宋〕歐陽修、宋祁撰，〈李益傳〉，《新唐書》卷 203（北京：中華書局，1991 年 12 月），頁 5784～5785。
〔註 30〕 張清華：《韓愈年譜匯證》，載《韓學研究》（南京：江蘇教育出版社，1998 年 8 月），頁 254～255。
〔註 31〕 〔清〕王元啓著、鍾洪重刊：《讀韓記疑》卷六。
〔註 32〕 〔清〕方成珪撰、陳準校刊：《韓集箋正》卷 20，《韓集箋正五卷附年譜一卷》（道光二十一年，瑞安陳氏湫漻齋校刊本）。下稱《箋正》。
〔註 33〕 陳克明：《韓愈年譜及詩文繫年》（成都：巴蜀書社，1999 年 8 月），頁 340。

綜觀此詩繫年有二說：（一）元和四年（809），重點在「數窮甲子」句，樊汝霖、張清華主此說；（二）元和五年（810），重點在李藩爲相歲月，方崧卿、王元啓、方成珪、屈守元、陳克明主此說。

據《舊唐書》李藩傳〔註34〕、《新唐書》李藩傳〔註35〕、《新唐書・憲宗紀》〔註36〕、《新唐書・宰相表》〔註37〕，李藩爲相在元和四年（809）二月至元和六年（811）二月。

據《舊唐書・韓愈傳》〔註38〕、《新唐書・韓愈傳》〔註39〕、呂大防《韓吏部文公集年譜》〔註40〕、程俱《韓文公歷官記》〔註41〕、洪興祖《韓子年譜》、〔註42〕樊汝霖《韓文公年譜》〔註43〕、方成珪《昌黎先生詩文年譜》，〔註44〕韓愈在東都任職時間爲元和二年（807）夏末以國子博士分教東都，四年（809）六月改都官員外郎，五年（810）冬改河南縣令，至元和六年（811）夏入朝，秋行尚書職方員外郎。

文末，「端公歲時來壽其親東都」句下，《魏本》引孫汝聽《全解》曰：「益父時官洛陽。」〔註45〕《東雅堂昌黎集注》〔註46〕、《韓昌黎文集校注》說同。〔註47〕李益時年 62 歲，其父當在 82 歲左右，仍可居官，實不多睹。據《唐書・宰相世系表》：「益秘書少監。其父虬。」〔註48〕其父官何職？待考。

基本上，過去諸家繫年著眼於韓愈分司東都與李藩爲相年月之上，因未將李益、劉濟、劉總、王承宗等人生平置入考量，難免出現疏失；以致產生誤解。

〔註34〕《舊唐書》卷 14，頁 3997〜4001。
〔註35〕《新唐書》卷 169，頁 5150〜5152。
〔註36〕《新唐書》卷 7，頁 210〜212。
〔註37〕《新唐書》卷 62，頁 1710〜1711。
〔註38〕《舊唐書》卷 160，頁 4195〜4204。
〔註39〕《新唐書》卷 176，頁 5255〜5265。
〔註40〕〔宋〕呂大防：《韓吏部文公集年譜》，載徐敏霞校輯，《韓愈年譜》（北京：中華書局，1991 年 5 月），頁 3。下稱《呂譜》。
〔註41〕〔宋〕程俱：《韓文公歷官記》，載徐輯，《韓愈年譜》，頁 10。下稱《程記》。
〔註42〕〔宋〕洪興祖：《韓子年譜》，載徐輯，《韓愈年譜》，頁 42〜55。下稱《洪譜》。
〔註43〕〔宋〕樊汝霖：《韓文公年譜》，載徐輯，《韓愈年譜》，頁 86〜87。下稱《樊譜》。
〔註44〕〔清〕方成珪：《昌黎先生詩文年譜》，載徐輯，《韓愈年譜》，頁 142〜154。下稱《珪譜》。
〔註45〕《魏本》卷 20，頁 1074〜349。
〔註46〕《東雅堂本》卷 20，頁 1075〜304。
〔註47〕《校注》，頁 155。
〔註48〕《新唐書》卷 72 上，頁 2453。

譬如有人誤認他仍在劉濟幕，此番乃「奉使歸命」云云便是（以下有討論）。

有關李益的生平，有幾種說法。

卞孝萱說：「李益，字君虞，隴西姑臧（今甘肅武威）人。大曆四年（769）登進士第。建中四年（783）登書判拔萃科。因仕途失意，客遊燕趙。貞元十三年（797）任幽州節度使劉濟從事，獻詩有「感恩知有地，不上望京樓」（〈獻劉濟〉）之句。貞元十六年南游揚州等地，寫了一些描繪江南風光的優美詩篇。元和後入朝，歷任秘書少監、集賢學士、右散騎常侍、太子宴客、左散騎常侍，大和元和（827）以禮部尚書致仕。〔註49〕

蔣寅說：「李益，字君虞，排行十，涼州姑臧（今甘肅武威）人。代宗廣德二年（764）涼州陷于吐蕃前，隨家遷離故土，定居洛陽。大曆四年（769）登進士第，授華州鄭縣尉。兩年後又中諷諫主文科，擢鄭縣主簿。九年入渭北節度使臧希讓幕，隨軍北征備邊。德宗建中二年（781）轉入朔方節度使李懷光幕，曾巡行朔野。四年以書判登拔萃科，授侍御史。貞元元年（785）後，輾轉於天德軍杜希全、邠寧張獻甫、幽州劉濟幕，至十六年方離軍府。後入朝官都官郎中、中書舍人、河南少尹、秘書少監、集賢殿學士，官至右散騎常侍。文宗大和元和（827）加禮部尚書銜致仕。」〔註50〕

譚優學對李益生平有詳細考證，特別是四次從軍方面，綜合如下：「李益為涼州姑臧人。大曆四年（769）登進士第，六年，書判拔萃登科，復應諷諫主文之制科舉，均及第，授鄭縣主簿。大曆十二年（777）前後，罷鄭縣主簿。大曆九年（774）至十二年前後，第一次從軍，入臧希讓幕。建中二年（781）秋，第二次從軍，入朔方節度使李懷光幕府。建中四年（783）中拔萃科，授侍御史。貞元元年（785）第三次從軍，入杜希全幕。貞元六年或七年，第四次從軍，入邠寧節度使張獻甫幕。貞元十三年（797），李益遊河東、河北，尋入幽州劉濟幕為從事。元和初，入朝為都官郎中，三年（808）與韋貫之、楊於陵、鄭敬同為考策官。尋轉為中書舍人，出為河南府少尹，七年（812）或稍前，官秘書少監、集賢學士。自元和末至太和初凡六七年間，官右散騎常侍。太和元年（827）以禮部尚書致仕。」〔註51〕

〔註49〕《中國大百科全書・中國文學卷》（北京：中國大百科全書出版社，1986 年11 月），頁 402。

〔註50〕周勛初：《唐詩大辭典》（江蘇：古籍出版社，1992 年 3 月），頁 190～191。下稱《唐詩典》。

〔註51〕《唐才子傳校箋》第二冊，頁 91～102。

　　賈晉華則說：「李益字君虞，行十，鄭州（今屬河南）人，郡望隴西姑臧（今甘肅武威）。大曆四年（767）登進士第，六年（774）中諷諫主文科，授華州鄭縣尉，遷鄭縣主簿。建中元年（780）為朔方節度從事，二年（781）府罷。四年（783）中拔萃科，授侍御史。貞元四年（788）為邠寧節度從事，十二年（796）府罷。十三年（797）為幽州節度從事，進營田副使。元和元年（806）前後，入朝為都官郎中，三年（808），以本官充考制策官。約于四年（809）進中書舍人，五年（810）改河南少府，七年（812）任秘書少監兼集賢學士。八年（813）前後，因「感恩知有地，不上望京樓」詩，降居散秩，俄復用為秘書少監。累歷太子右庶子，秘書監，太子賓客，集監學士判院事。十五年（820）任右散騎常侍，太和元年（827）以禮部尚書致仕。此後一二年卒。益詩名卓著，世稱『文章李益』，與李賀齊名。」〔註52〕

　　上列幾種說法，由粗疏而漸密，大體則同，可供參考。

　　《舊唐書・劉濟傳》載，劉濟任節度使始於貞元五年。順宗即位，再遷檢校司徒。時在貞元二十一年三月。元和初，加兼侍中。死於元和五年七月。〔註53〕

　　《新唐書・劉總傳》載，對濟弒父後，「即領軍政，朝廷不知其姦，故詔嗣節度，封楚國公，進累檢校司空。」〔註54〕文中司徒公一詞應指劉濟，而非其子劉總。

　　筆者據新、舊《唐書》〈憲宗紀〉、〈韓愈傳〉、〈李藩傳〉、〈李益傳〉、〈劉濟傳〉〈劉總傳〉、〈王承宗傳〉〔註55〕、韓愈諸譜如《呂譜》、《程記》、《洪譜》、《樊譜》、《珪譜》〔註56〕等、羅聯添《韓愈研究》〔註57〕、《中國大百科全書・

〔註52〕周祖譔：《中國文學家辭典・唐五代卷》（北京：中華書局，1992 年 9 月），頁311。下稱《唐典》。

〔註53〕《舊唐書》卷 143，頁 3900～3901。

〔註54〕《新唐書》卷 212，頁 5975。

〔註55〕《新唐書・憲宗紀》卷 7，頁 207～212。《舊唐書・憲宗紀》卷 14，頁 411～439。《新唐書・韓愈傳》卷 176，頁 5255～5265。《舊唐書・韓愈傳》卷 160，頁 4195～4204。《新唐書・李藩傳》卷 169，頁 5150～5152。《舊唐書・李藩傳》卷 148，頁 3997～4001。《新唐書・李益傳》卷 203，頁 5784～5785。《舊唐書・李益傳》卷 137，頁 3771～3772。《新唐書・劉濟傳・劉總傳》卷 212，頁 5974～5975。《舊唐書・劉濟傳・劉總傳》卷 143，頁 3900～3901。《新唐書・王承宗傳》卷 211，頁 5955～5959。《舊唐書・王承宗傳》卷 142，頁 3878～3883。

〔註56〕同註40～44，《呂譜》、《程記》、《洪譜》、《樊譜》、《珪譜》。

〔註57〕羅聯添：《韓愈研究》（臺北：學生書局，民國 70 年 11 月），頁 70～78。

中國文學卷》〔註 58〕、周勛初《唐詩大辭典》〔註 59〕、傅璇琮《唐才子傳校箋》〔註 60〕、周祖譔《中國文學家辭典》〔註 61〕、吳文治《中國文學大事年表》〔註 62〕、傅璇琮《唐五代文學編年史》〔註 63〕等文獻資料，製成一個諸人仕宦年表（參附表），清楚看出諸人在貞元二十一年至元和六年之行跡。

由上表，配合李益、劉濟之仕履言，此文應繫於元和四年二月至元和五年七月前。因劉濟其年七月卒，故王元啓謂作於「元和五年冬河南令時」之說可排除。

復次，元和四年至元和六年間，據《唐詩典》、《唐才子傳校箋》、《唐典》、《大事表》、《唐年史》，李益任職中書舍人、河南府少尹，故仍可一言者，筆者試從另一角度考察：

（一）據《舊書・地理志》載，由長安至洛陽凡 800 里，〔註 64〕以日走 100 里算，需 8 日，來回 16 日；以日走 200 里算，需 4 日，來回 8 日；若日走 300 里，需 2.7 日，來回 5.4 日；外加祝壽酬酢三日至七日，共需九至二十三日。故此，李益回老家祝壽，非得有長假不可。以唐代官吏言，長假有四種：1. 元旦、冬至假：七天；2. 田假、授衣假：十五天；3. 省親假：三十五天（或作卅日）；4. 拜掃假：十五天。〔註 65〕《唐六典》載：「父母在三千里外，三年一給定省假三十五（或作卅日），五百里，五年一給拜掃假十五日，並除程，五品已上并奏聞。」〔註 66〕李益既在元和元年前後入朝，任職已過三年，父母在三千里外，顯然適合「三年一給定省假」，李益官職爲中書舍人，正五品上，〔註 67〕得朝廷特批，代表皇恩

〔註 58〕同註 49。
〔註 59〕同註 50。
〔註 60〕《校箋》，頁 91～105。
〔註 61〕《唐典》，頁 311。
〔註 62〕吳文治：《中國文學大事年表》（合肥：黃山書社，1996 年 2 月），頁 882～902。下稱《大事表》。
〔註 63〕傅璇琮：《唐五代文學編年史》（瀋陽：遼海出版社，1998 年 12 月），頁 612～700。下稱《唐年史》。
〔註 64〕《舊唐書・地理志》卷 38，頁 1396。
〔註 65〕李斌城等：《隋唐五代社會生活史》（北京：中國社會科學出版社，1998），頁 588、595、606。
〔註 66〕《大唐六典》（臺北：文海出版社，民國 63 年 6 月），頁 37。
〔註 67〕《大唐六典》，頁 197。

浩蕩，也是衣錦榮歸。再說，元和四年，他時年 62 歲，還帶著家眷，以老人的體力言，日走 70 里回家爲合理，時間恰好 30 天（800／70*2+7）；若是「除程」，不計上路的時間，則回家酬酢變得更寬裕了。故繫元和四年爲長。

（二）李益回家祝壽，匆匆即別，念雙親年邁，當以移官省親爲便，故此，元和五年（810）三月左右得改授河南少尹，推想即以此奉養爲理由，獲得皇帝同情與批准。而李益回家祝壽，當在此前。

（三）元和四、五年間，朝廷正討王承宗，劉濟表現優異。史載：「諸軍未進，獨濟率先前軍擊破之，生擒三百人，斬首千餘級，獻逆將於闕，優詔褒獎之。又爲詩四韻上獻，以表忠憤之志。明年春，將大軍次瀛州，累攻樂壽、博陸、安平等縣，前後大獻俘獲。賞功頗厚，仍與子孫六品官者四人。」〔註 68〕韓愈亦知之。李益時任中書舍人，據《唐六典》「中書省」條：「中書舍人六人，正五品上。凡將帥有功，及有大賓客，皆使以勞問之。」〔註 69〕據此知，勞問有功將帥，乃其職責所在，是故，韓愈以此爲贈序之主旨。藉其勞問有功將帥之時，以爲轉達。如此便不致突兀。

（四）若李益已就任河南少尹，河南府治所在洛陽，時韓愈亦分司東都，彼此在城中辦差，〔註 70〕酬酢甚便。離別時，實不需「東都之大夫士拜送於門」。故此，元和五年（810）三月後可以排除。

總合上述，此文以繫於元和四年（809）二月至元和五年（810）三月前爲優勝。

三、使歸及傳語問題

文中，韓愈云：「端公歲時來壽其親東都，東都之士大夫莫不拜於門，其爲人佐甚忠，意欲司徒公功名流千萬歲，請以愈言爲使歸之獻。」「愈言」是甚麼？即他先前，即元和元年與相國李藩的對話。韓愈說：「國家失太平，於今六十年矣。夫十日十二子相配，數窮六十，其將復平，平必自幽州始；亂

〔註 68〕《舊唐書》卷 143，頁 3900。
〔註 69〕《大唐六典》，頁 197～198。
〔註 70〕河南府治在洛陽宣範坊；韓愈分司東都，尚書省在洛陽宮城之東城。前者載《舊唐書》卷 38，頁 1422。後者載〔日〕平岡武夫，《唐代的長安與洛陽》（上海：上海古籍出版社，1991），圖 40「洛陽城圖」、圖 43「洛陽宮城皇城圖」。

之所出也。今天子大聖，司徒公勤於禮，庶幾帥先河南北之將，來觀奉職始開元時乎！」〔註71〕

案此處「使歸」，有兩義，（一）出使也，如《論語・子路》：「使於四方。」；〔註72〕（二）請也，如《論論・述而》：「子與人歌而善，必使反之，而後和之。」。〔註73〕

林雲銘說：「此番奉使，且歸壽其親，歸而報命也。」；〔註74〕沈闇則說爲：「壽親至洛，復往幽州。」〔註75〕顯然用出使義。

既如上述，李益已入朝，當無奉劉濟命出使之事。林、沈說，非是。剩下便是，李益有出使幽州？李益有無傳語於劉濟？

據《通鑑》載，元和四年（809）二月，成德節度使王士眞卒，其子王承宗自爲留後。八月，朝廷派京兆少尹裴武爲弔慰使詣眞定宣慰，〔註76〕並無委派李益爲宣慰使之類的官職，而順路至幽州以宣撫劉濟。李益既爲朝官，斷無私自到幽州之理。據此知，李益並無出使幽州。故此，剩下只有請義。句義乃謂：期盼他回京後，藉著勞問將帥之便，請把宰相李藩與我之對話轉告劉濟了。

據《新唐書・劉總傳》載：「總性陰賊，尤險譎，已毒父，即領軍政，朝廷不知其姦，故詔嗣節度，封楚國公，進累檢校司空。（中略）及吳元濟、李師道平，承宗憂死，田弘正入鎮州，總失支助，大恐，謀自安。（中略）譚忠復說總曰：『天地之數，合必離，離必合。河北與天下離六十年，數窮必合。往朱泚、希列自立，趙、冀、齊、魏稱王，郡國弄兵，低目相視，可謂危矣，然卒於無事。元和以來，劉闢、李錡、田季安、盧從史、齊、蔡之疆，或首于都市，或身爲逐客，皆君自見。今兵駸駸北來，趙人已獻德、棣十二城，助魏破齊，唯燕無一日勞，後世得無事乎？爲君憂之。』總泣且謝，因上疏願奉朝請，且欲割所治爲三。（下略）。」〔註77〕

〔註71〕《魏本》卷20，頁1074～349；《東雅堂本》卷20，頁1075～304；《校注》，頁154～155

〔註72〕《論語》卷之七，朱熹：《四書集注》（臺北：世界書局，民國78年9月），頁91。

〔註73〕同上註，《論語》卷之四，頁48。

〔註74〕《韓文起》卷五評語，《彙編》，頁995。

〔註75〕《韓文論述》卷五，《彙編》，頁1225。

〔註76〕〔宋〕司馬光：《新校資治通鑑注》卷238，唐紀54（臺北：世界書局，民國76年1月），頁7656、7664～7665。

〔註77〕《新唐書》卷212，頁5975～5976。

樊汝霖《譜注》云：「其後，濟裨將譚忠亦說濟子總曰：『天地之數，合必離，離必合，河北與天下離六十年，數窮必合，今兵駸駸北來，趙人已獻德、隸十二城，助魏破濟，淮（案：當作唯）燕無一日勞，後世子孫得無事乎？為君憂之。』總上疏，因願奉朝請，以盧龍軍八州歸於有司。忠說總在元和十四年，其所云數窮必合者，豈用公語邪？何相似也。」〔註78〕

樊汝霖發現韓愈文中講「天地之數」、「數窮必合」之語與譚忠之語相似，即說明了，李益曾將此語傳達於劉濟，其裨將譚忠亦知之。時間不遲於元和五年（810）七月劉濟死前。其年七月，王承宗自首，詔復官爵。劉濟助討有功，朝廷遣使勞問，李益以書函傳語可能在此前後。或在河南府少尹任時，總之，不遲於劉濟死前。

當時劉濟雖無採納，但於劉濟死後九年，此語對其子劉總仍發生作用，最後，竟歸順朝廷。由此可見，韓愈的序發生了力量。

結　論

總括上論，收結如次：

（一）幽州端公方面：在元和四年至五年間，當時李益已離幽州幕，入朝為官。諸家依《舊注》說謂其仍在幽州幕，誤。李益曾「中拔萃科，授侍御史」，文讜、陳景雲、王元啓疑其為「使府御史」，非是。文中李端公應為李益，屈疑無據。稱侍御史為端公固為唐人習慣。但文題「幽州端公」，如此稱謂，則甚特別，大抵是韓愈為凸出李益與幽州節度使劉濟之關係，以與全文主旨相應。另有表彰李益繫心朝廷之意，此為褒忠之義。

（二）繫年方面：過去，樊汝霖、張清華、方崧卿、方成珪、屈守元、陳克明等諸家繫此文於元和四、五年間，大抵不錯。王元啓謂作於「河南令時」，則誤。筆者以為不遲於元和五年三月，以繫元和四年（809）二月至五年（810）三月前為宜。

（三）使歸及傳語方面：在此時間，李益並無出使幽州之事。故句義乃期盼他回京後，藉勞問將帥之便，請把我與李藩相國對話之語轉告劉濟。而後來李益大抵也有以書函傳語於劉濟，觀其裨將譚忠勸其子劉總之語可證，此為歸順之義。

〔註78〕《魏本》卷20，頁1074～349。

（原載題爲〈韓愈送幽州李端公序幾個問題〉，《漢學論壇》第二期，民92年6月出版，今略作修訂，易爲今名，2011年6月記）

附：韓愈、李藩、李益、劉濟、王承宗仕宦年表（貞元二十一年至元和六年）

	韓　愈	李　藩	李　益	劉　濟	王承宗
貞元廿一年／永貞元年	夏秋遇赦離江陵，俟命郴州，八月授江陵法曹參軍。	正月德宗崩，以藩爲告哀使，曾至幽州。改吏部員外郎。	（貞元十三年，爲幽州節度使從事）進營田副使。	（貞元五年，遷左僕射，充幽州節度使。）貞元廿一年，濟檢校司徒。	
元和元年	春夏至江陵。六月，召拜國子博士還朝。	遷吏部郎中。	本年前後，入朝爲都官郎中。	加兼侍中。	
元和二年	夏末，以國子博士分司洛陽。	同上	同上	同上	
元和三年	在洛陽	同上	四月，以本官充考制策官。	同上	
元和四年	六月，改都官員外郎分司洛陽兼判祠部。	二月，拜門下侍郎同平章事。	進中書舍人。卜居萬年縣蘭陵坊，並與廣宣、杜羔聯句。	十月，詔討王承宗，諸軍未進，獨濟率先前軍擊破之，生擒三百人，斬首千餘級，獻逆將於闕，優詔褒獎之。又爲詩四韻上獻，以表忠憤之志。	三月，王士眞卒。三軍推王承宗爲留後。承宗懼，累上表陳謝，割二州以獻。九月，朝廷起復爲鎮大都督府長史、成德軍節度使。後因囚薛昌期，不令還鎮，不奉詔，憲宗令諸軍進討之。
元和五年	冬，改河南縣令	同上	三月，改河南少尹。	正月，濟助討王承宗，拔二縣。朝廷賞功頗厚。七月，爲其子劉總毒殺。	秋七月，承宗上表自首，請輸常賦。丁未，詔洗王承宗復其官爵。

| 元和六年 | 夏，入朝爲職方員外郎。 | 二月罷相。出爲華州史，兼御史大夫。不久卒，享年五十八歲。 | 同上 | | |

存神過化編

韓愈貶潮行跡兼論三詩繫年

摘　要

　　據錢仲聯《韓昌黎詩繫年集釋》，韓愈貶潮詩有二十一首，其中三首的繫年，諸家頗有意見。本文即以此三詩的繫年提出看法。所不同的是，筆者據唐律，計算其貶謫行程，以之為基準繫年。在貶潮行跡方面，筆者根據唐律的規定，對其何時接赦書？何時接量移書？何時離潮？何時至廣？何時至韶？何時至袁？分別展開考察，結果發現：韓愈的行程是：元和十四年七月十三日，群臣上尊號，赦天下。韓愈在七月二十八日接赦書。十一月中旬，收到量移令，自十月二十四日，準例量移；過了冬至假，十二月二日離潮。除夕前抵達韶州，在元和十五年正月八日離開韶州，閏正月八日至袁州。

　　在繫年方面，〈將至韶州先寄張端公使君借圖經〉一詩宜繫於元和十四年十二月中旬；〈量移袁州張韶州端公以詩相賀因酬之〉一詩宜繫於元和十四年十一月七日後；〈韶州留別張端公使君〉一詩應繫於元和十五年正月八日。

關鍵詞：韓愈、潮州、韶州、袁州、貶潮詩、張端公

前　言

　　韓愈（768～824）有三首貶潮詩：〈將至韶州先寄張端公使君借圖經〉、〈量移袁州張韶州端公以詩相賀因酬之〉、〈韶州留別張端公使君〉詩，歷來，對前詩的繫年有不同意見，本文即以之展開討論。因為，裡面談到何時聞赦令、量移令等幾個問題，牽涉到唐代的律法；諸家韓愈著述中，對此少見論及。筆者不揣譾陋，根據唐律的規定，作成此篇，尚請指教。

一、諸家對〈將至韶州先寄張端公使君借圖經〉一詩的觀點

　　《魏本》引洪興祖（1090～1155）曰：「此詩及下至〈韶州留別詩〉皆自潮移袁道中作。」〔註1〕

　　方成珪（1785～1850）《昌黎先生詩文年譜》，繫於元和十五年，云：「是年正月作。」〔註2〕

　　岑仲勉（1886～1961）《唐史餘瀋》認此詩是謫潮時作，云：「來往皆道出於韶，則謫潮日曾經其地，何此時猶云：『曲江山水聞來久，恐不知名訪倍難』耶？如以兩詩同署張端公為疑，〔註3〕則愈兩度經韶，前後約祇八月，其南下之際可能張端公已上韶任也。姑識之以待質諸方志。抑同卷更有詩題云：〈去歲自刑部侍郎以罪貶潮州刺史乘驛赴任〉，或來時乘驛，不得流連山水，故『聞來久』一句，仍無害其為再度經過歟？」〔註4〕

　　錢仲聯（1908～2003）因據繫於元和十五年庚子、〔註5〕屈守元因據繫於元和十五年。〔註6〕兩家雖無註明月份，推其意，應指正月。

　　羅聯添（1927～）繫於元和十五年春正月，云：「元和十五年春正月，將至韶州，有詩先寄刺史張氏，借閱圖經。」論云：「元和六年韓愈嘗為職方員外郎，掌天下之地圖，故於圖經頗為譜悉。貶潮州，為嚴程所迫，途中山水，

〔註1〕錢仲聯：《韓昌黎詩繫年集釋》卷12，頁1179。下稱《集釋》。
〔註2〕同上註。
〔註3〕郁賢皓：《唐刺史考全編》嶺南道「韶州」條：「張蒙任刺史在元和十二年至十五年。（817～820）」所用材料即此三貶潮詩及《韶州府志》卷27。（合肥：安徽大學出版社，200年1月），頁3189。
〔註4〕岑仲勉：《唐史餘瀋》「韶州借圖經詩」條（上海：上海古籍出版社，1979年9月），頁154。
〔註5〕《集釋》，頁1179。
〔註6〕屈守元、常思春：《韓愈全集校注》（成都：四川大學出版社，1996年7月），頁818。

皆未暇游眺，故寄韶守云。」〔註7〕

近人據上引方、洪之說及羅說，亦繫於元和十五年正月。〔註8〕

張清華（1936～）繫之於元和十四年十二月下旬。論云：「按韓愈〈袁州刺史謝上表〉說他十四年十月二十四日，準例量移，改授袁州刺史（略）按十月二十四日下詔，詔到潮二千五百多公里路程，韓愈去時用了百日，此驛站傳遞，也得經月，到潮最早也得到十一月下旬或十二月初。接詔出發，當在十一月底或十二月初，韓愈到韶州的時間，以十四年十二月底為宜，此詩當寫於將到韶州的途中，寫於十二月下旬。諸譜云十五年，岑仲勉謂十四年春過韶而作，俱未細察當時情勢，韓愈〈袁州謝表〉說他以今月八日到袁州。『今月』當是十五年閏正月，不會是二月。如是由韶至袁，六七百公里路，即如過嶺乘湘江船順流而下，也得近旬日。故此尚未到韶時所寫詩，決不可能寫於十五年春。此時韓愈刺袁雖不一定滿意，心緒是好的，有游賞之趣，又將至新春佳節，在韶逗留幾日是可能的，來時遷謫海隅，生死難卜，無此游興，況迫於赴任，故岑說亦無可能。」〔註9〕

陳克明（1918～1999）引二方、洪、岑諸說，亦繫於元和十五年。〔註10〕

按：此詩方崧卿（1119～1178）《韓集舉正》以為「歸日再經韶陽之所作」；〔註11〕其〈韓文年表〉亦繫於：「元和十四年己亥。」〔註12〕

綜觀此詩繫年有五說：1. 元和十四年，謫潮時作。〔宋〕方崧卿〈年表〉、岑仲勉主之；2. 「歸日經韶陽之所」作，〔宋〕方崧卿《舉正》主之；3. 元和十四、五年，「自潮移袁道中作」，〔宋〕洪興祖主之；4. 元和十四年十二月下旬，張清華主之；5. 元和十五年正月，〔宋〕方成珪、錢仲聯、屈守元、羅聯添、黃埋喜、陳克明主之。

關於第一說，張清華已予駁斥，可以排除。

〔註7〕 羅聯添：《韓愈研究》（臺北：學生書局，民國70年11月），頁109。

〔註8〕 黃埋喜：《韓愈事蹟繫年考》（臺北：東吳大學碩士論文，民國78年4月），頁197。收入羅聯添：《韓愈古文校注彙編》附編（臺北：國立編譯館，民國92年6月），頁3930～3931。

〔註9〕 張清華：《韓愈研究‧韓愈年譜匯證》（南京：江蘇教育出版社，1998年8月），頁379～380。

〔註10〕 陳克明：《韓愈年譜及詩文繫年》（成都：巴蜀書社，1999年8月），頁570。

〔註11〕 〔宋〕方崧卿：《韓集舉正》卷4，第10卷（臺北縣：藝文印書館，四庫善本叢書館景印故宮博物院所藏文淵閣本，民國48年）

〔註12〕 〔宋〕方崧卿：《韓文年表》，引見徐敏霞校輯：《韓愈年譜》（北京：中華書局，1991年5月），頁102。

第二說，指由潮州移刺袁州經過韶陽時，基本上是對的；

至於第三說，「自潮移袁道中作」，可以由元和十四年十一月中旬至十五年閏正月。第四、五說，基本上是欲就前說加以釐析，是故出現諸說之分歧。

二、韓愈貶潮行跡

此詩詩題〈將至韶州先寄張端公使君借圖經〉，既云「將至」，則寫作時間，有可能在潮州時、在廣州時、或將至韶州時。因為韓昌黎是貶臣，依朝廷律法，其行程有規定，可以為據。以下試分幾點考察：1. 何時接赦書？2. 何時接量移書？3. 何時離潮州？4. 何時至廣州？5. 何時至韶州？6. 何時至袁州？

（一）何時接赦書？

韓愈甚麼時候接赦書？考察重點為：（1）、朝廷何時頒布？（2）、赦書有無稽緩？（3）赦書日行幾里？（4）、長安至潮州幾里？

據《通鑑》卷 241：「元和十四年，七月己丑，群臣上尊號，赦天下。」〔註13〕《洪譜》記同。〔註14〕《新書・憲宗紀》引同。〔註15〕

據唐憲宗（778～820）〈元和十四年冊尊號赦〉頒布的時間，是在該年七月己丑（十三日），文曰：「自元和十四年七月十三日昧爽已前，大辟罪已下，已發覺、未發覺，已結正、未結正，繫囚見徒，罪無輕重，咸赦除之；唯故殺人及官典犯贓，不在此限。左降官量移近處，已經量移者，更與量移。」此赦文見於《唐大詔令集》卷 10、〔註16〕《全唐文》卷 63、〔註17〕《文苑英華》卷 422。〔註18〕惟其詳略不同，以《全唐文》卷 63 所載最詳。至於赦書的日期，亦見於《冊府元龜》卷 55、68、81、89、131 及 491。〔註19〕

〔註13〕〔宋〕司馬光撰、〔宋〕胡三省注、章鈺校記：《新校資治通鑑注》卷 241，唐紀 57（臺北：世界書局，民國 76 年 1 月），頁 7769。

〔註14〕〔宋〕洪興祖：《韓子年譜》，載徐輯《韓柳年譜》，頁 69。

〔註15〕〔宋〕歐陽修、宋祁：《新唐書・憲宗紀》卷 7（北京：中華書局點校廿四史，1991 年 12 月），頁 218。

〔註16〕〔宋〕宋敏求編：《唐大詔令集》卷 10（臺北：台灣華文書局明抄本，民國 70），頁 435。

〔註17〕〔清〕董誥等撰：《全唐文》卷 63（北京：中華書局，1983 年 11 月），頁 675～679。

〔註18〕〔宋〕李昉等撰：《文苑英華》卷 422（北京：中華書局，1982 年 7 月），頁 2138～2141。

〔註19〕〔宋〕王欽若、楊億等撰：《冊府元龜》（臺北：台灣中華書局，民國 70 年 8 月），頁 621、767、944、1070、1579、5874。其中卷 81、89 及 491，均寫為

至於，《舊唐書‧憲宗紀》卷 15 作：「七月辛巳（五日），群臣上尊號。」〔註 20〕疑誤。

據《唐律疏議》「稽緩制書官文書」條疏曰：敕書「計紙雖多，不得過三日。」〔註 21〕而「敕書」自屬大事，易言之，最慢在七月十六日，就應該由尚書省轉發至天下百司。

唐代敕書有日行五百里的規定，據唐憲宗〈元和十四年冊尊號敕〉文，文末即言：「敕書日行五百里，布告天下，咸使知聞。」〔註 22〕顧炎武（1613～1682）《日知錄》：「唐制，敕書日行五百里」；〔註 23〕陳景雲（1670～1747）說同。〔註 24〕

潮州至長安多少里？據《元和郡縣圖志》爲 5625 里。〔註 25〕

由上言，七月十三日大赦，敕書最慢在七月十六日，就應該由尚書省轉發至天下百司；依照敕書日行五百里的規定；由長安至潮州 5625 里，即是 5625／500＝11.25 日，12 日可達；據《唐代的曆》：七月爲大月，〔註 26〕到達時即爲七月二十八日，他聞令即在此時。之後，韓愈呈上〈賀冊尊號表〉。〔註 27〕

（二）何時接量移書？

韓愈何時接量移書？考察重點爲：（1）、朝廷處理量移書有一定的手續，對於一般貶官，其手續爲何？（2）、特殊情況又如何？（3）、韓愈屬於哪一

「七月己丑」；惟卷 68 作「七月乙丑」，誤，據〔日〕平岡武夫：《唐代的曆》，元和十四年七月沒有「乙丑」日。

〔註 20〕〔後晉〕劉昫等撰：《舊唐書》卷 15（北京：中華書局，1997 年 3 月），頁 469。

〔註 21〕劉俊文：《唐律疏議箋解》（北京：中華書局，1996 年 6 月），頁 771。下稱《箋解》。

〔註 22〕《文苑英華》卷 422，頁 2141。

〔註 23〕〔清〕顧炎武撰、黃汝成集釋：《日知錄》卷十〈驛傳〉（臺北：中華書局，民國 65 年 3 月）。

〔註 24〕《集釋》卷三，〈八月十五夜贈張功曹〉詩：「昨者州前搥大鼓」句下注引。頁 260。

〔註 25〕〔唐〕李吉甫撰、孫星衍校、張駒賢考證：《元和郡縣圖志》卷 34，《叢書集成新編》第 93 冊（臺北：新文豐出版社，民國 74 年 1 月），頁 345。按：惟據《舊唐書‧地理志》卷 41：廣州距京 5447 里，而潮州距廣州多少里，則無記載。再據同卷「循州」條，循州南至廣州 400 里，東至潮州 517 里，合起來 917 里，大概可視爲廣州至潮州之距離。若以此言，長安經廣州至潮州，路程計爲 5447 里加 917 里，即共 6364 里。

〔註 26〕〔日〕平岡武夫：《唐代的曆》（上海：上海古籍出版社，1990 年 9 月），頁 250。

〔註 27〕〔宋〕洪興祖：《韓子年譜》，載徐輯：《韓柳年譜》，頁 69。

種？（4）、量移書內容？（5）、何時接量移書？

　　韓愈接到赦書後知道符合量移條件，但量移到那裡？官職如何？何時生效等等，他是不知道的。中間有還有許多手續待辦。〔註28〕

　　《唐會要》卷 41 云：「元和十二年七月敕，自今以後左降官及責受正員官等，並從到任後，經五考滿，許量移。（略）考滿後，委本任處州府具元貶事例，及到州縣月日，申刑部勘責，俾吏部量資望位量移官，仍每季具名聞奏，並申中書門下。」〔註29〕

　　對於一般貶官而言，由當地的州府將左降官當初遭貶謫的事由和到州縣的時間，申報刑部；刑部核實後，再由吏部評估官員的資望，再量移官位；吏部擬定的名單，仍須申報中書門下審核確認，才會發出〈量移書〉。這段時間頗長，以韓愈貞元二十一年逢赦量移江陵爲例，共耗 166 天。〔註30〕

　　倘若左降官所犯事由及身份特殊者，則爲特別處理。

　　《唐會要》卷 41 云：「如是本犯十惡、五逆及指斥乘輿、妖言不順、假托休咎、反逆緣累及贓賄數多，情節稍重者，宜具事由奏聞。其曾任刺史、都督、郎官、御史、五品以上常參官，刑部檢勘，具元犯事由聞奏，並申中書門下商量處分。」〔註31〕又云：「未滿五考以前，遇恩赦者，准當時節文處分。」〔註32〕

　　韓愈此次所犯的情節較爲嚴重，據〈潮州刺史謝上表〉，自稱：「言涉不敬。」〔註33〕加上他的身份頗爲特殊，曾任品階爲正四品下〔註34〕的刑部侍

〔註28〕陳俊強：〈唐代「量移」試探〉，《第五屆唐代文化學術研討會論文集》（高雄：麗文文化事業公司，2001 年 7 月），頁 655～669。

〔註29〕〔宋〕王溥撰：《唐會要》（臺北：世界書局，民國 78 年 4 月），頁 737。

〔註30〕貞元十九年韓愈貶陽山令，貞元二十一年正月丙申（二十六日）順宗即位，二月甲子（二十四日）大赦天下。陽山縣，據《新唐書・地理志上》卷 43 上「連州條」，爲中下縣（頁 1107）；又據《唐六典》卷之 30，品階爲「從七品上」（頁 517）。韓愈於三月底接過赦書後，申請量移。他是沿一般左降官的情況，由州府檢送資料申辦，中間又遭楊憑壓抑，故情況不同。夏秋之間，離開陽山，待新命於郴州。其年八月乙巳（九日）憲宗即位，十四日韓在郴州才接得〈量移書〉，移官江陵法曹參軍。前後共耗 166 日。韓愈因患瘧疾，稽留到九月初才偕張署上路，約十月末才到江陵。

〔註31〕《唐會要》卷 41，頁 737。

〔註32〕同上註。

〔註33〕〔清〕馬其昶：《韓昌黎文集校注》卷 8（香港：中華書局，1984 年），頁 357～358。下稱《校注》。

〔註34〕〔唐〕唐玄宗御撰：《唐六典》（臺北縣：文海出版社，民國 63 年 6 月），頁 128。

郎，故需特別處理。

　　韓愈的案子既屬於特別情況，乃由刑部將其所犯事由上奏，由中書門下商量處分，不需經過吏部一關。如今，以韓愈這椿量移案為例，由七月十三日下達赦書起至十月二十四日發出，共用一百日。

　　而刑部所提有關韓愈量移申請書的內容，大概可以從〈袁州刺史謝上表〉得知端倪。〈袁州謝表〉云：「臣某言，臣以去年正月上書論佛骨事，先朝恕臣愚直，不加大罪，自刑部侍郎貶授潮州刺史。伏遇其年七月十三日恩赦至。」〔註35〕文末，又云：「其年十月廿四日，準例量移，改授袁州刺史。」〔註36〕以此看〈袁州謝表〉，未嘗不可以視為朝廷〈量移書〉的內容，因為裡面包括了：前犯之罪、量移的時間、地點與官職。

　　何謂「準例量移」？是說他雖未經五考，但遇恩赦，依據七月十三日赦書的節文規定，得以量移的意思。

　　再說，韓愈量移一郡的事，在當年五月間，皇帝接過韓愈〈潮州刺史謝上表〉時即已決定。據《舊唐書・韓愈傳》：「憲宗謂宰臣曰：『昨得韓愈到潮州表，因思其所諫佛骨事，大是愛我，我豈不知，然愈為人臣，不當言人主事佛乃年促也。我以是惡其容易。』欲復用愈，故先語及，觀宰臣之奏對。而皇甫鎛（760～836）惡愈狷直，恐其復用，率先對曰：『愈終太狂疏，且可量移一郡。』乃授袁州刺史。」〔註37〕

　　依量移慣例，韓愈確是移近了京師，表示了朝廷的恩惠。潮州距長安 5625 里，〔註38〕袁州距長安 2972 里，〔註39〕移近了 2653 里；〔註40〕由原屬嶺南道的潮州〔註41〕移到屬於江南西道的袁州，〔註42〕移近了一個州。在品階方面，潮州為下州、〔註43〕下州刺史為正四品下；〔註44〕袁州為上州，〔註45〕

〔註35〕《校注》，頁 360。

〔註36〕同上註。

〔註37〕《舊唐書・韓愈傳》卷 160，頁 4202。

〔註38〕《元和郡縣圖志》卷 34，《叢書集成新編》第 93 冊，頁 345。

〔註39〕《元和郡縣圖志》卷 28，《叢書集成新編》第 93 冊，頁 280。

〔註40〕依《舊唐書・地理志》卷 41，由廣州、循州條，間接推知：潮州距長安 6364 里；袁州距長安為 3580 里，則移近了 2784 里，頁 1712～1715、1609。

〔註41〕《元和郡縣圖志》卷 34，《叢書集成新編》第 93 冊，頁 343。《舊唐書・地理志》卷 41，頁 1711～1724。

〔註42〕《元和郡縣圖志》卷 28，《叢書集成新編》第 93 冊，頁 280。《舊唐書・地理志》卷 40，頁 1601～1609。

〔註43〕《元和郡縣圖志》卷 34，作下州，載《叢書集成新編》第 93 冊，頁 280。《新

上州刺史爲從三品，〔註46〕則有所提升。

〈量移書〉是元和十四年十月廿四日由朝廷發的，自當日起，韓愈可以「準例量移」。據韓愈〈袁州謝表〉：「元和十四年十月廿四日，準例量移，改授袁州刺史。」《洪譜》引《憲宗實錄》亦云：「十月己巳，韓愈袁州刺史。己巳，十月二十四日也。」〔註47〕

韓愈何時收到〈量移書〉？此書既由十月廿四日朝廷所發，若比照赦書速度，日行 500 里大概也要 12 日，即是在十一月七日到達潮州。

（三）何時離潮州？

韓愈何時離潮？有五個觀察點：（1）何時接量移書？（2）官員量移是否有程限？（3）有無職田需收割？（4）他如何利用裝束假？（5）他需否等到替任者交割後始可離職？

《唐律疏議》職制律〈之官限滿不赴〉條，疏云：「議曰：依令，之官各有裝束程限。限滿不赴，一日笞十，十日加一等，罪止徒一年。其替人已到，淹留不還，準不赴任之程減罪二等。其有田苗者，依令『聽待收田訖發遣』。無田苗者，依限須還。」〔註48〕

敦煌伯 2504〈天寶令式表殘卷〉記〈裝束式〉稱：「敕：今年新授官過謝（官）後，計程不到所任者，宜解所職，仍永爲恆式。開元二十八年三月九日。」〔註49〕

由上可知，官員赴任有裝束假與程限。計程不到所任者，解職；若是，替任者已到，本人當須立即赴任。本來，唐代官人有職田，職田若有莊稼待收穫者，其程限皆自收穫日起算，但自開元以後改爲給粟；〔註50〕所以，韓

〔註44〕　唐書‧地理志》卷 43 上，作下州，頁 1097。《舊唐書‧地理志》卷 41，無潮州記載，頁 1714。

〔註44〕　《唐六典》，頁 510。

〔註45〕　《元和郡縣圖志》卷 28，作上州，載《叢書集成新編》第 93 冊，頁 280。《新唐書‧地理志》卷 41，作上州，頁 1070。《舊唐書‧地理志》卷 40，作下州，頁 1609。

〔註46〕　《唐六典》，頁 508。

〔註47〕　〔宋〕洪興祖：《韓子年譜》，載徐輯：《韓柳年譜》，頁 50。

〔註48〕　《箋解》卷 9，頁 721。

〔註49〕　《箋解》卷 9，〈之官限滿不赴〉解析引，頁 723。

〔註50〕　《唐會要》卷 92「內外官職田」，開元十年、二十九年條，「命有司收內外官職田⋯⋯其職田以正倉粟二升給之。」「委所司準例倉中受納，納畢，一時分付；縣官亦準此。」頁 1669～1970。

愈自潮州量移袁州所需時日，必須計算裝束假；而不必計算職田有否莊稼待收穫。

何謂裝束假？就是官員授任後，朝廷要給以準備的時間；與此同時，還有到達任所需要的路程的期限，也即程假。

據唐律，「假寧令」規定：「諸外官授訖，給假裝束，其千里內者四十日，二千里內者五十日，三千里內者六十日，四千里內者七十日，過四千里者八十日，並除程。其假內欲赴程者，聽之。若有事須早遣者，不用此令。若京官身先在外者裝束假減外官之半。」〔註51〕

裝束假不僅給於一般官員，即左降官與流貶者也多少可以享受。〔註52〕

至於程假或稱程限，據《唐六典》「戶部度支郎中」條：「凡陸行之程，馬日七十里，步及驢五十里，車三十里；水行之程，舟之重者，泝河日三十里，江四十里，餘水四十五里；空舟泝河四十里，江五十里，餘水六十里；沿流之舟則輕重同制，河日一百五十里，江一百里，餘水七十里。」〔註53〕

由上述，〈量移書〉在十一月七日到達潮州；筆者以為，即使如此，他要到十二月二日冬至後，才能出發。因為替人未到，他需要彙整冬至的工作報告給朝廷或主持一些儀式等等。

為甚麼要留到冬至？冬至是古代中國的大節日。在唐代，朝廷要作大陳設，與元日相同，有大聚會，是一年中的盛事。

據《唐會要》卷 24「受朝賀」條，其記載雖是記元日的行儀，而冬至日亦然可以比觀。該條載：「舊制元日，大陳設。」註云：「皇太子獻壽，次上公獻壽，次中書令奏諸州表，黃門侍郎奏祥瑞，戶部尚書奏諸州貢獻，禮部尚書奏諸蕃貢獻，太史奏雲物，侍中奏禮畢，然後中書令又與供奉官獻壽，時殿上皆呼萬歲。按舊儀缺供奉官獻壽禮，但依位次立，禮畢，竟無拜賀。開元二十五年，李吉甫革其舊儀，奏而行之。冬至亦然。」〔註54〕冬至時，地方上有一番儀式，當替任刺史未到，總需有人主持。

關於「需否等到替任者交割後始離職」，據例，刺史有故或出缺，可令上佐長史、司馬知州事。故韓愈只須委任其上佐級的舊屬「知州事」即可，與

〔註51〕《箋解》卷9，〈之官限滿不赴〉箋釋註引，頁721。
〔註52〕李斌城等：《隋唐五代社會生活史》（北京：中國社會科學出版社，1998 年 7 月），頁597。
〔註53〕《唐六典》卷之3，頁72。
〔註54〕《唐會要》卷24，頁455。

此替任者交割即可離職赴任。〔註55〕

韓愈既有八十日裝束假，他如何運用？有兩個注意點：一是潮州，一是韶州，前者過冬至，後者過元日假。

他半年來用心經營潮洲，獲得人民愛戴，建立了友誼，他在潮洲稍作淹留是合情合理的；再說十一月七日接到量移令距冬至不過二十一天，（按：元和十四年十一月壬寅〔二十八日〕冬至），〔註56〕唐代，元正、冬至各給假七日。見於《唐六典》卷2「內外官吏則有假寧之節」條。〔註57〕故此，筆者以為，韓愈淹留到冬至假後才上路，即十二月二日上路。

在韶州，過元日假。時間是除夕前三日到正月初七。以下有討論。

他接到〈量移令〉既在十一月七日，此時韓愈已經安排好他至袁州上任的路程。此前韶州刺史張端公有詩相賀，韓作詩〈量移袁州張韶州端公以詩相賀因酬之〉：「將經貴郡煩留客，先惠高文起謝予；暫欲繫船韶石下，上賓虞舜整冠裾。」〔註58〕意思說，弟將赴袁上任，經過貴州時，將到貴郡拜謁，煩為款待，弟將到韶石看美景〔註59〕，探訪舜帝遺跡。若是如此，則此詩作

〔註55〕《唐會要》卷68，「刺史上」「太和四年八月御史臺奏」條：「謹按大曆十二年五月一日敕刺史有故及缺，使司不得差攝，但令上佐依次知州事。伏請自今已後，刺史未至，上佐闕人，及別有句當處，許差錄事參軍知州事，如錄事參軍又闕，則任別差判官，仍具闕人事由，分析聞奏，并申中書門下御史臺，所冀詔旨必行，繩違有據，敕旨。依奏。」頁1204。

又：同卷，開成三年「中書門下奏」條：「五月中書門下奏，舊制，刺史已除，替人未到，依前管一應務，并給俸料，待替到交割，便聽東西，據山南道所奏，刺史得便令牒州停務，別差官知州事，待到交割，方可東西。」頁1207。

〔註56〕《唐代的曆》，頁250。

〔註57〕《唐六典》卷2「內外官吏則有假寧之節」條小注：「元正、冬至各給假七日〔節前三日，節後三日〕，寒食通清明四日，八月十五日、夏至及臘各三日〔節前一日，節後一日〕。正月七日、十五日、晦日、春秋二社、二月八日、三月三日、四月八日、五月五日、三伏日、七月七日、十五日、九月九日、十月一日、立春、春分、立秋、秋分、立夏、立冬、每旬，並給假一日。五月給田假，九月給授衣假，為兩番，各十五日。」《唐六典》卷2，頁35。括號內的小注，據《唐令拾遺》，頁661～662。

〔註58〕《集釋》卷11，頁1173。《水經‧溱水注》：「其高百仞，廣圓五哩，兩石對峙。相去一里，小大略均，似雙闕。名曰韶石、古老言昔有雙仙，分而憩之。自爾年豐，彌歷一紀。」（後魏酈道元注、清末楊守敬、熊會貞疏、段熙仲點校、陳橋驛復校：《水經注疏》，江蘇古籍出版社，1989年6月），頁3183。

〔註59〕《元和郡縣圖志》卷34，「韶州」條：「韶石在縣東北85里，兩石相對，相去一里，石高75丈，周迴五里，有似雙闕。名韶石。」（頁347）《寰宇記》引《郡國志》曰：「昔舜遊登此石，奏韶樂，因名。」（《水經注疏》，頁3183）

於此時。

過往，宋代韓醇說過，此詩作於「量移令初下時」，〔註60〕基本上是對的。但他沒有提出時間來。羅聯添認作於元和十四年十二月聞命時，〔註61〕張清華認此詩「當寫於是（按：即元和十四年）冬十二月」，〔註62〕陳克明據韓醇說繫於元和十四年。〔註63〕

總之，此詩寫於其年十一月七日後，不遲於十二月二日前。

（四）何時至廣州？

如上所言，十一月七日收到量移書；在冬至假後，即在十二月二日左右離潮。若韓氏水路並行，其期程爲何？

據上引《唐六典》「戶部度支郎中」條的規定。以水陸並行，日行 60 里算，917／60＝15.16 日，到達廣州需時十六天，即爲十二月十七日左右。若他到廣州後一時興起，才致函借圖經；與此詩句：「願借圖經將入界」相合，既言「將入界」，即作於十二月中旬。

另外，韓愈經廣州，有無停留，不可知。韓愈與孔戣是舊交。此際正任嶺南節度使，在廣州。

據〈潮州謝孔大夫狀〉，〔註64〕孔大夫是孔戣（752～824），韓愈初貶潮州之時，孔戣顧慮到潮州「州小俸薄，慮有闕乏，每月別給錢五十千」，韓氏此狀以「身衣口食，絹米足充」爲由，披陳謝意。再據《韓集》〈論孔戣致仕狀〉〔註65〕及《舊書·孔戣傳》，〔註66〕孔戣與韓氏往昔同在南省爲官，有所往來，孔戣自元和十二年（817），自國子祭酒拜御史大夫、嶺南節度使；孔戣在南海，「禁絕賣女口」，「自犯風波」禱南海神，韓愈後在袁州，曾作〈南

又有「靈石」，據《水經注》：「利水又南經靈石下。靈石一名逃石，高三十丈，廣圓五百丈。耆老傳言。石本桂陽汝城縣，因夜迅雷之變，忽然遷此，彼人來見嘆曰：『石乃逃來』，因名逃石；以其有靈運徙，又曰靈石。其傑處，臨江壁立，霞駁有若續焉。水石驚瀨，傳響不絕，商船淹留，聆翫不已。」《水經注疏》，頁 3184。

〔註60〕《集釋》卷 11，頁 1173。
〔註61〕《韓愈研究》，頁 109。
〔註62〕《韓愈研究·韓愈年譜匯證》，頁 378。
〔註63〕《韓愈年譜及詩文繫年》，頁 553。
〔註64〕《校注》遺文，頁 427。
〔註65〕《校注》卷 8，頁 366。
〔註66〕《舊唐書·孔戣傳》卷 154，頁 4097～9098。又見《新唐書·孔戣傳》卷 163，頁 5008～5010。

海神廟碑〉〔註 67〕敘其美政予以贊美。元和十五年，穆宗即位，九月，孔戣擢遷吏部侍郎，此際尚在廣州。情理上，不管〈謝孔狀〉眞僞，兩人既爲同僚舊識，既經廣州，理應一敘，惟未見詩文記述，可能孔戣赴京述職，不在廣州。

若如上述，韓氏到達廣州時，是歲末十二月十七日。據《唐會要》卷 61：「貞元二年三月，京兆尹兼御史大夫第五琦奏：『使人緣路，無故不得在館驛淹留，縱然有事，經三日已上，即於主人安置館存其供限。如有家口相隨，即自須於村店安置，不得令館驛將什物飯食草料，就等彼供給擬者。』」〔註 68〕可見，唐代往來使者，在館驛中人有所謂「淹留」情事。

由此而推，韓愈若有事停留廣州，時間不超過三天。

（五）何時至韶州？

如上所言，十二月十七日到達廣州，他與家眷分別坐船逆行，依程限，需時 530／45＝11.33 天（以舟重溯流算），到達韶州時，約在十二月廿九日（按：十二月爲小月）。

爲甚麼要在韶州過元日？在潮時，張韶州端公曾以贈詩賀量移事；故此韓愈決定在韶州過年。詩句說：「將經貴郡煩留客，……暫欲繫船韶石下。」再說，韶州一地存有韓愈童年的回憶，在此，韓愈正可以閒遊一番、懷舊一番。不但如此，還要借圖經以方便沿途欣賞風景。

猶記得，去年韓氏初貶潮州，路過韶州，到達宣溪時，張韶州有寄書敘別，韓愈有〈晚次宣溪辱韶州張端公使君惠書敘別酬以絕句二章〉詩〔註 69〕相答。如今將至韶州，而且行「將入界」，加上宣溪在韶州府城南八十里，走水程，要兩天；用傳馬，半天即可，來回才一天，時間上剛剛好。若以此言，此詩即作於十二月中旬。

韓愈在韶州過年。過完元日假，臨別時，有〈韶州留別張端公使君〉詩。〔註 70〕

過往，關於此詩繫年，諸家有不同說法：方成珪認爲：「是年（元和十五年）正月作」；〔註 71〕徐震（1412～1490）認爲：「此過韶當在十一月」；〔註 72〕王

〔註 67〕《校注》卷 7，頁 280～283。
〔註 68〕《唐會要》卷 61，頁 1061。
〔註 69〕《集釋》卷 11，頁 1119。
〔註 70〕《集釋》卷 12，頁 1181。
〔註 71〕《集釋》卷 12，頁 1181。

元啓（1714～1786）認爲作於元和十五年二月初旬〔註73〕；錢仲聯認爲：「移袁過韶爲十五年閏正月」。〔註74〕羅聯添認作於元和十五年正月，〔註75〕黃埕喜繫於元和十五年正月，〔註76〕張清華認爲此詩當作於「正月十日前後」，陳克明繫於元和十五年。〔註77〕

由上推論，此詩當作於在韶州過元日假，離別張韶州之時，即是元和十五年正月四日後。由於正月初七，又放假一天，故此，韓愈可能連接到正月初七、初八始啓程赴袁。這樣，時間較寬裕。

詩中四句，可以一提，「來往再逢梅柳新，別離一醉綺羅春，（略）已知奏課當徵拜，那復淹留詠白蘋？」

先看：「來往再逢梅柳新，別離一醉綺羅春」，《魏本》引孫汝聽曰：「元和十四年正月，公以論佛骨貶潮州。三月至潮州，十月量移袁州，十五年正月至袁州，其往來上下於韶，皆梅柳新時也，故云。」〔註78〕孫說大抵是。惟其說：「三月至潮州」之「三月」，方崧卿認「決非三月」，鄭珍（1806～1864）、羅聯添認作「四月二十五日」，〔註79〕而其「正月至袁州」之「正月」，羅聯添作「閏正月」〔註80〕。

再看：「已知奏課當徵拜，那復淹留詠白蘋？」是說張韶州剛把秋稅事辦好，成績甚佳，不久亦當得到朝廷徵拜回朝，是讚頌也是實情。〔註81〕

注意末句：「那復淹留」四字，「那復淹留」，表示了日前曾淹留，此刻不欲再度淹留？日前之淹留指甚麼？指在潮州時？在廣州時？由於廣州不可知。由此猜測：韓氏在潮州時曾經停留一段時間，與冬至主持儀式或拜別之類，即所謂「淹留」也。

韓氏除夕抵達韶州，過完元日假（按，元日假七天，節前三天，節後三天），正月初八日後，離開韶州。

〔註72〕《集釋》卷12，頁1182。

〔註73〕《集釋》卷12，頁1181～1182。

〔註74〕《集釋》卷12，頁1182。

〔註75〕《韓愈研究》，頁109～110。

〔註76〕《韓愈事蹟繫年考》，頁197。

〔註77〕《韓愈年譜及詩文繫年》，頁571～572。

〔註78〕《集釋》卷12，頁1181。

〔註79〕《韓愈研究》，頁104～106。

〔註80〕《韓愈研究》，頁110。

〔註81〕據《唐刺史考全編》，張蒙任韶州刺史在元和十二年至十五年。韓詩所說乃是實情。

（六）何時至袁州？

過往，有關韓愈至袁州到任時間，據〈袁州謝表〉所言之「今月八日」，有正月與閏正月兩種說法，究竟哪一種爲是？

據《元和郡縣圖志》載，韶州至袁州距離雖無里程，但由各段里數相加，仍可知其大概情況。虔吉路情況爲：韶州——虔州——吉州——袁州，分別爲：550 里、520 里、317 里，合爲 1387 里；〔註 82〕至於郴州路的情況，韶州——郴州——衡州——潭州——袁州，分別爲：410 里、370 里、460 里、526 里，合爲 1767 里。〔註 83〕韓愈走的是虔吉路，則他至袁州，合此三段路程，需時 550／70（以陸路乘馬算）+520／70（以沿流之舟算）+317／45（以舟重溯流算）＝23 日左右，以上是大概估算，事實上他走了一個月；則他於〈袁州謝表〉所言在「今月八日」到任之時間，應爲「閏正月八日」。

以下，試換另一面考察，從裝束假、程假來看，韓愈由長安貶潮州，他有裝束假 80 日、程假 20 日（5625 里／300 里＝19.4 日）（以日走十驛，即 300 里算），合 100 日；他由正月十四日上路，四月二十五日抵達，合走 99 日，無有超出期限，正合。

再說，他由潮州量移袁州，有裝束假 80 日，潮州至袁州的里數，可有各段相加而知，潮州——廣州——韶州——袁州，各爲 1600 里、530 里、1352 里，〔註 84〕共爲 3482 里，故知其程假爲：3482／300＝11.7 日（以日走十驛，即 300 里算），另加冬至和元日假 14 日，合 105.7 日；若韓氏不需要收割職田，則由十月二十四日起算，翌年閏正月八日抵達，合用 102 日，沒有超出期限，亦合。若如上引「假寧令」規定：「若京官身先在外者裝束假減外官之半。」則韓愈的裝束假減半，扣除 40 天後，只得 66 天；他自冬至假後，即十二月二日離潮起算，翌年閏正月八日到袁州，共爲 66 日，仍未爲超出期限。

〔註 82〕 《元和郡縣圖志》卷 34、28，《叢書集成新編》第 93 冊，頁 347、279、280。
〔註 83〕 《元和郡縣圖志》卷 34、29，《叢書集成新編》第 93 冊，頁 347、289、288。惟據《舊唐書·地理志》卷 40、41 載：袁州距京 3580 里，韶州距京 4932 里，韶州至袁州距離大抵可從兩數相減得知約爲 1352 里。頁 1609、1714。
〔註 84〕 《元和郡縣圖志》卷 34、28，《叢書集成新編》第 93 冊，頁 345、343。至於韶州至袁州一段的距離爲 1352 里。

結　論

總合上述，結論如次：

（一）行跡方面：元和十四年七月十三日，群臣上尊號，赦天下。韓愈在七月二十八日接赦書，之後，他呈上〈賀冊尊號表〉。十一月七日，收到量移令，自十月二十四日起準例量移；過了冬至假，十二月二日左右離潮。除夕前抵達韶州。過了七天元日假，在元和十五年正月八日離開韶州，閏正月八日抵達袁州。

（二）三首貶潮詩繫年方面：〈將至韶州先寄張端公使君借圖經〉詩以繫元和十四年十二月中旬，將至韶州前作爲宜，由「願借圖經將入界」一句可證。至於，〈量移袁州張韶州端公以詩相賀因酬之〉，宜繫元和十四年十一月七日後，即是韓醇所說：「量移命初下時」；〈韶州留別張端公使君〉詩，則應繫元和十五年正月八日離別之時。

（原載《新亞學報》第 25 卷，2007 年 1 月。原題爲〈韓愈貶潮行跡與三詩繫年新論〉，今經修訂，易爲今題。2011 年 8 月記）

屏東內埔昌黎祠二百年滄桑

摘　要

　　本文以臺灣屏東縣內埔鄉昌黎祠爲研究對象，目的探討其祠廟的二百年沿革，結論是：這裡的韓文公信仰淵源自中國潮州，以專祀韓昌黎，以趙德、韓湘子爲從祀，成爲本祠的特色。六堆昌黎祠原爲書塾，幫助地方人士考取科名，弘揚文教；進入現代，香火頗盛。除了求福之外，筆者提出效法韓愈的人文精神的觀點。

關鍵詞：內埔、昌黎祠、韓文公信仰、潮州、韓愈

序　言

　　韓愈（768～824）是中唐時代的一代大儒和古文宗師。一生崇儒排佛老，建立道統。為人操行堅正，鯁言無忌。對於弊政，他挺身反對；對於賢才，他樂於推薦；對於子民，他盡心盡力；對於朋友，情誼深厚；是一介忠直之臣，是一位篤道君子；是一名儒門豪傑。

　　韓愈貶潮八月，造福地方，興起文教，為潮人所奉祀。清中葉後，潮人來台，移民之初，為求生命之庇護，進而期求文教功名，居民多仰庇於三山國王廟、天后宮與韓文公。全台灣專祀韓文公者以內埔鄉為最著。是以，本文即以內埔昌黎祠為對象，通過有關文獻，敘述韓文公的為人事蹟及其祠廟歷史以為崇德報功之意。

一、韓文公的生平簡述

　　韓愈，字退之，河南南陽（今孟州）人。祖籍昌黎，世稱韓昌黎；晚年任吏部侍郎，故稱韓吏部；諡號文，又稱韓文公。他三歲喪父，受兄撫育，後隨韓會貶官到韶州。兄死後，隨嫂北歸河陽，後遷居宣城。七歲讀書，十三歲能文，廿五歲登進士第。因三次博學鴻辭不入選，便先後至汴州董晉、徐州張建封兩節度使幕下任職。後至京師候選，任四門博士，從此踏上仕途。歷任監察御史、國子博士、河南令、職方員外郎、太子右庶子、刑部侍郎、國子祭酒、兵部侍郎、吏部侍郎、京兆尹等官職。晚年，諫迎佛骨，被貶潮州，存神過化，馨香萬世。

二、韓文公恩澤於潮州

　　元和十四年（819），韓愈上疏〈論佛骨表〉，皇帝怒「其言不祥」，〔註1〕貶為潮州刺史。任內，韓愈關心民瘼，解除弊政，延師興學，頗多善政。〔註2〕

〔註1〕韓愈〈女挐壙銘〉：「女挐，韓愈退之第四女也。惠而早死。愈之為少秋官，言佛夷鬼，其法亂治，梁武帝事之，卒有侯景之敗，可一掃刮絕去，不宜使爛慢，天子謂其言不祥，斥之潮州。」〔清〕馬其昶《韓昌黎文集校注》（香港：中華書局，1984），頁323。

〔註2〕羅聯添：「今據文籍，其政可得而言者三：一曰除鱷魚，二曰放奴婢，三曰興學校。」《韓愈研究》（臺北：臺灣學生書局，民國70年），頁106～108。
　　　曾楚楠則歸納為四：「驅鱷除害，關心農桑，贖放奴婢，延師興學。」《韓愈在潮州》（潮州：文物出版社，1993），頁7～16。

雖然治潮不到八個月，〔註3〕卻爲潮人所感念。

　　韓愈的施政中，對潮州最大的貢獻，莫過於「延師興學」一事之上。雖然潮州興學非自韓氏始，而韓愈蒞潮時，已有州學，但「此州學廢日久」，於是，延請趙德「攝海陽縣尉，爲衙推官，專勾當州學」，更捐私俸「百千以爲舉本，收其贏餘，給學生廚饌」；〔註4〕由於韓文公的玉成，此後，潮州文教事業遂得穩定發展，下至北宋紹聖年間（1094），人才濟濟，登第者日多，〔註5〕贏得「海濱鄒魯」之譽。於是後人，崇本報功，推韓愈居首席，而歷代治潮者皆以「興學」爲首務，韓氏遂被奉爲典範。所謂「德澤在人，久而不磨」，於是「邦人祠之」，而「潮州之有祠堂，自昌黎始也。」〔註6〕

三、潮州韓文公祠的歷史

　　潮州韓文公祠的建造，始於宋眞宗咸平年間（998～1003），通判陳堯佐在金山山麓創建。

　　元豐七年（1084），韓愈受詔封昌黎伯。據《宋史‧神宗本紀》：「七年，五月壬子，以孟軻食文宣王，封荀況、揚雄、韓愈爲伯，並從祀。」。〔註7〕爲何韓愈得從祀孔廟，因爲他於儒學的貢獻，如同荀況、揚雄二人一樣，「皆發明先聖之道，有益學者」。〔註8〕

　　哲宗元祐五年（1090），知州王滌將祠廟遷往城南，邀蘇軾（1036～1101）撰碑文；孝宗淳熙十六年（1189），知州丁允元再遷建於韓江東岸之筆架山山麓；〔註9〕元明清以後屢有修葺，這是潮州韓文公祠的由來。

〔註 3〕　「韓愈自四月二十五日蒞潮，至十月廿日遇赦授袁州刺史」，《韓愈研究》，頁
　　　　106。筆者在〈將至韶州先寄張端公使君借圖經〉詩曾有考證，以爲韓愈聞命
　　　　在十一月上旬，離潮約在十一月中下旬或十二月初旬。參拙作〈韓愈詩四家
　　　　繫年異同比較〉，《韓愈古文新論》（臺北：文史哲出版社，民國 90 年），頁 375
　　　　～377。其詳，請參上篇〈韓愈貶潮行跡兼論三詩繫年〉。
〔註 4〕　〈潮州請置鄉校牒〉，《韓昌黎文集校注》，頁 402。
〔註 5〕　〔宋〕陳餘慶〈重修州學記〉：「潮之爲郡，實古瀛州，文物之富始於唐而盛
　　　　於我宋。爰自昌黎文公，以儒學興化，故其風聲氣習，傳之益久而益光大。
　　　　紹聖以來，三歲賓興，第進士者袞袞相望，而名臣鉅公，節義凜然，掩曲江
　　　　之美，而增東廣之價者，挺挺間出。」《永樂大典》第 36 冊（臺北：世界書
　　　　局，民國 66 年），卷 5345，頁 22。
〔註 6〕　《永樂大典》第 36 冊，卷 5343，頁 44。
〔註 7〕　《宋史》卷 16（北京：中華書局二十四史點校本，1997 年 11 月），頁 312。
〔註 8〕　《宋史‧禮志》卷 105（北京：中華書局二十四史點校本，1997 年 11 月），頁 679。
〔註 9〕　陳昌齋等：《廣東通志》卷 148〈建置略〉24（臺北：華文書局，〔清〕同治三

明清以後，韓文公祠祀之風逐漸興盛，同時潮州各地新建韓文公祠廟也隨之增多。〔註10〕此時，韓文公祠祀已然由小區域的民間信仰，擴及潮州府縣及相關地區的廣泛性祭祀活動。

此後，韓文公便與三山國王、天后媽祖、文昌帝君一樣被人奉祀縣府之中，〔註11〕成為「通祀」，隨著潮籍移民入臺與遊子離鄉的求庇心理驅使，韓文公便和三山國王、聖母媽祖、文昌帝君一樣成為他們的「保護神」。

臺灣的韓文公祠，以專祠形式出現者，只有內埔昌黎祠一座；以從祀出現者較多，計有：臺南三山國王廟、嘉義三山國王廟、雲林大埤三山國王廟、苗栗文昌祠、彰化永靖鄉永安宮等五座。本文專敘屏東內埔昌黎祠。

四、六堆昌黎祠的創建

屏東市之南，有鎮市名為潮州。何以名為潮州？為何建韓公祠？因為「昔日潮州先民自潮移居此地，為紀念故鄉，故沿用此名，曰潮州莊。在廣東之潮州，有韓文公廟，臺灣潮州亦有之。」〔註12〕「仰奉先賢」、「恭敬桑梓」的本為優良的傳統。古前，內埔鄉曾歸入潮州鎮，而潮州劃入「高雄縣」，〔註13〕今日，潮州鎮則劃屬屏東縣，內埔鄉與它不相屬了。

內埔昌黎祠，位於屏東縣內埔鄉〔註14〕內田村廣濟路 164 號。有關「昌黎祠」的創建，出現兩說，一說是創建於嘉慶八年（1803），鍾麟江倡建；一說是道光七年（1827），由武生李孟樹創建。

前者，見於鍾國珍所撰之〈內埔昌黎祠重建記〉：

> 清康熙、乾隆間，嶺南人士移植台灣，繁衍於下淡水、〔註15〕六

年重刊本，民國 57 年 10 月），頁 2527。

〔註10〕潮州府四縣有韓祠，惠州、羅定州、嘉應州亦有祠祀，據《廣東通志》卷 145〈建置略〉24〈壇廟〉所記。引自該書，頁 2527～2579。

〔註11〕據《廣東通志》卷 145〈建置略〉21〈壇廟〉載，頁 2487～2582。天后及文昌信仰亦早已遍布廣東諸府諸縣中，《廣東通志》卷 145，頁 2487～2581，隨處可見。

〔註12〕《屏東縣志》卷一〈地理志〉，頁 621。

〔註13〕黃純青・林熊祥：《台灣省通志稿》〈土地志・地理篇〉(臺北：成文出版社，中國方志叢書・臺灣地區第 64 號，民國 72 年 3 月)，頁 1455。

〔註14〕「內埔鄉，內埔地名也，為客家鄉村，今本縣內埔鄉是也。溯自清康熙二十五年（1686）為廣東移民居此。(略) 埔本為耕作之地，顧名思義，昔日移民來臺時，最初墾闢之埔地，以後向外邊開拓新埔地時，指先闢之地為內埔，久而成為鄉村之地名也。」《屏東縣志》卷一〈地理志〉，頁 622。

〔註15〕台灣府鳳山縣下淡水平原，今稱屏東平原。

堆〔註16〕地區，為興學育才計，特於嘉慶八年（1803），由昭武都
尉鍾公麟江發起，建昌黎祠於內埔。〔註17〕

後者，見於盧德嘉《鳳山縣采訪冊》：

> 韓文公祠，一在內埔莊街（港西），與天后宮比鄰，縣東四十里，屋
> 六間。道光七年武生李孟樹倡建。〔註18〕

內埔昌黎祠，當與臺灣儒學之設立及開科考試有關。

康熙二十二年（1683）秋，清領有臺灣，翌年四月劃臺灣行政區為一府
三縣（一府為臺灣府，轄臺灣、諸羅、鳳山三縣），隸福建省。雍正元年（1723）
析諸羅縣以北為彰化縣、淡水廳。雍正五年（1727）設澎湖廳。〔註19〕

儒學設置方面：康熙二十三年（1684）始設臺灣縣儒學、鳳山縣儒學。
康熙二十四年（1685）設臺灣府儒學，康熙二十五年（1686）設諸羅縣儒學，
雍正四年（1726）設彰化縣儒學。光緒五年（1880）設淡水廳儒學，澎湖廳
不設。〔註20〕

臺灣府儒學為一府最高教育機關，設教授一員（正七品文官），掌管所職；
縣儒學設教諭一員（正八品文官），另設訓導，以為教授及教諭之副。設儒學
之本旨，當為育賢儲才之用。〔註21〕

清人治臺，開科考試，始於康熙二十六年（1687），是年閩籍即有鳳山縣
之蘇莪考中舉人，〔註22〕三十五年（1692）福建省（包括台灣）鄉試（舉人
考試）名額定為七十一名。當時，粵籍來臺移民較遲，康熙中葉（1691～2）
始有粵東客家人到鳳山縣下淡水「濫濫莊」（今屏東縣萬丹鄉四維村「濫莊」）

〔註16〕 「溯自明季鄭成功率師入臺，開創基業，我大陸忠貞義民，隨師渡海，蓽路
藍縷。迨及清朝，移民有加，耕織是務。惟因海盜奸宄，擾亂迭乘，民苦其
害，乃相約劃地為營。聯莊為壘，分先鋒、中心、前、後、左、右六個地區
作適當之防衛，……是以六堆之名見稱焉。」引自〈西勢六堆忠義祠史實〉，
《屏東縣志》卷一〈地理志〉，頁 712。

〔註17〕 鍾文現存內埔昌黎祠前殿左壁。詳參附錄。

〔註18〕 盧德嘉：《鳳山縣采訪冊》（臺北：臺灣大通書局，臺灣文獻第 73 種，民國 73
年 10 月），頁 183。

〔註19〕 林衡道主編：《臺灣史》（臺北：眾文圖書公司，民國 79 年 11 月），頁 243～
244。

〔註20〕 同上註，頁 244。

〔註21〕 同上註，頁 300。

〔註22〕 《鳳山縣采訪冊》己部「舉人」，康熙二十六年丁卯條：「蘇莪，縣學附生，
原籍泉州。」頁 237。

墾殖，後形成「六堆」部落。康熙六十年（1721）朱一貴之役，雍正十年（1732）
吳福生之役，「六堆」客莊協助官兵平亂立功。乾隆六年（1741）粵民（客家
人）流寓福建省臺灣府，年久入籍者，臺灣府四縣（臺灣、鳳山、諸羅、彰
化），均有戶籍可查稽，時粵籍應考童子試（秀才）者已有七百餘人，乃另編
「新」字號，於四縣內，以不佔閩籍名額，共錄取粵籍生員（秀才）八名，
附入府學，這是臺灣客家考功名之始。比鳳山縣學之設，慢了五十七年，比
府學之設，慢了五十六年。〔註 23〕

　　道光八年（1828），此四邑應試人多，清廷比照福建中縣學之額，在原額
十三名外，再加進額二名，作為十五名額。〔註 24〕在這種氛圍下，朝廷既示
恩惠「開放粵籍」，而功名利祿又為庶民之所望，故應考生員日多。何元濂及
李孟樹遂作出貢獻。

　　何元濂，廣東嘉應州鎮平縣（民國三年改名蕉嶺縣）人，是清朝舉人。
乾隆中葉來台，致力教育事業，宣揚聖人教化，創設「文宣王祀典會」。乾隆
四十九年（1784）何元濂曾撰〈文宣王祀典引碑文〉，以紀其事。〔註 25〕何元
濂募集捐貲，既置田產，一面「廣設義學，延師訓導，長育人才」，一面又以
其孳息，「作春秋享祀之用，其餘設立花紅，以為獎勵」。數年之間，進學者
日多，形成「師師濟濟」的現象。

　　道光七年（1827），「文宣王祀典會」會友武秀才李孟樹遂進一步創建「昌
黎祠」，其後創「韓文公祀典會」，這些「祀典會」對六堆文化教育事業，產
生影響。故此，上揭之「內埔昌黎祠」後建於內埔天后宮，「道光七年，武生
李孟樹倡建。」應為可信。

五、六堆昌黎祠原為書塾

　　當時，鳳山縣的儒學結構，學宮方面：有聖廟、崇聖祠、明倫堂、朱子
祠、奎樓、名宦祠、鄉賢祠、教諭宅、訓導宅，俱在學宮之內，總繞圍牆；
學田方面有五處；書院方面：有鳳儀、鳳岡、朝陽、屏東、雪峰等書院；義
學方面：全邑義學有七處，番社義學六處；社學方面：民社學二百三十八處，

〔註23〕《屏東縣文獻》〈碑碣〉（一）（屏東：屏東縣政府印行，民國 68 年 3 月），內
　　　　文註，頁 134～135。
〔註24〕《臺灣史》，頁 304。
〔註25〕何元濂〈重鐫文宣王祀典引碑文〉現在「昌黎祠」隔壁「觀音廳」壁上。又
　　　　見《屏東縣文獻》〈碑碣〉（一），頁 129。

番社學八處。〔註26〕

內埔莊距鳳山縣治二十里，〔註27〕學童上學跋涉為難。於是，設立「粵東義學，延師訓導，長育人才」，有其必要。鳳山縣儒學，設於康熙二十三年（1684），「內埔昌黎祠」則建於道光七年（1827），中間的一百四十三年中，內埔莊（粵莊）學童如何就學？自然是「遍設蒙館，以教子弟」；雍正間，鳳山縣建立明倫堂，宣講「聖諭廣訓」，粵莊子弟亦可在蒙館接受宣講了。

建成之後的「昌黎祠」，儼然是內埔莊的書塾、義學。於是，「聘名師駐祠，教以制藝，課以試帖，為將來考試之資」。何以專祀韓愈？〈昌黎祠重建記〉云：「蓋嶺南之民，自昔皆尊文公為師表，我六堆士子瞻仰儒宗，而人文蔚起，宜乎廟宇獨巍峨於斯地焉。」鍾氏此言揭出了底蘊。簡言之，就是藉瞻仰韓愈這一位「一代儒宗」，使學子明禮知義，篤於文行，宛如當年潮州之為「海濱鄒魯」，形成一個文質彬彬的人文社會。

簡言之，昌黎祠不儘是廟宇，更是科舉時代的學府，祠內禮聘了許多博學鴻儒駐祠講學，一面教養人才，一面鼓勵應舉，這便延續了當年韓文公於潮州設置鄉校，提倡文教之精神，這是無價比擬的文教事業。

道光九年（1829）地方人士成立「六堆科舉會」，即為應考子弟提供獎學金而設。顯著的例子為江昶榮，他本為內埔農村子弟，先在昌黎祠遊學受教，後經科舉會協助，得於光緒九年（1883）榮登進士。〔註28〕其他，如邱國楨（贊成）、余士霖、吳德春、朱阿漢、邱蓮石、鍾昆益、劉啓蓀〔註29〕等名儒皆曾先後於昌黎祠執教。嗣後，劉金安因漢學甚好，有幾年時間，曾在昌黎祠講漢文。〔註30〕

六、昌黎祠二百年滄桑

「昌黎祠」有新舊之分。舊「昌黎祠」原為古蹟。建於道光七年（1827），

〔註26〕《鳳山縣采訪冊》，頁155～164。
〔註27〕《鳳山縣采訪冊》甲部「地輿」：「港西里，在縣治東北方，距城二十里，轄莊二百四十四。」頁12。
〔註28〕《漢聲雜誌》（臺北：和聲雜誌社出版），頁36。本條及下條資料陳佩君提供。陳佩君為雲科大漢學所碩士。碩士論文為：《六堆屏東內埔昌黎祠及其客家文化研究》。筆者為其指導教授。
〔註29〕曾彩金：《六堆客家社會文化發展與變遷之研究──文教篇6》（屏東：財團法人六堆文化教育基金會，2001年），頁44。
〔註30〕劉正一：《六堆天后宮沿革志》（屏東：內埔昌黎祠管委會，2005年），頁35。

坍塌於民國 66 年（1977），歷經清領、日據、民國三朝，凡 150 年。民國 70 年（1981）地方人士於舊址上另以鋼筋混凝土修築，是爲新「昌黎祠」，即今之昌黎祠。

　　昌黎祠在日據時期的遭遇如何？「在日據時期，『七七事變』未發生之前，內埔公學校的日人校長還會帶領學生參拜天后宮，祈求國泰民安，態度恭信。及至『七七事變』爆發後，日人對臺灣施行『皇民化運動』，臺灣廟宇多遭搗毀，內埔媽祖神像及其他神像亦遭解送『潮州郡役所』，錮禁達八年之久。」〔註 31〕惟據今日妙覺寺上定法師（1941～）〔註 32〕表示，當時，劉玉妹（秀妙上人）（？～1976）用巧妙的方法保護了天后宮及昌黎祠。

　　民國 27 年至 34 年（日昭和 13 年～20 年）間，日僧東海宜誠（1892～1988）〔註 33〕渡海來台。日本皇民化運動管制台灣民間宗教，他是執行者之一。

　　於是，在地方人士請託下，劉玉妹遂拜東海和尚爲師，並於民國 27 年入住天后宮旁廂房，外面掛起「佛教佈教所」的招牌，裡面則奉祀釋迦牟尼佛，觀世音菩薩，以之做爲掩護；是故，天后宮、昌黎祠等神像遂得安好存置。〔註 34〕

　　自此之後，由民國 27 年至 76 年，由出家尼師接手管理廟務，凡 50 年。〔註 35〕

　　臺灣光復後，地方人士曾於民國 38 年 12 月 21 日起，創立「六堆文公祀典」，以「尊重文教、敬仰夫子」爲宗旨，招收會員壹百人，每人各出淨穀壹百台斤爲會員，以其孳息做爲韓文公祭典費用。此「六堆文公祀典」經始於

〔註 31〕據〈內埔鄉天后宮重修碑記〉有不同的記述：「當民國 26 年七七蘆溝橋事變，日人愚臺尤劇，遂將信仰神像付之火炬，或撤去，致使堆民信仰無所憑依。」引見《屏東縣志》卷一〈地理志〉，頁 711～712。

〔註 32〕上定法師（1941～），俗姓劉，名群金，民國 30 年生，屏東縣內埔鄉人。自小親近秀妙上人，民國 52 年披剃，法號上定，內號會群。曾於台中寶覺寺、基隆靈泉寺、臺北太虛佛學院、新竹福嚴佛學院等處求學。秉承師志，增建妙覺禪寺，以利度眾，曾任教於東山、元亨、慈恩等佛學院，擔任屏東看守所及屏東監獄教誨工作，教化受刑人，兩度榮獲法務部頒發獎狀。

〔註 33〕東海宜誠先後出任台灣臨濟宗鎮南學林教師兼舍監、台灣開教使、佛教龍華會顧問、台灣臨濟宗總本部宗務主事、高雄龍泉寺住職、佛教慈愛院理事長、高雄市大乘佛教會會長、屏東市東山寺住職、臨濟宗高雄州支所長等職。東海和尚返回日本後，先後擔任岐阜縣禪昌寺住職、永昌寺住職等職。

〔註 34〕光復後，東海和尚回日，劉玉妹另拜高雄美濃朝元寺眼淨和尚爲師，民國 44 年（1955）剃度出家，法號秀妙，於東山寺受戒，此後仍在內埔天后宮弘法。

〔註 35〕此條資料爲上定法師提供。

民國 39 年至 66 年，其中收支決算，有「六堆文公祀典簿」可稽。〔註36〕

　　民國 76 年，內埔光明路妙覺寺重建完成後，劉玉英（昌定師父）便遷離天后宮。於是，地方人士另組管理委員會，以爲管理，第一屆主委爲鍾智謙先生。鍾先生共任五屆主委，凡十四年之久（1987～2000）。任內，恢復韓文公祀典、促成天后宮重修、媽祖出巡繞境（1989、1990、1991 連三年）、前往湄州進香（1990、1991、1994 三次）等等，獻替頗多。第六屆主委鍾正雄先生，任內（2001～2003），首度由廟方舉辦「韓愈季」文化活動，又組團到潮州韓文公祠參訪（2002），完成天后宮與昌黎祠土地權狀的轉移等等，出錢出力；第七屆主委涂南都先生，任內（2004～2006），承辦寺廟登記證之換證，與政府攜手策劃擴大辦理「韓愈文化祭」活動；第 8 屆主委李樹國先生，任內（2007～2009），續辦「韓愈文化祭」；〔註37〕第 9 屆主委鍾璧興先生（2010～）。

七、趙德和韓湘之從祀

　　昌黎祠主祀韓愈，從祀趙德和韓湘兩位先師。

　　趙德（？～？），廣東海陽縣人。大曆十三年（778）進士。距元和十四年（819），韓愈謫潮，凡四十一年，當時趙德已過六十，年齒長於昌黎。〔註38〕韓愈譽他：「沈雅專靜，頗通經，有文章，能知先王之道，論說且排異端，宗孔子，可以爲師矣。」薦舉他「攝海陽縣尉，爲衙推官，專勾當州學，以興愷悌之風。」〔註39〕趙德更私錄韓愈文七十二篇爲《昌黎文錄》，教於鄉里，是《韓愈文集》第一位編集者。〔註40〕因有興學教化之功，故潮人於郡中建八賢堂，以趙德爲首席。明清時，潮州昌黎廟皆以趙德從祀，號天水先生。〔註41〕

　　韓湘（795～？），字北渚，又字清夫，河南河陽（今河南孟縣）人。係韓老成之子，韓愈姪孫。韓老成卒時，年方十歲。元和十四年（819）韓愈貶潮州刺史時，曾相隨南行，韓愈作〈左遷至藍關示姪孫湘〉詩相贈。長慶三年（823）登進士第。授校書郎，爲江西從事，沈亞之等有詩及序送之。後官

〔註36〕此條資料爲李樹國先生提供。
〔註37〕此段資料係涂南都先生提供。
〔註38〕饒宗頤撰：〈趙德及其昌黎文錄〉，《香港潮州商會六十周年紀念特刊》（香港：該會自印本，1981），頁 97～99。
〔註39〕〈潮州請置鄉校牒〉，《韓昌黎文集校注》頁 401～402。
〔註40〕饒宗頤撰：〈趙德及其昌黎文錄〉，同註38。
〔註41〕同上註。

至大理丞。〔註42〕韓湘一生沒有學道成仙之事。他之所以成為神仙，完全是由民間傳說附會而成。〔註43〕

從祀之義，是表示其人與主祀神功德相類之意。〔清〕鄒朝陽撰〈太守丁公配享碑記〉云：「從祀之義何取乎？曰：取其類也。其德類，其功類，則其祀類也。」〔註44〕潮州韓文公祠以趙德先生和陳堯佐先生從祀，因為趙德「興學之功類也」，陳堯佐「驅鱷之功類也」。至於韓湘之從祀，原係潮州韓祠之做法，據說在韓公像左面神龕中，舊日係塑有韓湘子立像；〔註45〕若依「如潮」之義，亦非無據。

結　語

若論昌黎祠的祭祀意義，以本義言，原是通過對韓文公的祭祀，使後人瞻仰與效法，使學子明禮知義，形成一個「海濱鄒魯」的人文社會，這是崇德報功的傳統思想；韓文公是先賢，我們應使後生學子效法其道德文章，為官治事，以求業精行成，道明德立，做一位君子，進而為聖賢，至低限度作個盡心負責的好公民。由此更可接上中國文化與道統的本源。在高呼「科技與人文並重」的今天，有著非常重大的意義。

附錄文獻

一、昌黎祠碑文

昌黎祠碑記有三篇；另木碑乙張，依次敘錄：

（一）〔清〕何元濂〈文宣王祀典引〉

竊思聖道長流，亙萬古而不磨；聖教旁敷，隆文重道，建學明倫，何分邦域？尊賢取士，豈限弘揚道義？時尋洙水之源，未幾來遊東土。

目擊田間父老，犁雨鋤雲，庠序修葺，講學論道之風，漪歟休哉！

〔註42〕周祖譔主編：《中國文學家大辭典‧唐五代卷》（北京：中華書局，1992），頁747。

〔註43〕「八仙中韓湘的最高原型是韓愈江淮間的族侄」，由唐段成式《酉陽雜俎》開始到北宋初劉斧《青瑣高議》，韓湘已被神化。參見王漢民：《八仙與中國文化》（北京：中國社會科學出版社，2000年），頁15～19。

〔註44〕曾楚楠：《韓愈在潮州》，頁92～93。

〔註45〕「韓湘子像」條：「祠左神龕，塑有湘子立像。」《韓愈在潮州》，頁74。又據曾楚楠相告：「趙德、陳堯佐等從祀的先賢，在清末以前仍在，自民國以後，已漸次毀壞；今日重修後的韓祠，由於正殿的空間不大，與管理上的考慮，故只有韓文公塑像而已。」

曲江之風度，越境猶有瓊之典型，斯文砥礪覃恩波，開設粵籍，廣儲人才之至意也。濂等思之：文運雖興，祀典缺如。遂與貢生賴自然、生員黃東麟、黃聖基等，到港口莊中，談論聖道，謂：「子等豈安忍地遠鄒魯，遽忘玉振金聲耶」？以是會齊同人。津（聿）斂祀典，一以倡之文運。每人捐銀壹員，作春秋享祀之用，其餘設立花紅，獎勵來茲。時仰瞻數仞之牆者，迨後相率而來，同聲相應，同氣相求；數年間，遊泮水以進學者，師師濟濟，未始非聖教有靈，故先後輝映也。迄今生息蕃衍，既立田產，廣設粵東義學，延師訓導，長育人才，養成頭角，行見有成，均而登仕。粵籍之風，益以見聖道長流，萬古不磨；聖教旁敷，四夷同霑教澤，亦將以斯文為鍾育粵東矣，豈獨一時盛事也哉！

乾隆四十九年春正月元日後學弟子何元濂拜撰

（此碑現在昌黎祠隔壁「觀音廳」壁上）

（二）〔日〕劉金安〈捐修天后宮昌黎祠芳名碑記〉

內埔天后宮，為港東西□□廟宇。自先輩剏垂以來，既歷百年載矣。前於道光己酉間，鍾桂齡鍾公剏先□□，自是廟貌巍峨，而神靈益赫，迄今風霜久歷，雨露頻侵，外而門檻，內而柱題，殘破傾危之象，若不惟敬，咸表勤虔恭，無以慰其先烈。爰於壬子之歲，召集殷紳，提倡修葺，事不宜遲。即囑安總召繕修之事。安義不容辭。隨呈請督憲，蒙許可下付後，節□□緣簿，分區勸誘，計捐金□□□□。自壬子葭月，至癸丑葭月，互一年□□。成後□廟定則神定，斯靈爽式憑，亦善作必成□。芳名均宜勒之貞珉，同垂不朽。大正二年癸丑冬月，總理劉金安記。

（此碑現存昌黎祠左壁）

（三）「昌黎祠沿革」木碑

韓文公略歷

文公諱愈，字退之，鄧州南陽人。世居昌黎，後封昌黎伯，以為號。官至吏部侍郎。生於唐代宗大曆三年戊申歲，西紀七六八年；卒於穆宗長慶四年甲辰，西紀八二四年。享年五十七而卒。諡曰「文」。生平祖述孔子，道六經百家之學，世稱孟子以後第一人，為唐代儒宗之大斗（按：大疑為太之誤。）。著有《論語筆解》二卷、《韓昌黎集》四十卷。（《中國哲學史》）

韓文公事蹟

文公乃唐代潮州之刺史也。先是,為唐憲宗刑部侍郎。元和十四年,因上表切諫佛骨,十五年春,貶為潮州刺史。潮州固為吾國邊鄙,當是時,政教未逮,文公作三字經以教民。又如草昧未開,鱷魚潛伏嶺海,於朝夕食人,民不寧安。文公設祭為文以拒逐之。吁!蓋其憂國憂民之至誠,有感於蒼穹歟!

台灣建廟緣起

溯自明末清初,國內大亂,先人恐族滅家亡,冒死渡臺,墾闢桃源,以延子孫。然當時臺灣亦海外荒服之地,天然情勢固與古之潮州無異也。及至版圖入清後,於康熙間,鳳山縣儒學新建置教諭,以理學政,宣諭縣民。設學教讀,粵莊皆響應,遍設蒙館,以教子弟。若效法文公之教旨,先讀三字經,次及四書五經,一與從前之潮州焉。(《台灣通史》)

內埔昌黎祠沿革

及至雍正間,鳳山縣建立明倫堂,主刊欽定聖諭、廣訓,頒發各鄉,命生徒誦讀,朔望宣講於是。粵莊之後起,不惟進念先人皆來自嶺南,且讀其書,無不宗仰文公者,遂起建昌黎祠於內埔,一以兼備宣講,且為學子講求深造之校址。聘國內名師駐祠,教以制藝,課以試帖,為將來考試之資。似此,昌黎祠不惟廟宇,概亦科舉時代之學府也。(《舊鳳山縣志》)

曾經舉人鍾桂齡之補修,其次為管事鍾里海、貢元李石華、歲進士邱贊臣等之復修。至癸丑年,紳士劉金安等再為重修。臺灣光復後,於民國三十六年冬,糾合眾莊人士,發起改築復舊,以誌粵莊之民自古皆尊文公為師表,宜其廟宇獨巍峨於斯地,為我六堆士子瞻仰儒宗於百世也。

六堆文公祀典_{會員}^{全體}同敬獻

中華民國四十一年壬辰歲重九聖誕紀念日

(此匾現懸掛於昌黎祠前殿左壁上)

(四)鍾國珍〈內埔昌黎祠重建記〉

內埔昌黎祠為祀奉先賢韓文公而創建者也。公諱愈,字退之,謚曰文。生於唐代宗大曆三年(西元 768),卒於穆宗長慶四年(西元

824）。據新唐書載及朱熹考証，公河內南陽（今河南孟縣）人，因先世居昌黎，嘗自稱昌黎韓愈。至宋神宗元豐元年，詔封公昌黎伯，故後學皆以昌黎伯或韓文公稱之。公博通經史，綜貫百家，以進士官至吏部侍郎。斥佛老，尊孔孟，以六經之文爲諸儒倡，卓然自成一家。蘇軾嘗以「匹夫而爲百世師，一言而爲天下法。文起八代之衰，道濟天下之溺」贊之。

公因諫憲宗迎佛骨，被貶爲潮州刺史。今之嘉應五屬當時悉隸潮州，皆公之轄邑也。公蒞潮後，置鄉校，興教育，嶺南文化，自是發皇。時當地有鱷魚患，公爲文祭之，鱷魚遂南徙入海，人畜以寧。潮人感公之德，建廟祀之，名其水曰韓江，其山曰韓山，皆所以崇德報功，永留紀念也。

清康熙乾隆間，嶺南人士移殖臺灣，繁衍於下淡水六堆地區，爲興學育才計，特於嘉慶八年（西元 1803）由昭武都尉鍾公麟江發起，建昌黎祠於內埔，聘名師駐祠講學，成爲全臺唯一奉祀文公之祠宇。蓋嶺南人民，自昔皆尊文公爲師表，我六堆士子瞻仰儒宗，而人文蔚起，宜乎廟宇獨巍峨於斯地焉。

昌黎祠創建至今垂一百八十年，其間經舉人鍾桂齡、管事鍾里海、鍾貴光、李石華、歲進士邱贊臣等迭爲補修。至民國二年紳耆劉金安等再爲重修。台灣光復後，於民國三十六年後由鍾梅貴先生糾合全鄉人士予以改建。惟當時建材缺乏，施工簡略，故不堪風雨侵蝕，於民國六十六年颱風肆虐時，前殿傾圮，其餘梁柱亦多腐朽。於是地方人士發起重建，組織昌黎祠重建委員會董其事，將危殿拆除，改用鋼筋混凝土構築，而維持固有之風格，經始於民國六十八年六月，歷二年又四閱月欣見落成。耗資新台幣四百餘萬元，除蒙臺灣省政府補助二十萬元，屏東縣政府補助三十萬元，內埔鄉公所補助十八萬元外，餘皆賴熱心人士樂捐湊足，經另行勒碑，以紀功德。竊維文公崇仁尚義，振綱常於百世，志道據德，揚聖學於千秋。今祠宇維新，便於春秋祭享，靈爽式憑，永爲後學楷模。行見六堆文風，益當發揚光大矣。

進士趙德，海陽（今潮安縣）人，文公刺潮時，命德爲海陽縣尉，專領學事，自是潮之士篤於文行，人稱天水先生。韓湘爲八仙之一，

傳爲文公姪孫。公貶潮赴任，經藍關，值大雪，湘忽至，護公就道。
公作詩有句云：「雲橫秦嶺家何在，雪擁藍關馬不前，知汝欲來有深
意，好收吾骨瘴江邊。」蓋紀實也。今謹配趙德與韓湘於祠之左右，
共資景仰焉。

　　　國民大會代表　鍾國珍拜撰
　　　八十三歲老人　黃丁郎謹書
　　　主任委員：劉宴章；常務委員：劉德新、張順福；
　　　兼總幹事：李耀全；
　　　顧問：（日本京都市）利騰山、（日本東京市）利博文、
　　　　　　（長治）邱開達、（內埔）劉玉英；
　　　管理人：劉增福；
　　　委員：賴傳秀

　　　　　　　　　　　　　　中華民國七十年十月十三日落成
　　　　　　　　　　　　　　（此碑現在昌黎祠的左壁）

二、匾　聯

（一）匾　額

1. 斯文砥柱匾
2. 後學楷模匾
3. 群倫師表匾
4. 千古文宗匾
5. 弘道化民匾
6. 百世之師匾
7. 垂文沃世匾
8. 嶺南師表匾
9. 道傳世崇匾
10. 宗儒弘道匾
11. 宣揚文化匾
12. 百世師表匾
13. 嶺南師表匾
14. 聖學千秋匾
15. 浩氣磅礡匾

16. 浩然正氣區

（二）**楹　聯**

1. 一生弘聖道，直諫謫潮州，驅鱷安民，誕敷文德留遺愛
　　百世仰儒宗，仁施周海嶠，闢邪贊化，運啓昌期佑復興

2. 八代挽狂瀾，吏部文章光日月
　　九重彰直諫，海疆聲鼓迄風雷

3. 直諫謫邊疆，八千里雨雪風霜，天意嶺南開治化
　　至言垂後學，數百世文章道德，人心海外起頑廉

4. 德業與山河並重
　　風聲同日月常新

5. 麟吐玉書
　　河洛出圖

6. 六堆前賢沾化育
　　千秋後學仰儒宗

7. 一身扶聖教
　　千載仰儒宗（新祠門聯）

8. 內外仰神功，七戒三齋迎福德
　　埔田沾聖澤，五風十雨慶新年（舊祠門聯）

三、天后宮門牆三對古篆字釋文：

文章華國

詩禮傳家

招財進寶

福祿壽全

風調雨順

國泰民安

（原載《漢學論壇》第一期，2000 年出刊；今經刪改增訂，易爲今名。2011 年 5 月記）

（本文承蒙屏東縣內埔鄉昌黎祠印刷爲宣傳小冊，廣贈各界，謹此致謝。）

臺灣的韓文公信仰

前 言

　　台灣的韓文公祠，以專祠形式出現者，爲內埔昌黎祠；以從祀出現者，有五處：台南三山國王廟、嘉義三山國王廟、雲林大埤三山國王廟、苗栗文昌祠、彰化永安宮三山國王廟。

　　筆者敘論內埔昌黎祠，既已有專文；以故，本文寫作，以五間從祀於三山國王廟的韓文公爲對象，使專祀和從祀各有分別。行文中，當以韓文公祠爲主，專介其祠之歷史及匾聯文物等，至於主祀之三山國王，則略介其沿革及匾聯文物。

一、臺南市三山國王廟與韓文公祠

　　三山國王，即謂奉祀廣東省揭陽縣獨山、巾山、明山三山之山神。隋時，三山神託靈於玉峰之界石，因此廟食。唐元和十四年韓愈刺潮，淫雨爲害，因禱於神，並寫了〈祭界石神文〉，從此結了勝緣。及宋太祖開基，劉鋹拒命，王師南討，潮守侍監王某禱於神，天象爲之變化，劉鋹大敗；後宋太宗征討太原，又見顯靈，因封爲王，賜廟額曰「明貺」。〔註1〕惟此三山國王廟聲靈日著，神威赫濯，「肇跡於隋，顯靈於唐，受封於宋」，庇國護民，由來已久。故「潮之諸邑，在在有廟」，潮人來臺者，莫不分香過臺，以求福庇，於是建廟致祭。

〔註1〕　〔元〕劉希孟撰：〈明貺廟記〉，《廣東通志》卷148〈建置略〉24（臺北：華文書局，同治三年重刊本，民國57年10月），頁2533、2527。

臺南市三山國王廟位於北區西門路三段 100 號，天后聖母祠與韓文公祠分居其左右側，以下先由三山國王廟的沿革敘起。天后聖母祠，則不敘。

（一）三山國王廟歷史

據王必昌《重修臺灣縣志》卷六〈祠宇志〉記載：

> 三山國王廟在小北門內鎮北坊水仔尾。廟祀粵潮州巾山、明山、獨山之神；（三山在揭陽縣界。原廟在巾山之麓，賜額「明貺」。潮之諸邑，皆有祠祀。粵人來臺者，咸奉其香火，故建廟云。）〔註2〕

清初，粵人來臺者，多從故鄉潮州帶來三山國王廟的香火，有感於神靈赫奕，故為建廟。而臺南三山國王廟，草創於雍正七年己酉（1727）；乾隆七年壬戌（1746）則由知縣楊允璽、左營游擊林夢熊率粵東商民倡建。〔註3〕楊允璽，廣東大埔人，甲辰舉人，乾隆七年（1742）四月任臺灣縣知縣，乾隆九年（1744）去職；〔註4〕林夢熊，廣東海陽人，武進士，乾隆七年（1742）到任「臺灣鎮標左營游擊」一職，十年（1745）去職。〔註5〕其後，乾隆至光緒間，三山國

〔註2〕 王必昌：《重修臺灣縣志》（臺北：臺灣大通書局，臺灣文獻叢刊第 113 種，民國 73 年 10 月），頁 180。此外，類此的記載，亦見於下列文獻：連橫：《臺灣通史》（臺北：臺灣大通書局，民國 73 年 10 月），頁 586。黃典權、游醒民等：《臺南府志》〈人民志・宗教篇〉（臺北：成文出版社，民國 68 年 1 月），頁 982。謝金鑾：《續修臺灣縣志》（臺北：臺灣大通書局，臺灣文獻叢刊第 140 種，民國 73 年 10 月），頁 339。

〔註3〕 有關台南三山國王廟的倡建時間和人物，首見於王必昌：《重修臺灣縣志》：「雍正七年，知縣楊允璽、左營游擊林夢熊率粵東諸商民建」，頁 180。又見余文儀：《續修臺灣府志》（臺北：臺灣大通書局，臺灣文獻叢刊第 121 種，民國 73 年 10 月），頁 647。

民國廿七年戊辰（1938）五月，日人前島信次，在《科學的臺灣》雜誌，臺南專輯中撰寫一篇名為〈臺南的古廟〉，提出質疑：據余文儀《續修臺灣府志》：楊允璽、林夢熊二人皆乾隆七年壬戌任職，不可能提早十三年在雍正七年己酉（1729）建廟，推論說：創建年代當在乾隆七年及九年，雍正七年建是錯誤的；又舉該志〈藝文志〉徐德峻撰〈新建三山明貺廟碑記〉為證。

近人楊仁江在其所撰之《臺南三山國王廟之調查研究與修護計劃》書中第三章第一節中有所考辨，楊氏推論是：「臺南三山國王廟草創於雍正七年己酉；乾隆七年壬戌由臺灣知縣楊允璽、臺灣鎮標左營游擊林夢熊率粵東商民修建。」頁 39～43。下稱楊著《三山國王廟查修計劃》。此書為楊仁江先生所提供。

近人蔡卓如在〈臺南三山國王廟的興建〉一文中，對前島信次的質疑亦有所商榷，他的結論與楊說近似，不復贅述。見《臺南三山國王廟特刊》（臺南：該廟管理委員會出版，1997），頁 12～16。今從楊仁江的考辨。

〔註4〕 余文儀纂輯：《續修臺灣府志》，頁 104。

〔註5〕 同上註，頁 403。

王廟屢有修護：

〔清〕乾隆四十九年（1784），由林廣盛等發起募款，進行了一次耗資龐大的廟宇修護。〔註6〕

〔清〕嘉慶七年（1802），由監生翁峻等發起修護廟宇，「置店六間，即在本廟後，收租以供香火。」〔註7〕這六間店後來便作爲潮人來臺賃居的會館。〔註8〕

〔清〕咸豐十年（1863），由陳啓芳等發起廟宇維修，工程分兩次進行。第一次於咸豐十年（1863）正月施工。第二次延至同治三年（1864）十月進行。〔註9〕

〔清〕光緒十三年丁亥（1887）正月天后祠曾作相當規模的重修，由潮郡眾商人於原廟祠殿前重建。〔註10〕

日據時期，廟神像曾被禁錮。廟產遭賣給日人多賀秀助作爲肥料倉庫及木工場所。〔註11〕

光復後，廟產被政府接收，乏人管理，廟宇內外與會館房舍先後被人佔住，復濫加搭蓋，廟宇內外髒亂雜陳。〔註12〕

民國五十三年（1964）十月二日，始由臺南市潮汕同鄉會管理。〔註13〕

民國五十八年（1969）八月，廟宇外貌殘破，由黃澄林、林奕廷出資整修，留下碑刻記事。〔註14〕

民國六十三年（1974）四月二日，成立廟寺管委員。〔註15〕

民國六十六年（1977），因廟宇前埕積水，由管委會主委韓振聲發起整修，並建金爐乙座。〔註16〕

〔註6〕楊仁江：《三山國王廟查修計劃》第三章第二節〈臺南三山國王廟的修建〉，頁46。

〔註7〕謝金鑾：《續修臺灣縣志》，卷五〈寺觀〉，頁339。

〔註8〕《三山國王廟查修計劃》，頁46。

〔註9〕同上註，頁46。

〔註10〕同上註，頁47。

〔註11〕同上註，頁48。

〔註12〕同上註，頁85～88。

〔註13〕蔡卓如：〈臺南三山國王廟的興建〉、〈歷次廟宇修護概略〉、〈管理概述〉；《臺南三山國王廟特刊》，頁12～36。

〔註14〕邱彥貴：〈嘉義廣寧宮二百年勾勒〉，頁48。

〔註15〕同註13。

〔註16〕同上註，頁35。

民國七十四年（1985）八月十九日三山國王廟得內政部公佈列爲臺閩地區第二級古蹟。〔註17〕

民國七十九年（1990），天后祠因違建拆除後，牆廊、屋面損壞，由廟方自行整修。〔註18〕

民國八十三年（1994）政府爲維護古蹟，以新臺幣六千多萬元進行廟宇大修護，於八十五年十一月二十六日完工。〔註19〕

（二）韓文公祠的沿革

據謝金鑾《續修臺灣縣志》卷二〈壇廟〉云：

> 韓文公祠在鎮北坊三山國王廟右（祀唐韓愈），乾隆三十七年邑人潮州人建。舉人傅修、國子生林文榜等倡捐，買置店屋三間于舊縣頂市仔頭，收租以供祭費。四十一年總鎮顏鳴皋倡修，廣其前後屋宇。
>
> 嘉慶七年，國子生翁峻、生員陳應機等復修。〔註20〕

上距三山國王廟草建後 45 年，楊、林二氏倡建後的 19 年，即在乾隆三十七年（1772），臺南地區的潮州人爲了感念韓愈的貢獻，效法故鄉潮州於韓氏的祠祀，於是，又在三山國王廟的右側建造韓文公祠。其左側先是建成天后宮。當時，是由舉人傅修、國子生林文榜倡議捐款建造，又在舊縣頂市仔頭，購買三間店屋，將收取的租金做爲日常支出及祭祀費用。到乾隆四十一年（1776），又由總鎮兵顏鳴皋倡議修葺，將前後屋宇加以擴建，與主廟毗連，成爲兩進式廟宇。

韓文公祠其後幾度修護，計有：嘉慶七年（1802），「國子生翁峻、生員陳應機等復修。」〔註21〕光緒十三年（1887）又有重建。〔註22〕日據時，三山國王廟、天后宮及韓祠曾爲貨倉，神像則被禁錮，無人管理。光復後，韓文公祠的修復歷史與三山國王廟同。

韓文公祠主祀韓文公，旁邊的從侍二人，一位是掌印官，一位是掌旨官。從祀爲文昌帝君與韓湘子二人。〔註23〕廟中文昌帝君塑像身上的披帶，作「文

〔註17〕同上註，頁 18。

〔註18〕同上註，頁 35。

〔註19〕同上註，頁 35。

〔註20〕謝金鑾：《續修臺灣縣志》，頁 65～66。

〔註21〕同上註。

〔註22〕同註14，頁 47。

〔註23〕《臺南三山國王廟特刊》，頁 10。

昌帝君」,「歲次乙亥年蒲月吉日」字樣,筆者以為應該是趙德,原因有三:

1. 以神格言,文昌帝君的位置較高;
2. 以「如潮」言,這是潮州的習俗;
3. 以從祀的意義言,趙德符合意義。

趙德與韓湘的生平,上節「內埔昌黎祠」已經介紹,不再贅述。

另外,值得一提的是:韓文公和韓湘神位座上,另有四人的木質神位,這四人的姓名是:王來任、周有德、楊瑞、顏鳴皋。

四人詳細的官職,神位上是這樣寫的:

> 巡撫廣東等處地方奏准復地大老爺王諱來任神位
>
> 總督兩廣等處地方奏准復地大老爺周諱有德神位
>
> 鎮守福建臺澎水陸地方掛印總兵官楊諱瑞長生祿位
>
> 賜進士第出身鎮守福建臺澎水陸等處地方掛印都督府顏公諱鳴皋長生祿位

為什麼配祀王來任、周有德?此與「遷界」有關:

> 清代順治時,民族英雄鄭成功鎮南澳、廈門,時常遣將至潮州沿海各縣進攻,各縣義士群起響應,清兵無法抗禦。順治十八年下旨遷界。康熙元年,明永曆十六年,以鄭經鎮臺灣,海氣不靖,內閣滿洲大臣蘇納海、鰲拜議:「沿海建墩台,海兵至舉烽為號,以便守禦,徙民內地,以杜奸宄接濟之患。粵省東起饒平大城所上里尾,西迄欽州防城,令吏部侍郎科爾坤(按:《清史稿》作科爾崑),兵部侍郎介山,同平南王尚可喜,將軍王國光、沈永忠,提督楊遇明等,巡勘潮屬瀕海六縣,築小堤為界,建墩台七十有三,令徙居民入內地五十里,一切田園廬舍,概行拆毀。」人民流離失所,痛哭呼號,聲震天地,古今之虐政以此為第一。亦可見非我族類之殘民以逞也。康熙三年,明永曆十八年,三月,遣吏部尚書伊里布,兵部侍郎碩圖(按:《清史稿》作石圖),偕藩院將軍提督復勘遷地,令再徙內地五十里,他縣姑置之。澄海僅有蘇灣一部。五年,裁澄海縣蘇灣一都歸海陽。七年,巡撫王來任、總督周有德,繪圖上疏述民斥地慘狀,請展復原地,獲旨准。全潮感其恩德,於三山國王廟塑王、周二人像,廟食百世。〔註24〕

───────────────

〔註24〕 辛大同:〈澄海縣人文地理〉,《潮訊》創刊號(臺北:臺北市潮汕同鄉會自印

康熙初年，鄭成功父子遣將至潮州沿海進攻，各縣義士又群起響應，使清兵無法抵禦，清廷遂下旨遷界「入徙內地五十里，一切田園廬舍，概行拆毀」的措施，人民為之流離失所，痛哭呼號。王、周二官，因此繪圖上疏「述民慘狀」，請「展復原地」，獲准，全潮居民感戴恩德，於是，依上述從祀之議，在韓文公祠內塑王、周二人像，百世奉祀。惟今日，此二塑像不見。

王來任，康熙元年壬寅（1662）任鄖陽巡撫，五年丙午（1666）任廣東巡撫，六年丁未（1667）十一月罷職。〔註25〕其生卒年不詳。

周有德，字彝初，漢軍鑲紅旗人。順治二年（1645）自貢生授弘文院編修。五年（1648），遷侍讀。康熙元年（1662），遷國史院侍讀學士，尋擢弘文院學士；二年（1663），授山東巡撫；三年（1664），以緝獲逃亡人民加官為工部侍郎銜。迭疏請寬山東登、萊、青三府海禁，俾居民得捕魚資生（略），皆下部議行。六年（1667），擢兩廣總督。七年（1668），上遣都統特錦等會勘廣東沿海邊界，設兵防汛，俾民復業。周有德上疏言：「界外民苦失業，開許仍歸舊地，踴躍歡呼，第海濱遼闊，使待勘界既明，始議安插，尚需時日，窮民迫不及待，請令州縣官按遷戶版籍，給還故業。」得旨允行。是冬，遭父喪，平南王尚可喜上疏亦言：「沿海兵民，方賴經營安輯，請命在任守制。」於是衰絰從公，凡三年而事定。其人《清史稿》有傳。〔註26〕

楊瑞，廣東潮州人，行伍出身，乾隆四年（1739）任「澎湖水師協標左營游擊」，九年（1744）五月任「澎湖水師協鎮」，廿九年（1764）任臺灣總鎮。〔註27〕其餘生平不詳。

顏鳴皋，「廣東嘉應州人，武進士。」乾隆二十六年（1761）三月署任「澎湖水師協標左營游擊」，二十七年（1762）三月任「澎湖水師協標左營守備」，三十九年（1774）三月任「鎮守臺灣掛印總兵官」，〔註28〕乾隆四十一年（1776）曾是倡修臺南韓文公祠的人。其餘生平不詳。

本，民國 60 年 10 月 10 日），頁 99。此篇資料為許長泉先生提供。
按：《清史稿》列傳 21〈尚可喜列傳〉、列傳 46〈伊里布列傳〉亦有「徙民勘界」之記載，頁 1011、1065。又列傳 28〈科爾崑列傳〉所言之科爾崑，其人為勇將，未有作吏部尚書的記載。頁 1028。（香港：香港文學研究社，無出版年月）。
〔註25〕《清史稿》〈疆臣年表五〉，頁 824。
〔註26〕《清史稿》〈周有德列傳〉，頁 1058～1059。
〔註27〕余文儀：《續修臺灣府志》，頁 392，396，411。
〔註28〕余文儀：《續修臺灣府志》，頁 412，430；謝金鑾：《續修臺灣縣志》，頁 260。

如今，從祀於臺南韓文公祠內之王、周二人神位，是時人當地仕紳效法潮州韓文公祠之配祀方式，但改以神位配祀。而楊、顏二人的神位則是長生祿位，由於顏氏是倡修韓祠的人，楊氏為其長官，筆者推測，奉立的時間為乾隆四十一年間，即韓文公祠修復之時。

（三）文　獻

有關潮州三山國王廟的碑記，計有劉撰二篇，盛撰一篇，前輩撰文時多引劉氏之〈明貺廟記〉及盛氏之〈三山明貺廟記〉，筆者從《永樂大典》中覓得劉撰〈廟記〉的長文，資料珍貴，故將三文並列，以便比觀。

1. 潮州路明貺三山國王廟記　〔元〕劉希孟撰

元統一四海，懷柔百神，累降德音，五嶽四瀆，名山大川，所在官司，歲時致祭，明有敬也！故潮州路三山之神之祀，歷代不忒，蓋以有功於國、弘庇於民，式克至于今日休。潮於漢為揭陽郡，後以郡名而名邑焉。邑之西百里有獨山，越四十里，又有奇峰曰玉峰；峰之右，亂石激湍，東潮、西惠，以一石為界。渡水為明山，西接于梅州，州以為鎮。越二十里為巾山，地名淋田（按：盛文作「霖田」）；三山鼎峙，其英靈之所鍾，不生異人，則為明神，理固有之。世傳當隋時，失其甲子，以二月下旬五日，有神三人出于巾山之石穴，自稱昆季，受命于天，分鎮三山，託靈於玉峰之界石，廟食于此地。有古楓樹，降神之日，上生蓮花，紺碧色，大者盈尺，咸以為異。鄉民陳其姓者，白晝見三人乘馬而來，招為從者，已忽不見。未幾陳遂與神俱化，眾郵（按：郵通由）異之，乃周爰咨謀，即巾山之麓，置祠合祭。前有古楓，後有石穴，昭其異也。水旱疾疫，有禱必應。既而假人以神言，封陳為將軍。赫聲濯靈日以著，人遂尊為化王，以為界石之神。唐元和十四年，昌黎刺潮，淫雨害稼，眾禱於神而響答，爰命屬官以少牢致祭，祝以文曰：「淫雨既霽，蠶穀以成，織婦耕男，忻忻衍衍。是神之庇庥于人，敢不明受其賜。」則神有大造於民也尚矣！宋藝祖開基，劉鋹拒命，王師南討。潮守侍監王某赴愬于神，天果雷電以風；鋹兵敗北，南海以太（按：盛文作「平」）。逮太宗征太原，次城下，忽覩金甲神人，揮戈馳馬突陳，師遂大捷，劉繼元以降。凱旋之夕，有旗見於城上雲中曰：「潮

州三山神」。乃詔封明山爲「清化威德報國王」、巾山爲「助政明肅寧國王」、獨山爲「惠感弘應豐國王」，賜廟額曰「明貺」；敕本郡增廟宇，歲時合祭。則神有大功於國亦尚矣！革命之際，郡懼兵凶，而五、六十年間，生聚教訓，農桑煙火，駸駸如後元時，民實陰受神賜。潮之三邑，梅、惠二州，在在有祠。遠近人士，歲時走集，莫敢遑寧。自肇跡於隋，靈顯於唐，受封於宋，迄今至順壬申，赫赫若前日事。嗚呼！盛矣！古者祀六宗，望于山川，以捍大災、禦大患。今神之降靈，無方無體之可求，非神降于莘、石言于晉之所可同日語。又能助國愛民，以功作元祀，則捍蕃禦患抑末矣。凡使人齋明盛服，以承祭祀，非諂也！惟神之明，故能鑒人之誠；惟人之誠，故能格神之明。孰謂神之爲德，不可度思者乎！潮人之事神也，社而稷之，一飯必祝。明山之鎮于梅者，有廟有碑；而巾山爲神肇基之地，祠宇巍巍，既足以揭虔妥靈，則神之豐功盛烈，大書特書，不一書者寔甚宜。於是潮之士某，合辭徵文以爲記。記者記宗功也。有國有家者，丕視功載，錫命于神，固取廣靈以報國。而民惟邦本，本固邦寧。儻雨暘時若，年穀屢豐，則福吾民。即所以寧吾國，而豐吾國也。神之仁愛斯民者，豈小補哉！雖然，愛克厥威，斯亦無所沮勸，必威顯於民。禍福影響，於寇平仲表插竹之靈，於劉器之速聞鍾之報。彰善癉惡，人有戒心，陽長陰消，氣運之泰，用勵相我國家。其道光明，則神之廟食于是邦，使山爲勵，與海同流，豈徒曰扞我一二邦以脩。是年秋七月望，前翰林國史院編脩官、兼經筵檢討、廬陵劉希孟撰文，潮州路總管、兼管內勸農事、蟲吾王元恭篆蓋。

按：此文載於《永樂大典》卷5345。

2. 明貺廟記　〔元〕劉希孟撰

我元統一四海，懷柔百神，五嶽四瀆，名山大川所在，詔有司歲時致祭，明有敬也！潮路三山神之祀，歷代不忒，蓋以有功於國、宏庇斯民，故食報於今日。攷潮州西北百里有獨山，越四十里有奇峰，曰玉峰；峰之右，有亂石激湍，東潮、西惠，以石爲界，渡水爲明山；西接梅州，州以爲鎮，越二十里有巾山，其地名霖田；三山鼎峙，英靈之所鍾，不生異人，則爲明神，理固有之。世傳當隋時，

失其甲子，以二月下旬五日，有神人三人，出巾山之石穴。自稱昆季，受命於天，鎮三山，託靈於玉峰之界石，因廟食焉。地舊有古楓樹，降神之日，樹生蓮花，紺碧色，大者盈尺，咸以爲異。鄉民陳姓者，白晝見三人乘馬來，招己爲從，忽不見。未幾，陳遂化：眾尤異之，乃謀於巾山之麓，置祠合祭。前有古楓，後有石穴，水旱疾疫，有禱必應。既而假人以神言，封陳爲將軍。聲靈日著，人稱化王，共尊爲界石之神。唐元和十四年，昌黎韓公刺潮，淫雨害稼，禱於神而霽，爰命屬官以少牢致祭，祀以文曰：「淫雨既霽，蠶穀以成，織女耕男，欣欣衍衍。是神之休庇乎人也，敢不明受其賜！」則大有造於民也尚矣！宋藝祖開基，劉鋹拒命，王師南討。潮守侍監王某愬於神，天果雷電以風；鋹兵大敗，南海以平。逮太宗征太原，次城下，見金甲神三人操戈馳馬突陣，師大捷，劉繼元降。凱旋之夕，復見於城上，或以潮州三山神奏。詔封明山爲「清化盛德報國王」、巾山爲「助政明肅寧國王」、獨山爲「惠威宏應豐國王」，賜廟額曰「明貺」；敕本郡增廟宇，歲時合祭。明道中，復加封「廣靈」二字。則神有大功於國亦尚矣！潮及梅、惠二州，在在有廟。遠近士人，歲時走集。嗚呼！惟神之明，故能鑒人之誠；惟人之誠，故能格神之明。雨暘時若，年穀屢登，其所以福吾民而安吾國者，豈小補哉！

按：此文載於《廣東通志》卷148。劉希孟撰〈三山國王廟記〉有兩篇，細觀此篇，顯爲上篇的節本。至順壬申，係元朝文宗至順三年（1332）壬申，屬元朝末年。劉文大抵作於是時。劉希孟生平不詳。

3. 三山明貺廟記　〔清〕盛端明撰

潮之明貺三山之神，其來尚矣。夫潮及之揭陽，於漢爲郡，後改爲邑。邑兩百里有獨山，越四十里有奇峰，曰玉峰；玉峰之右，有眾石激湍（按：劉文作「亂石激湍」），東潮、西惠，以石爲界，渡水爲明山；西接梅洲，洲以爲鎮；三十（按：劉文作「二十」）里有巾山，地名霖田。三山鼎峙，英靈所鍾。當隋時，失其甲子，二月下旬五日，有神三人，出於巾山。自稱昆季，受命於天，分鎮三山，託靈於玉峰之右，廟食於此地，前有古楓樹，後有石穴。降神之日，上生蓮花絳白色，大者盈尺。鄉民陳姓者白晝見三人乘馬來，招己

爲從者。未幾，陳遂與神俱化。眾異之，乃即巾山之麓，置祠合祭。既而降神以人言，封陳爲將軍。赫聲濯靈，日以益著，人遂尊爲化王，以爲界石之神。唐元和十四年，昌黎韓公刺潮洲，霪雨害稼，眾禱於神而響答：爰命屬官以少牢致祀，祝之以文曰：「淫雨既霽，蠶穀以成，織女耕男，欣欣衎衎。其神之保庇於人，敢不明受其賜！」宋藝祖開基，劉鋹拒命，王師南討。潮守王侍監（按：劉文作「潮守侍監王某」）赴禱於神，果雷電風雨；鋹兵遂北，南海乃平。迨太宗征太原，次於城下，忽睹金甲神人揮戈馳馬，師遂大捷，魁渠劉繼元以降。凱旋之日，有旌見城上雲中，曰「潮州三山神」。乃命韓指揮舍人。詔封巾山（按：劉文作「明山」）爲「清化威德報國王」、明山（按：劉文作「巾山」）爲「助政明肅寧國王」、獨山爲「惠威弘應豐國王」，賜廟額曰「明貺」；敕本部增廣廟宇，歲時合祭。明道中，復加「靈廣」（按：劉文作「靈廣」）二字。蓋肇基於隋，顯靈於唐，受封於宋，數百年來，赫赫若前日事。嗚呼！神之豐功盛烈，庇於國、於民亦大矣哉。

潮之諸邑，在在有廟，莫不祇祀。水旱疾疫，有禱必應。夫惟神之明，故能鑒人之誠；惟人之誠，故能格神之明。神人交孚，其機如此，謹書之，俾海內人士歲時拜於祠下者，有所考而無懈於誠焉。

賜進士第、資德大夫、正治上卿、太子少保、禮部尚書、前左春坊左庶子、翰林侍讀、經筵講官同修國史郡人盛端明撰。

三山國王者，吾潮合郡之福神也。自親友佩爐香過臺，而赫聲濯靈遂顯於東土。蒙神庥，咸欣然建立廟宇，爲敦誠致祭之所；但往往以神之護國庇民、豐功盛烈未知備細爲憾。勳等讀親友來翰，適得明禮部尚書盛諱端明所作廟記一篇，甚詳且悉。因盥手繕書，敬刊於左上之廟中，俾東土人士亦有所考而無憾於誠者，未必非神之靈爲之也。

時乾隆九年歲次甲子上元吉旦，沐恩弟子洪啓勳、陳可元、許天旭、周奕沛、梁朝舉、洪肇興、伍朝章、劉義忠、陳傑生、曾可誠、洪良舉。〔註29〕

〔註29〕黃典權：《臺灣南部碑文集成》（臺北：臺灣大通書局，臺灣文獻叢刊第 218 種，民國 73 年），頁 36～38。

按：此文鐫刻於木匾之上，而敷爲金字。今懸於三山國王廟拜殿樑上。乾隆九年爲西元 1744 年。盛文與劉文大同而小異，大抵係據劉文的第一、二篇概括潤飾，並修改幾處而成。最主要的修改爲：巾山、明山之王號，其他的修改處，請參盛文中的按語。盛端明，《明史》卷 307 有傳。〔註30〕

（四）韓文公祠的匾聯

本文只介紹韓文公祠的匾聯，不敘述三山國王及天后宮的匾聯。

韓文公祠只有二片匾牌，列下：

重瞻山斗匾　方勳撰

光緒三年歲次臘月吉旦

重瞻山斗

欽加布政使銜統領臺南潮普全軍福建儘先補用道克勇巴圖魯方勳敬

撰並書

按：此匾位於臺南韓文公祠之正殿明間頂梁上。光緒三年爲 1877 年。

如潮匾　李如員撰

庚子元春書於臺陽之韓祠使處

如　潮

韓文如潮，古語有之，而余取如潮兩字以作匾首，蓋我粵人渡洋，
勤積累功，復崇祀先賢，嘉惠後學，相期人文蔚起，與潮無異；至
誦韓文具有浩瀚之觀，是又何庸喋喋。明經科進士陸安李如員。

按：此匾位於臺南韓文公祠之正殿明間，頂梁之對面壁上。庚子年爲乾隆四十五年（1780）、道光二十年（1840）、光緒二十六年（1900），若以懸掛的位置言，此匾不可能在方匾之前，則只有光緒二十六年一個可能。

二、雲林大埤三山國王廟、韓文公祠

因爲韓文公從祀於三山國王，先從廟史說起：

（一）廟　史

康熙十三年甲寅（1674），三藩亂起，粵人張忠義渡海來台，沿笨港溪北上，隨身佩奉揭陽霖田都明貺廟的三山國王像，以保平安，當時因爲鎮宅之

〔註30〕《明史・卷 195・佞倖傳》。史言盛端明與顧可學二人：「但食祿不治事，供奉
藥物而已。」品評不高。（北京：中華書局點校二十四史，1997 年 11 月），頁
7903。

需，故奉祀於太和街上。（今之大埤鄉新街）

其時，太和廟瘴氣未除，民多染病，於是祈求三山國王，伏魔救世。因為神蹟靈赫，嘉慶十四年己巳（1809）地方人士遂倡議興建三山國王廟。當時，由信士張元國、元基兄弟，集善信鳩資興建。

嘉慶十八年癸酉（1813），獲仁宗御賜「熙朝柱石」匾額。

光緒十四年五月（1888），棟宇傾頹，募款修建，翌年十月完工。

光緒三十三年（1907），二月十三日大地震，廟寺倒塌。當時，民生困難，只以竹造茅屋安祀。民國二十年（1921）三月一日，當地人士再行募款改建。

民國二十六年（1937），日據時期，在皇民化運動期中，神像被救出，不致被禁。

民國三十六年（1947）六月，光復後，重新修葺殿宇。

民國八十一年（1992）四月，曾到潮州揭西霖田祖廟謁祖，回台之後則繞境弘法。

民國八十三年（1994），迎接大陸新彫三山國王金身返台。是年，被列為國家三級古蹟。〔註31〕

（二）廟　祀

雲林大埤三山國王廟位於雲林縣大埤鄉大德村新街 20 號。

主體建築，是兩進式的建築。正殿祀三山國王，從祀帶旨官、指揮官、神馬爺。後殿從祀三奶夫人。後殿左次間配祀駐生娘娘、右次間配祀三奶夫人。

左廂間，奉祀韓文公之塑像，背牆上有紅布直幅而下，上書太歲符，左右壁間則為光明燈。神壇左右並無匾額和楹聯。

右廂間，奉祀關聖帝君塑像，旁祀者為關平、周倉。

（三）匾　聯

1. 匾　牌

（1）心存護國匾

（2）熙朝柱石匾　清仁宗御賜

（3）靈感澤世匾　黃鎮岳獻

（4）忠義護國匾

〔註31〕陳福星、吳昆山編：《太和街三山國王廟》（大埤：該廟自印本，民國 85 年）

（5）神靈民親匾

（6）懿德被民匾

（7）威靈顯赫匾

（8）羣霑化雨匾　李登輝題

2. 楹　聯

（1）護國扶唐聯

　　護國佑民，英風揚四海

　　扶唐助宋，聖蹟見三山

（2）王德爺心聯

　　王德遍施，康樂安居民得庇

　　爺心冠在，高明博厚壽無疆

（3）國泰王封聯

　　國泰民安，號令貔貅當捍衛

　　王封祀享，齋莊俎豆薦馨香

（4）欽命誥封聯

　　欽命賢妃，靈光常照耀

　　誥封聖奶，祠典永昭明

（5）吏部春宮聯

　　吏部文章懸日月

　　春宮季爵極夫人

（6）天賜人生聯

　　天賜良財，三星拱照

　　人生長壽，百子羨芳

三、嘉義廣寧宮三山國王廟、韓文公祠

由於韓文公從祀於三山國王廟，所以從廣寧宮談起。

（一）廟　史

有關嘉義廣寧宮三山國王廟的創建，據徐德峻撰〈新建三山明貺廟碑記〉載：

顧臺距揭，阻海數千里，邑何以有廟？蓋粵人渡臺者感神威力，有
恭敬桑梓之意焉。故郡屬四邑，所在多有；獨吾諸粵莊，曩佩香火
東來者，率以禮祀於家，不無市井湫隘之嫌。於是蕭成、林振魁等
謀祀之，擇地其邑西城，鳩金庀材，創為神廟。工始於壬申小春之
月，竣於癸酉年冬季之辰，糜金二千餘緡；黝堊丹雘，木石備舉。
由是殿庭整肅，棟宇尊崇，簡而華，宏而敞，凡瞻拜廟中者，儼然
見三山之在目焉。〔註32〕

嘉寧宮三山國王廟是蕭成、林振魁等倡議、謀劃創建，工程始於壬申小春之月，
即是乾隆十七年（1752），竣工於乾隆十八年（1753），癸酉冬季之辰。〔註33〕

撰文者徐德峻，浙江蘭谿進士，乾隆十八年十月，任諸羅知縣時，即將
西門內之文廟，改建於今之省立嘉義醫院址，中為大成殿，東西兩廡，前為
戟門，又前為欞星門，後為崇聖祠，形制頗宏壯。〔註34〕

據此碑記，三山國王廟竣工於乾隆十八年（1753）癸酉，而徐氏當年十
月任「諸羅知縣」，當是徐氏新官上任後所撰。

乾隆四十二年戊戌（1778），建添後殿，兼祀媽祖。據現存廟內海陽監生翁
峻〈重建國王廟新建天后宮記〉：「於歲丙申興起，迄今戊戌落成。」丙申是乾
隆四十年（1776），戊戌是乾隆四十二年（1778），用了三年時間建造。

乾隆五十一年（1786），發生林爽文之役，〔註35〕此役中，「王甚顯神通，
事平，邑人事之甚虔。」〔註36〕

嘉慶十三年（1808）增祀韓文公，供奉在「三山國王廟後殿」。〔註37〕關
於增祀過程，是擴建後殿？抑是只增祀韓文工塑像於後殿？由於缺乏文獻，
不大清楚。惟據黃典權《臺灣南部碑文集成》收錄有一副韓文公祠石聯，下

〔註32〕〔清〕余文儀：《續修臺灣府志》（臺北：臺灣大通書局，臺灣文獻叢刊第 121
種，民國 73 年 10 月），頁 820～821。

〔註33〕盧德嘉有不同的敘述，他說：「三山國王廟（祀清化威德報國王、助政明
肅寧國王、惠威宏應豐國王），在三角通街，屋六間（額「廣寧廟」），乾
隆二十年韓江募建，同治時二年洪大吉董修，後殿為昌黎祠。」《鳳山采
訪冊》（臺北：臺灣大通書局，臺灣文獻叢刊第 73 種，民國 73 年 10 月），
頁 177。

〔註34〕賴子清、賴明初等纂修：《嘉義縣志》（臺北：成文出版社，中國方志叢書，
臺灣地區第 76 號，民國 72 年 3 月），頁 42。又見同書〈大事紀〉頁 160。

〔註35〕林爽文之役，詳見《嘉義縣志》頁 164～168。同上註。

〔註36〕《嘉義縣志》卷三〈政事志〉〈祠廟〉，頁 973。

〔註37〕《鳳山采訪冊》，頁 177。

款題爲:「嘉慶十三年歲次戊辰菊月上澣之吉」,〔註 38〕所鑴嘉邑士紳凡五十六人之多。〔註 39〕（詳參下節文物）

道光十九年（1839）五月十七日,「臺南地震,嘉義縣大震。官舍民房多壞,死百餘人。」〔註 40〕道光二十年（1840）11月,「雲林、嘉義地區,地震山崩,民屋倒壞,頗有死傷。」〔註 41〕

道光廿二年（1842）,廟曾重修,可能與地震有關。有〈重修三山國王廟捐題碑記〉〔註 42〕記述其事。

日據時期,日本統治者,開始其全盤性文化改造政策,擬在臺灣十四個中樞要地設置國語傳習所。明治廿九年（1896）五月,嘉義國語傳習所選定在廣寧宮廟址設立。明治三十一年（1898）十月,公學校令實施後,沿襲國語傳習所而改制後的嘉義公學校仍假本廟開學。〔註 43〕

光緒三十年（1904）,嘉義、斗六、彰化、鹽水四廳大地震。「全壞六百戶,半壞一千戶,死一四五人,傷一五零人,嘉義廳下受害最大。」〔註 44〕

光緒三十二年,明治卅九年（1906）三月十七日,嘉義發生「空前巨震,被害最慘,死1258人,傷2385人;房屋毀損,全毀6796棟,半毀3633棟,損破10585棟。斗六、鹽水港,兩廳下被害次之。」〔註 45〕廣寧宮建物三分之一部分崩塌,三分之二半毀,因此,公學校亦得遷校。〔註 46〕

總計本廟由國語傳習所1896年9月開課以來,至1906年3月丙午大地震遷出,有九年半時間廣寧宮是嘉義唯一的官方教育場所。〔註 47〕

大正四年（1915）,廟方整修,由林海、賴海濱、郭連登領銜完成。〔註 48〕

〔註38〕黃典權:《臺灣南部碑文集成》,頁570。
〔註39〕同上註。原文下款云:「嘉邑士紳六十人」,惟查辛酉舉人張敦元等人只得五十六人。
〔註40〕《嘉義縣志》卷一〈土地志〉,頁325。
〔註41〕同上註,頁326。
〔註42〕原碑今存臺南廟中。碑文收錄於何培夫主編,《臺灣地區現存碑碣圖誌·臺南市篇》下冊（臺北:中央圖書館臺灣分館,1992年6月）,頁499～501。
〔註43〕邱彥貴:〈嘉義廣寧宮二百年史勾勒〉,頁74。
〔註44〕楊仁江:《三山國王廟查修計畫》,頁326。
〔註45〕同上註,頁327。
〔註46〕邱彥貴:〈嘉義廣寧宮二百年史勾勒〉,頁74。
〔註47〕同上註。
〔註48〕同上註。

　　大正十二年（1923）10 月 17 日，詩社嘉社成立。〔註49〕嘉義傳統詩社亦以廣寧宮為雅集之地。

　　昭和十三至十五年（1938～1940），發起寺廟整理運動。「嘉義市政府，迫令廢令全市六十三寺廟，僅留孔子廟、城隍廟、地藏庵三處，組成財團法人嘉義濟美會。」〔註50〕

　　這段時間，廟方因應台灣總督府的寺廟調查，曾改稱為「韓文公祠」。《嘉義縣志》記載：

　　　日據時，總督府曾調查寺廟，凡神歷不甚明白者，恐被禁祀。故將三
　　　山國王廟改稱韓文公祠，以韓文公為主神，三山國王為從神。〔註51〕

另《嘉義縣志》卷一〈土地志〉：

　　　日據時調查寺廟沿革，恐此神載籍鮮稽，不為日人重視，故將廟內
　　　韓文公像移祀前殿。〔註52〕

日據時，約在民國廿七年，（昭和十三，1938），廟方為因應所謂「寺廟整合運動」，為恐「三山國王」神的歷史，「載籍鮮稽」，不為日人重視，「恐被禁祀」。將王廟改稱「韓文公祠」，「廟內韓文公像移祀前殿」，三山國王則移祀後殿。由此兩條資料，大概可以勾勒出當時廟裡的祀奉神明的位置，與韓文公在廟中的地位。

　　昭和十六年（1941）12 月，廟產轉移至「嘉義濟美會」名下。〔註53〕

　　昭和十六年（民國三十年，1941），嘉義新營大地震，「十二月十七日上午四時半，死傷千餘人，毀屋六萬六千餘家，嘉義、新營尤甚。其後餘震頻頻，大小不一，驚心動魄，恐怖之極。居民多露宿於外。」〔註54〕

　　昭和二十年（民國三十四年，1945），廣寧宮原址被美軍軍機轟炸波及。〔註55〕

〔註49〕同上註。頁 76。

〔註50〕同上註，頁 78。《嘉義縣志》〈大事紀〉，頁 214～215。

〔註51〕《嘉義縣志》，頁 973。

〔註52〕《嘉義文獻》，卷一〈土地志〉頁 335。同註 3。

〔註53〕方輝龍、賴柏舟：〈嘉義濟美會紀略〉，《嘉義文獻》（臺北：成文出版社，中國方志叢書、台灣地區第 95 號，民國 72 年），頁 158～160。

〔註54〕《嘉義文獻》，頁 216、327。

〔註55〕《嘉義縣志》〈大事紀〉：「民國 34 年（昭和二十，1945），四月三日，日軍以火車載火藥，停在嘉義站，被美軍偵知，乃由菲島飛來轟炸機多架，來嘉轟炸，火藥爆發，由車站延燒至西市場，而埤仔頭、北港車站、化學工場（現改溶劑廠）、商舖、民家數百戶被災，死傷慘重，為空前浩劫，民多死於防空壕。同年四日，又炸嘉義西門街，東門圓環，延燒至三山國王廟附近。」頁 218。

民國三十五年（1946），光復後，1 月 27 日嘉義寺廟關係者 103 名議決，向市政府接收寺廟財產成立董事會，自行辦理業務，〔註 56〕由此雙方纏訟不休，〔註 57〕凡十二年之久，至民國四十七年十二月十六日才索回廟產。〔註 58〕

在濟美會的管理與財產纏訟未休之間，廣寧宮已經開始拆除。民國四十一年（1952）六月廿八日，廣寧宮舊址上所新建三山戲院即開始營業。〔註 59〕

而三山國王廟的諸神全身，遂遷祀於原先右側之天后媽祖祠的一隅；民國四十年（1951）由原廟董事率附近商家，以原廟建材搭建簡陋小室，再經幾度改善後即成今日所見的廟貌。〔註 60〕

西元 2000 年 8 月 28 日，筆者往現場所見，三山戲院早已改建，其舊址處現為空地，其前則為一私人大樓，無人居住。〔註 61〕

（二）文　物

現存的木刻匾牌及匾聯，鈔錄如下：

1.〈重修國王廟新建天后宮記〉，翁峻撰

蓋報德崇功，丕顯神靈赫奕，鼎新革政，克繩祀典綿長，非特華麗以壯觀，實如肅雝如在。茲緣諸邑城西舊有廟宇巍峨，久奉三山神聖，惟陳春秋蘋藻，物阜物康，歲時共慶，休徵有求輒應，士女咸沾德澤，洵無間於顯蹟，霖田競相傳其樹勳唐宋者也，但時遠年湮，棟傾桓圮，既然黯淡無色，何以妥安厥靈，是以綱等相告，同人醵金修葺元基，以供國王，買地建添後地，兼祀天后，於歲丙申興起，迄今戊戌落成，載歌輪奐，相映後先，仍枕東山，而紫氣頻來萬戶，後襟西郭，而金光普照千家；懽瞻棟宇重新，高啟岳靈而毓秀；從此海河永奠，平敷水德以安瀾。願後人之有繼，欣斯廟之常新，爰刊匾以流傳，庶壽年之不朽，謹識。乾隆戊戌年陽月穀旦立，海洋

〔註 56〕《嘉義縣志》〈大事紀〉，頁 221。
〔註 57〕參〈嘉義濟美會紀略〉，同註 53。
〔註 58〕同上註。
〔註 59〕邱彥貴：〈嘉義廣寧宮二百年史勾勒〉，頁 79。
　　　　另《嘉義縣志》卷一〈土地志〉「三山國王」條下云：「今三山戲院，即粵籍人士所建三山國王廟址。」頁 335。
〔註 60〕同上註，邱文，頁 79。
〔註 61〕據該廟總務楊國欽相告：之所以將舊址留成空地，不蓋建物，因為誰也不敢在廟址上建屋。又說：舊址前之建物為嘉市某醫師所建，曾經作為該院醫師及護士之宿舍，由於夜中，三山國王操兵，喧鬧之故，現在無人居住。

監生翁峻敬撰並書。

按：乾隆 42 年戊戌年為（1778），〈重修記〉現懸掛在廟之左壁上，已經薰黑，字為凸字，仍差可辨認。

2. 文振道濟聯　張史傳撰

文振八代之風，教啓潮陽；讀公書，百越衣冠皆弟子。

道濟天下之大，化普東土；瞻廟貌，千秋童叟識先生。

嘉慶十三年歲次戊辰菊月上澣之吉，辛酉舉人張敦元、欽賜六品廩貢溫如□、欽賜翰林□耀祖、欽賜舉人□平、欽賜五品張心仁……等士紳五六十人。

國學生張史傳題並書

按：嘉慶十三年為（戊辰，1808），此聯據黃典權《臺灣南部碑文集成》云：「存嘉義縣嘉義市三山國王廟內韓文公祠，高 216 公分，寬 32 公分，花崗岩。」（頁 570～571）惟筆者往訪，未見。

又據《嘉義縣志》〈祠廟〉，頁 973，則稱此聯是木刻聯，但將上下聯置反。

四、苗栗文昌祠、韓昌黎祠

文昌祠配祀韓昌黎，故先從文昌祠敘起：

（一）廟　史

苗栗文昌祠又稱文祠，座落苗栗市綠苗里中正路 756 號。清光緒八年（1882），由例貢生林際春、稟生陳萬青、生員黃文龍、監生邱蘊常、范炳輝等人倡捐，﹝註 62﹞銅鑼舉人吳子光曾撰〈募建貓裏文祠疏〉一文，宣導創建文祠的意義。﹝註 63﹞當時延請勘輿師，依「戌山辰向」的方位建造。正殿及左右廂房，共一十六間。﹝註 64﹞

光緒十年（1884）八月，建祠經理林際春等遠自新竹背負文昌帝君神像入祠安座。祠成後，大湖墾戶吳定連慨然應允每年捐穀三十石，十石作香祠，二十石為生童考課經費。於是，祠務得以穩定發展。﹝註 65﹞

﹝註 62﹞沈茂蔭：《苗栗縣志》。

﹝註 63﹞吳子光：〈募建貓裏文祠疏〉：「且夫文風與國運相權，士習即民情所嚮。東壁主圖書之府，象取文明；斗魁筦將相之樞，占同符瑞。建祠宇以妥神侑，文運天開；有嘉德而無違心，儒風日振。地方義舉，學校攸關。以視功德無量，造八萬四千寶塔；人天小果，營一千三百祇園者，相去遠矣。」引自黃鼎松：《苗栗文昌祠》（苗栗：苗栗縣政府印行，民國 87 年），頁 94～95。

﹝註 64﹞沈茂蔭：《苗栗縣志》，頁 88。

﹝註 65﹞同上註。

　　光緒十五年（1889）縣治定在苗栗街夢花莊。縣衙施工期間，縣吏曾在此祠辦公達一年之久，因此，可以說文昌祠是苗栗縣的行政發祥地。

　　光緒十五年，地方官紳爲弘揚教育文化，曾創設「英才書院」，就在文昌祠內的倉頡廳裡。至光緒二十一年（1895）日人治台後才廢止。

　　文昌祠主祀文昌帝君，配祀倉頡聖人及韓昌黎。此外，還祀奉至聖先師孔子及魁星。

　　日據時期，文昌祠管理並不完善，雖有學田廟產，但生產有限，多數經費需由民間捐助，加上開銷不夠嚴謹，經費拮据，甚至連春秋二祭也停辦。至民國十三年（〔日〕大正十三年，1924），由地方紳耆湯仕路、劉日有、劉鴻光、彭昶興、江欽火、鍾建英、黃文祖、黃肇基、黃仲明等人，起來整頓祠務，〔註66〕明訂〈苗栗文昌祠典管理規約〉，〔註67〕嚴格執行，奠定以後文昌祠成爲地方信仰中心的基礎。

　　民國十六年（〔日〕昭和二年，1927）秋天，「苗栗詩社」成立，社址設在文昌祠內，每月或隔月開課及舉辦擊缽吟會，經費由文昌祠或熱心人士捐款支應，一時盛況空前，山城詩風丕振，而「栗社」的薪火，一直傳遞至今。

　　民國廿四年（1935）四月廿一日（農曆三月十九日），台灣中部大地震，文昌祠受創嚴重，正殿屋頂破損，泥塑神像破壞，所幸樑柱結構受損輕微，災後得以修復原貌。〔註68〕

　　當時，兩側木造廂房，摧毀殆盡，而重建廂房時，因民間亦遭火災，經濟蕭條，難以兼顧，只得先建右廂房，供廟祝住宿及執事人員辦公用。左廂房原址，後來竟被苗栗街役場劃爲市場用地。台灣光復後，右廂房租給商家使用，難以收回，形成今日文昌祠只有正殿而無廂房的局面。〔註69〕

　　文昌祠初建時，格局方整；地震後，重建照牆及山門當時，爲了充分利用土地，拓寬前庭，照壇及左山門外移至西山圳旁，形成左右山門不對稱的特殊格局。〔註70〕

　　民國五十七年秋（1968）及民國七十二年（1983）春，文昌祠曾略事整修，民國七十四年（1985），經內政部評列爲三級古蹟。〔註71〕

〔註66〕黃仲明：〈苗栗文昌祠祀典記〉，《苗栗文昌祠》，頁96～97。
〔註67〕黃仲明：《苗栗文昌祠》，頁97、100。
〔註68〕同上註，《苗栗文昌祠》，頁27。
〔註69〕同上註，頁27～28。
〔註70〕同上註，頁28。
〔註71〕同上註，頁28。

文昌祠於民國八十一年（1992）苗栗縣政府委託建築師調查研究，詳列修護項目，後經內政部同意撥款新台幣貳仟萬元整修。始於民國八十六年（1997）四月，八十七年（1998）十一月九日登位，八十八年（1999）秋落成。〔註72〕

苗栗文昌祠有二特色：一、祠內奉祀的神明，皆與文化考試有關，與其他的鄉土神明不同，除讀書人外，少有入祠膜拜的，每逢考季，入祠祈運的家長學生，仍然不少。二、正門除春秋二季外，絕少開啓。依據祠規，必須高考及格或得博士學位者，才有資格開中門祭聖，以此激勵青年學子，發奮向學，是一項優良的習俗。〔註73〕

（二）建　築

文昌祠是三川門式的兩進兩廊式廟宇，坐西北朝東南，由照牆、左右山門、前殿、中庭、墻廊、拜殿及正殿等空間組成。〔註74〕和台灣大多數傳統建築一樣，是一座相當典型的木石結構建築。〔註75〕前殿的木木結構，完全用石柱撐起，而其大木結構的處理，細緻靈巧。

文昌祠與一般廟宇不同，沒有雕龍畫鳳的樑柱，除了山門與前殿有楹聯外，其他柱子上均沒有楹聯，顯現「文祠」樸實無華的風格。

文昌祠主祀文昌帝君，帝君兩側書僮，左書右卷；文昌帝君神龕前的案桌上，置有木質神牌一方，中間書「至聖孔子神位」，左方是「文昌帝君」，右方為「倉頡聖人」，這塊神牌，原是清光緒十五年（1889），「英才書院」，作為生童朝夕禮敬先師之用，留存至今。

苗栗縣並無孔廟，這塊「至聖孔子神位」，可說代表孔廟，就在文昌祠中。

祠的左次間，配祀倉頡聖人。上供「倉頡聖人神位」乙方。祠的右次間，配祀韓文公，上供「昌黎伯韓夫子位」。

文昌祠神龕前的案桌上，有一座魁星爺塑像，全身綠色，外形奇特。

（三）匾　聯

苗栗文昌祠祠內的柱樑，均未書對聯，據說是有「孔聖人面前不敢賣文章」之意。〔註76〕

〔註72〕同上註，頁28。
〔註73〕同上註，頁28～29。
〔註74〕同上註，頁66。
〔註75〕同上註，頁74。
〔註76〕同上註，頁91。

1. 楹　聯

　（1）門拱天門聯

　　　門拱紫宸通北極

　　　天門文運耀南瀛

　　　橫批：筆參造化

　（2）文光昌運聯

　　　文光煥發新苗色

　　　昌運宏開大德門

　　　橫批：學究天人

　（3）文橫帝德聯

　　　文橫掌兩大

　　　帝德炳千秋

　（4）宮府奎婁聯

　　　宮府應天垣，龍光漢遠

　　　奎婁占地脈，鰲首峰高

2. 匾　額

文昌祠的匾聯有三方：

　（1）下觀而化匾

　　　下觀而化

　（2）始制文字匾

　　　始制文字

　（3）群瞻山斗匾

　　　群瞻山斗

五、彰化永安宮、韓文聖公祠

　　彰化永安宮位於永靖鄉永靖街 72 號。主祀三山國王，從祀韓文公。該宮石柱對聯為：「永保七十二莊年年清吉，安排三百六日事事亨通。」

　　永安宮建於清嘉慶十八年（1813）。此前二年，地方人士先建永靖街、永靖街市，時為嘉慶十六年（1811）。當時，地方人士是感應三山國王為「護國庇粵之神」。於是建廟崇祀。主壇祀三山國王，附祀其三夫人、關聖帝君、城

隍、福德正神、當年太歲。

左廡，祀韓文公，中為韓文公塑像，左右兩邊分別站立掌印、掌筆官。左廡前掛「韓文聖公」橫匾，兩旁楹聯為「文理成章登聖域，公平正直入賢關。」崁入「文公聖賢」四字，頗見匠心。

清領期間，當地永安宮七十二莊代表粵籍福佬客，與枋橋頭天門宮所代表的漳州籍客，形成超祖籍的社群組織。

此前四年，即嘉慶十二年（1807），地方人士在五里外的員林街設立「興賢文祠」，據契約書還提及：「學校所以作育人才，茲此街日後要起文祠。」於是三山國王廟從祀韓文公就代表了文祠的意義。再據古文書文獻，同治五年（1863）邱萃英（1825～1896）〔註77〕為「復韓社」首事。咸豐十年（1863），台南三山國王廟以韓文公祠從祀，基於「見賢思齊」而號召地方潮籍同道而創立的。

左右兩邊分別是是華陀塑像與魁星塑像。還有一特色便是左龕奉一大一小兩位蓮座，其一：第一欄為臨濟兩字。正中為沙彌正沖祀典，上達下音弘公蓮座，孝徒廣名、廣昌、廣盛同奉祀。其二：第一欄為臨濟兩字。正中為沙彌號天祿廣盛神位，孝徒降服男玉瓊。可見永安宮以前有出家人管理居住。右龕為該廟重修人十七人的長生祿位，其中五人大字姓名為魏蘊堂、王福星、江存洲、邱富茂、陳雲從等。

結　語

由上所述，可見臺灣的韓文公信仰，頗為廣袤，多與粵人相關。粵人來台，把三山國王的信仰也遷移以為供奉，韓文公因此成為地方民間信仰，一同奉祀。這反映了民間百姓求福的思想，而韓公生則忠臣，死則為神，庇護大眾，尤為神奇，值得我們重視與發揚。

〔註77〕邱萃英（1825～1896），道光五年（1825）生。祖籍廣東省潮州府饒平縣，咸豐六年（1856）台灣府學廩膳生。同治元年（1862），因勸降戴潮春有功，賜五品藍翎。光緒二年（1876）選取丙子科臺灣府第一名歲貢生，擔任考選訓導一職。光緒七年（1881），發起募款改建興賢書院，曾任興賢書院山長。於日治初期逝世，享年約七十歲。引自張瑞和：〈員林地區五大家族初探——以興賢書院管理人為研究對象〉《彰化文獻》第 7 期，2006 年 8 月。

論世俗之福與賢者之福
——以屏東內埔昌黎祠新舊門聯爲中心

摘　要

　　韓愈貶潮，興起文教，宋人祠之。潮人移民臺灣，亦依如潮之例，建祠紀念。臺灣昌黎祠以從祀居多；惟獨屏東內埔昌黎祠，爲全臺之專祀，成爲地方特色。2001年起，隨著觀光發展，政府與地方人士舉辦「韓愈文化祭」，有許多活動，惟皆重視形式，而未闡其深層的人文意涵。本文擬從該祠新舊兩副對聯爲中心，闡述其內容，並探討祭祀本義，提出世俗之福與賢者之福的觀點，以爲地方人士參考。

關鍵詞：韓愈、潮州、內埔昌黎祠、韓愈文化祭、福德

前　言

臺灣的韓文公祠，以專祠形式出現者，只有內埔昌黎祠一座。

內埔昌黎祠，位於屏東縣內埔鄉〔註1〕內田村廣濟路 164 號，隔鄰是天后宮，奉祀媽祖。昌黎祠建於道光七年（1827），由武生李孟樹倡建。

昌黎祠於民國六十二年（1973）曾被內政部列為國家三級古蹟。民國六十六（1977）年颱風肆虐，昌黎祠前殿傾圮。於是，地方人士發起重建。〔註2〕

做為古蹟的昌黎祠（1827～1977）與今日之新昌黎祠（1981～），形狀上大體相似，不同的是，它已非古蹟，只是一座鋼筋水泥的結構。

本文寫作以台灣屏東縣內埔鄉昌黎祠為主，就其祠之新舊兩副門聯入手，引述相關文獻，分析臺灣韓文公信仰求福德的兩種現象，提出世俗之福與賢者之福的觀點，探討祭祀的意義，提出個人見解。

一、舊祠門聯的人文意涵

舊祠門口有一副門聯，用紅紙書寫，聯曰：

　　內外仰神功，七戒三齋迎福德；

　　埔田沾聖澤，五風十雨慶新年。〔註3〕

這副聯子是從舊相簿裡找到的，在今日的昌黎祠裡不得而見。聯子用鶴頂格，把內埔鄉名崁在聯裡，非常典雅、工穩妥貼。作者是誰？待考。

大意說：內埔鄉仰仗昌黎公的英靈庇佑，我等鄉民平時虔誠齋戒祈福，努力耕耘，用功讀書，那麼，風調雨順，五穀豐登，所求滿願了。

此聯，表面是說，世俗人齋戒祈福；裡面，卻隱含了儒家的修養與賢者之福，值得探討。

〔註1〕 「內埔鄉，內埔地名也，為客家鄉村，今本縣內埔鄉是也。溯自清康熙二十五年（1686）為廣東移民居此。以埔得名者為我國廣東省黃埔港，大埔縣延長而來也者。埔北因本耕作之地，顧名思義是於昔日移民來臺時，最初墾闢之埔地，以後向外邊開拓新埔地時，指先闢之地為內埔，久而成為鄉村之地名也。」《屏東縣志》卷一〈地理志〉（臺北：成文出版社，民國72年3月臺一版），頁622。

〔註2〕 經始於民國68年（1979）六月，民國70年農曆九月九日落成。見前文附錄鍾國珍撰〈內埔昌黎祠重建記〉。

〔註3〕 見1969年內埔昌黎祠照片。李秀雲：《吾鄉——李秀雲攝影集》（屏東縣立文化中心出版，民國85年7月），頁102。這條資料是昌黎祠主委李樹國先生提供。

　　臺灣屏東縣內埔鄉昌黎祠把韓愈做爲神明崇拜的思想，早於宋代潮州已
然。蘇軾（1037～1101）說：「潮人之事公也，飲食必祭，水旱疾疫，凡有求
必禱焉。」爲甚麼韓愈治潮八月，竟能庇護潮民。蘇軾認爲是「公之神在天
下者，如水之在地中，無所往而不在也。」《禮記·祭義》有兩條文獻：

> 眾生必死，死必歸土，此之謂鬼。骨肉斃於下，陰爲野土，其氣發
> 揚於上爲昭明，焄蒿悽愴，此百物之精也，神之著也。〔註4〕
>
> 宰我曰：「吾聞鬼神之名，不知其所謂。」子曰：「氣也者，神之盛
> 也；鬼也者，魄之盛也。」〔註5〕

用「歸」釋「鬼」，這是傳統的音訓方式。「一切有生命的，死後都會回歸到
泥土之中。形體消失之後，存在於人世間的，應該只有虛無飄渺的記憶，和
毫無根據的感覺而已，也許這就是孔子所謂的『魄』了。」〔註6〕但「過去生
活片段的回憶，會無端地浮現在眼前，某些特異的感覺有時也會襲上心頭。
我們無以名之，而名之爲『鬼』。」〔註7〕「當骨肉形體化爲塵土之後，還是
有『氣』會浮蕩在空中，當其凝聚充盈時，就如日月星晨一樣，可以讓我們
很明顯地觀察到，其次也可以體會到那股清香的氣息，再其次也可以感覺到
那一陣的滄涼沁寒。這就是百物的精氣，也只有在充盛顯著的狀態下，才能
感覺到『神』的存在。」〔註8〕於是，潮人便在誠敬之下，有所感格而受福。
蘇軾依傳統的氣與神的觀念來解釋，他在〈潮州韓文公廟碑〉說：

> 匹夫而爲百世師，一言而爲天下法，是皆有以參天地之化，關盛衰
> 之運。其生也有自來，其逝也有所爲矣。故申呂自岳降，傳說爲列
> 星，古今所傳，不可誣也。孟子曰：「我善養吾浩然之氣。」是氣也，
> 寓於尋常之中，而塞乎天地之間。卒然遇之，則王公失其貴，晉楚
> 失其富，良平失其智，賁育失其勇，儀秦失其辯，是孰使之然哉？
> 其必有不依形而立，不恃力而行，不待生而存，不隨死而亡者矣。
> 故在天爲星辰，在地爲河嶽，幽則爲鬼神，而明則復爲人。此理之
> 常，無足怪者。〔註9〕

〔註4〕　〔清〕阮元：《禮記注疏》（臺北：藝文印書局十三經注疏本，民國79年8月
　　　　二刷），頁813～814。

〔註5〕　同上註。頁813。

〔註6〕　周何：《古禮今談》（臺北：萬卷樓圖書有限公司，民國82年10月），頁209。

〔註7〕　同上註，頁209。

〔註8〕　同上註，頁210～211。

〔註9〕　《蘇東坡全集》後集卷15（北京：中國書局，1991年9月2刷），頁627。

北宋元祐五年（1090）潮州知州王滌遷韓祠於州城之南七里，題為「昌黎伯韓文公廟」，邀約蘇軾撰此碑文。上距韓愈唐穆宗長慶四年（824）之逝，已有 266 年之久。韓愈雖然作了古人，他的氣仍浮蕩在空中。蘇軾解釋為充盈天地間的正氣，既然是正氣，當然是「其必有不依形而立，不恃力而行，不待生而存，不隨死而亡者矣。」因為氣盛充盈而為神，「故在天為星辰，在地為河嶽，幽則為鬼神」。潮州人信仰韓文公非常殷切，非常誠敬，祭祀之時，憑思維與感受，感受到一縷香氣，感受到悽愴沁涼，感受到韓文公神明的存在，這是可以理解的。

《中庸》有一段文字，形容鬼神是空靈飄渺的存在：「鬼神之為德，其盛矣乎，視之而弗見，聽之而弗聞，體物而不可遺。使天下之人，齋明盛服，以承祭祀，洋洋乎如在其上，如在其左右。」〔註 10〕敬神當如神在，但是，為何「獨信之深，思之至，君蒿悽愴，若或見之」？這裡還指出了祭祀的準備與態度，以及如何感格神明的問題。

在古代，祭祀之前，主持祭祀者有所謂「齋戒」。《說文》云：「齋，戒絜也。」〔註 15〕這是說：排除外務，使心意純一，以奉祭祀。齋，齊也。取其齊一之義。《禮記・祭統》：「及時將祭，君子乃齊，齊之為言齊也，齊不齊，以致齊者也。」〔註 12〕而齋戒的準備，包括「散齊七日、致齊三日」，把外在事務作妥善處理，而內在的心意純一起來。而齋必有戒，為的是防止物欲干擾，如戒色、戒樂、心不苟慮・手足不苟動等等。《禮記・祭統》說：

> 是以君子非有大事也，非有恭敬也，則不齊，不齊則於物無防也，嗜欲無止也。及其將齊也，防其邪物，訖其嗜欲，耳不聽樂。故記曰：齊者不樂，言不敢散其志也，心不苟慮，必依於道，手足不苟動，必依於禮，是故君子之齊也，專致其精明之德也。故散齊七日以定之，致齊三日以齊之，定之之謂齊，齊者精明之至也，然後可以交於神明也。〔註 13〕

傳統祭祀，要虔誠恭敬，散齋七天，致齋三天，隔絕世務，使雜念沉澱，心意澄明，專心憶念祖先生前的起居嗜好、生前的聲容笑貌、生前的志趣教範，

〔註 10〕阮元：《禮記注疏》，頁 884。

〔註 11〕〔漢〕許慎：《說文解字》（臺北：藝文印書館，民國 55 年 10 月十一版），頁 3。

〔註 12〕阮元：《禮記注疏》，頁 831。

〔註 13〕同上註，頁 831～832。

這樣專心齋戒十天，在腦海裡就能浮現出祖先的影像。《禮記‧祭義》又說：

> 致齊於內，散齊於外。齊之日，思其居處，思其笑語，思其志意，
> 思其所樂，思其所嗜；齊三日，乃見其所爲齊者。〔註14〕

由此看來，舊門聯「七戒三齋」即取此意。

聯語又言「迎福德」，此處的福，不只說世俗的福，而且，提出了賢者之福。賢者之福出於《禮記‧祭統》：「賢者之祭也，必受其福，非世所謂福也。」〔註15〕然則，甚麼是福？《禮記‧祭統》：「福者備也。」〔註16〕

甚麼是備？《禮記‧祭統》：「備者百順之名也，無所不順者謂之備。」〔註17〕

甚麼是無所不順？《禮記‧祭統》說：「言內盡於己，而外順於道也。」〔註18〕在人倫上，其細行是：「忠臣以事其君，孝子以事其親；其本一也。上則順於鬼神，外則順於君長，內則以孝於親，如此之謂備，唯賢者能備，能備然後能祭。」〔註19〕

賢者之祭，只求自己道德實踐是否完備了？「上則順於鬼神，外則順於君長，內則以孝於親，如此之謂備。」是無所求的。《禮記‧祭統》說：「是故賢者之祭也，致其誠信，與其忠敬，奉之以物，道之以禮，安之以樂，參之以時，明薦之而已矣，不求其爲，此孝子之心也。」〔註20〕這樣地具足百事諧順而誠敬的祭祀，才能「必受其福」。

賢者在「事神」態度上，係由孝子之心推出，以誠信忠敬爲本，完全不求鬼神護佑，表示報本反始的態度，這已然是自作主宰的人文精神了。

二、新祠門聯的人文意涵

1981 年昌黎祠重新落成後，門聯換了新的，嵌刻在大理石上，只有十個字，聯曰：

> 一身扶聖教；千載仰儒宗。

大意說：中唐時，昌黎伯公以一個人的力量，扶起衰頹的儒學，您是儒門宗

〔註14〕同上註，頁 807。
〔註15〕同上註，頁 830。
〔註16〕同上註，頁 830。
〔註17〕同上註，頁 830。
〔註18〕同上註，頁 830。
〔註19〕同上註，頁 830。
〔註20〕同上註，頁 830。

師；千載以後的今天，我們還是一樣地敬仰您。

這裡提到了人格的典型，便是很好的人文精神教育。

在古代，有所謂三祭：祭天地、祭祖宗、祭聖賢。人為甚麼被奉祀為聖賢？因為他們替國家立了功。祭祀目的就是「獎厲忠義」，陶鑄品性，這便是人文化成。《禮記‧祭法》便說：「夫聖王之制祭祀也：法施於民則祀之，以死勤事則祀之，以勞定國則祀之，能禦大菑則祀之，能捍大患則祀之。」〔註21〕〔宋〕陳堯佐〈招韓公文并序〉說：「祀之之義，蓋所以獎激忠義而厲賢材也。」〔註22〕即揭出此義。

韓文公治潮八月，為潮人所感念。為何馨香百代？因為有靈。為何「潮人獨信之深？」因為誠敬，思之至，君蒿悽愴，若或見之。蘇軾不從宗教面解釋，卻另外指點了一個人格世界：這就是韓愈的「浩然正氣」。他盛讚韓文公：「文起八代之衰，道濟天下之溺。忠犯人主之怒，而勇奪三軍之帥。」為何韓公能夠「參天地之化，關盛衰之運」？因為有「浩然正氣」。蘇軾說：

> 自東漢以來，道喪文弊，異端並起。歷唐貞觀、開元之盛，輔以房、杜、姚、宋而不能救。獨韓文公起布衣，談笑而麾之，天下靡然從公，復歸於正，蓋三百年年於此矣。文起八代之衰，道濟天下之溺。忠犯人主之怒，而勇奪三軍之帥。此豈非參天地，關盛衰，浩然而獨存者乎？〔註23〕

《中庸》說：「自誠明，謂之性，自明誠，謂之教。誠則明矣，明則誠矣。唯天下至誠為能盡其性。能盡其性，則能盡人之性；能盡人之性，則能盡物之性；能盡物之性，則可以贊天地之化育；可以贊天地之化育，則可以與天地參矣。」〔註24〕所謂「參天地」就是參贊天地、化育萬物的人文精神。這裡我們看到了，韓愈通過道德實踐，「盡性知天」、「上合天德」的表現。

為何至誠能化？《中庸》說：「誠則形，形則著，著則明，明則動，動則變，變則化，唯天下至誠為能化。」〔註25〕韓愈治潮，不到八月。潮人向化，千年馨香。這原就是韓愈的至誠，仁民愛物的言行所獲得的福德，這就是賢者之福。

〔註21〕同上註，頁802。
〔註22〕《永樂大典》卷5345，頁3。
〔註23〕《蘇東坡全集》後集卷15，頁627。
〔註24〕阮元：《禮記注疏》，頁894～895。
〔註25〕同上註，頁895

《中庸》又說：「君子素其位而行，不願乎其外，素富貴行乎富貴，素貧賤行乎貧賤，素夷狄行乎夷狄，素患難行乎患難，君子無入而不自得焉。」〔註26〕對韓愈來說，因諫迎佛骨而貶潮州，盡心為民做事，原就是他的本份事，他不過素位而行、居易俟命罷！

結　論

臺灣的韓文公信仰，源於中國廣東潮惠梅嘉州一帶，這是一個潮客移民形態而成為本土化的信仰，千年來歷久不衰。方今，時序進入 21 世紀，南臺灣的屏東縣政府著意舉辦「韓愈文化祭」，從 2001 年起，至今，進入第八個年頭。筆者認為崇祀敬仰韓文公是應該的，因為，他的人格值得尊敬。若從世俗之福一路入，應該齋戒虔誠，以為「事神求福」；若從賢者之福一路入，由感恩、思慕開始；進而瞭解其行誼，學習其人格典範；從學習古代賢者的祭祀行為中，自己做好道德實踐，盡誠信忠敬，事奉鬼神，無所求而行，亦必受其福矣。

（本文先以〈論臺灣之韓文公信仰〉之名發表於 2008 年國際漢學研究學術研討會，其後，刊民國九十八年二月出版《漢學研究集刊》第八期，2011 年 5 月略修增刪，易為今名。）

〔註26〕同上註，頁 883。

忠義與報恩：中國祠廟文化的教育意義 ——以臺灣韓文公祠爲例

摘　要

　　本文目的在探討今日中國祠廟的教育意義，拈出忠義與報恩二點。研究對象是臺灣韓文公祠。依序敘述韓祠修建歷史及其宗旨，以揭示其今日的任務。

　　唐代，韓愈以古文明道，自身則躬行先王之道。在朝廷，他死諫佛骨；於潮州，他愛民養士。他的作爲，原是對道統生命的報恩，對唐皇朝庭報恩。他的直道，雖不容於朝庭，但得潮人之心，被潮人思慕，潮人啓建祠廟，馨香以祀，是潮人的回報。韓愈的人格精神，高標萬代，他的忠義典型，孕育了潮州節義文化。是故，今日兩岸於韓文公祠的祭祀，必須掌握忠義與報恩的精神，乃至轉報於國家社會，服務人類，此爲人類生生應有之意義。

關鍵詞：韓愈、佛骨、潮州、忠義、報恩

前 言

近年，拜讀《唐君毅全集》，獲益良多。唐君毅先生（1909～1978）是文化大師、一代哲匠；他悲憫近代中國文化花果凋零，欲振起人文，恢宏士氣，自作主宰，激濁揚清，震奮世俗，曾發出「世界無窮願無盡，海天遼闊立多時」的豪願。

書中，唐先生於人文教育方面尤為諄諄教誨，如〈海外中華子孫之安身之道〉〔註1〕〈中國教育應有之根本改造〉〔註2〕諸篇，有望於中國之大學校長及教師，重視中國整個文化之發展。後學如我，尚須效法處甚多。

唐先生關心文化生活，有幾篇文章探討祠廟之祭祀、提倡「天地君親師」三祭，如〈中國之祠廟宇與節日及其教育意義〉〔註3〕〈說中國人文中的報恩精神〉〔註4〕指點出儒家之宗教情懷及禮之三本，重視報恩精神，倡議生活化，建議有志者，當從此入，以建立現代禮樂。後學讀畢，深受啟發。而本文報恩與轉報的觀點，係得唐先生啟發，合當以為紀念。

近年，筆者關注臺灣韓文公祠的祭祀活動。猛然發現，韓愈雖逝，但其精神信仰仍寄寓於祠廟中，活在中臺兩地的祠廟裡，歲歲受祀，由宋代至今（999～），超過一千年。

韓愈（768～824）元和十四年（819），因上疏〈論佛骨表〉，觸唐憲宗之怒，貶為潮州刺史。任內，驅除鱷魚，解放奴婢，延師興學，頗有善政。〔註5〕雖然治潮不到八個月，〔註6〕但恩澤長存，得潮人感念，宋人遂建祠廟。這便是

〔註1〕 唐君毅：《中華人文與當今世界補編》（下）（臺北：臺灣學生書局，民國 77 年 5 月全集初版），頁 450～451。

〔註2〕 唐君毅：《中華人文與當今世界補編》（上）（臺北：臺灣學生書局，民國 77 年 5 月全集初版），頁 412～416。

〔註3〕 唐君毅：《中國人文與當今世界》（下）（臺北：臺灣學生書局，民國 69 年 4 月三版），頁 576～599。

〔註4〕 唐君毅：《中華人文與當今世界補編》（上）（臺北：臺灣學生書局，民國 77 年 5 月全集初版），頁 360～369。

〔註5〕 羅聯添：「今據文籍，其政可得而言者三：一曰除鱷魚，二曰放奴婢，三曰興學校。」《韓愈研究》（臺北：臺灣學生書局，民國 70 年 11 月增訂再版），頁 106～108。
曾楚楠則歸納為四：「驅鱷除害，關心農桑，贖放奴婢，延師興學。」《韓愈在潮州》（潮州：文物出版社，1993 年 8 月），頁 7～16。

〔註6〕 「韓愈自四月二十五日蒞潮，至十月廿日遇赦授袁州刺史」，筆者在〈將至韶州先寄張端公使君借圖經〉詩曾有考證，以為韓愈聞命在十一月上旬，離潮

潮州韓文公祠（以下簡稱韓祠）的由來。

明清時，韓文公祠流行於潮州梅州一帶，成爲通祀。清初，隨著移民腳步，韓文公信仰亦傳到臺灣。臺灣韓文公祠原是廣東省潮客移民而完成在地化的信仰。

臺灣的韓文公祠，分有專祠和從祀兩種形態，前者爲：屏東內埔鄉昌黎祠；後者包括：臺南韓文公祠，嘉義市廣寧宮，雲林大埤三山國王廟、苗栗文昌祠、彰化永靖三山國王廟等。當中，名聲較著的爲屏東內埔鄉昌黎祠。歷史較早者爲臺南韓文公祠。今日，中國奉行無神論，韓文公祠只被視爲古蹟；而臺灣各地的韓文公祠，香火頗盛，反映了韓文公信仰，歷久彌新。

本文探討中國祠廟之祭祀意義，即以台灣韓文公祠爲對象，就韓愈爲何被奉祀？其祭祀意義爲何？教育意義爲何？以爲論述。

韓祠的名稱，因異時異地而不同。有稱昌黎先生祠堂（宋代陳堯佐時）、有稱昌黎伯韓文公廟（宋代王滌時）、有稱韓文公祠（臺灣臺南）、有稱昌黎祠（屏東內埔），爲了論述方便，本題逕取韓文公祠爲名，以爲概括。

一、韓愈爲何被奉祀？

韓愈是人，爲何成爲神？被後世奉祀？這是莊嚴的大事。

《禮記‧祭法》：「夫聖王之制祭祀也，法施於民則祀之，以死勤事則祀之，以勞定國則祀之，能禦大菑則祀之，能捍大患則祀之。」〔註7〕所謂法施於民、以勤死事，以勞定國，能捍大患、能禦大災者則祀之；簡言之，凡是有功烈於人民者，皆入祀典。

任內，韓愈驅除鱷魚，解放奴婢，延師興學，有功於潮州，固然得潮人思慕懷念。這裡，必須特別揭出的，就是德禮忠孝的教育了。韓愈治潮，留意風俗教化，重振州學。他考察州學廢弛的原因後，「今此州戶萬有餘，豈無庶幾者邪。刺史縣令不躬爲之師，里閭後生無從所學爾。」〔註8〕於是自己任教，「躬爲之師」，之外，特意延請趙德「攝海陽縣尉，爲衙推官，專勾當州學，以督生徒」，〔註9〕並自捐廩俸百千作爲本金，收其孳息，做爲飲食支出。

約在十一月中下旬或十二月初旬。參拙作〈韓愈詩四家繫年異同比較〉，《韓愈古文新論》（臺北：文史哲出版社，民國90年），頁375～377。

〔註7〕《禮記》（臺北：藝文印書館十三注疏本，民國71年8月九版），頁802。

〔註8〕（潮州請置鄉校牒），《韓昌黎文集校注》，頁401～402。

〔註9〕同上註。

趙德，廣東海陽縣人，大曆十三年進士。年紀長於昌黎。〔註10〕韓愈推薦其人：「沉雅專靜，頗通經，有文章，能知先王之道，論說且排異端，而宗孔氏，可以爲師矣。」〔註11〕而趙德私輯韓文72篇爲《昌黎文錄》課誦潮民，皆理純義正之文。韓愈離潮後，潮州州學因有趙德督導，得以穩定下去，有益於當地文教事業之長期發展。

自昌黎置鄉校後，至宋而人才大盛。鄉校之學額，生員名數，亦由舊額120人漸增至180人，這裡的生員名額，反映了潮州一帶文教興起的情況。當然與郡守提倡分不開，此中，「王滌、丁允元俱爲韓公立廟，王滌即東坡爲撰碑之郡守，皆留心文教者也。」〔註12〕

宋代，治潮州者，頗有賢吏，多以學韓爲務，愛民養士。於是，三陽之地，進士疊出，文風之盛，異於廣東他縣，遂有「海濱鄒魯」之譽。

後人推原其功，韓公遂被推爲爲典範。於是，潮人祠祀韓文公了。

二、宋代韓祠的教育意義

韓祠的祭祀，當然是祈福；也應有其教育意義。

禮者，「履也，祭神求福也。」（《說文·示部》）但所謂福，有世俗之福與賢者之福之分。

祭者，「志意思慕之情也。」（《荀子·禮論》）思慕甚麼？當是思慕其德操，崇拜其人格。

祭者，「所以追養繼孝也。」（《禮記·祭統》），此由孝親推出，「致孝於鬼神」，於是有報恩之義。

潮人祭祀韓文公，是志意思慕的表示；同時，也是祈福。其間演進，凡經三個階段：禱神求福、忠義教化、正氣爲神。

早於宋代，潮州人對韓文公的崇拜，近於迷信，蘇軾（1036～1098）便說：「潮人之事公也，飲食必祭，水旱疾疫，凡有求必禱焉。」韓愈治潮八個

〔註10〕饒宗頤〈趙德及其昌黎文錄〉：「德爲廣東海陽縣人，《全唐文》載其曾官殿中丞。《海陽縣志》謂其大曆十三年進士，距元和十四年，昌黎謫潮，凡四十三年，時德年當逾六十，反長于昌黎。〈置鄉校牒〉但稱彼爲秀才，蘇軾爲韓廟碑則稱公命進士趙德爲之師。」（《潮州商會會刊》，香港，該會印行，1981）

〔註11〕同上註。

〔註12〕饒宗頤〈趙德及其昌黎文錄〉引舊圖經云：「元祐間王侯滌嘗少增其數。自曾侯登而後，所撥之田，具載于籍。養士舊額百有二十人。丁侯允元增五十人，今增至一百八十人，遂爲定額。」此宋末鄉校生員名數，王滌、丁允元俱爲韓公立廟，滌即東坡爲撰碑之郡守，皆留心文教者也。《潮州商會會刊》。

月，生時能除民禍，得潮人深信，乃至於韓愈離潮後，遭遇「水旱疾疫」時，仍然向他神祠祈福。這是第一階段。

陳堯佐（963～1044）立祠於州治，親撰〈招韓公文并序〉，揭出祠祀的意義：「祀之之義，蓋所以獎激忠義而厲賢材也。」〔註13〕欲藉韓愈的忠義精神，崇高的德行，勉勵賢才繼起效法。這是第二階段。

中唐至北宋，百年之間，韓愈英靈不散，仍能庇護潮民。神明，原是超越時空而存在，蘇軾說：「公之神在天下者，如水之在地中，無所往而不在也。」對此現象，蘇軾延續孟子之說，認是韓文公的正氣使然，他在〈潮州韓文公廟碑〉洋洋灑灑地說：

> 匹夫而為百世師，一言而為天下法，是皆有以參天地之化，關盛衰之運。其生也有自來，其逝也有所為矣。故申呂自岳降，傅說為列星，古今所傳，不可誣也。孟子曰：「我善養吾浩然之氣。」是氣也，寓於尋常之中，而塞乎天地之間。卒然遇之，則王公失其貴，晉楚失其富，良平失其智，賁育失其勇，儀秦失其辯，是孰使之然哉？其必有不依形而立，不恃力而行，不待生而存，不隨死而亡者矣。故在天為星辰，在地為河嶽，幽則為鬼神，而明則復為人。此理之常，無足怪者。〔註14〕

北宋元祐五年（1090），潮州知州王滌把韓祠遷於州城之南七里，題為「昌黎伯韓文公廟」，蘇軾受邀撰寫碑文，時年55歲。上距韓愈唐穆宗長慶四年（824）之逝，已有 266 年之久。韓愈雖作了古人，他的氣仍浮蕩在空中。當其氣盛充盈而為神，於是蘇軾提出的「正氣為神」說，是為第三階段，仍為教化意義。重要的是，他向世人揭示了韓愈的人格世界。於此人格世界，他日當為文專論。

「知言養氣」，本是孟子的道德人格的修養的實踐，正氣是道德修養、存養擴充的體現。韓愈〈爭臣論〉中，以「爭臣」自況：「自古聖人賢士皆非有求於聞用也，閔其時之不平，人之不乂，得其道，不敢獨善其身，而必以兼濟天下也。孜孜矻矻，死而後已。」韓愈這種「得位行道」思想，他的精神力量就是正氣。其見之於勇諫佛骨，以至治潮之施為，可謂具體有徵。

〔註13〕《永樂大典》卷 5345，頁 3。〔明〕姚廣孝等：《永樂大典》第 36 冊（臺北：世界書局，民國 66 年 1 月再版）。

〔註14〕《蘇東坡全集》後集卷 15（北京：中國書局，1991 年 9 月 2 刷），頁 627～628。

再後，宋末時，文天祥〈正氣歌〉係順此而發輝，其爲國殉節，當爲此精神之極致體現。

復次，蘇軾進一步指出韓文公於文化史的貢獻：「參天地之化，關盛衰之運。」所謂參天地之化，說出《中庸》。《中庸》講「誠」，「唯天下至誠爲能盡其性‧能盡其性‧則能盡人之性‧能盡人之性‧則能盡物之性‧能盡物之性‧則可以贊天地之化育‧可以贊天地之化育‧則可以與天地參矣。」

蘇軾極論韓愈之至誠，因爲至誠，而能感化，故能「開衡山之雲、能馴鱷魚之暴、能信於南海之民」，〔註15〕廟食至今。潮人受生於天地，韓公以教化助成之，與天地同功，這是「贊天地之化育」的意義。

唐先生依文化哲學觀點，另出新義。他指出「贊天地之化育」，古人稱之爲盡心盡性，今日，就是「代神工作」。他說：「神即人類精神之全般價值理想，至眞至善至美，完全與無限」，當人類不限於個體心，要求成爲普遍心時，「代神工作」，就是完成眞實的自己，他說：

> 神即人類精神之全般價值理想，祂即是至眞至善至美完全與無限，你代神工作，即是爲實現人類精神之全般價值理想底工作。實現人類精神之全般價值理，即出於你之要以你之心，與一切人類的心連接，而成爲普遍心。你之心之所以要成爲普遍心，由於你不願只限於個體心。你之不願只限於個體心，由於你的本性要求無限。所以代神工作，即所以滿足你心之本性的要求，即所以實現你心的本性。代神工作，即是完成你眞實的自己。我們的結論，用中國的舊話來說，即贊天地的化育，便是盡性，便是成己。〔註16〕

而「贊天地的化育」，道出了韓愈追求眞善美的人格世界，此義甚廣大，恕本文未能細加闡述。

三、今日韓祠的教育意義

宋人於韓祠的祭祀意義，從祭神祈福，到獎勵忠義，到正氣爲神，分三個階段。今日，我們論韓祠的人文精神教育，後學提出忠義和報恩兩點。

〔註15〕蘇軾云：「故公之精誠，能開衡山之雲，而不能回憲宗之惑；能馴鱷魚之暴，而不能弭皇甫鎛、李逢吉之謗；能信於南海之民，廟食百世，而不能使其身一日安之於朝廷之上。」同上註。

〔註16〕唐君毅：〈心靈之發展〉《人生之體驗》（臺北：臺灣學生書局，2000年5月，全集校訂版），頁169。

1. 忠　義

早先，在宋代時，陳堯佐認識到韓愈對潮州的文化教育貢獻，在於道德教化：「唐元和十四年，昌黎文公愈，以刑部侍郎出為潮州刺史，至郡專以孔子之道教民，民悅其教，誦公之言，藏公之文，綿綿焉迄今知學者也。」〔註17〕

陳堯佐，《宋史・本傳》載其：「進士及第……知真源縣，開封府司錄參軍事，遷府推官。坐言事忤旨，降通判潮州（999）。修孔子廟，作韓吏部祠，以風示潮人。」〔註18〕在潮州，曾捕捉鱷魚，撰〈戮鱷魚文〉，當市人之前殺之，以做為教育之用。陳堯佐治潮，上距韓愈（768～824）之逝，凡 175 年。他因「言事忤旨」貶潮，修孔廟、作韓祠、戮鱷魚，性情與遭遇，顯然有取於韓愈。是一位學習韓愈、效法韓愈的人物。

元豐七年（1084），韓愈受詔封昌黎伯。配祀孔廟，理由是「發明先聖之道，有益學者。」〔註19〕

據《宋史・卷 16・神宗本紀》：「七年，五月壬子，以孟軻食文宣王，封荀況、揚雄、韓愈為伯，並從祀。」〔註20〕為何韓愈得從祀孔廟？因為他於儒學貢獻，如同荀況、揚雄二人一樣，，故得從祀孔廟及封爵。

其後，韓愈之繪像遂從祀於「國子監及天下學廟」。〔註21〕

再過 6 年，潮州知州王滌治潮，順於民意之求，於州城之南建成「昌黎伯韓文公廟」了。

王滌字長源，元祐五年（1090）任潮州知州，他師法韓愈，「養士愛民」。〔註22〕

陳堯佐立祠於州治之後，並親撰〈招韓公文并序〉高高地揭示此祠祀的意義：「祀之之義，蓋所以獎激忠義而屬賢材也。」。〔註23〕

《元一統志・昌黎伯廟》則說：「繼是，邦人或因守倅之美政，足以感人心，寓公之高行，足以激流俗，皆為立祠，以為後勸云。」〔註24〕

〔註17〕〈招韓文公文并序〉，《永樂大典》卷 5345，頁 22。
〔註18〕《宋史》卷 284（北京：中華書局點校本，1997 年 11 月），頁 2449。
〔註19〕《宋史・禮志》卷 105（北京：中華書局點校本，1997 年 11 月），頁 2549。
〔註20〕《宋史》，頁 312。
〔註21〕（《宋史・禮志》卷 105，頁 2549。
〔註22〕《潮州府志》33，頁 786。
〔註23〕《永樂大典》卷 5345，頁 3。
〔註24〕《永樂大典》卷 5343，頁 44。

「獎忠義而厲賢材」、「感人心，寓高行，激流俗，以爲後勸」二句，無非藉此告訴世人，這是崇高的德行，這是忠義精神，以爲勸化的意思。

廖德明〈八賢贊後序〉直指人心爲教化之本，痛陳今之郡守只逐其末，「惟汲汲於財賦獄訟簿書之末，風化之本，鮮有經意。」〔註25〕於是列舉潮州八賢趙德、吳子野等八人，撰〈八賢贊〉揭其旨趣：「八賢者，典型也，文獻也，風俗之本也。」〔註26〕期盼潮人瞻仰之際，感發精神，以爲化民成俗。

廖德明關心人格教育，標舉八位潮州賢者，一一贊頌，無非藉此儀型，「化頑成仁」，把愚頑教化成仁者，多麼具有人文理想，是一位有心人。

今日，我們瞻仰韓祠，其忠義典型，使人學習，使人思慕，使人感興發奮，油然而生歎「有爲者若是」，這是從韓祠而得忠義的教育意義。

2. 報　恩

古之聖王，神道設教。「天地君親師」爲三本，其中，天神地祇是一本；君師、祖先是人，爲二本。天神地祇是宇宙生命之本；君師，是文化生命之本，祖先，是身體生命之本，三本皆爲我之本源，無本即無源。

有祈有報，本爲人情。對於天地社稷，人有春祈秋報；於君師聖賢，我們崇德報功，建立〈祭法〉的標準；於堂上父母，「生，事之以禮」；於宗廟祖先，「祭之以禮」，建立了人道與人倫之道。於是我們報恩，報三本之恩。

唐先生〈說中國人文中的報恩精神〉，有精闢的申論：「中國人文中之報恩精神，即要報在先的人，對現在的我之一切生活上的事之恩德。」〔註27〕

感恩而報恩，用直接之途徑，如子女奉養父母，學生報答老師便是；之外，又有「轉報」的方法，如教育子女，以報父母之恩，如教學生，以報師恩便是，所謂「轉報」即把恩義報於於後人。唐先生說：「此報恩之道，不必只是我之還報於對我有恩者，而恆是我之轉施恩德於此外、此後之人之『轉報』，如以教育子女報父母之恩，以教學生報師恩。」〔註28〕

因爲有此「報恩」精神，使人間恩義相續，構成了人類悠長的歷史文化，生生不已，剛健不已。唐先生說：「此即足以成就人之先後之生活之相續，以及文化歷史之相續，亦即人生一切繼往開來，承先啓後之事業之本。」〔註29〕

〔註25〕《永樂大典》卷5345，頁6。
〔註26〕《永樂大典》卷5345，頁6～7。
〔註27〕《中華人文與當今世界補編》（上冊），頁360。
〔註28〕《中華人文與當今世界補編》（上冊），頁360。
〔註29〕《中華人文與當今世界補編》（上冊），頁360。

　　唐先生所言之「報恩」精神，古人稱爲報本反始，崇德報功，裡面有敦厚人倫的深厚意義。俗語謂之：「飲水思源」，「吃果拜樹頭」是也。

　　漢人王充（27～91）從唯物論觀點探討，認爲「人有賞功供養之道，故有報恩祀祖之義。」〔註30〕人於有功者給獎賞，或給予物質的供養，原是人類共同的心理，故有祭祀的行爲。王充說：「凡祭祀之義有二，一曰報功，二曰修先。報功以勉力，修先以崇恩，力勉恩崇，功立化通，聖王之道也。」〔註31〕

　　父母養育子女，子女孝養父母，固然是報恩。復次，唐先生標出孝子「繼志述事」，也是報恩：「人之繼志述事，如曾子之全其福，以全生而全歸，亦是報父母恩之方式。」〔註32〕

　　推而大之，報恩於人類，此爲大孝，唐先生據《孝經》之義，說：「中國之孝經以人之一切對現在未來之人之服務，而立德立功之事，以亦皆可以作爲報父母之恩之事，亦皆是大孝。」〔註33〕

　　試想，我們投生人間，一無所有，一無所知，而有今天的我，完全是「天地君親師」的給賜，是受恩。如何報「天地君親師」之恩？筆者以爲，於堂上父母盡孝，盡份，於宗廟祖先，「慎終追遠」，於天地社稷，從孝親義，推而致孝於鬼神，必誠必敬，既是崇恩也是報恩。復次，我們教育子女，作育英才，傳承文化，既是報恩，又即轉報恩義於後世。進而，自覺我身之渺小，我身之悠悠，我得「天地君親師」而成才，我得五倫之助而成業，於是飲水思源，對歷史文化有責任，致力爲人類服務，是爲大報恩了。

　　順著唐先生觀點，韓愈行道是「報恩」，報儒家聖王之恩；不惜身命，諫迎佛骨，是報朝廷恩；貶於潮州，諸多善政，乃「轉報」於潮人。而潮人受教，人文蔚起，建祠立廟，固然是「報恩」，而後世治潮官宦學韓事韓，啓迪人心，仁孝忠義，以教導其兒孫後世，又將恩義「轉報」於後人。此中，恩恩相續，義義相連，綿綿遞遞，承先啓後，繼往開來，蘊藏著縣長深邃的人文意義。

結　語

　　古代廟學一體，祭祀與教育相連繫，此制度隨滿清之滅亡而崩解。近代

〔註30〕《論衡‧祭意篇》（臺北：世界書局，民國79年11月），頁517。
〔註31〕《論衡‧祭意篇》，頁516。
〔註32〕《中華人文與當今世界補編》（上冊），頁361。
〔註33〕同上註。

之學校，施行新式教學，視祠廟為宗教祈福場所。世人重視現實，營役於考試、求學位、謀公職，以求金榜題名，原為人之常情，而祠廟的甚盛香火，本亦無所厚非，惟不應止於祈福而已。

　　古來，儒家致力於人文教育。以韓祠為例，宋代以來，陳堯佐建立祠祀，王滌建廟，蘇軾撰韓碑，諄諄然就韓文公的人格道德，多所表揚其文章教化，用以建立典範，樹其忠義、標其正氣、譽其至誠，無非藉其典範，以建立人道，開出人文世界，恢弘人文意義，以為人文化成而已。

　　今日，臺灣韓文公祠之祭祀，除了事神求福外，筆者認為還有許多人文意義，古人稱之為：報本反始、崇德報功；陳堯佐稱之為：忠義教化、獎勵賢才；今人稱之為生命教育，承擔責任等等。依唐先生說，可稱為報恩與轉報的精神了。

　　古人云：「湧身百代上，千古有餘情」，本文以韓文公祠為研究的中心，拈出忠義與報恩兩項，以論其教育意義；其實，未嘗不是今後中國祠廟文化所應致力之所在。

（本文曾於 2009 年發表於「唐君毅・牟宗三先生周年誕辰紀念國際學術研討會」，其後載《新亞學報》第 28 卷，2010 年 3 月刊。2011 年 5 月修訂。）

師道友情編

韓門師道：
韓愈的詩教與張籍的詩報

摘　要

　　李唐皇朝（618～907）享國 289 年，期間，承魏晉南北朝之漸，人不相師；整個唐代，只有一位老師；就是韓愈。他勇於爲師，作〈師說〉，收授弟子，張揚儒道，形成了所謂「韓門弟子」，這批韓門弟子，反過來，幫助了他的學說傳播於後。究竟，韓門弟子是如何與老師相處的？韓愈又如何照拂他們，讓他們成才。韓愈作爲老師？是如何傳道、授業、解惑的？而弟子又如何回報？本文以張籍爲例做探討。張籍爲韓門弟子的佼佼者，爲韓愈照拂最多，可爲代表。昌黎生前，以詩爲教；逝後，張籍以詩爲報。特別的是：此長篇祭詩係仿效老師的詩體而作，以示學成之意。因爲蘊藏了深層的意義，必須表而出之。通過本文，可窺韓門師生之恩義，體現人倫之美，可以作爲昌黎〈師說〉的具體實證；可以補充史傳「韓門弟子」的內涵。

關鍵詞：韓愈、師說、韓門弟子、張籍

前 言

韓愈（768～824）以文爲教，是近人郭紹虞（1893～1984）提出的。〔註1〕本文的「以詩爲教」，是借用其詞。昌黎之所以成家立派，與韓門弟子有關。前輩有論。

在中唐，韓愈勇於爲師，作〈師說〉，說明爲師的責任，就在於：傳道、授業、解惑。李白（701～762）、杜甫（712～770）沒有弟子；白居易（772～846）、元稹（779～831）也沒有；只有韓愈有。爲甚麼韓愈有？因爲他有道德文章；而且樂賢進善、慷慨周濟、《新唐書・卷101・韓愈傳》之言可證：

愈性明銳，不詭隨。與人交，始終不少變。成就後進士，往往知名。

經愈指授，皆稱「韓門弟子」。愈官顯，稍謝遣。

清人趙翼（1727～1814）說，昌黎主持風雅、以道自任。就是指他提倡師道，收授學生；弘揚儒道，排斥佛老而言。（《甌北詩話》卷三）

這班韓門弟子，有的能文，如李翱（772～836）、皇甫湜（777～830）；有的能詩，如孟郊（751～814）、張籍（766～830）、賈島（779～843），彼此切磋唱酬，以資觀摩；裡面，包括了昌黎的文教與詩教，蘊涵了昌黎的師教，體現了韓愈的身教。而昌黎如何以詩爲教？張籍如何以詩爲報？本文即就此做爲研究對象，揭示其意義及內涵。

一、情如骨肉

張籍（766～830），字文昌，和州烏江人。中進士第，曾入戎幕。任爲太常寺太祝，十年不遷。後爲韓愈薦爲國子博士。歷官水部員外郎、主客郎中、國子監司業。當時名士皆與之游。長於樂府。韓愈稱其詩：「張籍學古淡，軒鶴避雞羣。」（〈醉贈張祕書〉）〔註2〕新、舊《唐書》有傳。

昌黎與張籍有許多重關係，既是畏友，也是師生，是兒子的塾師，也是同僚，交情至切。張比韓長兩歲。

他倆認識的過程是這樣的，其初，貞元十三年（797）昌黎從事於汴州，因孟郊推薦，十月一日張籍遂至汴州從學；昌黎安排他住於城西讀書；十四

〔註1〕郭紹虞：《中國文學批評史》（臺北：臺灣商務印書館，民國59年10月臺二版），頁243。

〔註2〕錢仲聯：《韓昌黎詩繫年集釋》卷四（上海：古籍出版社，1984），下稱《集釋》。

年（798）秋，張籍在汴州舉進士，昌黎爲考官，張籍中等。十五年（799）春，登進士第。其後東歸，往徐州謁昌黎，盤桓一月後辭去，昌黎贈以〈此日足可惜〉長詩。十六年（800）居喪。十八年（802）任爲幕府書記。元和元年（806），昌黎召授國子博士。此時，與張籍、張徹、孟郊四人京師重聚，四人欣然作〈會合聯句〉。年冬，住宿於昌黎廳宅，認識韓昶，獲昌黎〈贈張籍〉詩。元和五年（811），正式授韓昶詩。元和八年（814），因時人有「李杜抑揚」之論，作〈調張籍〉詩，表示「並尊李杜」之見，詩中自任甚重，亦有期許之意。元和十一年（817），張籍任爲國子監廣文館助教。長慶元年（821）昌黎回朝，主持國子監祭酒，推薦張籍爲博士。長慶四年（824），昌黎請告，養病城南莊園，張籍剛罷官，於是陪侍同遊，泛舟南溪。及至昌黎彌留，仍交辦後事。〔註3〕親親之情，超乎骨肉。

二、昌黎的詩教

昌黎贈張籍詩廿首，裡面不少「以詩爲教」的例子。顯著者如〈此日足可惜〉、〈贈張籍〉、〈調張籍〉、〈病中贈張籍〉。茲舉例論述如次：

（一）收服張籍

貞元十四年（798）孟冬，韓愈爲汴州推官。張籍相從而學。張籍個性狷直，自負詩才，欲找知己。經孟郊薦介，初識昌黎；當然不免辯論。他兩次致書昌黎，第一書指責昌黎：尚駁雜之說，好博塞之戲，勸其著書以存聖人之道，以闢佛老。〔註4〕昌黎復書，略以「此吾所以爲戲也」；著書事則「待五六十然後爲之」。〔註5〕張籍復作第二書力駁其說，〔註6〕昌黎亦重復之。〔註7〕有次，張籍又啓辯論，最後輸了，也服了；還請求贈詩。於是，昌黎把經過寫在〈病中贈張十八〉裡，這是昌黎的詩教：

> 中虛得暴下，避冷臥北窗。
>
> 不蹋曉朝鼓，安眠聽逄逄。
>
> 籍也處閭里，抱能未施邦。

〔註3〕 羅聯添：《張籍年譜》，《唐代詩文六家年譜》（臺北：學海出版社，民國75年7月）。

〔註4〕 〈答張籍書〉題註引，《韓昌黎文集校注》（香港：中華書局，1984年5月）。

〔註5〕 同上註，〈答張籍書〉。

〔註6〕 同上註，〈重答張籍書〉題註引。

〔註7〕 同上註，〈重答張籍書〉。

文章自娛戲，金石日擊撞。

龍文百斛鼎，筆力可獨扛。

談舌久不掉，非君亮誰雙。

扶几導之言，曲節初樅樅。

半途喜開鑿，派別失大江。

吾欲盈其氣，不令見麾幢。

牛羊滿田野，解旆束空杠。

傾罇與斟酌，四壁堆甖缸。

玄帷隔雪風，照爐釘明釭。

夜闌縱摔闔，侈口疎眉厖。

勢佯高陽翁，坐約齊橫降。

連日挾所有，形軀頓胮肛。

將歸乃徐謂，子言得無尨。

迴軍與角逐，斫樹收窮龐。

雌聲吐款要，酒壺綴羊腔。

君乃崑崙渠，籍乃嶺頭瀧。

譬如蟻垤微，詎可陵崆峴。

幸願終贈之，斬拔卉與椿。

從此識歸處，東流水淙淙。〔註8〕

此詩之作年，有三說：「貞元十九年冬」、「貞元十四年」、「長慶四年」，今取貞元十四年（789）說。〔註9〕此詩用上平聲，江韻。依《廣韻》，〔註10〕江韻

〔註8〕 《集釋》卷一，頁63。

〔註9〕 〔宋〕王儔：「公仕於朝，而籍為太祝，則此詩其貞元十九年冬作乎。」《新刊經進詳註昌黎先生文》第五卷（上海：古籍出版社，1994年9月）

〔宋〕韓醇曰：「張十八，籍也。貞元十四年公佐汴州，籍為公所薦送，明年登第。……豈籍未第時作。或既第而未仕時乎？」《五百家注昌黎文集》第五卷（臺北：臺灣商務印書館景印文淵閣四庫全書，民國75年7月）

〔清〕方世舉：「長慶四年，為吏部侍郎，以病在告作。」方世舉《韓昌黎詩集編年箋注》第十二卷（臺北：莊嚴文化事業有限公司續修四庫全書本，1997年6月）

〔清〕鄭珍〈跋韓詩〉：「方扶南箋謂為長慶四年為吏部侍郎以病在告作。余考之，誤也。此詩決非作於長慶四年。……余細審之，當是貞元十四年孟冬，公在汴州時作。」《韓昌黎詩繫年集釋》卷一引（上海：古籍出版社，1984年3月）

共 107 韻字，此詩用了 22 字。江韻爲險韻，韓氏寫來一韻到底，昌黎此詩，未嘗沒有逞能騁才的意思。

（二）相知相惜

貞元十五年（799），張籍進士及第後，即往徐州；盤桓一月後辭去，昌黎作〈此日足可惜〉，記敘二人相識相惜的經過，飲酒道別。括號、用韻及說明爲筆者所加：

> 此日足可惜，此酒不足嘗；〔陽〕
> 捨酒去相語，共分一日光。〔唐〕（點出詩旨）
> 念昔未知子，孟君自南方；〔陽〕
> 自矜有所得，言子有文章。〔陽〕（孟郊推譽）
> 我名屬相府，欲往不得行；〔庚〕
> 思之不可見，百端在中腸。〔陽〕（渴望見面）
> 維時月魄死，冬日朝在房，〔陽〕（孟冬初一）
> 驅馳公事退，聞子適及城。〔清〕
> 命車載之至，引坐於中堂，〔唐〕（首次相見）
> 開懷聽其說，往往副所望。〔陽〕
> 孔丘歿已遠，仁義路久荒，〔唐〕
> 紛紛百家起，詭怪相披猖。〔陽〕
> 長老守所聞，後生習爲常。〔陽〕
> 少知誠難得，純粹古已亡。〔陽〕（得韓賞知）
> 譬彼植園木，有根易爲長。〔陽〕
> 留之不遣去，館置城西旁，〔唐〕（留宿城西）
> 歲時未云幾，浩浩觀湖江。〔江〕
> 眾夫指之笑，謂我知不明，〔庚〕
> 兒童畏雷電，魚鱉驚夜光。〔唐〕（眾人譏誚）
> 州家舉進士，選試繆所當，〔唐〕
> 馳辭對我策，章句何煒煌。〔唐〕（昌黎主試）
> 相公朝服立，工席歌鹿鳴。〔庚〕（張籍獲雋）
> 禮終樂亦闋，相拜送於庭。〔青〕（兩人初別）

〔註10〕〔宋〕陳彭年等：《校正宋本廣韻》（臺北：藝文印書館，民國 57 年 10 月）。下稱《廣韻》。

之子去須臾，赫赫流盛名。〔清〕

竊喜復竊歎，諒知有所成。〔清〕（祝願有成）

人事安可恆，奄忽令我傷。〔陽〕

聞子高第日，正從相公喪，〔唐〕（首試中第）

哀情逢吉語，惝恍難爲雙。〔江〕

暮宿偃師西，徒展轉在牀。〔陽〕（從董晉喪）

夜聞汴州亂，遠壁行傍徨。〔唐〕（汴州軍亂）

我時留妻子，倉卒不及將，〔陽〕

相見不復期，零落甘所丁。〔青〕

驕女未絕乳，念之不能忘，〔陽〕

忽如在我所，耳若聞啼聲。〔清〕（掛心妻小）

中塗安得返，一日不可更。〔庚〕

俄有東來說，我家免罹殃，〔陽〕

乘船下汴水，東去趨彭城。〔清〕（妻小在徐）

從喪朝至洛，還走不及停。〔青〕（從喪洛陽）

假道經盟津，出入行澗岡。〔唐〕

日西入軍門，羸馬顛且僵。〔陽〕（經河南幕）

主人願少留，延入陳壺觴。〔陽〕（主帥李元）

卑賤不敢辭，忽忽心如狂。〔陽〕

飲食豈知味，絲竹徒轟轟。〔耕〕

平明脫身去，決若驚鳧翔。〔陽〕（辭別主人）

黃昏次汜水，欲過無舟航，〔唐〕

號呼久乃至，夜濟十里黃。〔唐〕（外黃外溝）

中流上灘潭，沙水不可詳，〔陽〕

驚波暗合沓，星宿爭翻芒。〔唐〕（夜渡黃河）

轅馬蹢躅鳴，左右泣僕童。〔東〕

甲午憩時門，臨泉窺鬥龍。〔鐘〕

東南出陳許，陂澤平茫茫。〔陽〕（路過陳許）

道邊草木花，紅紫相低昂，〔唐〕

百里不逢人，角角雉雛鳴。〔庚〕

行行二月暮，乃及徐南疆。〔陽〕（抵達徐州）

下馬步堤岸，上船拜吾兄。〔庚〕（雲卿子俞、紳卿子㟪）

誰云經艱難，百口無夭殤。〔陽〕（家人重聚）

僕射南陽公，宅我睢水陽。〔陽〕（得張安置）

篋中有餘衣，盎中有餘糧。〔陽〕（遂入張幕）

閉門讀書史，清風窗戶涼。〔陽〕

日念子來游，子豈知我情？〔清〕

別離未爲久，辛苦多所經。〔青〕（兩人再聚）

對食每不飽，共言無倦聽。〔青〕

連延三十日，晨坐達五更。〔耕〕（秉燭夜談）

我友二三子，宦游在西京，〔庚〕

東野窺禹穴，李翱觀濤江，〔江〕

蕭條千萬里，會合安可逢？〔鐘〕（思念好友）

淮之水舒舒，楚山直叢叢，〔東〕

子又捨我去，我懷焉所窮？〔東〕

男兒不再壯，百歲如風狂。〔陽〕

高爵尚可求，無爲守一鄉。〔陽〕（再別祝願）〔註11〕

此詩敘寫與張籍的初見、初別、再聚、再別，中間插敘孟郊的推譽，昌黎於汴徐二幕府的遭遇，表達依依不捨的情緒。凡一百四十句，七十韻，主從通押；陽唐韻爲主，「東、鐘、江、庚、耕、清、青」韻爲從。總計陽唐韻42字，從韻共28字，東韻（3字）、鐘韻（2字）、江韻（3字）、庚韻（7字）、耕韻（2字）、清韻（6字）、青韻（5字）。〔宋〕歐陽修便嘆服此詩爲「用韻」之工〔註12〕了。

〔註11〕《集釋》卷一，頁84～85。

〔註12〕「退之筆力無施不可，而嘗以詩爲文章末事，故其詩曰：『多情懷酒伴，餘事作詩人』也。然其資談笑、助諧謔、敘人情、狀物態，一寓於詩，而曲盡其妙，此在雄文大手，固不足論。而余獨愛其工於用韻也，蓋其得韻寬則波瀾橫溢，泛入傍韻，乍還乍離，出入迴合，殆不可拘以常格，如〈此日足可惜〉之類是也。得韻窄則不復傍出，而回難見巧，愈險愈奇，如〈病中贈張十八〉之類是也。余嘗與聖俞論此，以謂譬如善馭良馬者，通衢廣陌，縱橫馳逐，惟意所之；至於水曲蟻封，疾徐中節，而不少蹉跌，乃天下之至工也。聖俞戲曰，前史言退之爲人木強，若寬韻可自足，而輒傍出，窄韻難獨用，而反不出，豈非其拗強而然與？坐客皆爲之大笑。」《六一詩話》（臺北：藝文印書館，民國60年2月），頁162。

　　韓氏長於古詩，就其才性之所至，以古文之筆法行之，有如「長江大河，瀾翻泡湧，滾滾不窮」、「可喜可愕」、「怪變百出」；〔註13〕如清人趙翼所謂：「磊落豪橫，挫籠萬有」，〔註14〕形成倚天拔地的豪雄風格。此詩可窺韓氏的「豪雄」風格一斑。昌黎「以詩為教」，給張籍深刻的示範，26年後，就模仿此詩的體格做祭詩，以為侑報了。

（三）作詩示範

　　貞元十九年（803）冬，在風雪的夜裡，張籍在韓愈家中。昌黎以詠雪為題，作詩示範，詩有「惟子能諳耳，諸人得語哉」的詩句，詩末，「莫煩相屬和，傳示及提孩」，還命他不必和詩，這明顯是授業。〈詠雪贈張籍〉云：

> 只見縱橫落，寧知遠近來。飄颻還自弄，歷亂竟誰催。座暖銷那怪，池清失可猜。坳中初蓋底，垤處遂成堆。慢有先居後，輕多去卻迴。度前舖瓦隴，奔發積牆隈。穿細時雙透，乘危忽半摧。舞深逢坎井，集早值層臺。砧練終宜擣，階紈未暇裁。城寒裝睥睨，樹凍裹莓苔。片片勻如翦，紛紛碎若挼。定非燖鷽鷿，真是屑瓊瑰。緯繣觀朝萼，冥茫矖晚埃。當窗恒懍懍，出戶即皚皚。潤野榮芝菌，傾都委貨財。娥嬉華蕩瀁，胥怒浪崔嵬。磧迥疑浮地，雲平想輾雷。隨車翻縞帶，逐馬散銀盃。萬屋漫汗合，千株照耀開。松篁遭挫抑，糞壤獲饒培。隔絕門庭遽，擠排陛級纔。豈堪禪嶽鎮，強欲效鹽梅。隱匿瑕疵盡，包羅委瑣賅。誤雞宵咿喔，驚雀暗徘徊。浩浩過三暮，悠悠匝九垓。鯨鯢陸死骨，玉石火炎灰。厚慮填溟壑，高愁摳斗魁。日輪埋欲側，坤軸厭將頹。岸類長蛇攪，陵猶巨象豗。水官誇傑黠，木氣怯胚胎。著地無由卷，連天不易推。龍魚冷蟄苦，虎豹餓號哀。巧借奢豪便，專繩困約災。威貪陵布被，光肯離金罍。賞玩捐他事，歌謠放我才。狂教詩硨硪，興與酒陪鰓。惟子能諳耳，諸人得語哉！助留風作黨，勸坐火為媒。雕刻文刀利，搜求智網恢。莫煩相屬和，傳示及提孩。
>
> 〔註15〕

據《廣韻》，此詩用韻為上平聲十五灰十六咍，凡80句，40韻，一韻到底。

〔註13〕〔宋〕張戒：《歲寒堂詩話》，丁福保輯：《歷代詩話續編》（北京：中華書局，1997年3月）

〔註14〕〔清〕趙翼：《甌北詩話》卷三（臺北：廣文書局，民國51年7月）。

〔註15〕《集釋》卷二，頁161～162。

此詩詠雪，不出一個雪字。全詩著眼於雪飄漫天的姿態、雪的形、雪的色、雪的光、雪之堆，極盡「鏤繪之工」，復借「松篁遭挫折」、「隱匿瑕疵盡，包羅委瑣該」、「專繩困約災，威貪陵布被」以寄諷意。末句還命張籍「莫煩相屬和，傳示及提孩」，顯然是昌黎「以詩為教」。

（四）易子而教

元和元年（806）冬，認識韓昶（799～855），贊美其子，獲得昌黎贈詩；既表現了古人易子而教一面；也反映了韓愈對張籍的賞識。〈贈張籍〉詩同時體現了昌黎的詩教：

> 吾老著讀書，餘事不掛眼。
> 有兒雖甚憐，教示不免簡。
> 君來好呼出，踉蹌越門限。
> 懼其無所知，見則先愧赧。
> 昨因有緣事，上馬插手版。
> 留君住廳食，使立侍盤饌。
> 薄暮歸見君，迎我笑而莞。
> 指渠相賀言，此是萬金產。
> 吾愛其風骨，粹美無可揀。
> 試將詩義授，如以肉貫丳。
> 開祛露毫末，自得高寒巘。
> 我身蹈丘軻，爵位不早綰。
> 固宜長有人，文章紹編剗。
> 感荷君子德，恍若乘朽棧。
> 召令吐所記，解摘了瑟僩。（武猛貌）
> 顧視窗壁間，親戚競覘矕。（武板切，視貌）
> 喜氣排寒冬，逼耳鳴睍睆。
> 如今更誰恨，便可耕灞滻。〔註16〕

據《廣韻》，此詩用韻為上聲二十五潸，潸韻共39字，昌黎用了18韻字。

（五）、昌黎解惑

中唐之時，李杜並稱，時人或有軒輊。元和八年（813），時為李杜逝世

〔註16〕《集釋》卷七，頁831～832。

後 43～49 年，元稹首發其「抑李揚杜」之論，其撰〈杜工部墓誌銘〉即云：

> 詩人以來，未有如子美者。時山東人李白，亦以奇文取稱。時人謂
> 之李杜。余觀其……樂府歌詩，誠亦差肩於子美矣。至若鋪陳終始，
> 排比聲韻，大或千言，次猶數百，詞氣豪邁，而風調清深，屬對律
> 切，而脫棄凡近，則李尚不能歷其藩翰，況堂奧乎？〔註17〕

白居易〈與元九書〉亦云：

> 又詩之豪者，世稱李杜。李之作，才矣奇矣，人不逮矣；索其風雅
> 比興，十無一焉。杜詩最多，可傳者千餘首。至於貫穿今古，覼縷
> 格律，盡工盡善，又過於李。然撮其〈新安吏〉、〈石壕吏〉、〈潼關
> 吏〉、〈塞蘆子〉、〈留花門〉之章，「朱門酒肉臭，路有凍死骨」之句，
> 亦不過十三四，杜尚如此，況不逮杜者乎！〔註18〕

此論新出，或得聞於張籍，昌黎不表認同，於是作〈調張籍〉以為解惑，調者，教也，教導的意思。詩云：

> 李杜文章在，光焰萬丈長。不知羣兒愚，那用故謗傷。
> 蚍蜉撼大樹，可笑不自量。伊我生其後，舉頸遙相望。
> 夜夢多見之，晝思反微茫。徒觀斧鑿痕，不矚治水航。
> 想當施手時，巨刃摩天揚。垠崖劃崩豁，乾坤擺雷硠。
> 惟此兩夫子，家居寧荒涼。帝欲長吟哦，故遣起且僵。
> 翦翎送籠中，使看百鳥翔。平生千萬篇，金薤垂琳琅。
> 仙官勑六丁，雷電下取將。流落人間者，太山一豪芒。
> 我願生兩翅，捕逐出八荒。精誠忽交通，百怪入我腸。
> 刺手拔鯨牙，舉瓢酌天漿。騰身跨汗漫，不著織女襄。
> 顧語地上友，經營無太忙。乞君飛霞珮，與我高頡頏。〔註19〕

依《廣韻》，此詩用下平聲十陽韻，廿韻，一韻到底。

此詩開頭，開宗明義，揭出「並尊李杜，不可軒輊」的旨意：「李杜文章在，光焰萬丈長。不知羣兒愚，那用故謗傷。蚍蜉撼大樹，可笑不自量。」此處，昌黎不但替張籍解惑；進一步，要「追摹李杜」。

「伊我生其後，舉頸遙相望。夜夢多見之，晝思反微茫。」四句自述仰

〔註17〕《元氏長慶集》卷五十六（日本京都市，中文出版社，1972 年 6 月）
〔註18〕顧學頡校點：《白居易集》卷 45（北京：中華書局，1998 年 2 月）
〔註19〕《集釋》卷九，頁 989。

望前輩，日夜追摹的過程。按孔子當年學〈文王操〉的步驟：曲譜、技巧、音情、人格；最後宛然目睹其人，脩然而長，眼望四方，欲行仁政；裡面的進路，可以參照。

「徒觀斧鑿痕，不矚治水航。想當施手時，巨刃摩天揚。垠崖劃崩豁，乾坤擺雷硠。」以「治水之航」、「摩天之刃」比喻李杜詩開天闢地；「垠崖劃崩豁，乾坤擺雷硠」，形象地刻劃了兩人雄奇的詩風。

「惟此兩夫子，家居率荒涼。帝欲長吟哦，故遣起且僵。翦翎送籠中，使看百鳥翔。平生千萬篇，金薤垂琳琅。仙官勅六丁，雷電下取將。流落人間者，太山一豪芒。」此十二句，比喻李杜，爲上帝所派遣的仙人；「翦翎送籠中，使看百鳥翔」，吟哦於人間，讓世人學習。

「我願生兩翅，捕捉出八荒。精神忽交通，百怪入我腸。刺手拔鯨牙，舉瓢酌天漿。騰身跨汗漫，不著織女襄。」細細地描繪了自己神追目縈的苦學，以至精神相交，百怪入腸的情景。而「刺手拔鯨牙，舉瓢酌天漿。騰身跨汗漫，不著織女襄。」比喻升天入海，窮形盡相，已然刻入題意十二、三分。

「乞君飛霞珮，與我高頡頏。」迴結上文，拈出調字，非爲調教，亦欲一齊學習李杜之美，而非抑揚而已。此爲昌黎的解惑，亦有期盼之意。

《唐宋詩醇》分析：「此示籍以詩派正宗，言己所手追心慕，惟有李杜，雖不可幾及，亦必升天入地以求之。籍有志於此，當相與爲後先也。其景仰之誠，直欲上通孔夢，其運量之大，不減禹績禹功，所以推崇李杜至矣。」〔註20〕

此詩是否因元稹而發，古來尚有異議。如周紫芝《竹陂詩話》〔註21〕、朱彝尊（1629～1709）〈批韓詩〉〔註22〕、方成珪（1785～1850）《韓集箋正》皆謂此詩未必指元稹言，〔註23〕筆者不擬細論。無論如何，昌黎表述其「李杜並

〔註20〕 清高宗：《唐宋詩醇》卷三十（臺北：臺灣中華書局，民國 60 年）。

〔註21〕 〔宋〕周紫芝：《竹陂詩話》：「洪慶善作《韓文辨證》著魏道輔之言，謂退之此詩，爲微之作也。微之雖不當自作優劣，然指稹爲愚兒，豈退之之意耶？」載何文煥：《歷代詩話》（臺北：藝文印書館，民國 60 年 2 月）

〔註22〕 〔清〕朱彝尊〈批韓詩〉：「後生妄議者多，不必專指元。」引見顧嗣立：《昌黎先生詩集注》卷五（臺北：臺灣學生書局，民國 56 年 5 月）

〔註23〕 〔清〕方成珪：《韓集箋正》卷二：引鮑以文云：「此是工部墓志，非論也。」又曰：「愚按微之墓志，亦是文家借賓定主常法耳。並未謗傷供奉也。謂此詩爲微之發，當不其然。」（道光辛丑，瑞安陳氏湫漻齋校刊本）

「尊」的立場，則無疑問。有關如何評論「李杜」，近人有論。〔註24〕此不贅。

三、張籍的報恩

長慶四年（824）冬，昌黎辭世。翌年三月，張籍以詩代祭，詩中贊譽昌黎的儒道、德義、文章、學問、志節、吏治，譬如北斗，喻爲棟樑，既與國家聯繫，亦聯繫於個人，公義與私誼兼顧，音韻跌蕩而鏗鏘。把昌黎的身教，形象地敘寫了出來。以下〈祭退之〉詩，括號、用韻及說明爲筆者所加：

嗚呼吏部公，其道誠巍昂；〔唐〕（贊其儒道）

生爲大賢資，天使光我唐。〔唐〕

德義動鬼神，鑒用不可詳。〔陽〕（贊其德義）

獨爲雄直氣，發爲古文章。〔陽〕（贊其雄文）

學無不該貫，吏治得其方。〔陽〕（贊其博學）（贊揚吏治）

三次論諍退，其志亦剛彊。〔陽〕（贊其志節：一貶陽山、二因柳澗

事左遷、三貶潮州）

再使平山東，不言所謀臧。〔唐〕（宣諭鎮州）

薦待皆寒羸，但取其才良。〔陽〕（推薦賢士）

親朋有孤稚，婚姻有辦營。〔清〕（周濟親朋）

譬如天有斗，人可爲信常。〔陽〕

如彼歲有春，物宜得華昌。〔陽〕

〔註24〕 宋人嚴羽：《滄浪詩話》：「李、杜二公正不當優劣。太白有一、二妙處，子美不能道；子美有一二妙處，太白不能作。子美不能爲太白之飄逸，太白不能爲子美之沉鬱。太白〈夢遊天姥吟〉、〈遠別離〉等，子美不能道；子美〈北征〉、〈兵車行〉、〈垂老別〉等，太白不能作。論詩以李、杜爲準，挾天子以令諸侯也。」

近人葉慶炳：〈李杜比較觀〉，指稱元白的評論著眼於詩律與諷諭，視角偏頗，他說：「元、白論李、杜優劣的著眼點，主要在詩律與諷諭兩方面。在這兩方面，元、白的詩歌曾受有杜詩極大的影響：例如元的樂府古題十九首及新樂府十二首，白的新樂府五十首及〈秦中吟〉十首等作品，都是祖述杜的〈三吏〉、〈三別〉等篇。他們都是杜甫的崇拜者。但李白作詩雖不喜講究格律，也絕少描繪社會現實，以諷諭爲旨，卻自有其他方面的成就，如果不顧李白別方面的成就，單就詩律和諷諭兩者遽然斷言杜勝於李，這多少是出於崇杜者的偏見。（略）比較李、杜優劣，必須作客觀的全面的觀察，不可根據某一部分作品的優劣就冒然的下整個斷語。」葉氏又說：「可見昌黎尊崇李杜，肯定各有超詣，至今還是最客觀、最公正的態度。」《唐詩散論》（臺北：洪範書店，民國76年1月）

哀哉未申施，中年遽俎喪。〔唐〕
朝野良共哀，矧子知舊腸。〔陽〕（作詩之由）
籍在江湖間，獨以道自將；〔陽〕
學詩得眾體，久乃溢笈囊。〔唐〕
略無相知人。黯如霧中行。〔庚〕（憶初求師）
北遊偶逢公，盛語相稱明。〔庚〕
名因天下聞，傳者入歌聲。〔清〕
公領試士司，首薦到上京。〔庚〕（鄉貢首名）
一來遂登科，不見苦貢場。〔陽〕（舉進士第）
觀我性樸直，乃言及平生。〔庚〕（相知之始）
由茲類朋黨，骨肉無以當。〔唐〕
坐令其子拜，常呼幼時名。〔清〕（令子拜師）
追招不滿日，繼踐公之堂。〔唐〕
出則連轡馳，寢則對榻床。〔陽〕
搜窮古今書，事事相酌量。〔陽〕
有花必同尋，有月必同望。〔陽〕
為文先見草，釀熟偕共觴；〔陽〕
新果及異鮭，無不相待嘗。〔陽〕
到今三十年，曾不少異更。〔庚〕（卅年摯交）
公文為時帥，我亦有微聲。〔清〕
而後之學者，或號為韓張。〔陽〕
我官麟臺中，公為大司成。〔清〕（籍任國子監廣文館助教，韓任國子祭酒）
念此委末秩，不能力自揚。〔陽〕
特狀為博士，始獲升朝行。〔唐〕（獲薦為廣文館博士）
未幾享其資，遂忝南宮郎。〔唐〕（除水部員外郎）
是事賴扶拯，如屋有棟樑。〔陽〕
去夏公請告，養疾城南莊。〔陽〕（念半年前）
籍時官休罷，兩月同遊翔。〔陽〕（同遊二月）
黃子坡岸曲，地曠氣色清。〔清〕
新池四平漲，中有蒲荇香。〔陽〕

北臺臨稻疇，茂樹多陰涼。〔陽〕

板亭坐垂釣，煩苦稍已平。〔庚〕（板亭坐釣）

共愛池上佳，聯句舒暇情。〔清〕（池上聯句）

偶有賈秀才，有茲亦間并。〔清〕

移船入南溪，東西縱篙撐。〔庚〕（坐船泛溪）

劃波激船舷，前後飛鷗鶬。〔唐〕

回入潭瀨下，網截鯉與魴。〔陽〕

踏沙掇水蔬，樹下蒸新杭。〔庚〕（樹下野餐）

日來相與嘻，不知暑日長。〔陽〕

柴翁攜童兒，聚觀於岸傍。〔唐〕

月中登高灘，星漢交垂芒。〔陽〕

釣車擲長綫，有穫齊歡驚；〔庚〕

夜闌乘馬歸，衣上草露光。〔唐〕（夜闌始歸）

公爲遊溪詩，唱吟多慨慷。〔唐〕

自其此可老，結社於其鄉。〔陽〕

籍受新官召，拜恩當入城。〔清〕（籍拜郎中）

公因同遊還，居處隔一坊。〔陽〕（比鄰而居）

中秋十六夜，魄圓天差晴；〔清〕

公既相邀留，坐語於庭楹。〔清〕

乃出二侍女，合彈琵琶箏。〔耕〕（邀留聽樂）

臨風聽繁絲，忽遠聞再更。〔庚〕

顧我數來過，是夜涼難忘。〔陽〕

公疾浸已加，孺人視藥湯。〔唐〕（疾病寢篤）

來候不得宿，出門每迴惶。〔唐〕

自是將重危，車馬候縱橫。〔庚〕

門僕皆逆遣，獨我到寢旁。〔唐〕（囑託後事）

公有曠達識，生死爲一綱。〔唐〕

及當臨終晨，意色亦不荒。〔唐〕

贈我珍重言，傲然委衾裳。〔陽〕

公比亦爲書，遺約有修章。〔陽〕

令我署其末，以爲後事程。〔清〕

家人號于前，其書不果成。〔清〕

子符奉其言，甚于親使令。〔清〕

魯論未及注，手跡今微茫。〔唐〕（遺著在笥）

新亭成未登，閑在莊西廂。〔陽〕

書札與詩文，重疊我笥盈。〔清〕

頃息萬事盡，腸情多摧傷。〔陽〕

舊塋盟津北，野窆動鼓鉦。〔清〕（殯葬舊塋）

柳車一出門，終天無迴箱。〔清〕

籍貧無贈賷，曷用申哀誠。〔清〕

衣器陳下帳，醪餌奠堂皇。〔唐〕

明靈庶鑒知，髣髴斯來饗。〔註25〕〔陽〕（以詩爲祭）〔註26〕

張籍爲韓門的佼佼者，爲昌黎所賞重，相知最深。「出則連轡馳，寢則對榻床。搜窮古今書，事事相酌量。有花必同尋，有月必同望。爲文先見草，釀熟偕共觴；新果及異鮭，無不相待嘗。到今三十年，曾不少異更。」彼此眞誠相交、親如骨肉了，就是昌黎的知己了。而「生爲大賢資，天使光我唐。德義動鬼神，鑒用不可詳。」「薦待皆寒羸，但取其才良。親朋有孤稚，婚姻有辦營。」是說昌黎的大賢人格與對親族朋友的周濟了。至於得中進士科與得提拔爲國子博士：「公領試士司，首薦到上京。一來遂登科，不見苦貢場。」「特狀爲博士，始獲升朝行。」則爲銘感於心了。總之，昌黎的偉大人格、道德恩義、學問文章、志節吏治，令人折服了。這是昌黎的身教。

如今，恩師辭世，他貧無賷贈，作詩乙首，訴述衷情；而他作的詩，不是樂府詩，也不是做律絕詩；而是刻意地仿傚〈此日足可惜〉的體裁，沿用其韻，當有其用意，似爲酬詩，以表尊敬，亦示自己學成之意。

詩中縷縷以陳，不忘師恩，既有贊譽、亦表承教、處處感恩。

按〈此日足可惜〉，凡一百四十句，七十韻，主從通韻，陽唐韻爲主，江、庚、耕、清、青、東、鐘爲從；計陽唐韻用 42 字，從韻共 28 字，「東（3 字）、

〔註25〕據《廣韻》上聲卷第三，三十六養，饗，歆饗。又據《集韻》卷三、《玉篇》食部第一百十二，饗有兩音，一爲許掌切，享也，「設盛禮以飯賓也」；一爲虛良切，通鄉，「祭而神歆之也。」此處饗，應是後者，入陽韻。（《四庫全書·經部》《文淵閣四庫全書》電子版（香港：迪志文化出版公司，2007 年））

〔註26〕〔唐〕張籍：《張司業集》卷一（臺北：臺灣商務印書館，文淵閣四庫全書第1078 冊，民國 72 年）

鐘（2 字）、江（3 字）、庚（7 字）、耕（2 字）、清（6 字）、青（5 字）」。

　　而〈祭退之〉詩，凡百六十六句，八十三韻，亦主從通韻；陽唐韻爲主，庚、耕、清韻爲從。計陽唐韻（53 字），從韻（30 字），庚韻（11 字）、耕韻（1 字）、清韻（18 字）。句數較長，用韻較多，而從韻較窄。昌黎前詩用陽唐韻 42 字，張籍則用 53 字；昌黎前詩從韻 28 字，分別爲東、鐘、江、庚、耕、清、青；張籍則從韻 30 字，只用庚韻、耕韻、清韻；顯然有鬥韻爭勝之意。但又不是爭勝，而是請恩師驗收所學。二十六年前，昌黎以詩賦別；如今，恩師既逝，張籍作詩永別；詩中縷縷，感今撫昔，懷念重恩，恭示承教，以爲侑報。這是對昌黎「以詩爲教」至爲溫馨的回饋。

結　論

　　經由上述，昌黎與張籍相交，關係親切，情同骨肉。兩人的交往、互動，從辯論、責難開始，繼以眞情至誠，成爲知己。從張籍言，昌黎的道德文章使人敬佩，他的身教言教使人悅服。昌黎的師教，傳道、授業、解惑，使人受益。昌黎的賞知與拔擢，恩同父母。生前，昌黎贈詩，作詩示範，「莫煩相屬和，傳示及提孩」；昌黎既逝，張籍作詩爲報，亦爲常情。特別的是，他傚〈此日足可惜〉之體，縷述師恩，表示所學，名爲祭詩，似爲鬥韻，實爲侑報。總之，韓門的師教，係以恩義相繫；反映了古代師教是爲中華文化的優良傳統的一面。而昌黎「以詩爲教」，張籍以詩爲報；師生恩誼，繩繩遞遞，建立了典型；所謂「典型在夙昔」也。今日師道衰微，究其原因，實爲恩義兩缺之故；而心同理同，然則本文之作，於今日的教師，未嘗沒有借鑒的意義。

（原載於《漢學研究集刊》，2010 年 12 月版。舊題爲〈韓愈「以詩爲教」與
　張籍「以詩爲報」〉，今有增訂，故易爲今名。）

韓愈〈柳子厚墓誌銘〉的書法
——以「不書妻妾」問題爲例

摘要

　　本文研究〈柳子厚墓詩銘〉的書法問題。目的是要借此一窺：韓愈墓誌文的家法。韓愈的父親雲卿，擅金石文字，有名於當時，故韓愈亦精此道。柳宗元死，韓愈應劉禹錫的要求，爲其誌墓，其目的，實欲藉昌黎文壇地位、如椽之筆，爲其昭雪，贊其德義，並論定其文學地位，使傳於世。柳宗元有妻妾，有子女，而誌文不書，其故爲何？明人王行《墓銘舉例》稍稍提及，未及其詳。本文以明人黃宗羲《金石要例》的啓示，通過幾點推測，層層論證，發其窾微，結論是：因楊氏前已有誌，故不書；因妻無所出，故不書；因妾，故不書；因分葬，故不書。文末，還用韓文自證方式，將韓愈 54 篇墓誌銘，列表比較，證明其妻楊氏並無合祔。

關鍵詞：韓愈、柳宗元、劉禹錫

前　言

　　韓愈（768～824）、柳宗元（773～819）同爲中唐古文運動的巨匠。柳氏死後，韓應劉禹錫（772～842）之請爲他作墓誌銘。文中於二王事爲他出脫、於人品處爲他張譽、於文學成就處爲他肯定，於仕途困頓處爲他慰撫；被譽爲柳的千古知己，也成爲古文中的名篇。

　　此外，於此名篇，可供注意的問題頗多，如（一）文題書字不書官；（二）爲子厚曲諱處；（三）不爲子厚曲諱處；（四）以議論入誌銘；（五）不書妻妾；（六）誌銘書法例……等問題。今擇其中少爲論及的「不書妻妾」一項論述如下。

　　據〔元〕潘昂霄「墓誌銘十三例」〔註1〕，墓誌文書妻是常例，何以不書？顯然是有問題。貞元十五年柳宗元妻弘農楊氏逝世時，柳還很哀痛地表示將來要合祔：「之死同穴，歸此室兮」〔註2〕。何以二十年後，墓誌文中根本不提楊氏，不是奇怪嗎？〈柳誌〉中，不書夫人原因何在？值得探討。

一、誌銘的背景

（一）柳宗元的身世

　　柳宗元，字子厚。祖籍河東人（今山西永濟縣）。茲略介他的生平。

　　柳宗元祖上代遊宦，早已離開故籍。父輩時已定居長安（今陝西西安），有田宅，多藏書。父柳鎮（739～793）官至侍御史，守正不阿。柳宗元自幼受母親盧氏教育，四歲能讀古賦十四篇。少年時曾隨父去過安徽、湖北、江西、湖南等地。十三歲寫〈爲崔中丞賀平李懷光表〉，早有「奇名」。早年爲文，主要是爲考進士而準備，故「以辭爲工」，以「務采色，誇聲音」爲能（〈答韋中立論師道書〉）。又自稱：「始僕之志學也，甚自尊大，頗慕古之大有爲者。」（〈答進士元公瑾論仕進書〉）可見他早懷大志。

〔註1〕蒼崖先生十五例：入作造端、名字族姓、鄉貫、世次先德、文學藝能、仕進歷官、政迹功德、享年卒葬、生娶嫁女、總述行跡、作碑誌、銘辭、孫弱、祠廟原始、立廟祠祭。〔元〕潘昂霄撰：《金石例》卷九（臺北：臺灣商務印書館，文淵閣四庫全書，民75年7月），頁1482-365。

　　　　王行「墓誌銘書法」十三事：諱、字、姓氏、鄉邑、族出、行治、履歷、卒日、壽年、妻、子、葬日、葬地。〔明〕王行撰：《墓銘舉例》（臺北：臺灣商務印書館，文淵閣四庫全書，民75年7月），頁1482-381。

〔註2〕〈亡妻弘農楊氏誌〉，《柳河東全集》卷十三，台灣中華書局四部備要本。

貞元九年（793）中進士。十四年（798）登博學鴻辭科，授集殿正字。二十九歲調爲藍田尉。三十一歲，回朝任監察御史裡行，與韓愈、劉禹錫爲同官，並與劉一起參加了主張革新的王叔文集團。貞元二十一年（804）正月，順宗即位，王叔文集團當政，柳被擢爲禮部員外郎，參與謀議，草擬文誥、采聽外事，在革新派中居「權衡之地」。同年八月順宗內禪於憲宗，改元永貞。九月，王叔文集團旋即遭到迫害，其骨幹全遭貶斥。柳初貶邵州刺史，十一月加貶永州（今湖南零陵）司馬。劉禹錫、韋執誼、韓泰、韓曄、淩準、程异、陳諫等亦同時被貶爲遠州司馬〔註3〕史稱「八司馬」。

永貞元年（805）冬，柳宗元到達永州貶所，「待罪南荒」，一住十年。十年中，他深入了解人民疾苦，遊覽本州山水名勝，寫下不少詩文名篇。如〈永州八記〉、〈三戒〉、〈段太尉逸事狀〉、〈貞符〉、〈非國語〉、〈天說〉、〈天對〉、〈捕蛇者說〉等均爲此時所作。元和十年（815）春，奉召至京都。三月，又外出爲柳州（今屬廣西）刺史。六月至任所。他興利除弊、發展生產、修整州容、植樹造林、興辦學校、破除迷信、釋放奴婢、造福人民，政績卓著。元和十四年（819）十一月七日病歿。

（二）王叔文集團的政治改革

在柳宗元的一生中，參加王叔文集團可說是他成敗毀譽的關鍵。短短的半年改革，卻換來十四年的長期貶謫，代價不爲不大。如他所說：「立身一敗，萬事瓦裂，身殘家破，爲世大僇。」（〈寄許京兆孟容書〉）

然而，他又爲什麼參與的？他說：「宗元早歲與負罪者親善，始奇其能，謂可以共立仁義、裨教化，過不自料，戁戁勉勵，唯以中正信義爲志，以興堯舜孔子之道，利安元元爲務。」（〈寄許京兆孟容書〉）

試觀貞元二十一年（805）王叔文集團贏得「市里歡呼」、「民情大悅」的施政，計有：貶李實、赦天下，大開登庸之路，罷免諸色逋負，罷雜稅、罷例外進貢、罷宮市、罷五坊小兒、禁徵乳母、罷監鐵使月進錢、放宮女、女妓九百人、詔追陸贄、陽城等，整頓財政收入，並準備斥奪宦官兵權，外抑藩鎮割據〔註4〕。短短幾個月內，便革除了許多虐政，舉辦了許多好事，柳自稱與「負罪者親善，謂可以共立仁義，裨教化」，「以中正信義爲志，以興虞

〔註3〕《資治通鑑》卷二百三十六，唐紀五十二，順宗貞元元年。（臺北：世界書局，民國76年1月十版）
〔註4〕王芸生：《論二王八司馬政治革新的歷史意義》，《柳宗元研究論集》（香港：崇文書局，1973年3月）。

舜孔子之道，利安元元爲務」，大抵可信。

可是，王叔文集團原是脆弱的。支持他們的順宗皇帝患了中風不語症，常居宮中。侍於左右的是牛昭容和宦官李忠言。「百官奏事，自帷中可其奏。」「人以帝旨付忠言，忠言授之王叔文，叔文與柳宗元等裁定，然後付中書。俾告知執誼施行。」（《新唐書‧俱文珍傳》）李忠言、牛昭容是擁護順宗而與二王八司馬合作的，可是他們一派卻敵不過俱文珍等。

俱文珍在德宗末年即已弄權，曾幾度出爲監軍，聲勢甚隆。這時叔文集團既著手斥奪宦官兵權，俱文珍便大施權勢，先矯制除去王叔文學士之職，使他不能進宮奏事（後來才改爲三、五日一進）；又推立李純爲太子，再令太子監國，更迫順宗內禪，竄逐二王八司馬等。翌年（元和元年）正月十九日順宗崩殂。同年下詔賜王叔文死；追貶八司馬，並下「縱逢恩赦，不在量移之限」的詔令，給予徹底的痛擊。爲何俱文珍對王叔文等人「貶斥禁錮，惡之一至於此」？爲何「憲宗仇視其父所用之人？」清人王鳴盛（1668～1708）以爲：「其心殆不可問。」（《十七史商榷》）又說：「憲宗思其翊戴之功，遷右衛大將軍，知內侍省事，卒贈開府儀同三司。父傳子業，乃以翊戴功歸宦官，殺叔文以快私忿。憲宗視不改父之臣，者相去遼遠。卒之，己爲宦官所弒，孫敬宗又爲宦官所弒。自文宗以下，閹人握兵之禍，潰敗決裂，其原皆自文珍發之。」（《蛾術編》卷七十六）其論極有見地。

除了「以翊戴功歸宦官，殺叔文以快私忿」外，而憲宗仇視其父所用之人，「其心殆不可問」，就是因爲他有宮禁內的難言之隱。

《舊唐書‧劉禹錫傳》云：「劉禹錫等『頗怙威權，中傷端士。』宗元不悅武元衡（758～814），時武元衡爲御史中丞，乃授右庶子。侍御史竇群（768～814）奏禹錫挾邪亂政，不宜在朝，群即日罷官。韓皋憑藉貴門，不附叔文黨，出爲湖南觀察使。既任喜怒凌人，京都人士不敢指名，道路以目，時號「二王，劉、柳。」又：「初，禹錫、宗元等八人，犯眾怒，憲宗亦怒，故再貶。制有『逢恩不原』之令。然執政惜其才，欲洗滌痕累，漸序用之。會程异復掌轉運，有詔以韓皋（原注：韓泰或韓曄）及禹錫等爲遠郡刺史。屬武元衡在中書，諫官十餘人論列，言不可復用乃止。」（《舊唐書‧卷一百六十》）

爲什麼柳宗元等人一斥不復？由此看來，除了俱文珍作梗「以快私忿」外，「犯眾怒」亦是一個原因，加上「憲宗亦怒」，故此十年不量移。雖然「執政者有惜其才而欲漸進之者」，元和十年（815）春召至京師時，無怪「諫官爭

言其不可」，何況「上與武元衡亦惡之」（《通鑑・卷二三九・憲宗紀》）。柳遂「卒死於窮裔」了。

元和十一年（816）宗元好友吳武陵自永州北返，常以子厚無子向裴度陳情，又曾致〈工部尙書孟簡書〉，云：「古稱一世三十年，子厚之斥十二年，殆半世矣！霆坅雷射，天怒也，不能終朝；聖人在上，安有畢世而怒人臣耶？」（《全唐文・卷七一八》）

而憲宗所以仇視其父所用之二王等人，不外是：討好俱文珍，貶斥二王等人「以快私忿」，畏忌二王洩露纂弒事。俱文珍死於元和八年，武元衡死於元和十年六月，元和十一年（816）後剩下的最大阻力是誰？「聖人在上，安有畢世而怒人臣耶！」確實揭出原委。

憲宗元和十四年（819）七月受尊號，大赦天下。裴度藉機提請召回柳宗元，而「慍怒」十四年的皇帝也同意了，可惜詔未下達柳州，宗元已長逝了！〔註5〕

（三）柳宗元的晚年

仕途的蹇厄、生活的淒苦、體衰與多病，耗盡了柳宗元的精力。死前一年，他預言：「明年吾將死。」劉禹錫〈祭柳員外文〉說：「自君失意，沈伏遠郡。近遇國士，方伸眉頭。亦見遺草，恭辭舊府。」似在說：柳宗元死前似受到薦舉，已準備離開柳州，並已向桂管觀察使裴行立辭別，但未及成行，身體已經不支，死在柳州。死年四十七歲。〔註6〕

柳逝世之時，經濟困乏，子女尙幼，妻子腹大便便。境況淒涼。幸有裴行立爲他籌措喪葬費，表弟盧遵經理遺事，把靈柩歸葬於故鄉長安萬年先人墓側，並料理孤兒寡婦的生活。〔註7〕

柳死前，曾分別致書把心中憂念的兩樁事：編印遺集和遺孤囑托於劉禹錫和韓愈〔註8〕，而兩位受囑咐者又同是得罪被貶的友人。〔註9〕

〔註5〕吳文治：《柳宗元簡論》（臺北：中華書局，1979年5月一版），頁28。
〔註6〕孫昌武：《柳宗元傳論》（北京：人民文學出版社，1982年8月北京第一版），頁332。
〔註7〕〈柳子厚墓誌銘〉，《韓昌黎文集校注》，馬其昶校注（臺北：中華書局，1984年5月重印）。
〔註8〕劉禹錫〈祭柳員外文〉，《全唐文》卷610，頁6167～6168。
〔註9〕韓氏元和十四年正月十四貶潮州刺史，十月二十四日量移袁州；劉氏則元和十年二月外貶連州刺史，十四年冬丁母憂，棄官持服。

在此稍前。劉禹錫的母親病逝於連州。柳曾三次派專人弔問。待劉扶柩北歸，路經衡陽，遇到了從柳州來遞訃告的信使。大出意外，一時間「驚號大叫，如得狂病」，「良久問故，百哀攻中。涕洟迸落，魂魄震越。」悲痛之情，溢於言表。悲痛慘怛之餘，仍然做了以下的事：

1. 銜哀扶力，寫成祭文。於元和十五年（820）正月戊戌朔日，遣所使黃孟葦具清酌庶羞之奠，敬祭亡友。
2. 應允託孤：「誓使周六，同於己子。」
3. 致函改授袁州刺史的韓愈，希望他日靈柩經過時，「俟於道旁」致哀成禮。並請韓為作墓誌。文中說的「勒石垂後，屬於伊人」指此。
4. 通知韓泰韓曄和李程。〔註10〕

韓在袁州，接到柳使送來的遺書和劉的信，遂有祭文（寫於元和十五年五月）、墓誌銘（寫於元和十五年七月後）之作。

為什麼劉禹錫推辭為子厚誌墓而專屬於韓愈？宋人韓醇說：「夢得與子厚俱以文推，及誌其墓，夢得則屬於公而不敢當，公之文在當時為儕輩所服如此。」〔註11〕韓醇之說固當，然而還可以補充，筆者以為是：

1. 韓公在元和年間已為文壇盟主；
2. 擅精誌墓，有家法；
3. 韓曾知制誥，從征淮西有功，擢刑部侍郎，地位崇隆。雖一度謫貶潮州，不及一載，而今棄瑕復用，前途無量。
4. 劉自知仍是罪人身份，人微言輕。

他此番推讓，不敢當「誌墓」之責，實欲藉韓公如椽之筆與崇高之地位為柳氏洗雪伸明，揄揚張譽，以昭信當世。

而韓也不愧是柳宗元「文情篤厚，至死不相負」的「死友」，應做的都一一做到了。

二、柳宗元的妻妾與子女

劉禹錫〈為鄂州李大夫祭柳員外〉說：「嗚呼哀哉！今妻早謝，俾子四歲。」〔註12〕李大夫是李程，與柳宗元同擢進士，博學宏辭科，亦同調藍田尉，交

〔註10〕劉禹錫〈祭柳員外文〉，同註8。
〔註11〕《五百家註音辯昌黎先生文集》卷三十二（臺北：臺灣商務印書館，景印文淵閣四庫全書第 1074 冊，民國 75 年 7 月）。
〔註12〕《全唐文》卷 610，頁 6168～6169。

臂相得，知之甚深。此文作於元和十五年間。子厚靈柩歸葬故鄉，經過岳陽時，由於「執紼禮乖，出疆路阻」以致「故人奠觴，莫克親舉」〔註13〕，而請劉代作的！

「今妻早謝」當指逝於貞元十五年的楊氏，「俾子四歲」當指周六。顯然地，周六當爲另一妻室所生。〔註14〕

按：子厚有男二人（周六、周七），女三人（和娘、某、某）。

三、柳誌不書妻妾的問題

（一）幾點推測

如上述，柳宗元有妻（楊氏）有妾（和娘母、周六母），但墓誌銘卻不書妻妾，原因爲何？以下試作推測：

1. 因不知而漏寫。

2. 因疏忽而漏寫。

3. 有意不寫：

　　（1）因韓愈與其妻父楊憑不睦而不書；

　　（2）因怕尷尬，由禹錫或其妾請求而不書；

　　（3）因墓誌文的體例而不書。

韓柳相交二十年，其間僅四度相聚（貞元十五年冬暮、十九年冬、二十一年十一月、元和十年春）。貞元十五年冬暮，昌黎奉徐州刺史張建封之命至長安朝正時，柳任集賢殿正字，彼此首次交往時，適值柳妻楊氏逝世，在此喪期，韓氏不可能不知；又誌文中分明記敘其子爲「周六」、「周七，子厚卒

〔註13〕同上註。

〔註14〕茲據施子愉《柳宗元年譜》（《柳宗元研究論集》（香港：崇文書局，1973年3月印））、羅聯添《柳宗元事蹟繫年暨資料類編》（臺北：國立編譯館中華叢書編審委員會印行，1981年12月）略述其妻妾子女如下：

妻，弘農楊憑女。九歲與柳定婚，二十歲結婚。二十三歲死。

柳續娶某氏（和娘母），生女和娘，和娘元和五年死，得年十歲。疑和娘非婚生之女，其母或亦未嘗與宗元正式結合。宗元謫永州時，和娘母或已先死，或以與宗元非正式配偶，未嘗隨至永州也。和娘母或爲宗元家中婢妾之類女子。

又續娶某氏（周六母），或亦非正式妻室。其人即馬雷五之姨母，續娶時間或在元和四、五年間。

〈柳誌銘〉：「子厚有子男二人：長曰周六；季曰周七，子厚卒乃生。女子二人皆幼。」另加早卒的和娘，當爲三人。

乃生。」則柳有妾亦不可能不知，故「不知而漏寫」，不存在。

韓氏誌此文之時，深知責任重大，關乎好友一生名節，態度謹慎，措辭斟酌；何況，誌文時根據柳氏家屬所送來的生平、歷官、妻妾等資料而寫，是故，「因疏忽而漏寫」這點可以排除。

柳妻楊氏，乃楊憑女。韓與楊憑並無厚交，因政治立場不同，彼此曾有不悅。如貞元二十一年（805）正月順宗即位大赦，韓離陽山，俟新命於郴州。八月順宗遜位，憲宗監國，下詔改元大赦，貶王韋黨。韓得赦書僅移江陵法曹參軍。而楊憑當時坐鎮潭州，連州為其轄地，此皆楊有意壓抑。韓詩：「州家申名使家抑，坎軻只得移荊蠻。」「使家」即指楊憑。（羅聯添《韓愈年譜》）

但韓愈既至江陵，江陵節度使裴均與憑有詩唱和，合為〈荊潭唱和詩〉，愈為之序。序中贊美楊憑「德刑之政並勤，爵祿之報兩崇」，可見似無大嫌。

加上，韓公尊儒道，責己重以周，待人輕以約、不忘本、重義氣，絕非小器之人，實在不必因怨其父而不書其女，況且誌文不是給楊憑寫的！所以筆者以為，「因與其妻父不睦而不書」，猜測無乃太過，不太可能。

再說，韓於柳劉二人曾有誤會，以為貶陽山乃因劉柳洩言於王叔文而致。其後柳劉被貶，韓在江陵與之相會。韓有〈永貞行〉一詩，前半譴責王之偷竊國柄，後半為矜恤劉柳之貶黜並予以勸戒。而「深惜其為小人所誤」，仍然「懇懇款款，敦厚之旨」（參程學恂《韓詩臆說》），以後彼此亦有繼續交往，詩文往還，劉於柳死後，請為誌墓，可見已無介蒂。以韓氏「光風霽月」的襟懷，不記柳劉之誤會，而記楊憑壓抑之怨，進而不書其女嗎！所以，這點可以排除。

至於是否出於周六母或劉禹錫的要求而不書其妻名，以免尷尬。筆者以為前者值喪夫之痛，子幼家貧，前途茫茫；後者又值母喪，神魂搖蕩，未必有此要求。況且，其妾人微言輕不敢提，不在話下；劉應知誌墓有法，也不會提，這些推測不成立。

剩下來的，便是墓誌文的書法問題了。關於這點，可分從下列四方面考察：

1. 因楊氏前已有誌，故今不書。
2. 因妻無所出，故不書。
3. 因妾，故不書。
4. 因分葬，故不書。

（二）王行與黃宗羲的意見

關於韓愈〈楊子厚墓誌銘〉不書妻妾的問題。前人王行、黃宗羲早曾提及。〔明〕王行《墓銘舉例》卷一〈柳子厚墓誌銘〉條便云：

> 右誌不書姓名門也。書子不書妻，略也。子厚初娶楊憑女，先十七年卒。無子，不果再娶，子蓋微出也，又一例也。題不書官，其字重於官也。〔註15〕（按：應爲二十年）

〔清〕黃宗羲《金石要例》〈不書子姓及妻例〉條亦云：

> 周隋碑志多不書子姓，並不書配。其時夫婦各自爲志，故不書，至於合葬者，夫人必書。如庾子山之段永、司馬裔、柳霞（按：應爲柳遐）侯莫、陳道生、宇文顯和諸碑是也。後來歐陽修爲石守道志，不書妻，某氏子某名。尹師魯亦不書子名，有書子不書妻，周隋間多有之。至唐如孫逖誌李暠、獨孤及誌姚彥皆然。〔註16〕

王行就文論文，「書子不書妻，略也。」爲何「略也」？卻未說明。而且所書的子「蓋微出也」，則此句之所謂「妻」者，實是「妾」。

黃宗羲則提供了寶貴的意見：

1. 周隋碑志多不書子姓，並不書妻。由於「其時夫婦各自爲志，故不書。至於合葬者，夫人必書。」
2. 有書子不書妻，周隋間多有之。至唐如孫逖誌李暠、獨孤及誌姚彥皆然。

依此，若與柳妻楊氏逝世時，柳宗元曾撰之〈亡妻弘農楊氏誌〉而觀，則可不書。

而楊氏無所出，更無用書。

至於不書妾方面，〔明〕王行《墓銘舉例》卷一舉柳宗元墓誌文爲例，云：

> （柳宗元）〈故大理評事裴君墓銘〉，右誌三代以昭穆書，又一例也。書未果娶，而書男子二人，女一人，則男女微出也，又一例也。比韓文諸不書妻例，此尤著明矣。〔註17〕

黃宗羲《金石要例》〈妾不書例〉條云：

〔註15〕〔明〕王行：《墓銘舉例》，《文淵閣四庫全書》集部九，頁 1482-382。

〔註16〕〔清〕黃宗羲撰：《金石要例》，《文淵閣四庫全書》集部九，頁 1483-826。

〔註17〕同註15，頁 1482-390。

婢妾所生之子，書其子不書其母。如昌黎志李邘云：「夫人博陵崔氏，七男三女，邘，爲澄城主簿；其嫡激，鄜城令；故，芮城尉；漢，監察御史；澻、洮、潘皆進士。」是崔氏所生，只激一人，其六人皆不書其母。誌李惟簡云：「夫人崔氏，有四子，長曰元孫、次曰元質、元立、元本；元立、元本皆崔氏出。」其二子皆不書其母。誌鄭君（按：鄭群）云：「初娶韋肇女，生二女一男；後娶李則女，生一女二男。其餘男二人、女四人。」其餘者皆姬妾所生，故不書其母。（略）古例皆然。至元而壞之。〔註18〕

綜合二公所言，則不書妾者「古例皆然」。

以是之故，韓氏之不書「周六、周七」母和「和娘母」也便釋然了。

關於，因分葬，故不書，試析如下段。

（三）楊氏不合祔問題

柳宗元死後，有無與妻合葬？則王、黃二先生皆未述及。黃宗義說：「其時夫婦各自爲志，故不書。至於合葬者，夫人必書。」而韓氏誌柳時，「不書夫人」是否意味他倆是「分葬」的？二十年前，貞元十五年時，楊氏逝世時，柳還很哀痛表示：「之死同穴，歸此室兮。」理應是「合祔」的，若是，則「夫人必書」了。

欲探究柳與其妻有無合祔？如今只能以韓文自證的方法了，理由是韓公擅誌墓，有家法。其書法義例爲後世所尊崇效法。

現在就從韓集的五十四篇墓誌文入手，一覽其書妻妾子的情況。

按：韓集碑誌類有七十五篇，除刻石文一篇（〈平淮西碑〉），廟堂文十篇（〈烏氏廟碑銘〉、〈劉統軍碑〉、〈衢州徐偃王廟碑〉、〈袁氏先廟碑〉、〈曹成王碑〉、〈南海神廟碑〉、〈處州孔子廟碑〉、〈柳州羅池廟碑〉、〈黃陵廟碑〉、〈魏博節度觀察使沂國公先廟碑銘〉），婦人墓誌十篇（〈施州房使君鄭夫人殯表〉、〈監察御史元君妻京兆韋氏夫人墓誌銘〉、〈息國夫人墓誌銘〉、〈扶風郡夫墓誌銘〉、〈楚國夫人墓誌銘〉、〈河南府法曹參軍盧府君夫人苗氏墓誌銘〉、〈四門博士周況妻韓氏墓誌銘〉、〈女挐壙銘〉、〈河南緱氏薄唐充妻盧氏墓誌銘〉、〈乳母墓銘〉）外，餘五十四篇皆爲男士墓誌。亦惟有如此區分，方易觀察其中書妻、妾與否的情況。

〔註18〕同註16，頁1483-825。

韓集五十四篇墓誌書妻妾子一覽

篇　名	妻	子	備　註
1.〈李元賓墓誌〉（李觀）			李觀二十歲卒。未婚，無妻子。
2.〈崔評事墓銘〉（崔翰）	鄭氏	有子二人，女一人	
3.〈施先生墓銘〉（施士丐）	太原王氏	子曰友直、曰友諒	妻先卒
4.〈考功員外盧君墓銘〉（盧東美）	夫人李氏、隴西人	男三人：暢、申、易 女三人：皆嫁爲士人妻	夫人後二十年，年六十六而終，合葬。
5.〈清邊郡楊燕奇碑銘〉（楊燕奇）	隴西郡夫人李氏 後夫人河南李氏	有男四人，女三人 有男一人，女二人	再娶。李氏先卒後祔。
6.〈河南少尹裴君墓誌銘〉（裴復）	博陵崔氏	男三人，璟、質，皆既冠，其季始六歲，曰充郎。	
7.〈國子助教河東君墓誌銘〉（薛公達）	初娶琅琊王氏，後娶京兆韋氏	凡產四男五女，男生，輒即死。以弟公儀之子過繼。	再娶。合祔王夫人塋。
8.〈登封縣尉盧殷墓誌〉（盧殷）	始娶滎陽鄭氏，後娶隴西李氏	生男輒死，卒無子。女一人，爲比丘尼	再娶。「葬嵩下鄭夫人墓中」，妻先卒後祔。
9.〈興元少尹房君墓誌〉（房君武）	滎陽鄭氏女	生男六人。次卿、次公、次膺、次回、次衡、次元。女三人，皆嫁爲士人妻	妻先卒，後合祔。
10.〈河南少尹李公墓誌銘〉（李素）	彭城劉氏夫人	男四人，道敏、道樞、道本、道易，皆好學而文。女一人	妻先卒，後祔。
11.〈集賢殿校理石君墓誌銘〉（石洪）	彭城劉氏女	生男二人，八歲曰壬，四歲曰申。女二人	韓之友
12.〈唐故江西觀察使韋公墓誌銘〉（韋丹）	娶清河崔氏，後夫人蘭陵蕭氏	有子曰寊，十五歲明經及第，女一人。凡公男若干。	再娶。庶出，未書名。妾姓不書。例也。
13.〈唐故河南府王屋縣尉畢君墓誌銘〉（畢坰）	清河張氏	生男四人，鎬、鈇、鈌、銳；女子三人，其長，學浮屠法爲比丘尼。其季二人未嫁。	
14.〈試大理評事胡君墓銘〉（胡明允）		孤兒啼	按：文中有孤兒啼句，是遺下一孤子。不書妾。

15.〈襄陽丞墓誌銘〉（盧丞）	敦煌張氏	子男三人，居簡、行簡、可久。女子嫁浮梁尉崔叔寶	按：此文通篇乞銘語，由盧行簡乞銘於韓。
16.〈唐河中府法曹張君墓碣銘〉（張圓）	彭城劉氏	男一人，女四人	由其妻乞銘
17.〈太原府參軍苗君墓誌銘〉（苗蕃）	清河張氏	男三人：執規、執矩、必復。其季，生君卒之三月	
18.〈唐朝散大夫贈司勳員外郎孔君墓誌銘〉（孔戡）	始娶弘農楊氏女，卒。又娶其舅宗州刺史京兆韋屺女。	生一男，四女皆幼	再娶，楊氏先卒後祔。
19.〈故中散大夫河南尹杜君墓誌銘〉（杜兼）	常山郡張氏	生子男三人，柔立、詞立、誼立。女一人	杜兼為韓友
20.〈唐銀青光大夫守左散騎常侍致仕上柱國襄陽郡王平陽路公神道碑銘〉（路應）	滎陽鄭氏，先卒	子臨漢縣男貫、弟賞貞	妻先卒後祔
21.〈唐故河東節慶觀察使滎陽鄭公神道碑文〉（鄭儋）	始娶范陽盧氏女，後娶趙郡李氏	生仁本、仁約、仁載，皆有文行，二季舉進士，皆早死。仁本為後子，獨存，不樂舉選。生三女，凡三男五女。長女嫁遼東李繁	遺命二夫人各別為墓不合葬。再娶。按文中所紀應是二夫人，凡三男三女。惟文中言「凡三男五女」其餘二人，蓋庶出也。
22.〈清河郡公房公墓碣銘〉（房啓）		其子越	不書妾。
23.〈唐故銀青光祿大夫檢校左散騎常兼右金吾大將軍贈工部尚書太原郡公神道碑〉（王用）	河南胡氏，號太原郡夫人	子六人，女一人	
24.〈試大理評事王君墓誌銘〉（王適）	妻上谷侯氏處士高女	生三子，一男二女。男三歲夭死，長女嫁亳州永城尉姚挺，其季始十歲	通篇寫王適奇崛疏狂之態。
25.〈殿中侍御史李君墓誌銘〉（李虛中）	范陽盧氏	男三人，長日初，協律郎，次日彪，幼日適，女子九人	

26.〈唐故朝散大夫商州刺史除名徙封州董府君墓誌銘〉（董溪）	先娶鄭氏，卒；再娶鄭氏女	生六子，四男二女。長曰全，惠而早死。次曰居中，好學善詩。次曰從直，曰居敬。尚小。長女嫁吳郡陸暢，其季女，後夫人之子	鄭氏先卒後府，再娶。
27.〈貞曜先生墓誌銘〉（孟郊）	鄭氏	無子	孟郊，元和九年死，其妻走告韓愈、徵銘。
28.〈唐故秘書少監贈絳州刺史獨孤府君墓誌銘〉（獨孤郁）	天水權氏	男子二人，長曰某早死，次曰天官，始十歲，女子一人	與韓爲友。
29.〈唐故虞部員外郎張府君墓誌銘〉（張季友）	北海唐氏，先卒	無子	由兄子塗，進韓氏門請銘。張孝權貞元八年中進士，與公同年。與妻合葬。
30.〈唐故檢校尚書左僕射右龍武軍統軍劉公墓誌銘〉（劉昌裔）	夫人邠國夫人武功蘇氏	子四人，嗣子光祿主簿縱，學於樊宗師，士大夫多稱之；長子元一，朴直忠厚，便弓馬，爲淮南軍衙門將；次子景陽、景長皆舉進士	
31.〈唐故監察御史衛府君墓誌銘〉（衛中立）		子某	方崧卿以爲是衛中立。此文述採藥鑄金事。不書妻。
32.〈唐故南令張君墓誌銘〉（張署）	河東柳氏	二子昇奴、胡師	
33.〈鳳翔隴州節度使李公墓誌銘〉（李惟簡）	博陵崔氏	公有四子，長曰元孫，三原尉；次曰元質，彭之漾陽尉；曰元立，興平尉；曰元本，河南參軍，皆愿敏好善。	其子四人請銘。文謂「元立、元本皆崔氏出」，餘二子不書母，皆微出也。
34.〈唐故中散大夫少府監胡良公墓神道碑〉（胡珦）	天水趙氏	子男七人：逞、迺、巡、遇、迓、遷、造。皆有學守。女嫁名人	妻先卒後祔。
35.〈唐故相權公墓碑〉（權德輿）	清河崔氏	子璩	按：舊注謂權德輿有二子，璩字大圭，瑤字大玉。由其子監察御史璩請銘。

36.〈唐故江南西道觀察使中大夫洪州刺史兼御史中丞上杜國賜紫金魚袋贈左散騎常侍太原王公神道碑銘〉（王仲舒）			參看 44 太原王公墓誌銘
37.〈司徒兼侍中中書令贈太尉許國公神道碑銘〉（韓弘）	楚國夫人翟氏，先卒	子男二人，長曰肅元，某官；次曰公武，某官；肅元，早死。公之將薨，公武暴病先卒，公哀傷之。月餘遂薨，以公武子，紹宗爲主後	妻先卒後祔。
38.〈柳子厚墓誌銘〉（柳宗元）		子男二人，長曰周六，始四歲；季曰周七，子厚卒乃生。女子二人皆幼	不書妻，不書妾。
39.〈唐故昭武校尉守左金吾衛軍李公墓誌銘〉（李道古）	三娶，元配韋氏諱脩。次配崔氏諱葯。今夫人韋氏	脩生子紘，紘爲進士舉。女貢，嫁崔氏。生綽、紹、縉。女會，嫁鄭氏，季，毗。無子。	三娶。以元配韋氏夫人附葬。
40.〈唐故朝散大夫尚書庫部郎中鄭君墓誌銘〉（鄭群）	初娶吏部侍郎京兆韋肇女，後娶河少尹趙郡李則女	生二女一男，長女嫁京兆韋詞，次嫁蘭陵蕭儹。嗣子退思。李夫人生一女二男。其餘男二人，女四人皆幼	再娶。不書妾。
41.〈唐故朝散大夫越州刺史薛公墓誌銘〉（薛戎）	公凡再娶。先夫人京兆韋氏，後夫人趙郡李氏，皆先卒	子男二人，曰沂、曰洽。長生九歲，而幼七歲矣。女四人，皆已嫁	韓與其諸兄弟友善，又曾代薛戎河南令，份屬同僚。由其弟請銘，以夫人韋氏祔。
42.〈唐故國子司業竇公墓誌銘〉（竇牟）		公子三人，長曰周餘，好善學文；次曰某曰某，皆以進士貢。女子三人。	不書妻
43.〈唐正議大夫尚書左丞孔公墓誌銘〉（孔戣）	夫人京兆韋氏	有四子，長曰溫質，四門博士；遵孺、遵憲、溫裕，明經。女子，長嫁中書舍人路隋。其季者幼	
44.〈故水南西道觀察使贈左散騎常侍太原王公墓誌銘〉	公先姚渤海李氏贈渤海郡太君。公娶	有子男七人：初、哲、貞、弘、泰、復、洄。初進士及第，哲文學俱善。其餘	

（王仲舒）	其舅女	幼也。長女婿，劉仁師，高陵令。次女婿，李行脩，尚書刑部員外郎	
45.〈殿中少監馬君墓誌〉（馬繼祖乃馬燧孫，馬暢子）		有男八人，女二人	不書妻
46.〈南陽樊紹述墓誌銘〉（樊宗師）	有妻	無子	文中無記妻姓氏。
47.〈中大夫陝府左司馬李公墓誌銘〉（李郱）	博陵崔氏	七男三女。郱，爲澄城主簿；其嫡激，郿城令；放，芮城尉；漢，監察御史；濯、洸、潘皆進士	激爲嫡，餘六人自郱以下疑爲庶出。不書妾名。李漢爲韓女婿，與李郱爲姻親。
48.〈故幽州節度判官贈給事清河張君墓誌銘〉（張徹）	妻韓氏	男，若干人。曰某。女子曰某	張徹爲韓孫女婿
49.〈故貝州司法參軍李君墓誌銘〉（李楚金）	清河崔氏	子四人，官卑。翶，其孫也	李翶之祖
50.〈處士盧君墓誌銘〉（盧於陵）		有男十歲，曰義。女九歲曰孟，又有女生處士卒後，未名	不書妻
51.〈故太學博士李君墓誌銘〉（李于）	妻韓氏先，卒	子三人，皆幼	文謂李于「余兄孫女婿也。」其妻當爲韓氏
52.〈盧渾墓誌銘〉			韓妻弟
53.〈虢州司戶韓府君墓誌銘〉（韓及）	京兆田氏	男，曰家，女，曰門、曰，都，皆幼	
54.〈韓滂墓誌銘〉			姪孫。死年十九

如上引，黃宗羲所謂的「周隋碑法」，便是：

1. 書子不書妻。

2. 不書子也不妻。

3. 其時夫婦各自爲志，故不書，至於合葬者，夫人必書。

4. 婢妾所生之子，書其子不書其母。

四點中只有第 4 點，黃氏引韓集中之李郱、李惟簡、鄭群爲例證，以見「古例皆然」。至於 1、2、3 點則未引韓文爲證，筆者今補述如下：

1. 書子不書妻：計有 14 誌胡明允：「孤兒啼」；22 誌房啓：「其子越」；31 誌衛中立：「子某」；38 誌柳子厚：「子男二人，長曰周六，始四歲，季曰周七，子厚卒乃生。女子二人皆幼。」42 誌竇牟：「公子三人，長曰周餘，好學善文，次曰某，曰某，皆以進士貢。女子三人。」45 誌馬繼祖：「有男八人，女二人。」50 誌盧於陵：「有男十歲，曰義。女九歲，曰孟。又有女，生處士卒後，未名。」合上，不書妻（妾）但書其子，計七例。

2. 不書子也不書妻：細審五十四篇韓愈所作男士墓誌，則未見此例。

3. 關於合葬者則夫人必書。韓集中此例頗多。茲分述如下：

甲、一妻者

（1）妻先卒而夫後祔者：有 9 房君武、10 李素、20 路應、29 張季友、34 胡珩、37 韓弘。以上六例俱書夫人。

乙、二妻以上者

（1）元配先卒，夫後合祔者：有 5 楊燕奇、7 薛公達、8 盧殷、18 孔戡、26 董溪、39 李道古、41 薛戎。以上七例俱二娶或三娶，逝世時皆與元配夫人合祔。

（2）夫逝而遺命不合祔者，有 21 鄭儋。

由上十三例，可見以妻先卒夫後合祔為常（至於妻後死，也有合祔夫墓，的如 4 盧東美夫人便是），以不合祔為特例，如 21 鄭儋「遺命二夫人各別為墓不合葬」便是。

而合祔與否，韓於誌中皆有說明，似無例外。成為「金石定例」。以此推之，柳之「歸葬萬年先人墓側」，竟無一言楊氏，又無說是合祔，據此可以推知他們是分葬了。

為什麼不合祔？筆者以為大抵與柳卒死於窮裔，鬱鬱不得志有關。由於「立身一敗，萬事瓦裂」了，「身殘家破」了，「為世大戮」了，二十年前信誓旦旦與妻「之死同穴，歸此室兮」之時，又怎知白雲蒼狗，造物弄人的呢！而二十年後違反誓言，對他來說，難道不是一個悲傷、無奈的選擇嗎！

結　論

論述至此，總結如下：

一、韓柳的友情方面：柳死，韓愈應劉禹錫之邀而誌其墓，於王韋事為

其出脫；於以柳易播事爲其張譽；於文學成就事評價其不朽；持論公平，不負所託。

　　二、「不書妻妾」方面：〈柳詩〉所以不妻妾，非是「不知而漏」；也非「疏忽而漏」；與「其妻父不睦」無關；也非其妾請銘「因尷尬而不書」，而是墓誌銘的書法問題。因爲其妻早逝世於貞元十五年時，柳寫了〈亡妻弘農楊氏誌〉，既然各自爲誌，故「不書妻」；而妾「古例不書」。

　　三、「楊氏不合祔」方面，因楊氏無子，周六、周七皆爲微出，柳宗元與楊氏又是分葬，故不書夫人。後二者，皆爲墓誌銘的書法。由此而知，韓愈的墓誌是有家法的。

（原載《靜宜人文學報》第 2 期，1991 年出刊。原題〈韓愈〈柳子厚墓誌銘〉「不書妻妾」的問題〉，今略修訂，易爲今題。）

附編：史記人物研究

儒俠之間：
侯嬴的立身與自剄問題

提　要

　　《史記・魏公子列傳》信陵君與侯生故事，引人贊歎。歷來對「侯生自剄」的問題，引發不同意見，或從懼誅言，或從激勵言，或從謀責言，或從報恩言；各有其理，但未究竟，似未達侯生之本心。本文試從侯嬴自述之「脩身絜行」的觀點結合儒家的修身標準，重新審視其行爲，並討論諸家「自剄」說之得失。結論是：侯嬴自剄是殺身成仁，捨生取義。

關鍵詞：魏公子、信陵君、侯嬴、修身

前 言

〈魏公子列傳〉是《史記》的名篇，爲人人所愛讀。戰國四公子中：齊孟嘗君、趙平原君、楚春申君、魏信陵君，司馬遷（前 145～前 86）一一爲之作傳，特於魏公子尤深致意。其他，僅稱封邑，獨於此篇不稱信陵君而「繫之以國」，曰：〈魏公子列傳〉，以見其「人在則魏強，人去則魏亡」，「一身繫國家安危」的高大形象。篇中稱「公子」處凡一百四十七處，回環詠歎，可謂仰慕備至、欽佩備至。篇中不但歌頌了信陵加禮賢下士、得士之用的高貴情操，也寄托了史遷對當政者「仁而下士、從諫如流」和士人「竭忠盡智，以報知己」的政治期望。明人茅坤（1513～1595）說「信陵君是太史公胸中得意人，故本傳亦太史公得意文。」（《史記鈔》）是有原因的。

太史公寫信陵君不從正面寫，而用「旁敲側擊」法，借其門下之多能食客，側寫其「仁而下士」與功勳赫赫的高大形象。所敘之客，特重在侯嬴。寫侯生亦即寫公子。侯生故事不見於《戰國策》，篇中資料大抵採自民間父老軼聞口述，加上司馬遷「二十分描繪」，故筆筆傳神。如親從車騎，禮迎侯生，攝敝衣冠，直上不讓，故過朱亥，回車久立，睥睨以試；偏贊賓客，始吐心跡。其後，秦圍邯鄲，求救於魏，公子無計，侯生報恩，獻竊符計。臨行，更壯烈地說：「請數公子行日，至晉鄙軍之日，北嚮自剄，以送公子。」數日後，公子終奪晉鄙軍救趙卻秦成其大功，此可不論。關於「侯生自剄」的原因，歷來許多學人曾加探究，珠玉紛呈。類而別之，計有六說：

1. 害怕魏王收而誅之。
2. 報謝晉鄙無罪殺之。
3. 謝教公子竊符之罪。
4. 激勵朱亥椎殺晉鄙。
5. 激勵信陵堅其行事。
6. 爲報知己報德成事。

近以教學之餘，略有所悟。謹試從侯嬴所自述之「脩身絜行數十年」之修行結合儒家的君子品質，重新考察其「自剄」的問題，庶幾還他「殺身成仁」、「捨生取義」的本心。以就正於方家。

筆者撰寫本文的方法和步驟，大致上是：

1. 我決定了從「脩身絜行」的觀點看「侯嬴自剄」的問題作爲研究的重

心後，便廣爲蒐集資料。

2. 有關君子修身和出處方面，我參考了《四書集注》、《禮記‧儒行》，一條一條地把資料抄下來以掌握儒家的道德標準。

3. 有關侯嬴自剄的原因，我參考了《史記評林》、《四史評議》、《史記菁華錄》、《歷代名家評史記》與及大陸學者所寫的專著：《史記賞析集》、《史記選注匯評》、《史記名篇賞析》、《史記傳記賞析》等。更參考了一些大陸學者所發表的單篇論文，如陳嘉訓的〈關於侯嬴的自殺〉、韓兆琦的〈讀史記‧魏公子列傳〉、張補俊的〈讀信陵君竊符救趙〉、傅義的〈讀史記‧魏公子列傳〉等。

4. 在游俠精神方面，我參考了《史記‧孔子世家》、〈仲尼弟子列傳〉、〈儒林列傳〉、〈游俠列傳〉、〈刺客列傳〉、〈貨殖列傳〉，近人劉若愚的《中國之俠》、梁啓超的〈中國之武士道〉等。

5. 在史實方面，參考了《資治通鑑‧周紀五》、《史記會注考證》。

6. 我研究的方法是：先整理並掌握儒家的道德標準，結合侯嬴之行事作爲，以見其「脩身絜行」的眞貌；並加以重新審視之、考察之。再下來，便對歷來諸家「侯生自剄」之說整理探討，從而得出結論。

一、侯嬴是儒者

未討論前，先作二點說明：

1. 爲了行文簡明，頭緒清楚，本文以論侯嬴的行事及其人格爲主，至信陵君部分則視情況，順帶敘過。

2. 侯嬴行事風格是儒抑是俠？司馬遷說他是「隱士」；侯生自稱：「脩身絜行數十年」；梁啓超指他是：「中國之武士道」；〔註1〕近人劉若愚把

〔註1〕 梁啓超指出：「中國之武士道信仰之條件可得十數端，（略）其一曰：苟殺其身有益於國家者，必趨死無吝無畏，如鄭叔、詹安陵、縮高、侯嬴、樊於期之徒是也。」
　　楊度以爲：考我國無「武士道」之名，而「武士道者」，乃日本之名詞，「以云武士，則惟日本以爲藩士的專稱。以云武士道，則實不僅爲武士獨守之道。凡日本之人，蓋無不守斯道者。此其道與西洋各國所謂人道者本無以異。」（《中國之武士道》書前序文）
　　〔日〕山岡鐵舟論武士道曰：「武士道之要素有四：一報父母之恩；二報眾生之恩；三報國家之恩；四報三寶之恩，三寶者，佛法僧也。而行此武士道無他義焉，一言以蔽之，至誠無我而已。」（《中國之武士道》楊度序引）
　　引見梁啓超：《中國之武士道》（臺北：中華書局，1971年台三版）。

他歸類爲「俠」。〔註2〕觀侯嬴一生行事，筆者願意把他歸入儒家之徒。〔註3〕而把這方面的資料及討論都移入注釋，以清眉目。

（一）儒家的脩身標準

侯嬴自稱「脩身絜行」數十年，我們就從「脩身絜行」談起。侯嬴大抵是戰國末年的魏人。在當時，列國競爭人才，貴族盛行養士，形成百家爭鳴的盛況。在諸子百家中，勢力較大的是儒、道、墨、法四家；而四家中，除儒家外，其他三家都不大講「脩身」、「絜行」，所以，談「脩身絜行」便只有從儒家說起。

儒家最重「脩身」。爲什麼重「脩身」？因爲「天下之本在國，國之本在家，家之本在身。」（《孟子・離婁上》）爲什麼要「脩身」呢？因爲「身脩而後家齊，家齊而後國治，國治而後天下平。」（《大學》）是故「自天子以至庶人，壹是以脩身爲本。」（《大學》）

孔子所開創的儒家是剛毅進取而志在天下的新儒——君子儒。「君子儒」用現代語言解釋，便是：一個有人格、有學問、有文化理想、有道理勇氣，能夠以仁爲己任，能以維護人道尊嚴自任的知識分子。

儒家的「脩身」，由縱面講，是「下學而上達」、「與天地合德」，以成就生命的純一高明；由橫面講，則求與天下民物通而爲一，以成就生命的廣大博厚。純一高明以配天，廣大博厚的配地。人在其中通過實踐，天人合一，橫互四方，直通天地，人的莊嚴高貴與充實飽滿的生命，就可以眞實地完成。

儒家這套「生命旳學問」，其綱領，就是內聖與外王。

孔門要弟子立志：希聖希賢。因爲「人人皆可爲堯舜」。而這成爲堯舜的可能根源在哪裡呢？孔子提出「仁」，這個「仁」在我們心中，是天生而有，是「天所與我，我固有之」，而且「人皆有之」，故又稱「心體」、「仁體」。

〔註2〕劉若愚指游俠乃誕生於戰國時期。「游俠的信念」計有八條：
1. 助人爲樂 2. 公正 3. 自由 4. 忠於知己 5. 勇敢 6. 誠實，足以信賴 7. 愛惜名譽 8. 慷慨輕財。
他在書中列敘戰國以來以至明朝的俠。把「公子無忌、侯嬴和朱亥」都列了進去。引見〔美〕劉若愚著，周清霖、唐發饒譯，《中國之俠》（上海：三聯書店，1991 年）。

〔註3〕按：由本文第二段所述，相信侯嬴是儒門之徒。再說：孔子死後，弟子各散一方，澹臺子羽也是俠，原憲、季次也被列爲閭里之俠。（見《史記・游俠列傳》）可見俠出於儒。故此筆者以儒家觀點看侯嬴自到。

但這「天生而有」的「仁體」，「求則得之，舍則失之」，它會爲物欲所蔽，所以，接下來是要講「工夫」，這「工夫」便是「踐仁」、「成仁」。

「仁者愛人」，「己欲立而立人，己欲達而達人」，「修己以安人，修己以安百姓」，「親親而仁民，仁民而愛物」，這就構成「內聖與外王」。

孟子說：「居天下之廣居，立天下之正位，行天下之大道；得志與民由之，不得志獨行其道：富貴不能淫，貧賤不能移，威武不能屈，此之謂大丈夫。」（《滕文公下》）

（二）侯嬴之「脩身絜行」

春秋戰國之際，世衰道微，王綱解紐，禮樂崩壞，纂弒公行。及至戰國，世變日亟，更是「仁義充塞，率獸食人」了。

這是一個道德價值倒塌，時代精神崩潰，文化理想闇淡的時代。列強只知功利，富國強兵，以攻伐爲賢，不施仁政，視仁義爲迂闊。大儒如孔孟雖欲「周流憂世，思濟其民」，然因不肯枉尺直尋，時世咸謂「迂闊而遠事情，經莫能聽納其言。」

「夫子之道大，道大莫能容。然不容何病！」

試觀孔孟二老的一生又極相似。開始是「設館授徒」，接著是「周遊列國」，最後見道不行，乃退而著書終老。

孔孟二大儒如此，其他弟子可知矣！

孔子死後，儒家分爲八：有子張之儒、子思之儒、顏氏之儒、孟氏之儒、漆雕氏之儒、仲良氏之儒、孫氏之儒、樂正氏之儒。散居各地。上者爲師傅卿相，如子貢：小者友教士大夫，如子夏、子思；或隱居而不見，如原憲、季次。

侯生如此「脩身絜行」，顯然是一位「抱道以終」的儒家之徒。其師友何人，不可得而知！但若考諸春秋末年孔子弟子子夏（前 507～前 420），曾講學西河，魏文侯曾奉爲國師。田子方（前 475～前 400）、段干木（前 465～前 395）、李悝（克）（前 455～前 395）等人皆受業於子夏。以此看來，魏國文教盛行，文風所扇，餘韻馨烈。戰國時孟子（前 390～前 309）亦至魏遊說梁惠王，不能沒有影響。侯嬴（前 320～前 257）長於斯土，師友所及，耳聞目染，大抵都是孔門子夏、子思弟子之餘裔，故能「抱道自持」、耿介廉潔，「脩身絜行數十年」而不倦者。

以下考察侯生之行爲，以見其爲儒家之徒，試分敘如下：

1. 貧仕為監，出處謹慎

〈魏公子列傳〉載：

> 魏有隱士曰侯嬴。年七十，家貧，為大梁夷門監者。

這句有兩層意思：

（1）侯是隱士。

（2）侯家貧，所以做夷門監者。

就（1）言，既說隱士，是隱居不仕的人。為什麼出仕？因家貧！既出仕，就不能稱「隱士」。司馬遷的意思是否說：侯本來是隱士。但因家貧的關係，不得不出來謀些事件，年紀七十歲了，就暫時屈身做夷門（東門）的「抱關者」。

就（2）言，他既家貧，為什麼不去信陵君處，做食客，過一過安富優裕的生活，為什麼寧願挨窮？若說他要安貧樂道，自食其力！為什麼不找高一點的職位，卻要做卑賤的「抱關者」？有沒有原因？

《孟子‧萬章》篇，有一段話很有趣，與此相關，孟子說：

> 仕非為貧也，而有時乎為貧；娶妻非為養也，而有時乎為養。為貧者，辭尊居卑，辭富居貧。辭尊居卑，辭富居貧。惡乎宜乎？抱關擊柝。孔子嘗為委吏矣。曰：「會計當而已矣。」嘗為乘田矣，曰：「牛羊茁壯長而已矣。」位卑而言高，罪也。立乎人之本朝而道不行，恥也。

意思說：「出仕不一定為貧困，若是為貧困而出仕的話，最適合做的工作，便是：抱關擊柝的工作，一如孔子當年做委吏、乘田一樣，把本分做好就可以了。如果做大官，立於當朝而無能行道，是恥辱的啊！」

侯嬴「家貧，為大梁夷門監者」，他做「抱關者」？是巧合？抑是他的人生的立身之道？

2. 耿介廉潔，取與謹慎

〈魏公子列傳〉記載：

> 公子聞之，往請，欲厚遺之，不肯受，曰：「臣脩身絜行數十年，終不以監門困故而受公子財。」

為什麼公子親自「往請，欲厚遺之」，侯生「不肯受」，還說了「終不以監門困故而受公子財」的話？

孟子和弟子萬章有一段對話，講到「士不託食於諸侯，非禮也」，又講到：

「抱關抱柝者，皆有常職以食於上」，「不敢」受君賜粟的道理。可以對參。《孟子·萬章下》載：

> 萬章曰：「士之不托諸侯，非禮也？」孟子曰：「不敢也。諸侯失國而後托於諸侯，禮也；士之托於諸侯，非禮也。」萬章曰：「君餽之粟，則受之乎？」曰：「受之。」「受之何義也？」曰：「君之於氓，固周之。」曰：「周之固受，賜之則不受，何也？」曰：「不敢也。」曰：「敢問其不敢何也？」曰：「抱關擊柝者，皆有常職以食於上；無職而賜於上，以為不恭也。」

侯嬴之「不肯受公子錢財」，與《孟子》這段話是否有關？是否可以理解為：若公子志在賞賜於他，因「有常職在身，有俸祿了」，所以不敢受。若公子是周濟老臣的貧困，老臣疏食布衣，自得其樂，所以不敢受！

公子的來意本是「禮賢下士」，侯老先生「不以監門困故而受公子錢財」，則他的心意分明是說：公子公子，禮意應比禮物來得重要吧！

於是公子便大會宴客，親駕車騎，虛左，至夷門迎侯生，以表真誠的禮敬。

3. 觀人禮敬，交際謹慎

〈魏公子列傳〉記載：

> 公子於是乃置酒，大會賓客，坐定。公子從車騎，虛左，自迎夷門侯生。侯生攝敝衣冠，直上載公子上坐，不讓，欲以觀公子。公子執轡愈恭。侯生又謂公子曰：「臣有客在市屠中，願枉車騎過之。」公子引車入市。侯生見其客朱亥，俾倪，故久立與其客語，微察公子。公子顏色愈和。當是時，魏將相賓客滿堂，待公子舉酒，市人皆觀公子執轡；從騎皆竊罵侯生。侯生視公子色終不變，乃謝客就車。至家，公子引侯生坐上坐，徧贊賓客，賓客皆驚。酒酣，公子起，為壽侯生前，侯生因謂公子曰：「今日嬴之為公子亦足矣。嬴乃夷門抱關者也，而公子親枉車騎，自迎嬴於眾人廣坐之中，不宜有所過，今公子故過之。然嬴欲就公子之名，故久立公子車騎之中，過客以觀公子。公子愈恭，市人皆嬴為小人而以公子為長者，能下士也。」於是罷酒，侯生遂為上客。

試看侯生有二事以試公子：一、「攝敝衣冠，直上載公子上坐，不讓，欲以觀公子。」二、「故枉車騎入市，下見其客朱亥，睥睨，故久立與其客語，微察

公子。」為什麼要這樣做？侯嬴自言：「欲成就公子禮賢下士之名。」當然不錯。他的心是要看公子對士的態度是否真誠與「致敬盡禮」，否則「賢士不見」。對於士的出處去就，孟子最為著重，說的也多，扼要如下：

> 士和國君無可為友，對賢士只有尊賢事奉。〔註4〕

> 國君欲見賢士，必以其道，否則賢士不見。〔註5〕

> 國君若不致敬盡禮，則不得亟見之。〔註6〕

觀乎侯生所為，又是多麼相似！

4. 隱居求志，不忮不求

侯嬴與公子同住城中，公子好士名聞天下，只要他肯報到，做門下食客，生活便為之改觀。他就是不競，不逢迎。寧願去做低微的「抱關者」，已經夠奇了！「公子欲厚遺之」，「不肯受」，又奇了！公子親自迎接到府，大會賓客，吃過飯，回家仍然做他的「抱關者」，不入幸舍，此三奇也！什麼原因？「脩身絜行」當然不錯！而且是道義問題。因為他覺得「立乎人之本朝而道不行，恥也。」（《孟子‧萬章下》）他不願「無功受祿」、「尸位素餐」。然則，參加公子的宴會，既常「為上客」，必須有所報。

有一點可說的，便是「公子從車騎，虛左，自迎夷門侯生」之時，侯生把他僅有的一套敝衣冠穿上，「直上載公子上坐，不讓」，與公子同車過市，一點也不覥腆，何故？

《論語》記載了一則孔子和子路的對話，談到類似的情況：

> 子曰：「衣敝縕袍與衣狐貉者立，而不恥者，其由也與！『不忮不求，
> 何用不臧？』」

侯生亦是「不忮不求」。

〔註4〕《孟子‧萬章下》：「萬章曰：『敢問不見諸侯，何義也？』孟子曰：『在國曰市井之臣，在野曰草莽之臣，皆稱庶人，庶人不傳質為臣，不致見於諸侯，禮也。』（略）公亟見於子思曰：『古千乘之國，以友士，何也？』子思不悅曰：『古之人有言，曰事之云乎，豈曰友之云乎？』子思之不悅也，豈不曰：『以位，則子君也，我臣也，何敢與君友也？以德，則子事我者也；奚可以與我友。』千乘之車，求與之友，而不可得，而況可召與？」

〔註5〕《孟子‧萬章下》：「況乎以不賢人之招，招賢人乎！欲見賢人而不以其道，猶欲其入而閉之門也。夫義，路也；禮，門也；惟君子能由是路，出入是門也。」

〔註6〕《孟子‧盡心上》：「古人賢王，好善而忘勢；古之賢士，何獨不然！樂其道而忘人之勢。故王公不致敬盡禮，則不得亟見之，見且由不得亟，而況得而臣之乎？」

5. 盡禮始告，言行謹慎

魏安釐王二十年，秦圍邯鄲，趙國求救不絕。魏王先派晉鄙將十萬眾救趙，後懼秦，留軍壁鄴，持兩端觀望。一面派辛垣衍使趙，遊說趙王稱秦為帝以求撤兵之計。及魯仲連與之論辯：義不帝秦之理，辛氏始遁去，終身不復言帝秦之事。

另一邊，平原君派使者捎來求救信，責備魏公子曰：「勝所以自附為婚姻者，以公子之高義，為能急人之困。今邯鄲且暮降秦，而魏救不至，安在公子能急人之困也？且公子縱輕勝，棄之降秦，獨不憐公子耶？」（〈魏公子列傳〉）

這時公子實在無計，儘管他「數請魏王」，再請「賓客辯士說王萬端」，魏王始終不肯發兵。公子自度終不能促使兄王發兵，又「不忍獨生令趙亡」，乃從門下食客，選出敢死而有勇力者，「約車騎百餘乘，欲以客往赴秦軍，與趙俱死。」

出發之日，特別「行過夷門，見侯生，具告所以欲死秦軍狀，辭決而行」，「具告所以」，分明是希望請得侯生畫策。但侯生只是輕輕一句：「公子勉之矣，老臣不能從。」什麼也沒說。直至公子復返「再拜」、「因問」，始為獻策。

> 公子行，心不快，曰：「吾所以待侯生者備矣，天下莫不聞。今吾且死，而侯生曾無一言半送我，我豈有所失哉？」復引車還問侯生。
> 侯生笑曰：「臣固知公子之還也。」曰：「公子喜士，名聞天下，今有難，無他端，而欲赴秦軍，辟若以肉投餒虎，何功之有哉？尚安事客？然公子遇臣厚，公子往而臣不送，以是知公子恨之復返也。」
> 公子再拜，因問。侯生乃屏人問語曰（〈信陵君列傳〉）。

關於此事，黃洪憲曰：「敘侯生與公子語，宛然在眉睫間，蓋生初欲為公子畫計，恐不從，故於其復還而畫之，所以堅其志耳！」[註7]

近人說：「侯生之設謀，事關重大，且又處人骨肉之間，不到時候，勢難開口。」[註8]

筆者以為：侯嬴先前不開口，固然是「不到時候，勢難開口。」但亦有其倫理道德思想在。「不在其位，不謀其政，一也」、「位卑而言高，罪也。」侯生既知「竊符」為當時的絕策，心知有罪，豈容他「夷門一別」即時傾囊相授。

〔註7〕韓兆琦：《史記賞析集》（四川：巴蜀書社，1988 年）。
〔註8〕韓兆琦：《史記選注匯評》（臺北：文津出版社，1993 年）。

必待至「公子復還」，問：「我豈有所失哉？」「公子再拜」、「因問」之時，侯生觀察他「致敬盡禮」矣，「言將行其言也，則就之。」（《孟子·告子下》）

這種「盡禮致敬」、「言行謹慎」，是儒家修身的法門之一。

由上，可見侯生行事頗契儒家的修身要求。所以筆者相信：他是儒家弟子。

處「天下無道」，侯生「居於窮巷，自潔其身」，「疏食褐衣，自得其樂。」但因家貧，一位七十歲白髮皤皤的老翁，還要出來找事做，已經夠無奈了。做大官，無人賞識拔擢；就算有人拔擢，他未必會做。為什麼？因為他認為：「立乎人之本朝而道不行，恥也。」於是只好做「抱關者」的工作了。「窮則獨善其身」，他時時刻刻「獨善其身」呢！他不圖公子如此禮賢下士，致敬盡禮，心中感激，也不願住於幸舍，為怕「無功受祿」，故仍自食其力以潔其身。至於為何「自剄」？留待下節討論。

二、「侯生自剄」的探討

關於「侯嬴自剄」之說，自唐至今，不下十種。茲扼敘其說如下：

（一）唐代大詩人王維指侯嬴之死是報公子知遇之恩。其〈夷門歌〉云：

> 七國雄雌猶未分，攻城殺將何紛紛？
>
> 秦兵益圍邯鄲急，魏王不救平原君。
>
> 公子為嬴停駟馬，執轡愈恭意愈下。
>
> 亥為屠肆鼓刀人，嬴乃夷門抱關者。
>
> 非但慷慨獻奇謀，意氣兼將身命酬。
>
> 向風刎剄送公子，七十老翁何所求。 〔註9〕

「非但慷慨獻奇謀，意氣兼將身命酬。」兩句是說：侯生報公子知遇之恩，用一己性命酬答之意。清人沈德潛則說：「言老翁之刎頸豈有所求於公子耶？特以意氣相激故耳。」〔註10〕則是：激勵信陵了。

（二）明人陳懿典持「懼誅」之說。《讀史漫筆》曰：

> 侯生自剄，固俠烈之慨。然亦料魏王知公子謀皆夷門擘畫，勢必收而誅之，故寧自殺以為名，正是高處。 〔註11〕

〔註 9〕 高步瀛選注：《唐宋詩舉要》卷2（臺北：學海出版社，民國78年10月），頁142。

〔註10〕 同上註引，〔清〕沈德潛：《唐詩別裁集》，頁142。

〔註11〕 〈讀史記魏公子列傳〉引，韓兆琦，〈讀史記魏公子列傳〉，《北京師大學報》第六期（1981）。

謹按：侯生以不辱其身、殺生成仁、捨生取義而剄，此處指侯氏知魏王必收而誅之，以免老而受辱，故寧自殺，當有其理。

（三）明人徐中行則說是，報償晉鄙。其言曰：

> 或謂侯生自剄，過乎？余曰：否。自剄，殆有說也。侯生度爲公子竊符計，必殺晉鄙，鄙，何辜也？心必有不忍而不自安者，乃以死謝之耳。不然，誠報公子即死耳，何必數公子行至晉鄙日，而後自剄也。故程嬰之死，世謂報宣孟，余謂謝杵臼也。侯生之死，世謂報公子，余謂謝晉鄙也。奚過哉。〔註12〕

謹按：徐說有三點：（1）侯生以死謝晉鄙；（2）「誠報公子即死矣，何以數公子行至晉鄙日，而後自剄……余謂謝晉鄙也。」（3）程嬰之死，世謂報宣孟（趙盾），余謂謝杵臼。第三點指的是「趙氏孤兒」故事。可參《史記·趙世家》，與本文無關，不贅論。

（四）明人鍾惺有四點意見，其言曰：

> 古之好士者，其於士皆一過而得之。……方公子虛左迎侯生，生之倨，公子之恭，正公子與生之相視莫逆者也。惟公子與生知之，諸客不知也。……當是時，非惟公子知侯生，生亦能知公子，侯生知公子之必能救趙，而後教之竊符。何以知生之知公子之必能救趙，而後教之竊符也。曰於侯生之死知之。侯生曰：「合符而晉鄙不聽必擊之。」於是公子泣，公子泣，而生益不得不死。侯生死以償晉鄙，且以謝其教公子竊符之罪耳。然侯生所報公子者，獨救趙一事。是救趙一事，重於一身之死也明耳；等死耳，曷不待公子事成而後死之爲快乎？曰：待公子事成，而後死者，必有所不能信於公子者也。救趙公子所易也，得臥內符與合符，而晉鄙之授軍，公子所難也。代其所難者，揭一符及一朱亥以付公子，而生可以死矣。且死而可以固勉公子，豈必待事成而後死哉？〔註13〕

謹按：鍾惺的話很長，其要點爲：

1. 侯生以死償晉鄙；
2. 並謝其教公子竊符之罪；
3. 死而可以固勉公子；

〔註12〕〔明〕凌稚隆輯：《史記評林》卷七十七（臺北：地球出版社，1992年一版）。
〔註13〕同上註。

4. 所以救趙者，爲報公子。

可注意者，是他所提：「曷不待公子事成，而後死之爲快乎？」所以這樣做，「必有所不能信於公子者也。」惟侯生所以「請數公子行至晉鄙軍之日，北向自剄。」筆者認爲，其心意恐不止此。

（五）明人李贄以爲是：激勵朱亥，椎殺晉鄙。其言曰：

> 田光以死激荊軻而匕首發，侯生以死激朱亥而晉鄙椎。何者？荊軻與太子無相知之素，朱亥與公子亦無深交之分也。故侯生死而朱亥決矣。夫古之君子，貴成事，重然諾，事苟可成，然諾苟不可失，則鼎鑊如飴何足怪也。〔註14〕

謹按：徵之原文，恐非如此。原文曰：「公子於是請朱亥。朱亥笑曰：『臣乃市井鼓刀屠者，而公子親數存之，所以不報謝者，以爲小禮無所用。今公子有急，此乃臣效命之秋也』。遂與公子俱。」是知朱亥之爲公子效命，是早有此心，不必因侯生之自剄而激發者。

（六）清人姚祖恩則以爲是：堅公子之志與謝晉鄙。其言曰：

> 或謂侯生爲公子畫策代將，亦可以無死。不知公子以侯生爲上客，通國莫不知，竊符矯命之謀，當莫不謂其受成於生也，公子去而侯生留魏，魏王能忘情於生乎？然侯生苟畏死，則自當從公子俱至趙，今但以老爲詞，而甘心自剄者，一以堅公子之志，一以報晉鄙之無罪而殺其軀也。否則，七十老翁既報知己，又欲槁項牖下，前之英氣安在哉？〔註15〕

謹按：姚氏指出侯生並不畏死，所以死者有二因：一爲堅公子之志，一以報晉鄙之無罪而殺其軀也。

（七）激勵信陵，堅其決心：近人韓兆琦持此觀點。他說：

> 侯生自剄乃是堅定信陵矯奪晉鄙之信心，激勵他臨事時不要手軟。晉鄙乃嚄唶宿將，且又無辜，而公子則爲人仁愛。因之侯生計始出口，公子即已落淚，云：「往恐不聽，必當殺之，是以泣耳。」這是一種危險的預兆。這種思想不解決，到時就可能貽誤大事，因此侯生提醒：「當你踏入晉鄙軍門之時，那也就是我北向自剄之時。」侯生的死與〈刺客列傳〉中由光的死意義相同，都是爲了借以激勵信

〔註14〕〔明〕李贄《藏書》〈直節名節〉（臺北：臺灣學生書局，民國60年）。

〔註15〕〔清〕姚苧田，《史記菁華錄》（臺北：文津出版社，1992年初版）。

陵君和荊軻這當事人的信心和決心。這是佐成信陵君竊符救趙這一
歷史壯舉不可少的因素之一。〔註16〕

（八）近人顧建華觀點與韓說近似。他說：

> 侯生的自剄是激勵信陵君下定決心殺死晉鄙奪取兵權的行動。他看
> 到信陵君因為晉鄙可能不肯交兵而要被殺，於是泣下，便意識到這
> 種很可敬重的仁愛之心，或許會使全盤計劃落空。為了堅定信陵君
> 的信念，便以身相殉，用生命來促成救趙事業的成功，用生命來答
> 謝信陵君的知遇之恩。〔註17〕

（九）近人牛鴻恩則以為侯生之死有三個原因：（1）「激勵信陵君，堅定
其決心」，（2）「有激勵和報謝朱亥的意義在」，（3）「以死報德成事」。他說：

> 「請數公子行日，以至晉鄙軍之日，北嚮自剄，以送公子」，設計了
> 好好的一套計劃，不待待好消息，何必自剄呢？後人對此議論紛紛。
> 有人說：「以老不能從」就自剄，沒有必要，不是他的過錯；有人說：
> 他是害怕魏王「收而誅之」；又有人說：這是為「謝晉鄙」。這些議
> 論，都沒有搔到癢處。計劃雖然周到，但是有一件事，使他不放心，
> 即信陵君的慈仁，剛一說到要殺死晉鄙，信陵君就下淚了，萬一到
> 時信陵君和朱亥下不了手，就會敗大事。他的自剄大約含有這樣一
> 些意思：首先，這等於告訴信陵君，當你準備奪取晉鄙軍權的時候，
> 我已經為救趙抗秦獻出了生命。這將有效激勵信陵君，堅定他的決
> 心；其次，朱亥是侯嬴的門客，與信陵君尚無深交，現在侯嬴薦朱
> 亥與信陵君一起冒險赴敵，他的自剄，也就有激勵和報謝朱亥的意
> 義在；此外，信陵君對侯嬴有難得的知遇之恩，侯嬴以死報德成事，
> 成就信陵君救趙的功業，乃是「為知己者死」，也是死得其所。所以，
> 侯嬴的自剄是經過深思熟慮的。〔註18〕

（十）陳嘉訓先生認為是：以死承負「盜符」、「矯殺晉鄙」的謀責，明
其為主之志。

陳嘉訓先生撰〈關於侯嬴的自殺〉一文，分析頗精闢詳細。茲錄如下：

> 關於侯嬴的自殺。……從侯嬴的性格講，他原是「脩身絜行數十年」

〔註16〕韓兆琦：《史記選注匯評》（臺北：文津出版社，民國89年）。
〔註17〕朱靖華、顧建華：《史記名篇賞析》（北京：十月文藝出版社，1990年）。
〔註18〕黃繩：《史記人物畫廊》（廣州：廣東人民出版社，1988年）。

的隱士；與魏公子的關係講，他是魏公子的上客；在「救趙卻秦」這件事上講，他是魏公子的策士。在魏公子危急之秋，因老不能隨行，以那個時代的為人處事的道理來講，是說不過去的。似乎只有以死來明志，表示他是誠心誠意竭忠愛護魏公子的事業的。而且侯嬴代公子所謀的策，是請如姬「盜符」和「矯殺晉鄙」的二件大事。幹這二件事的影響，是造成君臣不睦的緊張關係，和魏公子負了「於趙有功，於魏則未有忠臣」的咎責。但侯嬴設籌這個策謀，也是在無可奈何之下，不得不用的獨策，以報魏公子，助其完成「救趙卻秦」的大業。侯嬴自己以死來表示負「盜符」、「矯殺晉鄙」的謀責，明其為主之志。在當時，「魏王畏秦」、「公子自度不能得之於王」的情況下，信陵君也只好接受這個行之有效的下策，以遂其「救趙卻秦」的志願。所以列傳裡寫「公子與侯生決，至軍，侯生果北嚮自剄」之後，接著寫「魏王怒公子之盜其兵符，矯殺晉鄙，公子亦自知也。已卻秦存趙，使將將其軍歸魏，而公子獨與客留趙。」這幾句，就暗示侯嬴自殺的原因和魏公子當日的處境。〔註19〕

謹按：陳先生之說法近於明人鍾惺之言，其意即包括了：「謝晉鄙無罪殺之」、「謝其教公子竊罪之符」二點；至於「明其為主之志」即「以死報德成事」之意。

　　以上所述，是由唐王維到近代牛鴻恩凡十家，以篇幅所限，謹列如上。有的論點，因為雷同省略了。

　　諸家之說，類析言之，大抵為：

1. 害怕魏王收而誅之。
2. 報謝晉鄙無罪殺之。
3. 謝教公子竊符之罪。
4. 激勵朱亥椎殺晉鄙。
5. 激勵信陵堅其決心。
6. 為答知己報德成事。

　　而諸家之言，或持一或持二三；又略有出入。諸家之說，若改從道德人格觀點看，則六項中若再離析，綜合而之，可得其三：

1. 「害怕魏王，收而誅之」，此說若理解為「懼誅」則未免太糟了；若解釋「不辱其身」；則庶幾近之。

〔註19〕陳嘉訓：〈關於侯嬴的自殺〉，大陸版《語文教學》（1957）第十一期。

2. 「報謝晉鄙，無罪殺之」與「謝教公子，竊符之罪」，乃指侯贏自負謀
責言，與侯所重之倫理道德爲近，可取。

3. 「激勵信陵，堅其決心」與「爲答知遇，報德成事」二者，以成事報
恩言，亦是君子之行。

至於「激勵朱亥」一項，徵之原文，似非如此，可以不論。

三、侯生自剄乃是「殺身成仁」、「捨生取義」

筆者以爲：侯生是爲其人格之無瑕，成就其生命之純潔清白，以有限的
生命換取無限的精神價值而自剄的。請言其理。

「竊符救趙」在當時「魏王畏秦，不肯發兵」的情況來看，是絕策。

「竊符」是如姬所竊，是侯生所教。

「奪晉鄙軍」，「晉鄙是嚄唶宿將，往恐不聽」，使「朱亥殺之」。「矯殺晉
鄙」是朱亥所殺，是侯生所教。

晉鄙無罪殺之，「不仁」；虎符非已有，而使人竊之，「不義」。

而「得虎符，奪晉鄙軍，北救趙而西卻秦，此五霸之伐也。」

而救趙卻秦，遂成就公子一生的大功業。這大功業是侯生「欲就侯生之
名」，而以鮮血所成就的，「贏之爲公子亦足矣」。

至「竊虎符」、「殺晉鄙」的「不仁不義」，是必由侯贏承擔。承擔的結果
便是人格有瑕，德行有虧，「己所不欲，勿施於人」，侯生知道怎樣做：「以命
來償」。

有人說：爲什麼不隨公子赴趙，赴趙則不必怕魏王收而誅之了。要知侯
生並不是怕魏王收而誅之，坐牢有什麼好怕的？死有什麼好怕？只是罪行既
成，人格有虧，德行不潔，叫他這一名「居仁由義」、「行一不義，殺一不辜
得天下不爲」的儒門弟子，「無所逃於天地間」。

所以，筆者認爲：侯生自剄是：殺身成仁，捨生取義。

還有一條很重要的旁證，就是自剄的時機。

以下先討論幾個問題：

既然侯生決定要成仁，（1）爲什麼不馬上自殺？（2）爲什麼不待事成而
自殺？（3）爲什麼待至「請數公子行至晉鄙軍之日」才自剄？

關於第（1）個問題，可能是：侯生有後事安排，或與家人或與工作等有
關，以求無忝。還有，便是不欲驚動官府，敗壞大事。

關於第（2）個問題，若他以「臣老不能從」為由，不隨公子赴趙，恐不能取信於公子，為表忠誠，祇有一死。（明人鍾惺和陳嘉訓有此說法）

第（3）個問題：「請數公子行日，到晉鄙軍之日，北向自剄，以送公子。」意思是說：「在你踏入晉鄙軍門的時候，我向北方自剄，用鮮血送你。」

為什麼要選擇在公子踏入晉鄙軍門時自剄？因為此時他的「不仁不義」尚未落實。一踏入之後，無論成敗，則竊虎符、殺晉鄙的事通通暴白於天下。儒家重視死得其所，死得其時。這個時候死，可謂「死得其所」，「死得其時」了。

故此，歸納起來，可見「侯生自剄」的問題，意涵豐富，綜述如下：

1. 對公子言：有固勉意，激勵他臨事不要手軟；並有報知遇之意。
2. 對朱亥言：當有激勵以死報公子之心。
3. 對晉鄙言：無辜見殺，以死償之。
4. 對如姬言：史記本傳並無敘及如姬的結局。但以理推之，竊符授公子，恐怕不容於魏王，早晚要死。侯生之死，乃有一齊「成仁」之意。
5. 對魏王言：則要負教公子「竊虎符、殺晉鄙」的謀實。因為公子「未為忠臣」，而侯生亦「未為忠臣」。
6. 對自我人格言：他「脩身絜行數十年」，總不能晚年德行有玷，「不仁不義」，更不能受辱於魏王。
7. 對行義達道言：侯生遇公子，公子禮侯生，相知相得，彼此以古義相交。君臣遇合，百年不一遇，而今遇之。何況見危授命，扶危濟世，由內聖而外王，本為孟子所云大丈夫之事，而今日邯鄲被圍，天下震動，不意得之。處此關頭，侯生捨年邁衰朽之身竭忠盡智而死以換取救趙卻秦，使趙魏安，天下安的「五霸功業」，其價值如何計算！

是故，無論就那一角度言，侯生有必死之由。個人生死事小，人格尊嚴事大，天下安危更大。所以，筆者以為：侯生自剄乃是殺身成仁，捨生取義。

結　論

侯生是一名「脩身絜行數十年」的儒門弟子，「隱居以求其志，行義以達其道」，志安社稷，利濟蒼生之心未嘗或失；他獻策竊符，矯殺晉鄙，仁義有玷，為求生命之純潔，人格之無瑕與激勵公子完成大業，他以鮮血為當代及後世作出了「仁者」的法式和典範，可歌可泣，正氣長存霄壤。他的自剄稱

之爲：「殺身成仁」、「捨生取義」，庶幾近於他的本心。未知諸位方家以爲然否？

（原載《鵝湖月刊》232 期，民國 83 年 10 月刊。舊題爲〈從「脩身絜行」的觀點看「侯嬴自剄」〉，2011 年 5 月加以修訂，改爲今題）

論藺相如的修身
——以《史記‧本傳》「完璧歸趙」故事爲例

摘　要

　　〈藺相如完璧歸趙〉的故事膾炙人口。惟前輩多從智謀、勇氣等方面評論；對藺相如的立身之道及道德修養卻未及探析。本文研究目的，試從儒家「至誠感化」的觀點分析「完璧歸趙」故事的過程，指出其成功關鍵就是「至誠」，既感化繆賢，又感化趙王，使秦的經過裡，還感化了秦王，終不辱使命；還論述了，他不但是儒家之徒，而且修養功夫精純，境界甚高。

關鍵詞：藺相如、完璧歸趙、至誠、儒家、秦王

一、前　言

　　〈藺相如完璧歸趙〉見《史記》卷 81〈廉頗藺相如列傳〉，是一個膾炙人口的故事。這故事，《戰國策》無有記載，〔註1〕《通鑑》有載而簡略。〔註2〕前輩之論藺相如以褒美居多，如司馬遷（前 145～前 86？）譽他爲：「智勇兼備」；〔註3〕黃震（1213～1280）稱他爲：「烈大夫」；〔註4〕李贄（1527～1602）贊他爲：「言有重於泰山，相如是也。相如眞丈夫、眞男子、眞大聖人、眞大阿羅漢、眞菩薩、眞佛祖」；〔註5〕李晚芳贊他：「深得古人公爾國爾之意」；〔註6〕凌登第譽他：「眞有古大臣風」；〔註7〕梁啓超譽之爲：「豪傑、聖賢」〔註8〕等等。此外，也有人持較保守的看法，如〔明〕王世貞（1526～1590）對此故事：「未敢以爲信」，又說：「藺相如之獲全於璧，天也」，〔註9〕正因評論有此矛盾，引發了本人撰述的興趣。所不同的是，筆者改用儒家「至誠感化」的觀點論述，大異古人之趣。如今，爲使行文簡潔，對王世貞評論的部份，本文暫不討論；將俟日後撰文論述。

〔註 1〕　《戰國策》（臺北：文化圖書公司，民國 55 年），卷上、下、趙策。

〔註 2〕　《新校資治通鑑》（臺北：世界書局，民國 76 年），頁 131～132。

〔註 3〕　太史公曰：「知死必勇，非死者難也；處死者難。方藺相如引璧睨柱，及叱秦王左右，勢不過誅；然士或怯懦，而不敢發；相如一奮其氣，威信敵國，退而讓頗，名重太山，其處智勇，可謂兼之矣。」《史記評林》（臺北：地球出版社，民國 81 年），卷八十一，頁 2044～2045。

〔註 4〕　黃震曰：「藺相如庭辱強秦之君，而引車避廉頗，廉頗以勇氣聞諸侯，而肉袒謝相如，先公後私，分棄前憾，皆烈丈夫也。勇怯各得其所矣，然先之者，相如也。」引見《史記評林》，頁 2045。

〔註 5〕　李贄曰：「言有重於秦山，相如是也。相如眞丈夫、眞男子、眞大聖人，眞大阿羅漢、眞菩薩、眞佛祖，眞令人千載如見也。」《藏書》（臺北：臺灣學生書局，民國 75 年 6 月），頁 186～188。

〔註 6〕　李晚芳曰：「人徒以完璧歸趙，澠地抗秦二事，艷稱相如，不知此一才辯之士所能耳，未足以盡相如。惟觀其引避廉頗一段議論，只知有國，不知有己，深得古人公爾國爾之意，非大學問人，見不到，亦道不出，宜廉將軍聞而降心請罪也。人只知廉頗善用兵，（中略）鍾伯敬謂二人皆有古大臣風，斯是以知廉藺者也。」引見《史記評林》，頁 271。

〔註 7〕　凌登第曰：「廉將軍與趙王訣數語，眞有古大臣風，所謂社稷爲重者也。」引見《史記評林》，頁 271。

〔註 8〕　梁啓超曰：「太史公曰述相如事，字字飛躍紙上，吾重贊之，其蛇足也。顧吾讀之而怦怦然刻於余心者，一言焉，則相如所謂先國家之急而後私仇也。嗚呼！此其所以豪傑歟！此其所以爲聖賢歟！」引見《史記評林》，頁 271。

〔註 9〕　《古文觀止》（臺北：三民書局，民國 60 年），頁 748～749。

二、〈完璧歸趙〉故事

茲鈔錄《史記‧廉頗藺相如列傳》〔註10〕一面看原文，一面討論。原文故事分五段。以下是第一段：

> 廉頗者，趙之良將也。趙惠文王十六年，廉頗爲趙將伐齊，大破之，取陽晉，拜爲上卿，以勇氣聞於諸侯。藺相如者，趙人也，爲趙宦者令繆賢舍人。

這一段司馬遷簡介了廉頗和藺相如的出身，一位是「趙之良將」，以「勇氣聞於諸侯」。一位是「趙人」，是「趙宦者令繆賢舍人」。以下是第二段，

> 趙惠文王時，得楚和氏璧。秦昭王聞之，使人遺趙王書，願以十五城請易璧。趙王與大將軍廉頗諸大臣謀：欲予秦，秦城恐不可得，徒見欺；欲勿予，即患秦兵之來。計未定，求人可使報秦者，未得。宦者令繆賢曰：「臣舍人藺相如可使。」王問：「何以知之？」對曰：「臣嘗有罪，竊計欲亡走燕，臣舍人相如止臣，曰：『君何以知燕王？』臣語曰：臣嘗從大王與燕王會境上，燕王私握臣手，曰：願結友。以此知之，故欲往。相如謂臣曰：『夫趙強而燕弱，而君幸於趙王，故燕王欲結於君。今君乃亡趙走燕，燕畏趙，其勢必不敢留君，而束君歸趙矣。君不如肉袒伏斧質請罪，則幸得脫矣。』臣從其計，大王亦幸赦臣。臣竊以爲其人勇士，有智謀，宜可使。」於是王召見，問藺如曰：「秦王以十五城請易寡人之璧，可予不？」相如曰：「秦強而趙弱，不可不許。」王曰：「取吾璧，不予我城，奈何？」相如曰：「秦以城求璧而趙不許，曲在趙。趙予璧而秦不予趙城，曲在秦。均之二策，寧許以負秦曲，」王曰：「誰可使者？」相如曰：「王必無人，臣願奉璧往使。城入趙而璧留秦？城不入，臣請完璧歸趙。」趙王於是遂遣相如奉璧西入秦。

〈完璧歸趙〉故事從第二段開始，以下述其經過。

（一）秦以城易璧，奈何意不誠

趙惠文王（？～前 265）十六年（前 283），趙國得到一塊「稀世珍寶」的「和氏璧」。秦昭王（前 324～前 251）聞之，一時貪念，興起覬覦之心，露出不誠之意。按理，秦王是強國之君，若是真誠易璧的話，大方一些，可

〔註10〕〔日〕瀧川資言：《史記會注考證》卷 81（臺北：藝文印書館，民國 61 年），頁 965～966。

「派一介之使，先割十五城予趙」，趙國是絕不敢留璧而得罪秦國的。但秦昭王卻不這樣做，他只是：「使人遺趙王書，願以誠請易璧」，這種「空言求璧」分明有權謀詭詐。面對「秦強趙弱」的壓力，換還是不換？趙王與大將軍廉頗與諸大臣商議，都認識到：「欲予秦，秦城恐不可得，徒見欺；欲勿予，即患秦兵之來。」落入兩難之中，不知如何是好？

筆者按：依當時情況言，趙國大概有四種對策：

1. 修書一封，派一介之使至秦，說明：「請先割十五城，再送璧。」
2. 覓一中立國監交，秦趙兩國各派一介使者相會，一手交城，一手交璧。
3. 覓一智謀與膽識雙全之士「秦璧使秦」，隨機應變，以保國體，務令「城入趙，則璧留秦；城不入，則完璧歸趙。」
4. 覓一介使者「奉璧使秦」，甘冒「秦城不可得，徒見欺」的危險。但是萬一秦詐璧得手，又不予趙城時，「入璧而秦弗予城，曲在秦」，秦必將接受社會公義是非的判斷。

其中，第1、2策都是上策，因為穩健有保障。可是，在「秦強趙弱」之下，而諸候懼秦，誰也不敢提，提也沒有用。第4策，是下策，是無可奈何的辦法。第3策則是中策，但這種人才哪裡找？傳文說：「求人可使報秦者，未得」，即是此意。

（二）求人使報秦，繆賢樂推薦

趙王急於要找「智勇雙全」的人才「奉璧使秦」，宦者令繆賢知道後，便向趙王推薦：「臣舍人藺相如可使。」繆賢是根據自己往日有罪，「欲逃亡」，後請罪，獲赦免的過程作印證，認為藺相如「其人勇士，有智謀，宜可使。」

筆者按：首先要注意的是：藺相如用的是甚麼方法幫繆賢脫罪？他用的是「拙誠」，既然有罪，與其逃亡燕國，不如就用「歸罪君父」來處理，而這種態度，雖然笨拙，可是，這種「拙誠」的感化力量是最大的，成功也最大。

（三）君臣間對答，分析與定策

於是，趙王召見相如，展開一場對話。關於要否易璧與「見欺」的問題。藺相如提出理和勢的觀點：

從勢上言，「秦強而趙弱，不可不許」；從理上言，「秦以城求璧而趙不許，曲在趙；趙予璧而秦不予趙城，曲在秦。」

對於萬一「取吾璧而不予我城，奈何？」的問題，相如說：「均之二策，寧許以負秦曲」，這是多麼無奈！果若，真的「徒見欺」的時候，只能靠「公

義是非」來審判了。但也可見：「公義是非」，雖外似柔弱但力量仍是大的。

事情既發展到只能選第 3、4 策時，趙王問：「誰可使者？」顯然，趙王是因繆賢推薦而有此問，此時，相如頗自負而意氣地說：「王必無人，臣願奉璧往使。」

筆者按：昔年，繞朝對士會說：「子無謂秦無人」。〔註11〕如今藺相如說：「王必無人。」一反一正，遙相輝映。「王必無人」的「人」字，頗有意思，因爲，相如知道「至誠感化」之道，只有這種「以誠感化」之道方可以解決當前外交的困局。在當世，只惜懂得「至誠感化」之道的人不多。

接著，藺相如與趙王間大概經過一番「沙盤推演」，把各種可能性都考察過了，結論是：「城入趙則璧留秦；城不入則完璧歸趙。」於是，趙王「遂遣相如奉璧西入秦。」〔註12〕

筆者按：這次君臣之間的對答，我們大抵可以根據上下文作如下的描述：

相如「奉璧使秦」，基本的策略是以「至誠」對「不誠」，希望感動「不誠」者轉爲「誠」。由於「秦強趙弱」，而「奉璧使秦」又是國之大事，趙王爲表「誠敬」，先自在出發之先「齋戒五日」、「拜送書於庭」這是很重要的步驟和行動。基本上，這是相如和趙王商議後的策略，在在表示：對秦的「誠信」、「誠敬」，而這些行動，在後來秦廷上都發生了積極的作用。在秦廷上，藺相如便是觀秦王的「誠」與「不誠」，然後，作出反應。

若是秦王「誠」，應以大禮接見，先割十五城；若是遇上「不誠」，則「以璧有瑕」，賺璧回身，準備璧碎人亡，與之講理。此時，秦王「誠」的話，仍可「派一介之使，先割十五城予趙」；若「不誠」的話，最壞的是：「璧碎人亡」。

試作簡表如下：

〔註11〕 晉士會奔秦，晉人患秦王用之，乃使魏壽餘僞以魏叛者，以誘士會歸國，其謀爲秦繞朝識破。臨行，繞朝贈之以策曰：「子無謂秦無人。吾謀適不用也。」《左氏會箋》第九，文十三（臺北：廣文書局，民國56年），頁12～13。

〔註12〕 邵寶曰：「趙王知相如之必能完璧乎？曰：不知也。相如能知秦之必歸璧乎？曰：不知也。然則，何以使之，曰：相如以死殉璧，趙如以意氣任相如。」又曰：「璧完而相如歸，趙重矣；璧不返，相如死之，趙亦重矣。國勢之輕重，于是係焉。是行也，良亦幸哉！」引見《史記評林》，頁2032。

愚按：前段所言「不知」，當然不是眞的「不知」，因爲，因素太多。其實，內中的推移演變，還是知的。至後段所言二種情況：1.璧完而相如歸；2.璧不返，相如死之（即次頁之D），其實還有一種情況是：璧返而相如死。這種情況較複雜：相如歸璧於趙，秦王眞以十五城易璧，璧歸秦，相如以「欺秦」罪被處死。不論那種情況，「趙重矣」！藺相如亦重矣！

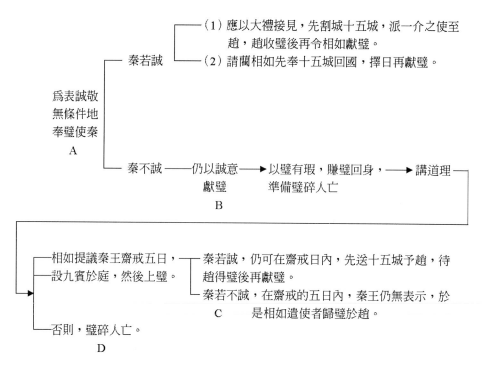

（四）相如抱至誠，秦王自不誠

以下是第三段：

　　秦王坐章台見相如，相如奉璧奏秦王。秦王大喜，傳以示美人及左右，左右皆呼萬歲。相如視秦王無意償趙城，乃前曰：「璧有瑕，請指示王！」王授璧，相如因持璧卻立，倚柱，怒髮上衝冠，謂秦王曰：「大王欲得璧，使人發書至趙王，趙王悉召群臣議，皆曰：『秦貪，負其強，以空言求璧，償城恐不可得。』議不欲予秦璧。臣以為布衣之交尚不相欺，況大國乎！且以一璧之故逆強秦之歡，不可。於是趙王乃齋戒五日，使臣奉璧，拜送書於庭。何者？嚴大國之威以修敬也。今臣至，大王見臣列觀，禮節甚倨；得璧，傳之美人，以戲弄臣。臣觀大王無意償趙王城吧，故臣復取璧。大王必欲急臣，臣頭今與璧俱碎於柱矣！」相如持其璧睨柱，欲以擊柱。秦王恐其破璧，乃辭謝固請，召有司案圖，指從此以往十五都予趙。相如度秦王特以詐詳為予趙城，實不可得，乃謂秦王曰：「和氏璧，天下所共傳寶也，趙王恐，不敢不獻。趙王送璧時，齋戒五日，今大王亦宜齋戒五日，設九賓於廷，臣乃敢上璧。」秦王度之，終不可強奪，

遂許齋五日，舍相如廣成傳。相如度秦王雖齋，決負約不償城，乃
使其從者衣褐，懷其璧，從徑道亡，歸璧於趙。

第三段寫藺相如「奉璧使秦」的經過。過程中，他始終抱著「至誠」，態
度不卑不亢，終於感動了秦王，也保存了國家的顏面。

藺相如至秦，「秦王坐章台相如」，得璧後，「傳示美人，左右皆呼萬歲」，
這些「不誠」舉動，反映了「秦王無意償趙城」，所以，他按照原訂對策，以
「璧有瑕，請指示王」一句話，賺璧回身，作出「怒髮衝冠」狀，大講「誠
信」、「誠敬」之理。言辭中，他轉述了當時趙廷上群臣之議：「秦貪，負其強，
以空言求璧，償城恐不可得。」的話，帶出他自己的見解：「布衣之交尚不相
欺，況大國乎！且以一璧之故逆強秦之歡，不可。」不相欺，即是「誠信」，
趙國在毫無保障的情況下，仍然「奉璧使秦」就是憑此「誠信」。不但如此，
出使前，趙王還表示更大的「誠敬」：「齋戒五日」、並「拜送書於庭」，為甚
麼？這是「嚴大國之威以修敬也」，這番話以「誠敬」、「誠信」主論，處處表
現趙國上下的謙卑和尊秦，這是弱趙對強秦的應有作為。

如今，秦廷上如此「不誠」，「大王見臣列觀，禮節甚倨；得璧，傳之
美人，以戲弄臣。」一句「甚倨」，一句「戲弄」，與趙國之「至誠」相比，
顯得多麼可惡！「大王必欲急臣，臣頭今與璧俱碎於柱矣！」事情若發展
至此，他寧願選擇「璧碎人亡」，以保國威的說話，也就顯得理直氣壯，力
量萬鈞。

這時，相如作出「擊柱」狀，「秦王恐其破璧，乃辭謝固請。召有司案圖，
指從此以往十五都予趙」，但是，秦王的作法仍是「不誠」，如果「誠」，很簡
單，「派一介之使，先割十五城予趙」。所以，相如看到這種情況，便按照計
劃提出「齋戒五日，設九賓於廷臣乃敢上璧」的要求，因為趙王送璧時是「齋
戒五日」，基於國與國對等，秦王是無法拒絕的。

相如提出「齋戒」是很有意思的。何謂「齋戒」？為何「齋戒」？

《禮記‧祭統》：「及時將祭，君子乃齋。齋之為言，齊也。齊不齊以致
齊者也。是故君子非有大事也，非恭敬也，則不齋也；不齋，則於物無防也，
嗜欲無止也。及其將齋也，防其邪物，訖其嗜欲，耳不聽樂故。」〔註13〕

〈記〉曰：「齋者不樂，言不敢散其志也。心不苟慮，必依於道，手足不

〔註13〕《太平御覽》（臺北：台灣商務印書館，民國81年），卷530，禮儀部九，頁
　　　　2532。

苟動，必依於禮，是故君子之齋也，專致其精明之德也。故散齋七日，以定之，致齋三日，以齋之定之之謂齋，齋者精明之至也，然後可以交於神明也。」〔註14〕

〈禮記外傳〉曰：「凡大小祭祀必先齋，敬事天神人鬼也。齋者，敬也。齋其心、思其貌，然後可以入廟。齋必變食，去其葷羶也，居必遷坐，易其常處也。故散齋於外，致齋於內，大祀散齋七日，致齋三日，十日齋矣！祭前旬外之日，則有司戒告內外，內外百官齋，謂之夙戒。中祀七日，小祀三日。」〔註15〕

按：「齋戒」，是古禮之一種。「齋」本作「齊」，即專心一志，肅然致敬之意。古代於祭祀之先，主祭者必沐浴更衣，獨宿淨室，使心地誠敬純一，以感格神明，叫做「齋」；「齋」必有所「戒」，包括戒酒、戒葷、戒女色。〔註16〕相如提出「齋戒五日」，是希望秦王把「以城易璧」的事作如祭祀的大事處理，守禮、依道、「專致其精明之德」，「誠敬」、「防邪，止嗜欲」。

其實，秦王經此提點，若「反身而誠」，在齋前馬上「先割十五城於趙」，事情也好解決；退一步說，在「齋戒五日」之內下令「先割城於趙」，也可以交代。

從相如的角度看，形勢發展至此，他已經步步退讓，步步等待，（從上述簡表A、B、C可知）可惜仍然得不到秦王「至誠」的回應，於是，他按照計劃「使其從者衣褐懷其璧，從徑道亡，歸璧於趙。」以完成他和趙王之間「城不入則完璧歸趙」的約定。

相如「完璧歸趙」的作為，已經表出對趙王與趙國作出最大的「誠信」，接下來，他把個人留下來以「至誠」接受秦王的懲罰，負擔一切的責任。

（五）自承罪當誅，秦王感至誠

以下是第四段：

> 秦王齋五日後，乃設九賓禮於廷，引趙使者藺相如。相如至，謂秦王曰：「秦自繆公以來二十餘君，未嘗有堅明約束者也。臣誠恐見欺於王而負趙，故令人持璧歸，間至趙矣。且秦強而趙弱，大王遣一介之使至趙，趙立奉璧來。今以秦之強而先割十五都予趙，趙豈敢留璧而

〔註14〕同上註。

〔註15〕同上註。

〔註16〕楊師家駱：《史記今釋》（臺北：正中書局，民國60年），內文注釋，頁198～199。

得罪於大王乎？臣知欺大王之罪當誅，臣請就湯鑊，惟大王與群臣孰
計議之。」秦王與群臣相視而嘻。左右或欲引相如去，秦王因曰：「今
殺相如，終不能得璧也，而絕秦趙之歡，不如因而厚遇之，使歸趙，
趙王豈以一璧之故欺秦邪！」卒廷見相如，畢禮而歸之。

秦王既如約「齋戒五日」，五日之後，又設「九賓禮於廷」，「引趙使者藺
相如」上廷，但此時，相如已無璧可獻，當然難脫「欺秦」的指責，但他始
終仍以「至誠」的態度處理。在秦廷上，他有一番慷慨的言辭，內容分三點：

1. 解釋無璧可獻的原因：他指出由於「秦繆公以來二十餘君」，未嘗有「堅
　明約束，恐怕「見欺於王而負趙，故令人持璧歸，間至趙矣。」

2. 指出真誠易璧的方法：「大王遣一介之使，趙之奉璧來。今以秦之強而
　先割十五都予趙，趙豈敢留璧而得罪於大王乎？」事實確是如此。暗
　示秦「誠」的話，早該這樣做。

3. 自知「不誠」欺秦有罪，甘願受罰：「臣知欺大王罪當誅，臣請就湯鑊。」

這番說辭，非常坦誠，既有道理，又有真情，既有智謀，又有擔當。裡
面仍然是一個「誠」與「不誠」的問題，他以趙王與秦王的作為對比；若秦
王「誠」，那早就該「先割十五城」，但秦王一而再、再而三失去表「誠」的
機會，由於秦「不誠」，試又有何根據責備趙國之「不誠」呢！

有趣的是，藺相如說：「臣知欺大王之罪當誅，臣請就湯鑊。」假若一位犯
「欺騙」罪的人「當誅」，那麼，秦王也涉嫌犯了「欺騙」，是否也「當誅」？

有趣的是：一下子藺相如便把秦迫到兩難之中，若「真誠」換璧便應如
彼，至於「不誠」的話，怎樣怎樣，這句話則吞回去了；卻出以之反面的說
法。他不說秦「不誠」，卻說自己「不誠」願受罰。這種說辭，無怪弄得秦王
君臣「相視而嘻」了。

藺相如以「至誠」的態度使秦，終於以大無畏的精神感動秦王，秦王自
知其「不誠」和理虧，心中也不願「償趙十五城」，也就「厚遇」藺相如，「卒
廷見相如，畢禮而歸之。」注意：這些都是秦王齋戒之後，私欲消除，內心
清明之後因受感動後表其「至誠」的表現。

據傳文，秦王還有一段話：「今殺相如，終不能得璧也，而絕秦趙之歡，
不如因而厚遇之，使歸趙，趙王豈以一璧之故欺秦邪？」裡面，有兩句話仍
可一提：一句是「秦趙之歡」，這是句「外交辭令」；另一句是：「趙王豈以一
璧之故欺秦耶？」這句話，秦王顯然已經感受了藺相如的「誠」，現在，他亦

要表「誠」，既不予罪責相如，「畢禮而歸之」，期望趙國亦以「誠」對他，不必因曾「奉璧使秦」之故而心存芥蒂，對秦不滿而報復，將來行「欺秦」的事情，筆者以為句意應從此處了解；否則，這不過是句「廢話」而已。

以下是第五段：

> 相如既歸，趙王以為賢大夫，使不辱於諸侯，拜相如為上大夫。秦
> 亦不以城予趙，趙亦終不予秦璧。

這已是故事的尾聲。「完璧歸趙」故事，到此結束。

這故事，有兩個難得，第一個難得是：藺相如言行一致，遠涉異國朝廷，面對虎狼之秦，結果如其初謀：「城入趙則璧留秦；城不入則完璧歸趙。」第二個難得是：藺相如全身而歸，免被「誅戮」。

故事情節，頗為完美，大抵是司馬遷採自民間，再經史公「筆補造化」，所以引人入勝。而相如顯然成為「智勇相兼」的豪傑。是故千年以來，贏得萬千贊譽。

三、藺相如的修身之道

相如的修身之道，便是「至誠」，以《孟子》之說，是「思誠」；以《中庸》之說，是「誠之」。

《孟子》說：「誠者，天之道也；思誠者，人之道也。」〔註17〕《中庸》說：「誠者天之道也；誠之者人之道也。」〔註18〕兩者意思相同。為何說「誠者，天之道也」？《中庸》：「天地之道，可一言而盡也。其為物不貳，則其生物不測。」〔註19〕天地之化生萬物，是大生廣生而知其所以然，是神妙而不可測度的，約言之，「天道」只是個「至誠無息」。為甚麼「誠之者」又是「人之道」？因聖人不勉而中，不思而得，從容中道，亦是個「至誠無息」，所以，聖人以德配天。〔註20〕

但聖人是完成了的人，一般人雖亦有成為聖賢的本性，但在希聖希賢的過程中，人不能時時精純不二，「至誠無息」；所以必須反己體察，做道德實踐功

〔註17〕《孟子·離婁上》（臺北：世界書局，民國78年），頁103。

〔註18〕《中庸》第二十章，同上註，頁18。

〔註19〕《中庸》，第二十六章，同上註，頁23。

〔註20〕聖人以德配天，即是《中庸》所言之：「至誠盡性，參贊化育。」參見《中庸》
第二十二章：「唯天下至誠，為能盡其性；能盡其性，則能盡人之性；能盡人
之性，則能盡物之性；能盡物之性，則可以贊天地之化育；可以贊天地之化
育，則可以與天地參矣。」同上註，頁20。

夫。因為人性本善，但為情欲所蔽，因而必須去情欲，「復其性」，使「其心寂然，光照天地」，達到至靜至靈的內心境界。此即《孟子》、《中庸》所謂「思誠」、「誠之」。能夠「思誠」、「誠之」，這便是「人之道」，人若能選擇善道而堅固地執持之、信守之、踐行之，則身有其誠矣。誠於中而形於外，自能與人（物）交感相通，因而「獲上、信友、悅親」，〔註21〕得到上位者的信任，得到朋友的信服、得到親心的喜悅；如果不誠，當然不能感動人。〔註22〕

《大學》引申《中庸》「誠」的學說，便以正心誠意為修身之本，而修身則為齊家、治國、平天下的根本。所以「誠」不但是修身之本，亦是治民之本。

四、結　論

戰國之世，權謀詐力是尚，公義誠信不彰，藺相如於戰國中葉之際，以儒家「至誠」之道，折衝樽俎，有智有勇，既蒙繆賢推薦於先、復受趙王使秦於後，秦廷上的表現，不卑不亢，可圈可點。在「完璧歸趙」故事裡，因為「至誠」，得以感動秦王，獲其「厚遇」，又因「至誠」，後來使廉頗負荊請罪，可見「誠」之一字為相如立身行事之本。由此可見，藺相如亦是儒家之徒。

「誠」也是藺相如「智勇」之本源。由於他的「至誠」，誠中形外，「至誠如神」、「誠能前知」，「精誠所至，金石為開」，所以使他與人交感相通，無往不利。

前輩之贊其人格處，推譽備至，因為，他「至誠」的功夫造詣甚高，「明善」、「誠身」，廓然大公，念念精誠，已達天人合德的聖賢境界。

世人之論藺相如多矣，多偏於「智勇」而言，未及論其「至誠」與立身之道，筆者謹就淺見表而述之，敬希指教。

（原載《陳伯元教授榮譽退休學術研討會論文集》（臺北：洪葉文化事業公司，民國 89 年（2000）），原題為〈試從儒家「至誠感化」的觀點看藺相如完璧歸趙〉，2011 年 5 月易為今題。）

〔註21〕《中庸》第二十章：「在下位，不獲乎上，民不可得而治矣。故君子不可以不修身；思修身，不可以不事親；思事親，不可以不知人。思知人，不可以不知天。」同上註，頁 15。

同章：「在下位，不獲乎上，民不可得而治矣。獲乎上有道，不信乎朋友，不獲乎上矣！信乎朋友有道，不順乎親，不信乎朋友矣！順乎親有道，反諸身不誠，不順乎親矣！誠身有道：不明善乎，不誠乎身矣！」同上注，頁 18。

〔註22〕蔡仁厚《孔孟荀哲學》（臺北：臺灣學生書局，民國 73 年），頁 257。

夫。因爲人性本善，但爲情欲所蔽，因而必須去情欲，「復其性」，使「其心寂然，光照天地」，達到至靜至靈的內心境界。此即《孟子》、《中庸》所謂「思誠」、「誠之」。能夠「思誠」、「誠之」，這便是「人之道」，人若能選擇善道而堅固地執持之、信守之、踐行之，則身有其誠矣。誠於中而形於外，自能與人（物）交感相通，因而「獲上、信友、悅親」，〔註21〕得到上位者的信任，得到朋友的信服、得到親心的喜悅；如果不誠，當然不能感動人。〔註22〕

　　《大學》引申《中庸》「誠」的學說，便以正心誠意爲修身之本，而修身則爲齊家、治國、平天下的根本。所以「誠」不但是修身之本，亦是治民之本。

四、結　論

　　戰國之世，權謀詐力是尚，公義誠信不彰，藺相如於戰國中葉之際，以儒家「至誠」之道，折衝樽俎，有智有勇，既蒙繆賢推薦於先、復受趙王使秦於後，秦廷上的表現，不卑不亢，可圈可點。在「完璧歸趙」故事裡，因爲「至誠」，得以感動秦王，獲其「厚遇」，又因「至誠」，後來使廉頗負荊請罪，可見「誠」之一字爲相如立身行事之本。由此可見，藺相如亦是儒家之徒。

　　「誠」也是藺相如「智勇」之本源。由於他的「至誠」，誠中形外，「至誠如神」、「誠能前知」，「精誠所至，金石爲開」，所以使他與人交感相通，無往不利。

　　前輩之贊其人格處，推譽備至，因爲，他「至誠」的功夫造詣甚高，「明善」、「誠身」，廓然大公，念念精誠，已達天人合德的聖賢境界。

　　世人之論藺相如多矣，多偏於「智勇」而言，未及論其「至誠」與立身之道，筆者謹就淺見表而述之，敬希指教。

（原載《陳伯元教授榮譽退休學術研討會論文集》（臺北：洪葉文化事業公司，民國 89 年（2000）），原題爲〈試從儒家「至誠感化」的觀點看藺相如完璧歸趙〉，2011 年 5 月易爲今題。）

〔註21〕《中庸》第二十章：「在下位，不獲乎上，民不可得而治矣。故君子不可以不修身；思修身，不可以不事親；思事親，不可以不知人。思知人，不可以不知天。」同上註，頁 15。
　　　　同章：「在下位，不獲乎上，民不可得而治矣。獲乎上有道，不信乎朋友，不獲乎上矣！信乎朋友有道，不順乎親，不信乎朋友矣！順乎親有道，反諸身不誠，不順乎親矣！誠身有道：不明善乎，不誠乎身矣！」同上注，頁 18。
〔註22〕蔡仁厚《孔孟荀哲學》（臺北：臺灣學生書局，民國 73 年），頁 257。